Deeper -

Nach meinen Regeln

Kein Zweifel, der junge Mann mit den strahlend blauen Augen war der Kellner, der mir bereits zwei Tage zuvor aufgefallen war. Diese zweite Chance würde ich mir nicht entgehen lassen.

Claire ist Ende dreißig und genießt ihr Singleleben ausgiebig. An eine feste Beziehung verschwendet sie keinen Gedanken, bis sie eines abends Ben kennenlernt, einen Mittzwanziger, der auf der Party kellnert. Sofort ist ihnen eine Chemie vorhanden, die zu einer gemeinsamen Nacht führt.

Schnell wird sehr viel mehr daraus als der geplante One-Night-Stand und Claire muss sich nun entscheiden, ob sie sich auf Ben einlassen kann oder er nur eine weitere Affäre werden soll. Denn da ist diese Bindung zwischen den beiden, so intensiv, dass sie ihr Angst macht...

Ein Roman voll prickelnder Erotik über ein Paar, das versuchen muss, sich über Konventionen und eigene Schwächen hinwegzusetzen.

K.I.M. SOMMAR

Deeper

Nach meinen Regeln

Erotischer Roman

Bibliografische Information der Deutschen Nationalbibliothek: Die Deutsche Nationalbibliothek verzeichnet diese Publikation in der Deutschen Nationalbibliografie; detaillierte bibliografische Daten sind im Internet über dnb.dnb.de abrufbar.

Umschlagsgestaltung: SOMMAR, K.I.M.

Umschlagsmotiv: © Roman Samborskyi, Lizenz über *shutterstock*

© Songtitel und -text by Demi Lovato, veröffentlicht 2016 bei IslandHollywoodSafehouseRepublic

1. Auflage, Taschenbuch- und Ebook-Ausgabe Januar 2020

Herstellung und Verlag: BoD – Books on Demand, Norderstedt

ISBN: 9783750422841

Was auch immer du suchst – es ist bereits in dir

If I had it my way, I would take the lead
And if I had it my way, I would take you deep
If my body had a say, I'd get it off my chest
Show you all the red lace underneath this dress

- **"Body Say", Demi Lovato**

1. Kapitel

Der Typ von letzter Nacht blinzelte mich verschlafen und irritiert an, als ich ihn wachrüttelte. Das dauerte jetzt schon viel zu lange und ich spürte, dass ich aggressiv wurde. „Was 'n los?", nuschelte er schlaftrunken und schien sich auf die andere Seite drehen zu wollen. Das konnte er sich getrost abschminken.

„Steh endlich auf!", fuhr ich ihn an und riss ihm die Bettdecke weg. Er zuckte zusammen und schaffte es endlich, sich aufzusetzen. Wieder verfluchte ich mich selbst dafür, dass ich ihn nicht gleich letzte Nacht rausgeworfen hatte. Stattdessen zerstörte er jetzt meine Morgenroutine und schlimmstenfalls würde ich zu spät zur Besprechung kommen.

Ich hasste nichts so sehr wie unpünktlich zu sein. Den damit verbundenen Stress vermied ich normalerweise mit allen Mitteln durch akribisches Zeitmanagement und ausreichend eingeplanten Puffer und es machte mich wütend, dass dieser Idiot jetzt in meinem Bett lag und ich mich abhetzen musste.

„Wie spät ist es?" Er sah sich um und mir zum ersten Mal ins Gesicht. Seine Stirn runzelte sich, er hatte offenbar Zuordnungsprobleme.

„Halb acht. Ich muss jetzt zur Arbeit, also zieh dich an und verschwinde!", fauchte ich. Tatsächlich stand er auf und zog maulend seine Sachen an, die auf dem Boden meines Schlafzimmers verteilt lagen. „Kein Grund, so rumzustressen. Krieg ich wenigstens einen Kaffee?" „Ja, unten beim Bäcker", sagte ich unfreundlich und drängte ihn zur Tür, die ich nachdrücklich hinter ihm schloss. Seine Schuhe konnte er sich im Hausflur anziehen. Durch das Türblatt konnte ich ihn unterdrückt fluchen hören, sicherlich hatte er für mich nichts Schmeichelhaftes übrig, aber ich betrieb schließlich keine Frühstückspension.

Wir hatten letzte Nacht Sex, Punkt. Mich interessierte weder sein Nachname noch seine Vorliebe beim Kaffee und ob er Toast oder Cornflakes aß, ich würde ihn einfach nie wiedersehen, genau wie ich es wollte.

Ich ging zurück in meine Küche und trank einen Espresso, den mir der Vollautomat freundlicherweise bereits zubereitet hatte. Die Anschaffung eines Geräts mit WLAN und App-Steuerung hatte sich gelohnt. Dann griff ich meinen Schlüssel und meine Handtasche, schlüpfte in meine Pumps und fuhr mit dem Anwohnerfahrstuhl hinunter in die Tiefgarage. Wenn der Hamburger Innenstadtverkehr heute Morgen einigermaßen durchlässig war, würde ich es noch schaffen, ohne rennen zu müssen.

Mein Handy vibrierte, als eine Nachricht reinkam.

‚*Wo zum Teufel steckst du?*‘, schrieb Em, eine meiner besten Freunde, mit der ich auch zusammenarbeitete. Wahrscheinlich wartete sie bereits seit zehn Minuten vor dem Haupteingang unseres Bürogebäudes am Baumwall und hatte vor Frust schon drei Zigaretten geraucht. Hinter dem Fragezeichen befanden sich Emojis, ein Scheißhaufen und ein ausgestreckter Mittelfinger. Wenn wir nicht schon seit knapp zehn Jahren eng befreundet wären, würde ich ihr das krummnehmen.

‚*Unterwegs*‘, schrieb ich zurück und ignorierte ihre Antwort darauf. Ich startete den Motor meines Wagens und gab Gas.

Ich war knapp zehn Minuten später in der Tiefgarage unserer Firma, weil ich mehrere rote Ampeln überfahren hatte. Von Em war nichts mehr zu sehen, sie war offenbar schon hochgefahren. Mit meiner Schlüsselkarte rief ich den Fahrstuhl und stand wenig später vor der gläsernen Eingangstür zu den Kanzleiräumen. Ich grüßte die Kollegen am Empfang und beeilte mich, zu meinem Büro zu kommen, um meine Unterlagen für das Meeting zu holen, das um halb neun stattfand.

Sie warteten bereits auf mich, wahrscheinlich hatten sie mich kommen sehen. Mit den engsten Freunden in der gleichen Firma zusammen zu arbeiten ist Fluch und Segen zugleich, denn einerseits habe ich sie immer an meiner Seite und sie kennen jedes Detail meines Berufslebens, aber andererseits entgeht ihnen nichts.

Jetzt musterten mich drei mehr oder weniger freundliche Augenpaare und Sonja drückte mir einen Becher Kaffee in die Hand. „Du bist ziemlich spät dran."

„Erklärung, bitte", verlangte Em und es war keine Bitte, sondern ein Befehl.

„Der Typ von letzter Nacht war schwer zu wecken", erwiderte ich. Hier konnte ich wenigstens ehrlich sein und keiner verurteilte mich wegen meines „losen Sexuallebens", wie eine andere Freundin es einmal genannt hatte.

Diese drei nickten einfach und Sonja murmelte „der sah auch nicht besonders helle aus". Sam rollte mit den Augen.

„Du könntest einfach mal aufhören, alle Typen zu vögeln, die ich mir vor zehn Jahren ausgesucht hätte. Das sollte eine Warnung für dich sein", meinte er und blickte auf seine Armbanduhr.

„Er muss weder besonders helle sein, noch kochen können", erwiderte ich, denn Sam hatte es lange Zeit auf Köche abgesehen. „Ich habe einfach mit ihm geschlafen und ihn heute Morgen rausgeschmissen, Ende der Geschichte."

Die drei nickten und ich sammelte meine Unterlagen zusammen. Die Zahlen für das abgelaufene dritte Quartal sahen ganz gut aus und ich hoffte, dass die Drachenfrau mich in Ruhe lassen würde. Es gab kaum einen schlechteren Start in den Montagmorgen als sich abhetzen zu müssen und noch von ihr aufs Korn genommen zu werden.

„Heute bin sowieso ich am Arsch", sagte Em und klopfte auf ihre Mappe. „Das letzte Mandantenevent wurde unterm Strich neunzigtausend Euro teurer als geplant, das wird sie mir um die Ohren hauen."

„Nicht nur sie", warf Sam ein. „Ich haue es dir auch gern um die Ohren, weil ich derjenige bin, der die Konten klarkriegen muss. Während das Champagnersaufen mit den Partneranwälten deine Hauptaufgabe war, kann ich jetzt hinter dir herräumen."

„Leck mich, Sam", sagte Em freundlich, als wir den Konferenzraum betraten. Jeden Montagmorgen um halb neun trafen sich alle Abteilungsleiter mit der Drachenfrau, unserer Head of Office, um die Ereignisse der abgelaufenen Woche zu besprechen und die kommende zu planen.

Diese Meetings verliefen in der Regel so erfreulich wie ein Kreuzverhör beim israelischen Mossad und jeder von uns war froh, wenn der Kelch an ihm vorüberging, die besondere Aufmerksamkeit von Sabine Stechmann-Selzner, kurz: der Drachenfrau, zu erregen.

Sie stand am oberen Ende des Konferenztisches und beobachtete uns aus schmalen Augen. In Sonjas Büro gab es eine Strichliste, wie viele Tage noch bis zu ihrer Rente blieben.

Es waren noch vierhundertzweiundsiebzig.

Wir nickten ihr zu und bezogen unsere üblichen Plätze: möglichst weit weg von ihr. Nur Sonja musste sich relativ nah zu ihr setzen, als Personalleiterin blieb ihr keine andere Wahl, ebenso wenig wie Anne vom Office Management, die die rechte Hand der Drachenfrau war, und Stephanie, die das Sekretariat koordinierte. Während die anderen eintrudelten und Sonja gezwungene Konversation mit den drei Damen am oberen Ende des Tisches betrieb, lehnte Em sich zu mir herüber. „Wie war es denn?", wisperte sie. „Hat sich das Verschlafen wenigstens gelohnt und ihr hattet noch einen Quickie unter der Dusche?"

Ich zuckte mit den Schultern. „Es hat für letzte Nacht gereicht. Leider hat er nicht gehalten, was er versprochen hat. Wollte sich bedienen lassen und wurde viel zu schnell fertig."

„Ich sag doch, dass Mittzwanziger nichts taugen", mischte sich Sam ein, der auf meiner anderen Seite saß und seine Lautstärke nur mühsam in den Griff bekam. „Es ist nicht mehr wie damals, als wir noch in den Zwanzigern waren und uns bemühen mussten, jemanden aufzureißen. Heute tindern die und treffen sich quasi schon nackt und ohne zu sprechen. Dann sehen sie zu, dass sie auf ihre Kosten kommen und hauen wieder ab."

„Klingt eifersüchtig, Mom", stichelte Em. Sam und sein Mann Tim hatten vor wenigen Monaten ein einjähriges Mädchen aus Sierra Leone adoptiert. Seitdem arbeiteten sie beide Teilzeit, um die Kleine, die sie ihrer musikalischen Vorliebe folgend Dionne genannt hatten, betreuen zu können. Obwohl Sam oft stöhnte, dass die Elternschaft erheblich anstrengender war als er gedacht hatte, wussten wir alle, wie glücklich die beiden mit ihrem Kind waren.

Was die Kinderthemen anging, war Sam bei Sonja besser aufgehoben als bei Em und mir, Sonja hatte einen sechsjährigen Sohn und konnte ihm Tipps geben, wenn er sie denn annahm.

Em konnte Kinder generell nicht leiden und würde sich niemals im Leben eigene anschaffen. Ihr derzeitiger Freund war gute fünfzehn Jahre älter als sie und hatte zwei erwachsene Töchter, die Em ebenfalls nicht ausstehen konnte und froh darüber war, dass sie ihre Beziehung unter „Affäre" verbuchen konnte und mit Familienfeiern und ähnlichem nichts zu tun hatte. „Ich bin nicht eifersüchtig, Mad-Eye", erwiderte Sam gereizt und strich sich über seinen schwarzen Hipsterbart. Ems Miene verfinsterte sich und sie sah sich schnell um, um sicherzugehen, dass niemand ihn gehört hatte.

„Ich habe wirklich genug rumgevögelt bevor ich Tim kennenge-lernt habe, dieser Bedarf ist gedeckt. Aber Claire, Süße, du solltest vielleicht etwas wählerischer sein, sonst hast du sie bald alle durch."

Ich lächelte ihn an und unterdrückte den Impuls, ihn umarmen zu wollen. Sam kannte ich am längsten, wir hatten uns damals im Stu-dium kennengelernt und ich hatte die Phase seines Rumvögelns in voller Stärke mitbekommen, weil wir in einer WG gelebt hatten und ich jeden Samstag- und auch jeden Sonntagmorgen und manchmal auch freitags einem anderen Typen Kaffee eingeschenkt hatte.

Er verurteilte mich nicht, das würde keiner von den dreien jemals tun, aber sie sorgten sich um mich und das war unnötig.

„Ich sage dir Bescheid, wenn ich jemanden finde, mit dem ich bereit wäre, eine zweite Nacht zu verbringen", versprach ich ihm.

„Oder einen einzigen Kaffee zu trinken", warf Em ein. Ich nickte knapp.

Die Drachenfrau erhob sich, endlich waren alle Abteilungsleiter eingetroffen. Mit ihr zusammen waren wir dreizehn Leute. Das war irgendwie passend. Sie musterte uns über den Rand ihrer Lesebrille hinweg und wieder einmal schüttelte es mich innerlich, wenn ich ihre Frisur betrachtete. Obwohl sie mittlerweile dreiundsechzig war, färbte sie ihre Haare immer noch pechschwarz und trug sie in einer Art Pagenschnitt, der von weitem einen Prinz-Eisenherz-Mo-ment hatte. Natürlich würde sie niemals zu einem geringeren als dem Star-Coiffeur der Stadt gehen, doch auch dieser hatte es nicht geschafft, die feinen Härchen so in Form zu bringen, dass sie nicht bei jeder Bewegung wie ein Schleier hinter ihr herschwebten.

Diese optische Lächerlichkeit täuschte leider darüber hinweg, dass sie ein echtes Miststück war und ihrem Gesprächspartner mit einem Blick oder einem Satz das Gefühl geben konnte, der letzte

Dreck zu sein, sogar Leuten wie Em und mir und wir waren alles andere als zartbesaitet.

Ich konnte nicht anders, ich hasste sie für ihre Art. Und gleichzeitig fand ich es bewundernswert, wie kaltschnäuzig und kompromisslos ein Mensch sein konnte. Allerdings war ich mir ziemlich sicher, dass ich ihren Grad niemals erreichen würde, egal, wie sarkastisch und abgewichst ich mich auch gab.

Manche Grenzen konnten einfach nicht überschritten werden.

„Guten Morgen, ich hoffe, Sie hatten alle ein schönes Wochenende", sagte sie mit einem Tonfall, der klarmachte, dass es sie einen Scheißdreck interessierte, wie wir unsere Freizeit verbrachten. Entsprechend antwortete niemand, es gab nur vereinzelt ein knappes Nicken.

Auf dem Konferenztisch hatte jeder von uns ein Blatt Papier liegen. Das war ihre Lieblingsschikane: Jeder von uns musste seine Zahlen und Aufgaben im Kopf haben und durfte sich auf maximal einem DIN A4-Blatt Notizen machen.

Die besondere Spezialität der Drachenfrau bestand darin, einen von uns aufs Korn zu nehmen, sich von ihm die Informationen vom Blatt geben zu lassen und dazu so lächerlich gemeine Fragen zu stellen, bis derjenige nicht mehr weiterwusste. Währenddessen war es mucksmäuschenstill im Konferenzraum und alle anderen hielten den Atem an und beteten, dass derjenige, der gerade dran war, nicht die Nerven verlor und in Tränen ausbrach. Passierte das, ließ die Drachenfrau denjenigen noch vor allen anderen fünf Minuten weiterheulen und nahm sich anschließend den nächsten vor.

Wie sie schon befürchtet hatte, hatte sie sich heute Em ausgesucht. Über den Rand ihrer Brille fixierte sie sie mit ihren unangenehm hellgrünen Augen und spitzte die schmalen Lippen. „Frau Rotdorn, ich hätte gern die Zahlen zu unserem letzten Mandantenevent." Sam stieß geräuschvoll neben mir Luft aus, als Em die Drachenfrau kalt anlächelte und anfing, ihren Bericht herunter zu rattern: „Insgesamt stieg das Auftragsvolumen nach der Veranstaltung um einhundertzehntausend. Dr. Kreiß berichtete mir, dass über die Sternhagen GmbH drei weitere Fälle hereingekommen sind und…"

„Das macht nach meinen Berechnungen gerade einmal ein Plus von fünftausend", unterbrach die Drachenfrau sie mitten im Satz. „Sie können nicht ernsthaft behaupten, dass dies ein gelungenes Event gewesen ist. Warum sind Ihre Ausgaben so explodiert?"

„Die Partnerschaft verlangte nach etwas Extravagantem", erwiderte Em aalglatt. Sie wusste, dass die Partneranwälte ein Totschlagargument für die Drachenfrau waren, gegen das sie in der Regel nicht ankam, obwohl sie immer die erste Anlaufstelle für alle administrativen Fragen war. „Sie waren der Ansicht, dass wir mit den üblichen Aktionen niemanden hinterm Ofen hervorlocken können."

„Und da entschieden Sie sich, einen Barbereich aus Eis zu installieren und die Kosten vorher nicht mit mir abzusprechen." Die Stimme der Drachenfrau war mindestens so kalt wie das Trockeneis, das die Eventfirma verbaut hatte.

Ich konnte nicht anders, als Em dafür zu bewundern, dass sie noch immer vollkommen gelassen in das Gesicht der Drachenfrau lächelte. „Das wurde wenige Stunden vor dem Event beschlossen und ich musste mich ohne Verzögerung darum kümmern. Ich wollte Sie freitagabends nicht mehr mit solchen Belangen belästigen."

Niemand von uns hätte sie freitags um vier anzurufen gewagt. Jeden Freitagmittag um zwölf verließ sie das Büro und man tat gut daran, sie danach nicht mehr zu behelligen. Es hatten bereits zwei Assistentinnen und eine Sekretärin Abmahnungen erhalten, weil sie es gewagt hatten, Termine auf Freitagnachmittag zu legen. Sonja hatte diese Schreiben äußerst ungern aufgesetzt und doch war sie es gewesen, die auf sie gedrängt hatte, weil die Drachenfrau auf

Kündigungen bestanden hatte. Sowieso war die Anzahl derer, die Sonja den Fortbestand ihrer Anstellungsverhältnisse zu verdanken hatten, unübersichtlich groß. Ich fragte mich, ob sie heute um Ems Job würde kämpfen müssen.

„Frau Rotdorn, wie formuliere ich es am besten, damit Sie in der Lage sind, mich zu verstehen…", sagte sie gedehnt und starrte Em ohne zu Blinzeln an. Em hielt dem Blick stand. „Ohne mich werden Entscheidungen über solche Summen niemals getroffen, egal, was die Partnerschaft entscheidet. Das sind Anwälte, die keine Ahnung von den Finanzen der Kanzlei haben. Ich dachte, das wäre jedem hier klar, aber da habe ich wohl zu viel von Ihnen erwartet. Haben Sie mich jetzt verstanden, oder soll Frau Raabe es Ihnen noch einmal aufschreiben?"

Ems Augenlid zuckte. Ich wusste, wie sehr sie es hasste, wenn man mit ihr wie mit einem dummen Kind sprach. Zum ersten Mal bröckelte ihre Coolness. „Ich denke, ich habe Sie verstanden, Frau Stechmann-Selzner."

„Wie erfreulich. Herr Schauer, ich wüsste gern, wie sich diese Eskapade auf unsere Konten auswirkt", wandte sich die Drachenfrau ohne Em eines weiteren Blickes zu würdigen an Sam.

Ich legte ihr tröstend die Hand auf den Oberschenkel, doch sie wischte sie weg. Sie brauchte jetzt einen Augenblick, um sich zu fangen, sonst würde sie wahrscheinlich komplett ausrasten.

Das konnte ich verstehen, mir würde es ähnlich gehen und ich musste mich nun darauf konzentrieren, bei Sams Kreuzverhör zuzuhören, nur für den Fall, dass sie von der Buchhaltung den Schwenk zur Rechnungsabteilung machte.

„Ich hasse dieses Miststück!", zischte Em als wir zum Mittagessen bei unserem Stammitaliener saßen und nahm einen großen Schluck Weißwein. Wütend knallte sie das Glas auf den Tisch und

Sonja zuckte zusammen. „Em…", machte sie unbehaglich, doch diese kam gerade erst richtig in Schwung.

„Jedes Mal, wenn ich denke, ich habe mir schon alle Scheiße, die sie so absondern kann, reingezogen, setzt sie noch einen obendrauf. Und redet mit mir, als wäre ich völlig bescheuert! Ich bin vierzig verschissene Jahre alt und habe das nicht nötig, verdammte Scheiße!"

Die Leute am Nachbartisch drehten sich um und warfen uns missbilligende Blicke zu, die Sonja mit einem entschuldigenden Lächeln quittierte und Ems Weinglas wegschob. Diese sah sie finster an. „Gib das sofort zurück."

„Wenn du aufhörst, hier herumzubrüllen, okay? Man kennt uns hier und ich wollte gern noch öfters hier mittags essen." Sonja schob das Weinglas zurück und strich sich über den brünetten Pferdeschwanz, der immer ein wenig auf halb acht hing.

Em zuckte mit den Schultern und sah mich an. „Können wir uns heute Abend bitte irgendwo betrinken?"

Ich nickte. „Klar, warum nicht? Morgen ist die Drachenfrau vormittags außer Haus und mein Team schafft es auch ganz gut, wenn ich meine Bürotür zumache und die Jalousien runterlasse."

„Und ihr?" Ems Blick streifte Sam und Sonja, die beide unbehaglich auf ihren Stühlen herumrutschten. „Ach kommt schon, nicht schon wieder."

„Em, es ist Montag", sagte Sonja nachdrücklich. „Ich werde mich nicht betrinken. Außerdem kann ich nicht…"

„… Kenichi hat Nachtschicht", beendete Em den Satz mit zur Decke verdrehten Augen. Kenichi, Sonjas Ehemann, war Feuerwehrmann und arbeitete im Schichtdienst, was die Sache mit der Berufstätigkeit für unsere Freundin nur noch schwieriger machte. Zwar brachte sie das Geld nach Hause, musste sich aber trotzdem immer nach ihm richten und alles organisieren. Wenn alles gut ging, sprangen ihre Eltern ein und übernahmen die Betreuung von Jan-Philipp. Kenichis Eltern lebten in Japan, da sein Vater von dort gebürtig stammte und sie vor einigen Jahren dorthin zurückgezogen waren, und konnten leider an der Erziehung ihres Enkels nicht mitwirken.

Wir alle wussten, dass Sonja nichts für Kenichis Arbeitszeiten konnte, aber wir sahen ihn zu selten, als dass wir unseren Frust darüber an ihm auslassen konnten.

„Ich bin auch raus. Wenn ich Tim mit Dionne allein lasse, kann ich mir bald eine eigene Wohnung suchen", sagte Sam und spießte eine Garnele auf seine Gabel. „Sie hat eine furchtbare Trotzphase im Moment und ich kann ihm das nicht zumuten."

Em warf mir diesen Blick zu, der uns gut zu Gesicht stand, weil wir all diese Probleme nicht hatten: keine Männer, keine Kinder.

Herrliches Singleleben.

„Was schlägst du vor?", fragte ich. „Um halb acht ist mein Kardiokurs zu Ende, um halb zehn kann ich sein, wo du möchtest. Um neun, wenn ich nur das kleine Programm auffahren soll."

„Fahr das große auf, ich habe eine Einladung für eine Party von der Kammer." Em nahm einen weiteren Schluck von ihrem Wein und betrachtete ihre silbern lackierten Nägel. „Irgendeine Vereidigungsfeier, ein paar von unseren Refs sind auch da und lassen sich kostenlos volllaufen."

„Haben wir nichts Besseres?", fragte ich. Die Aussicht, den Abend in der Rechtsanwaltskammer mit den ganzen steifen Typen zuzubringen, war nicht gerade erhebend. Em zuckte mit den Schultern.

„Die Drinks sind umsonst."

Gutes Argument.

2. Kapitel

Nach dem Sport fuhr ich nach Hause und machte mich für den Abend fertig. Als ich in mein Schlafzimmer kam, ärgerte ich mich über das ungemachte Bett. Ich hasste solche Unordnung, außerdem erinnerte sie mich an die Pleite von letzter Nacht. Der Typ hatte rein gar nichts draufgehabt.

Gestern Abend waren wir vier noch etwas trinken gewesen, weil wir es nicht geschafft hatten, uns Freitag oder Samstag zu sehen. In solchen Fällen musste eben der Sonntag herhalten, das war eisernes Gesetz. Wir waren also in irgendeiner angesagten Bar gewesen, die gerade von den Lifestyle-Magazinen gehyped wurde und hatten uns ein paar Cocktails gegönnt, als er mir auf dem Weg zur Toilette aufgefallen war. Wir unterhielten uns kurz und ich fand ihn ganz süß, außerdem fiel er in mein Beuteschema: Ende zwanzig, dunkelhaarig, schöne Zähne. Ich mochte Endzwanziger, die kamen am ehesten damit klar, dass ich sie nur für eine Nacht wollte.

Er gab mir einen Drink aus und ich lud ihn nach kurzer Beratung mit den anderen zu mir nach Hause ein. Die Strategie bestand immer darin, die Typen mit zu mir zu nehmen und einer von den dreien rief mich nach einer halben Stunde an. Ließ ich es klingeln, war alles in Ordnung, ging ich ran, fingierten wir einen Notfall, der es mir ermöglichte, ihn rauszuschmeißen. Mit dieser Taktik war ich bisher immer gut gefahren, doch seine Küsse ließen hoffen, dass er auch im Bett gut war und ich fand es vorbildlich, dass er das Taxi zahlte.

Dann fing der eher unerfreuliche Teil der Nacht an, was ich leider erst nach dem Klingelnlassen akzeptieren wollte. Anscheinend hatte er zu viele Pornos gesehen und erwartete von mir, dass ich den Großteil der Arbeit übernahm und ihn dabei die ganze Zeit anfeuerte, als wäre er der größte Held des Universums.

Grundsätzlich mied ich Oralverkehr bei One-Night-Stands, ich hatte einfach schon zu viele schlechte Erfahrungen damit gemacht und fand Kondome in meinem Mund äußerst abtörnend. Genau wie die meisten Männer, weswegen es oft zu Diskussionen kam, die zu führen ich keine Lust hatte. Auch letzte Nacht nicht.

„Komm schon, ist doch nichts dabei", sagte er und legte die Hand in meinen Nacken. Ich hasste das. Das einzige, das er damit erreichen würde, wäre ein Fausthieb in die Magengrube.

„Nach dir", erwiderte ich deswegen, doch davon wollte er (natürlich) nichts wissen. Ich fragte mich manchmal, wann Männer verstanden, dass es nichts umsonst gab, aber die meisten waren schlicht zu faul.

Wir mussten also einsehen, dass weder geblasen noch geleckt werden würde. Da wir aber schon mal da waren, vögelten wir trotzdem, damit er das Taxi nicht umsonst bezahlt hatte.

Ich wusste schon zu dem Zeitpunkt, dass es eine beschissene Idee gewesen war, ihn mitzunehmen. Wir brachten es also wenig motiviert in der Reiterstellung hinter uns und während er danach quasi sofort einschlief, konnte ich das benutzte Kondom entsorgen und es mir im Badezimmer mit meinem Vibrator selbst machen, um wenigstens noch ein bisschen Spaß zu haben.

Normalerweise hätte ich ihn direkt rausschmeißen müssen, doch ich hatte keine Lust mehr auf eine weitere Diskussion und legte mich einfach hin.

Der Rest war Geschichte, aber die ließ sich jetzt nicht mehr ändern. Ich zog die Bettwäsche schnell ab und warf sie in die Waschmaschine. Morgen würde Klaudia, meine Haushaltshilfe, kommen und den Rest erledigen. Fürs Erste reichten ein neuer Kissenbezug und ein frisches Laken. Jetzt war es Zeit, sich auf den kommenden Abend vorzubereiten. Ich entschied mich für ein dunkelrotes Etuikleid mit tiefem Kastenausschnitt, das mein Dekolleté gut in Szene setzte, legte Make-up auf und föhnte meine schulterlangen blonden Haare, schlüpfte in meine schwarzen Lack-Louboutins, warf meinen Mantel über und stieg in das unten wartende Taxi. Da die Drinks umsonst waren, konnte ich diese Investition machen.

Ich erspähte Ems platinblonde Kurzhaarfrisur vor dem Eingang, sie nahm gerade den letzten Zug von ihrer Zigarette und trat sie auf dem Gehweg aus. Heute trug sie eine dunkelgrüne Pailletten-Bomberjacke zu einem hautengen schwarzen Minikleid, das kaum als Unterwäsche durchging, in Kombination mit derben Bikerboots mit dicker Sohle und roten Schnürsenkeln. Keine konnte den Stilbruch so elegant wie sie und manchmal wünschte ich mir, es einfach mal auszuprobieren und die Outfits anzuziehen, die sie mir gerne zusammenstellte, wenn sie bei mir war.

Allerdings hatte ich eine komplett andere Figur, war eher kurvig als klein und zart wie sie, sodass die meisten ihrer Outfits an mir lächerlich ausgesehen hätten. Nein, blieben wir dabei: Sie war die Ausgefallene, ich die Schicke.

„Pünktlich auf die Minute", grinste sie und schob ihre Zigarettenschachtel in ihre Handtasche. „Bereit für die Party des Jahrtausends?"

„Abgesehen von den Gratis-Drinks, warum sind wir noch mal hier?", fragte ich und erklomm mit ihr die Stufen zum Eingang.

„Networking und so. Auch wenn Triple-S es nicht glauben will, aber die letzte Veranstaltung hat sich durchaus gelohnt. Plus, heute sind auch die lieben Kollegen aus England da." Daher wehte der Wind: Nebenbei würden wir noch ein wenig spionieren und schauen, was unsere Mitbewerber so trieben. Dabei war es einfacher, wenn Em diese Rolle übernahm als die Partneranwälte, die sich sicherlich vereinzelt auch hier herumtreiben dürften. Sie hatte diese charmante Art, mit der sie schon an so manche Information gekommen war, die sie sonst sicherlich nicht erhalten hätten. Normalerweise war Em kein Kind von Traurigkeit und hatte in anderen Kanzleien den einen oder anderen speziellen Freund, mit dem sie sich auf solchen Partys gern in leere Büros oder ähnliches zurückzog.

Doch heute Abend waren wir nur zu zweit und die goldene Regel lautete, die andere nicht für einen Blowjob auf einem fremden Schreibtisch stehen zu lassen. Im Umkehrschluss bedeutete diese Regel aber auch, dass ich mir den ganzen Abend die für mich meist sterbenslangweiligen Gespräche mit den Anwälten reinziehen musste. Abgesehen davon, dass ich in einer Kanzlei arbeitete und die Kohle für die Anwälte reinholte, hatte ich mit diesem Berufsstand nichts am Hut. Die Halbgötter in schwarz waren nicht meine Klientel und das beruhte meistens auf Gegenseitigkeit.

Wir schnappten uns jede ein Glas Sekt und mischten uns unters Juristenvolk. Durch ihren Job war Em bei vielen anderen Kanzleien bekannt, sie nahm oft zusammen mit den Partneranwälten an Events teil, bei denen unweigerlich immer die gleichen Leute zusammenkamen.

Ein paar ihrer „engeren" Bekanntschaften erkannte ich und bemerkte auch, dass mindestens zwei ihr eindeutige Angebote ins Ohr flüsterten, die Em charmant ablehnte.

Seit einem halben Jahr hatte sie jetzt ihr „Ding" mit Curt, einem Aufsichtsrat von einer Immobilienfirma, die die Kanzlei vertrat. Das Ganze war streng geheim, weil keiner der Anwälte etwas davon mitbekommen durfte. Dabei ging es nicht darum, dass Em mit Curt ins Bett ging; es war so sicher wie das Amen in der Kirche, dass die Anwälte versuchen würden, sie dazu zu bringen, ein Exklusivmandat für die Kanzlei herauszuholen und das würde sie nicht zulassen. Ich kannte Curt nur sehr flüchtig und wusste nicht, was sie an ihm fand, aber irgendwie war Em glücklicher, seitdem sie sich trafen, also war es mir recht.

Unser Zeitmanagement hatte uns die Eröffnungsrede und die meisten Programmpunkte erspart und ich langte ordentlich bei den Drinks zu, während ich Em von einer Gruppe zur nächsten folgte.

Irgendwann war ich das Blubberwasser leid und hielt einen Kellner an, der gerade ein volles Tablett transportierte. „Haben Sie auch noch was Anderes?", fragte ich und schwenkte mein leeres Glas. Er blieb stehen und schien kurz zu überlegen. Er war süß, etwa Mitte zwanzig, hatte rötliches Haar und einen Dreitagebart, den bessere Caterer nicht durchgehen lassen würden. Als er mich ansah, bemerkte ich seine interessanten Augen, die intensiv blau waren. Sofort spürte ich ein Ziehen im Unterleib, von dem ich dachte, ich hätte es nach letzter Nacht für ein paar Tage ruhiggestellt.

„Wissen Sie, wir sollen nur mit dem Sekt rumlaufen, aber ich hole Ihnen etwas von dem guten Zeug." Er beugte sich vertraulich vor und mir stieg sein Geruch in die Nase. Er roch sehr gut und das Ziehen wurde stärker. „Aber nur, weil Sie so hübsch sind. Bleiben Sie hier." Damit lief er los und ich sah ihm sprachlos hinterher. War das gerade wirklich die billige Anmache gewesen, die ich gehört hatte, oder war mir der Sekt schon zu Kopf gestiegen?

„Alles klar, Claire?", fragte Em hinter mir und ich drehte mich zu ihr um. Sie hatte gerade einen weiteren Spezi abgewimmelt und schloss zu mir auf. Ein paar Junganwälte, die bei uns ihr Referendariat gemacht hatten, kamen vorbei und winkten ihr zu. Mich kannten die meisten gar nicht, ich hatte mit ihnen aber auch nichts zu tun und es war mir recht, sie nur von weitem zu sehen.

„Ja und bei dir? Schon neue Kontakte geknüpft?" „Ich sage dir, Monogamie behindert mich in meinem Job", erwiderte sie und trank noch einen Schluck Sekt, bevor sie das Glas angeekelt auf einem Tisch abstellte. „Als ich noch mit den Typen hier gevögelt habe, wusste ich viel besser Bescheid. Jetzt machen sie so verschwörerische Kommentare und ich muss wissend tun, in der Hoffnung, dass sie mir ein paar Brotkrumen hinwerfen und nicht abhauen, wenn ich den Quickie auf der Toilette ausschlage. Mein Gott, ich hätte heute Abend schon neun Mal Sex haben können.“

„Das wäre ein neuer Rekord“, bemerkte ich trocken und reckte den Hals nach dem süßen Kellner.

Em beobachtete mich. „Vielleicht möchtest du ja übernehmen.“

„Was bist du, meine Zuhälterin? Soweit kommt‘s noch, dass ich mich für Betriebsgeheimnisse aufs Kreuz legen lasse.“

Sie zwinkerte und sah sich um. „Gut, und mit wem muss man hier vögeln um was Vernünftiges zu trinken zu bekommen?“

„Das wäre wohl ich.“ Wir drehten uns um und sahen meinem Kellner ins Gesicht, das sich gerade zart rosa verfärbte. Anscheinend war er über sein eigenes vorlautes Mundwerk erschrocken.

Wirklich süß.

„Aber zu Ihrem Glück habe ich schon was vorbeigebracht. Das bekommen Sie für eine kleine Gegenleistung.“ Sein Blick suchte meinen und er schien sich selbst zu fragen, woher er den Schneid nahm, so mit uns zu reden. „Bekomme ich Ihre Nummer?“

Bevor ich etwas sagen konnte, mischte Em sich ein, ihre braunen Augen blitzten. „Hör mal, Kollege, du bist ziemlich frech. Komm mal bitte klar.“ Er presste die Lippen zusammen und nickte, während er uns sein Tablett hinhielt. Ich fühlte mich schuldig, als ich die zwei Gläser herunternahm, anscheinend hatte er für uns Champagner besorgt.

„Danke, das ist wirklich sehr lieb.“ Weiter kam ich nicht, wir wurden von einem neuen Schwarm Anwälten angesteuert und Em stellte mich vor: „Meine Kollegin Claire Sander, *Credit Control and Billing*. Sie kümmert sich um die Liquidität." Ich lächelte höflich und schüttelte ein paar Hände, dann erhaschten meine Augen noch einen kurzen Blick auf den Kellner, der sich jetzt vom Acker machte und neue Gläser heranschaffte. Mir tat es leid, dass Em ihn abgewimmelt hatte, irgendwie hatte er mir gefallen.

Ich schüttelte die Begegnung ab und konzentrierte mich auf das Gespräch vor mir. Gerade flirtete einer der Kerle so ungeniert und offensichtlich mit meiner Freundin, dass ich quasi dabei zusehen konnte, wie seine Hose immer enger wurde. „Sie sagten, Sie heißen M.? Wie bei James Bond?", fragte er mit charmantem Augenaufschlag und beugte sich zu ihr herüber.

Em sah jünger aus als vierzig und ihre zarte Figur und die extravaganten Kleider verstärkten diesen Eindruck noch. Im gedämpften Licht der Veranstaltung hatte sie durchaus Chancen, für dreißig durchzugehen, wie ich hoffentlich auch.

Sie warf ihm einen langen Blick zu. „Den habe ich ja noch nie gehört."

„Verraten Sie mir doch, wofür es die Abkürzung ist", machte er weiter. Da konnte er lange warten. Em hütete das Geheimnis um ihren Vornamen wie ihren Augapfel und ich war mir nicht einmal sicher, ob alle engen Kollegen ihn kannten, oder ob sie Sonja dazu gebracht hatte, ihn überall in M. zu ändern. Möglich war es, das stand auch auf ihren Visitenkarten, in ihrer Emailsignatur, sie war sehr konsequent.

Sam, Sonja und ich kannten ihn natürlich, aber ich hätte keine Wette darauf abgeschlossen, dass sie ihn Curt bereits verraten hatte.

Erwartungsgemäß ließ sie ihren aktuellen Gesprächspartner mit einem eiskalten Lächeln abblitzen und wandte sich mir zu. „Wir sollten demnächst gehen, mir reicht's", sagte sie schlecht gelaunt.

Wir tranken unseren Champagner und teilten uns ein Taxi bis zu mir nach Hause, Em wohnte nur ein zwei Querstraßen weiter und würde den Rest zu Fuß zurücklegen. Als ich zur Tür hereinkam, bedauerte ich es, dass ich dem Kellner meine Nummer nicht gegeben hatte. Dann hätte ich wenigstens einen kleinen Lichtblick gehabt, er war wirklich süß gewesen.

Nachdenklich machte ich mich bettfertig und kramte in meiner Nachttischschublade nach einem Hilfsmittel, um besser einschlafen zu können. Die Auswahl war groß und ich entschied mich für einen zierlichen Vibrator.

Genüsslich massierte ich meine Brüste und stellte mir vor, es wären seine Hände auf meiner Haut, die mich immer weiter anheizten und seine Zunge, die zwischen meinen Beinen auf und ab fuhr und mich an den Rand eines Orgasmus' trieb.

Danach würde ich mir etwas Schönes für ihn einfallen lassen, um ihn zu belohnen, ihm ein paar der Dinge zeigen, auf die ich wahnsinnig abfuhr und mit denen er sich in meiner Phantasie bestens auskannte.

Ich wurde immer schärfer, je detaillierter ich mir unseren Sex ausmalte und zögerte den Orgasmus hinaus, es fühlte sich einfach zu gut an. Mein Atem ging stoßweise, als ich mir vorstellte, wie er mich hart von hinten nahm und mir dabei einen Schlag auf den Hintern verpasste.

Oh Gott, das wäre zu köstlich gewesen und so viel besser, als alles, was der Typ von gestern Abend mit mir veranstaltet hatte.

Als ich schließlich mithilfe des Vibrators und meiner Finger kam, war es intensiver als die letzten drei One-Night-Stands zusammen. Verschwitzt und keuchend lag ich in meinem Bett und ärgerte mich mit einem Mal über Em, weil sie ihn so brüsk weggeschickt hatte. Wenn sie das nicht getan hätte, wäre meine Phantasie vielleicht gerade Wirklichkeit.

Ich deckte mich mit meiner Tagesdecke zu und schloss die Augen, während sich mein Puls wieder beruhigte.

Köstliche Zuckungen ließen meinen Unterleib noch immer erbeben und ich spielte mit dem Gedanken, eine zweite Runde zu starten. Noch bevor ich ihn weiterverfolgen konnte, fielen mir die Augen zu und ich schlief ein.

3. Kapitel

Der nächste Morgen kam viel zu schnell und ich spürte die Nach-
wirkungen des Alkohols zwischen meinen Schläfen. Sicher war es
nicht klug gewesen, an einem Montagabend so viel zu trinken und
so lange auszugehen. Wenigstens hatte ich heute keinen uner-
wünschten Besuch, sodass ich mich in Ruhe fertigmachen und meinen Kaffee trinken konnte.

Mein Handy vibrierte. *Bist du auch so hangover wie ich?* Em hatte
an ihre Nachricht noch ein kotzendes Emoji und eins mit Kreuzen
statt Augen angehängt. Neben dem zweiten war eine Pistole.

Sehr passend.

Scheiße, und wie, schrieb ich zurück und suchte nach meinen
Schuhen. Auf dem Diensthandy checkte ich meine Termine für den
Morgen. Gott sei Dank nichts Schlimmes, wir hatten nur unser ob-
ligatorisches Vierermeeting, bei dem wir etwa zwanzig Minuten
über die Arbeit und die restlichen siebzig über andere Dinge
quatschten. Sicher brannten Sam und Sonja darauf, von gestern
Abend zu hören.

„Oh Mann, wenn ich du wäre, würde ich den alten Sack in die
Wüste schicken und die ganzen Typen einmal durchvögeln", sagte
Sam und nippte an seinem teuren Kräutertee aus dem Teehaus, der
ihm angeblich innere Ausgeglichenheit schenken sollte. Ich konnte
davon noch nichts feststellen, auf mich wirkte Sam genauso gestresst wie immer.

„Danke für den wertvollen Hinweis. Was ist los mit dir? Ärger im
Discoparadies?", stichelte Em gelassen und checkte ihr Handy.

Wahrscheinlich hatte sie seit gestern schon fünf eindeutige Nachrichten bekommen. „Guck dir das an", murmelte sie und hielt mir das Gerät hin. Das Display zeigte das Bild eines ziemlich harten Penis', der von einer Männerhand umfasst wurde.

„Welcher von den ganzen Typen war das?", fragte ich und Sam riss mir mit starrem Blick das Telefon aus der Hand und seufzte laut auf. Er hielt es Sonja hin, doch die winkte ab.

„Jetzt stell dich nicht so an, Sonni."

„Ich habe da eine Regel: Keine Dick-Pics vor dem Mittagessen", sagte sie und schüttelte den Kopf. Sam zuckte mit den Schultern und vertiefte sich in den Anblick, bis Em ihm ihr Telefon entriss.

„Jetzt kriegt euch ein." Sie schob es in die Tasche ihrer schwarzweiß gemusterten Anzughose, bei deren Anblick Sam sie mit den Worten „du siehst aus wie ein Testbild" begrüßt hatte. Sie hatte ihm daraufhin den Fuckfinger gezeigt.

„Der dritte. Du weißt schon, der Blonde mit dem sehr auffälligen Ehering am Finger", sagte sie in meine Richtung.

„Schwein", murmelte Sonja. Ich wusste, dass es ihr größter Albtraum war, dass Kenichi sie mit einer anderen Frau betrog. Ich fand diese Befürchtung unbegründet, doch ihr letzter Freund vor Kenichi hatte genau das getan und Sonja wurde es einfach nicht los.

Em schnaubte zustimmend. Es interessierte sie nicht, ob ein Mann verheiratet war oder nicht, sie fand, dass sie nicht die Verantwortung für die Treue in einer fremden Beziehung trug. Sie würde nie etwas mit jemandem anfangen, dessen Frau sie mochte, aber wenn sie die andere nicht kannte, war es ihr egal. Ich wusste, dass Sonja das nur schwer akzeptierte und die beiden hatten sich bereits mehr als einmal deswegen in die Haare bekommen.

Sam war da liberaler, zwar lebten er und Tim monogam, doch das war erst seit ihrer Hochzeit der Fall und Männer hatten da nach meiner Erfahrung generell eine lockerere Einstellung als Frauen.

Was mich anging… wenn ich herausfand, dass ein Mann vergeben war, ließ ich die Finger von ihm. Verschwieg er es mir und ich fragte nicht nach, ging ich davon aus, dass er Single war. Für eine einmalige Sache brauchte ich nicht seine ganze Lebensgeschichte kennen und er musste schließlich mit sich selbst klarkommen.

„Wenigstens hat er seinen Ehering abgenommen, als er das Bild gemacht hat", meinte Sam nach einem weiteren Schluck seines Kräutertees.

„Alles okay bei dir?", fragte Sonja besorgt. Sam sah erschöpft aus und hatte Ringe unter den Augen, die auch sein Concealer nicht zu retuschieren geschafft hatte. Und Sams Künste mit dem Concealer waren virtuos.

„Dionne", seufzte er nur und erinnerte mich daran, dass mein bester Freund jetzt auch Vater war. „Sie will einfach nicht schlafen, egal, was wir versuchen. Wir sind mit ihr rumgefahren, haben sie gebadet, mit zu uns ins Bett genommen, gesungen, vorgelesen, Filme geguckt… Ich weiß einfach nicht mehr weiter."

Sonja sah ihn mitfühlend an, doch Em rollte mit den Augen. Ich hatte Mitleid mit ihm, Schlafmangel war ein unerträglicher Zustand bei mir, der an Folter grenzte und ich konnte mir nur entfernt vorstellen, wie es sein musste, wenn einen die ganze Nacht ein quengelndes Kleinkind vom Schlafen abhielt.

„Es ist doch wesentlich härter, als ich gedacht habe. Sie will in jeder Sekunde unsere Aufmerksamkeit oder weint einfach ohne ersichtlichen Grund und manchmal bin ich mir gar nicht sicher, ob sie verstanden hat, dass wir ihre Eltern sind."

„Wie sollte sie? Sie ist kaum drei Monate bei euch und sorry Sam, du bist keine schwarze Frau, entsprechend schwer wird es für sie sein, dich als Mutterersatz zu begreifen. Sie ist immerhin schon anderthalb." Ich wusste, dass Em recht hatte, aber manchmal war sie einfach zu ehrlich und ich konnte Sam ansehen, dass ihre Worte ihn getroffen hatten. „Du bist manchmal ein ziemliches Miststück, Mad-Eye", murmelte er in seine Tasse. Womit er sicher recht hatte.

„Und du sollst mich nicht so nennen", zischte sie. Der Spitzname stammte noch aus früheren Zeiten, in denen wir sie wegen ihrer *fröhlichen* Art so genannt hatten. Die Ähnlichkeit mit der Romanfigur war zu groß gewesen, doch mittlerweile hatte Em es uns größtenteils ausgetrieben.

„Was sagt denn die Psychologin?", fragte Sonja, entschlossen, keinen Streit aufkommen zu lassen. Sam berichtete von den Sitzungen, die sie zweimal die Woche hatten, um den Übergang für ihr Kind so leicht wie möglich zu machen und Em beugte sich derweil zu mir rüber. „Wenn du willst, organisiere ich ein Treffen für dich und Mr. Dick-Pic. Es lohnt sich wirklich", sagte sie leise und schwenkte ihr Smartphone.

„Em, ganz im Ernst", wehrte ich ab. „Ich möchte bitte nicht von dir auf Sexdates geschickt werden. Das bekomme ich auch allein ganz gut hin und außerdem stehe ich nicht auf verheiratete Anwälte." Sie hielt mir das Bild wieder vors Gesicht. „Egal, wie groß sein Schwanz ist, vielen Dank."

„Selbst schuld", meinte sie und steckte das Gerät endlich weg. Gedankenverloren beobachtete sie Sonja und Sam. „Schon komisch, oder? War alles mal einfacher."

Ich schüttelte den Kopf. „Es ist ewig her, dass wir alle Single waren. Und nie gleichzeitig."

„Wenigstens haben wir uns den leichten Lebensstil bewahrt, beziehungsweise zurückerobert." Em kontrollierte ihren Lippenstift mit der spiegelnden Rückseite ihrer Handycase. „Sag mal, dieser Kellner gestern… wolltest du ihm eigentlich deine Nummer geben?" Ich sah sie überrascht an, ich hatte nicht damit gerechnet, dass sie das ganze wirklich mitgeschnitten und sich darüber Gedanken gemacht hatte. „Wie kommst du darauf?"

„Ihr hattet ja schon voll den Flirtmodus eingeschaltet und er hat uns Champagner gebracht. Offensichtlich hat zumindest er sich was ausgerechnet."

„Worum geht's?" Anscheinend hatte Sam seine Kinderprobleme ausreichend besprochen, er und Sonja sahen uns jetzt gebannt an.

„Claire hat gestern einen Kellner bezirzt, damit er uns das gute Zeug ranschafft und er hat sie ziemlich ungeniert angebaggert." Ja, das fasste die Sache gut zusammen. Sein Gesicht mit den blauen Augen tauchte wieder in meiner Phantasie auf und ich bedauerte es erneut, dass Em das ganze vereitelt hatte.

„War er süß?", fragte Sam. Er seufzte. „Wisst ihr, ich brauche mehr Informationen von euch, seitdem wir Dionne haben, hatten Tim und ich keinen Sex mehr. Ich drehe noch durch."

Sonja legte ihm tröstend die Hand auf den Arm. „Das wird schon. Es ist normal, dass es erstmal weniger ist, das Kind geht vor."

„Das will ich doch sehr hoffen, ich habe das Gefühl, ich platze", klagte er und trank seinen Tee aus, als würde das helfen.

„Wenn es so weit ist, sag Bescheid, damit ich mich in Sicherheit bringen kann", sagte Em, doch dieses Mal war sie nicht halb so gehässig wie sonst. Jeder von uns konnte nachvollziehen, wie frustrierend eine sexlose Phase war. Vor allem in einer Partnerschaft.

Sam warf ihr trotzdem einen vernichtenden Blick zu. „Vielleicht lasse ich dich nur zu gern daran teilhaben. Dann erinnerst du dich, dass Männer nicht unbedingt scheintot sein müssen."

„Sechsundfünfzig ist nicht scheintot und Curt sieht sehr gut aus. Du hattest schon Sex mit älteren Männern", schoss sie zurück.

„Das ist gelogen, fünfundvierzig war immer die magische Grenze", widersprach Sam, dann drehte er sich zu mir um. „Also, was war mit dir und dem Kellner?" „Nichts, Em ist dazwischen gegangen, bevor wir uns ein bisschen unterhalten konnten."

„Sei dankbar. In einem Raum mit einer immensen Auswahl an gutaussehenden Männern lässt du dich ausgerechnet vom Kellner anmachen." Ich kam nicht mehr dazu, etwas zu erwidern, weil es an der Tür klopfte und kurz darauf Sophie, eine von Sonjas Mitarbeiterinnen, den Kopf hereinsteckte: „Bitte entschuldigt die Störung. Sonja, wir haben ein Problem. Frau Stechmann-Selzner will Anita feuern."

„Ich bin sofort da", sagte Sonja und stand auf. „Was hat die Ärmste bloß getan?" Anita war eine der Sekretärinnen aus dem Vertragsteam, bestehend aus den Anwälten, die sich um das Aufsetzen der Kaufverträge für die Immobilienkonsortien, die unsere Mandanten waren, kümmerten.

„Schwartz hat da eh seine Hand drauf", sagte Em mit einer wegwerfenden Handbewegung.

„Oder besser gesagt, seine Finger drin. Weiß doch fast jeder, dass die beiden sich jeden Donnerstagabend in seinem Büro die Seele aus dem Leib vögeln." Sam konnte den Neid nicht ganz aus seiner Stimme verbannen.

„Die Drachenfrau weiß das sicher nicht", sagte Sonja und verließ den Konferenzraum.

„Vierhunderteinundsiebzig Tage noch bis zu ihrer Rente." Em hatte recht, aber das half uns im Moment wenig.

Wir gingen zurück in unsere Büros und ich hielt bei meinem Team an, dessen Gemeinschaftsbüro sich direkt neben meinem befand. Auf der anderen Seite saß Sam, Sonjas Büro lag meinem gegenüber. Meine vier Mitarbeiter sahen auf, als ich hereinkam. Ich hatte bei ihrer Auswahl ein gutes Händchen gehabt und sie machten ihre Sache ausgezeichnet. Heute hatten wir auch den Azubi bei uns, dessen Name mir immer entfiel. Felix? Florian? Fabian?

„Na Leute, wie sieht's aus?" Ich setzte mich auf den freien Stuhl neben Franzis Schreibtisch. Sie war auch meine Stellvertreterin und ich schätzte sie wegen ihres Fleißes sehr. Trotz ihrer zwei kleinen Kinder war sie immer zuverlässig und so effizient, dass ihre Teilzeittätigkeit kaum zu spüren war.

„Gut, Kleinmann & Wolf haben endlich ihre Rechnung beglichen. Waren immerhin zweihunderttausend. Damit sinken die Außenstände auf zwei Komma drei Millionen", informierte sie mich stolz.

Ich lächelte sie anerkennend an, weil ich wusste, wie zeitraubend und nervenzerrend es gewesen war, diese Rechnungssache zu erledigen. Manche Mandanten hatten eine ausgesprochen schlechte Zahlungsmoral. „Sehr gut, das bewahrt mich davor, nächsten Montag zerfleischt zu werden. Ich danke euch."

„Dank uns nicht zu früh", mischte Alex sich ein und machte ein zufriedenes Gesicht. „Ich habe soeben den Zahlungseingang von Eastwing gesehen, noch einmal knapp fünfhunderttausend. Ich denke, das schreit nach einer Runde auf dich, Boss."

Heute war wirklich ein sehr guter Tag und ich versprach, Freitagnachmittag einen auszugeben. Wer so gut arbeitete, hatte sich das redlich verdient und ich orderte sofort Kuchen beim Bäcker für heute Nachmittag. Ohne mein Team hätte die Drachenfrau mir schon ziemlich oft in den Arsch getreten.

Der Rest des Tages verlief relativ ereignislos, ich hatte noch ein paar Meetings mit den Partneranwälten, um ihre offenen Rechnungen zu besprechen und festzulegen, welche Mandanten Mahnungen erhalten würden, danach war es Zeit für meinen Yoga-Kurs, nach dem ich mir einen entspannten Abend auf der Couch machte.

Am Donnerstag ordnete Em an, dass wir sie auf eine Party begleiten würden. Em war Mitglied in diversen Vereinen und Initiativen, bei denen sie die Kanzlei nur zu gern promotete und Sponsoring-Partnerschaften auftat. Manchmal hatte ich das Gefühl, dass sie und Steffen, unser Marketingleiter, nichts Anderes taten, als auf Partys zu gehen und mit Leuten zu quatschen. Ich war froh, dass ich diesen Job nicht machen musste, Smalltalk war nicht mein Ding und netzwerken schon gar nicht. Es war bewundernswert, Em dabei zu beobachten, wie sie sich unendlich viele Namen und die Geschichten dazu merkte und mit den Leuten plauderte, als könne sie sich nichts Besseres vorstellen, doch mich ermüdete das bloße Zuhören und es fühlte sich immer wie eine Zeitverschwendung an.

Gut, dieses Mal war es also eine Party von irgendeinem Verband, bei dem die Kanzlei Mitglied war und Em hatte selbstverständlich ihre Einladung auf vier Personen ausdehnen können, sodass ich jetzt mit Sonja und Sam an der Bar stand und bereits den zweiten Gin Tonic kippte.

Em war allein losgezogen und erneuerte ihre ganzen Kontakte, doch ich wusste, dass sie froh war, uns im Rücken zu haben. Wenn sie durch war, konnten wir uns einen schönen Abend machen.

Wir trugen unsere Gläser zu einem freien Stehtisch und sahen uns in dem Saal um. Es war nett, ein Museum in Speicherstadtnähe, das sich auf maritime Ausstellungen spezialisiert hatte.

An den Wänden waren Baupläne von Containerschiffen und in der Mitte des Raumes ragte der Schornstein irgendeines berühmten Frachters mehrere Meter in die Höhe.

„Vielleicht solltest du mal mit JP herkommen, er steht doch so auf Schiffe", sagte ich zu Sonja. Jan-Philipp, Sonjas sechsjähriger Sohn, liebte Schiffe aller Art, sie hatte ihm sogar ein Bullauge an die Kinderzimmerwand gepinselt. Sie und Kenichi hatten definitiv zu wenig Zeit für Sex, sonst kam man gar nicht auf solche Ideen, sondern kaufte eine Tapete und ließ sie vom Maler ankleben.

Zumindest hatte Sam das so gemacht und eine Steppenlandschaft mit Giraffen und Elefanten an Dionnes Kinderzimmerwänden anbringen lassen. Wahrscheinlich schlief die Kleine deswegen nicht.

Plötzlich stutzte ich, als ich einen der Kellner sah.

Konnte das sein?

Er sah in meine Richtung und blieb ebenfalls stehen, da hob er die Hand und winkte mir zu.

Kein Zweifel, das war der gleiche wie am Montag.

4. Kapitel

Ich war mir absolut sicher: Der junge Mann mit den strahlend blauen Augen war mein Freund vom Montag. Ich konnte es kaum glauben und spürte, wie sich mein Unterleib erwartungsvoll zusammenzog. Wie oft bekam man bitte eine solche zweite Chance? Es war ein bisschen, als hätte das Universum es so vorgesehen. Ich würde nie wieder die Esoterikbücher lesen, die Sonja mir mal während ihrer Feng-Shui-Phase aufgedrängt hatte.

„Siehst du jemand interessantes?", riss Sams Stimme mich aus meinen Gedanken und von ihm los und ich zuckte schuldbewusst zusammen. Sam hatte sich direkt neben mich gestellt und den Kellner ebenfalls erspäht. „Ganz niedlich, aber ich bitte dich, Liebste, lass die Finger von den Twens. Die wissen nicht, was sie tun, und machen dich nur unglücklich."

„Ach Sam, das glaubst du doch selbst nicht", murmelte ich und sah, dass er hinter dem Schornstein verschwunden war. „Das ist der Typ von Montag, den Em verscheucht hat."

„Was für ein Zufall, du solltest mit ihm schlafen. Und mit jedem anderen, den du mindestens zweimal gesehen hast", sagte er sarkastisch und wedelte mit der Hand vor meinem Gesicht.

„Ich arbeite dran, das weißt du doch", erwiderte ich abgelenkt und sah auf einmal in Sonjas Gesicht, die sich vor mich gestellt hatte.

„Claire, wirklich, meinst du nicht, es ist an der Zeit, dass du mal etwas Festes suchst? Jemanden, der zu dir passt?" Sie sah besorgt aus, doch ich mochte diese Art von Bevormundung nicht. „Eigentlich nicht, nein. Ich bin sehr zufrieden damit, wie mein Leben abläuft und komme wunderbar ohne Mann klar. Ich habe schließlich euch." „Natürlich hast du uns, aber es wäre doch auch toll, wenn du jemanden ganz für dich hättest, oder?" Sie hörte einfach nicht auf und hatte dieses nachsichtig besorgte Muttigesicht, das ich auf den Tod nicht leiden konnte. Nicht mal meine eigene Mutter sah mich so an, die hatte mittlerweile aufgegeben.

„Nein, Sonja, ganz und gar nicht. Wenn ich eins nicht gebrauchen kann, dann jemanden, der seinen Scheiß in meiner Wohnung verteilt und mich jeden Tag mit seiner Anwesenheit belästigt", zickte ich sie an. „Ich möchte bitte einfach nur Sex haben, guten Sex, wenn wir schon dabei sind, denn das ist das einzige, was Männer mir mehr oder weniger verlässlich geben können."

Ich drehte mich um und ließ sie stehen. Wütend machte ich einige Schritte und verschanzte mich hinter einer Zwischenwand, deren Rückseite eine schematische Darstellung einer Schiffsschraube zierte. Ich atmete ein paar Mal tief durch und zählte bis zehn. Natürlich meinte sie es nur gut mit mir und ich wusste, dass sie sich um mich sorgte, doch ich wollte mir das einfach nicht anhören.

Meine letzte Beziehung war fast sieben Jahre her und hatte ungefähr genauso lange gedauert. Ich war mir damals sehr sicher gewesen, dass Robert der Mann sein würde, den ich heiraten und mit dem ich den Rest meines Lebens verbringen würde, doch das war eine grobe Fehleinschätzung meinerseits gewesen.

Seitdem war ich von Dates und anstrengenden Essenseinladungen irgendwann zu anonymen Sex übergegangen und ehrlich gesagt gefiel es mir sehr gut so. Ich hatte viel über mich gelernt in diesen Jahren und jetzt ein wesentlich gesünderes Verhältnis zu meinem Körper und mir selbst als damals. Wenn ich mit sechsundzwanzig schon gewusst hätte was ich heute wusste, hätte ich mich niemals auf Robert auch nur eingelassen und mir viel Kummer erspart. „Ein Glas Champagner? Es ist das gute Zeug, wenn Sie mögen." Erstaunt drehte ich mich um und sah ihn vor mir stehen, das Tablett in der Hand. Ohne groß nachzudenken machte ich einen Schritt auf ihn zu und küsste ihn. Falls er überrascht war, hielt das nur eine Sekunde an, dann erwiderte er den Kuss, machte sich aber schnell los und lächelte mich entschuldigend an. „Ich will das wirklich tun, aber ich muss arbeiten und mein Boss sieht das nicht gern."

Betreten sah ich ihn an und kramte nach einem Zettel in meiner Handtasche, auf den ich ihm meine Telefonnummer kritzelte. „Melde dich, wenn du Feierabend hast."

Er ließ den Zettel in seiner Hosentasche verschwinden und ich schnappte mir das Champagnerglas vom Tablett. Sein Blick machte mir unmissverständlich klar, dass er sich melden würde, sobald er konnte. „Ich heiße übrigens Ben", sagte er noch, bevor er sich umdrehte und zurück zur Bar ging.

„Claire, ist alles okay?", fragte Sam, der gerade um die Trennwand herumkam. „Was trinkst du denn da?"

„Champagner. Es lohnt sich, dass ich heute noch den Kellner vögeln werde, auch ohne feste Beziehung", sagte ich und nippte am Glas. Sam lehnte sich gegen die Wand und strich sich über den Hipsterbart. „Sonja hat es nicht so gemeint, das weißt du doch, oder?" Er nahm mir das Glas aus der Hand und trank selbst einen Schluck.

„Such dir deinen eigenen Kellner, Blödmann", schnappte ich und entriss es ihm. „Und ja, ich weiß, *wie* sie es gemeint hat, das ändert aber nichts daran, *dass* sie es gesagt hat."

„Sie denkt eben, dass es auch für dich jemanden geben sollte, das darfst du ihr nicht übelnehmen."

„Du und Em, ihr kommt mir nie damit."

„Ja, weil wir anders eingestellt sind als Sonni. Em und ich wissen, dass man auch gut allein klarkommen kann, aber für Sonja gibt es nur ein Leben zu zweit. Wer weiß, vielleicht ändert es sich bei dir irgendwann noch mal, aber für jetzt hast du jedes Recht, genau das zu tun, worauf du Lust hast." Er zog mich an sich und küsste mich auf die Wange. „Und wenn du den süßen Kellner vögeln willst, mach bitte ein Foto von ihm, damit ich ihn mir auch noch mal ansehen kann."

Ich küsste ihn zurück und piekte ihn in die Brust. „Vögel du mal lieber mit deinem Ehemann, bevor du noch auf dumme Gedanken kommst."

Er seufzte. „Ich sage mir immer, dass es sich nur noch um ein paar Wochen handeln kann, bis Dionne ein bisschen entspannter ist. Solange ich das hoffen kann, kann ich die dummen Gedanken zügeln, aber es wird von Tag zu Tag schwerer."

„Komm zu mir, bevor du mit einem anderen ins Bett gehst, ja? Wir finden eine Lösung." Er versprach es und wir gingen zurück zu Sonja, die zusammen mit Em an unserem Tisch stand und mich bang ansah. „Claire, es tut mir leid", sagte sie sofort und tätschelte meinen Arm. Sie machte ein so zerknirschtes Gesicht, dass ich ihr nicht mehr böse sein konnte. Außerdem wollte ich mir davon nicht den Abend verderben lassen. Ich liebte Sonja zu sehr, um mich mit ihr streiten zu wollen und außerdem fieberte ich Bens Anruf entgegen.

Von Em wusste ich, dass die Veranstaltung bis um zwölf angesetzt war, das hieß mit Aufräumen und allem Drum und Dran, konnte er gegen halb zwei bei mir sein. Wir verließen die Party um halb zwölf und ich fuhr mit dem Taxi nach Hause. Tatsächlich rief er um viertel nach zwölf an und fragte, ob er vorbeikommen konnte: „Einer meiner Kollegen schuldete mir noch was, deswegen kann ich jetzt schon abhauen", sagte er und ich nannte ihm meine Adresse. Mit klopfendem Herzen stand ich eine halbe Stunde später in meinem Cocktailkleid an meiner Wohnungstür und wartete darauf, dass der Aufzug in meiner Etage hielt. Stattdessen kam er die

Treppe rauf und blieb mit einem verlegenen Gesichtsausdruck vor mir stehen. „So, da bin ich."

„Ich habe mich sehr gefreut, dich heute wiederzusehen", sagte ich und ließ ihn rein. Direkt hinter der Tür drückte er mich an die Wand und küsste mich. Seine Finger fuhren durch mein Haar und über meine Hüfte und das Ziehen in meinem Unterleib wurde immer stärker. An meinem Bauch spürte ich seine Erektion, die Gutes verhieß.

„Ich mich auch. Seit Montag musste ich ständig an dich denken", sagte er an meinen Lippen und küsste meinen Hals. Mein Herzschlag beschleunigte sich bei seinen Worten vor Erregung. Konnte es wirklich sein, dass er so viel an mich gedacht hatte, oder war das ein sehr effektiver Spruch, um mich einzuwickeln?

Wie auch immer, Ben hatte jetzt schon einiges an Pluspunkten gesammelt und dass er unverzüglich hergekommen war, ließ mich den Entschluss fassen, nicht einfach nur eine schnelle Nummer zu schieben. „Lass uns ins Schlafzimmer gehen", sagte ich. „Möchtest du ein Glas Wein?"

„Im Moment nicht." Er küsste mich und schob seine Fingerspitzen in meinen Ausschnitt. Ja, es lohnte sich, das ganze auszukosten.

„Ich mag es gern etwas ausgefallen", hauchte ich in sein Ohr und er sah mich mit großen Augen an. „Bist du dafür offen, dass ich es dir zeige?"

„Oh bitte, ja." Er schob mir die Träger meines Kleides über die Schultern und entblößte meinen Spitzen-BH. „Was willst du tun?" Er sah mich scharf an. „Aber keine Sauereien, ja? Es gibt da gewisse Dinge…"

„Schon verstanden. Ich dachte eher daran, dass ich dir zeige, was mich besonders anmacht. Dabei werden wir nur übliche Körperflüssigkeiten austauschen."

Er entspannte sich und lächelte mich entschuldigend an. „Das klingt gut. Sorry, man hört ja so einiges und…"

„Ich weiß, was du meinst, aber wir kennen uns kaum und wir gehen es etwas ruhiger an, ja? Und solche Dinge gehören auch nicht zu meinem Repertoire."

„Was für ein schönes Wort. Sprichst du gern französisch?" Er grinste schwach über den schlechten Spruch und ich konnte mir ein Lächeln nicht verkneifen. Ich öffnete die Tür zu meinem Schlafzimmer, in dem bereits gedämpftes Licht auf dem Nachttisch brannte. Er sah mich auffordernd an und ich wusste, dass er mit einem Vorschlag einverstanden war.

Ich hatte es in der Hand.

„Zieh deine Hose aus", befahl ich und beobachtete ihn dabei, wie er sie abstreifte. Durch den Stoff seiner Pants zeichnete sich deutlich seine Erektion ab und mir wurde noch heißer.

Ich nahm seine Hand und führte ihn zum Bett, platzierte ihn in der Mitte und setzte mich rittlings auf ihn. Sofort waren seine Hände auf mir, schoben sich unter das Bündchen meines Slips und ich biss mir auf die Lippe, um nicht laut aufzustöhnen.

Das ging zu schnell. Ich hatte heute mehr vor als schnellen Sex. Schnell griff ich unter mein Kopfkissen und nach dem Band, das ich dort hingelegt hatte, dann hob ich seine linke Hand hoch und band sie schnell und effizient an das Kopfteil.

Er schien es gar nicht zu bemerken, denn jetzt saugte er durch den dünnen Stoff meines BHs an meiner Brustwarze während sich die Finger seiner rechten Hand immer weiter vorwagten und in mich eindrangen.

Das ging viel zu schnell.

Ich griff auch nach diesem Handgelenk und führte es zum Kopfteil, auch wenn es mir leidtat, seine Finger von mir zu nehmen. Jetzt verstand er und sah mich überrascht an. „Was machst du da?", fragte er mit belegter Stimme. „Ich hoffe, du bist experimentier-freudig", hauchte ich und fuhr mit der Zunge über seine Lippen. Seine schnellte hervor und ich genoss den Kuss, bevor ich ihm auch die Augen verband.

„Solange du mich in einem Stück lässt", witzelte er doch ich spürte, dass es ihm nicht ganz geheuer war. Ganz so aufgeschlossen war er doch nicht, aber das würden wir schon hinbekommen.

„Entspann dich", hauchte ich und fuhr mit den Fingerspitzen über seine Brust hinunter. Dann entledigte ich ihn seiner Pants und be-trachtete entzückt, was darunter zum Vorschein kam.

Wirklich hübsch.

Zentimeterweise ließ ich meine Finger über seine glatte Haut glei-ten und hörte zufrieden, wie er zischend Luft holte. Er hatte ja keine Ahnung, was noch auf ihn zukam.

Ich zog mich aus, griff nach einem der Öle auf meinem Nachttisch und gab eine kleine Menge auf meine Handflächen. Es prickelte auf der nackten Haut und würde ihm gleich richtig einheizen. Zentime-ter für Zentimeter trug ich das Öl auf und verteilte es mit kreisenden Bewegungen, während ich immer weiter den Druck erhöhte. Das Öl erleichterte die Bewegung und das Prickeln intensivierte jede Berührung. Ich liebte es, das zu tun und beobachtete sein Gesicht, das sich ekstatisch verzerrt hatte.

„Oh Mann, ist das geil", stöhnte er und zerrte an seinen Handfes-seln. Damit hatte er wohl recht und ich wurde selbst immer heißer, aber die Kunst lag darin, im richtigen Moment aufzuhören, sonst war der Spaß vorbei, bevor er richtig begonnen hatte.

Unter mir verkrampfte sich sein Körper und ich spürte, dass der passende Moment gekommen war, also zog ich meine Hand weg und er stieß Luft aus, anscheinend hatte er sie schon angehalten. Gerade noch rechtzeitig, nur ein bisschen länger und er wäre wahr-scheinlich schon gekommen.

„Das war knapp, Süße. Du machst das verdammt gut", stöhnte er und zerrte an seinen Bändern. „Ich würde mich gern revanchieren. Mach mich los."

„Das hast nicht du zu entscheiden." Meine Hand glitt über seinen Bauch hinauf zu seinem Mund, wo ich mit dem Daumen seine Lippen teilte, ihn hineinschob, damit er daran saugen konnte. Viele Männer dachten, sie mochten solche Dinge nicht, aber wenn man sie ihnen einfach aussetzte, war es überraschend, wie widerstandslos sie sich darauf einließen. Er ließ es einfach so geschehen und ich fragte mich, was ich noch alles mit ihm ausprobieren könnte. In meiner Schublade war noch das eine oder andere Stück, das uns beiden Freude bereiten könnte.

„Mmmm… ich mag Kirsche", machte er, als ich meinen Daumen aus seinem Mund zurückzog. „Schmeckst du auch nach Kirschen?"

„Es ist wohl an der Zeit, das herauszufinden." Ich leckte über meinen Daumen und strich ihm über die Wange. „Welche Seite hättest du gern?"

„Die Rückseite, wenn du mich so fragst." Er sog zitternd Luft ein, als ich mich über ihn kniete und ihm mein Hinterteil ins Gesicht drückte. „Jesus…", machte er noch, dann presste er seine Lippen auf meine Haut und ließ seine Zunge vorschießen. Er strich mit ihr über jeden Zentimeter, den er erreichen konnte, und ich biss mir auf die Unterlippe, als er ganz vorn angekommen war und sie hier kreisen ließ. „Gefällt es dir nicht?", fragte er. „Ich höre ja gar nichts."

„Oh doch", stöhnte ich, wohlwissend, dass er schmecken konnte, wie sehr es mir gefiel und er machte weiter. Abwechselnd massierte er meine Klit, dann drang seine Zunge immer wieder unvermittelt in mich ein und ich wurde so scharf, dass ich mir das Stöhnen beim besten Willen nicht mehr verkneifen konnte. „Wenn ich meine Hände frei hätte, könnte ich noch viel mehr für dich tun", sagte er heiser und arbeitete sich weiter nach hinten vor. „Dann wäre der

Spaß aber auch viel schneller vorbei", machte ich und stützte mich schwer auf meine Hände. Direkt vor meinem Gesicht reckte sich mir sein Penis entgegen und ich widerstand der Versuchung, ihn in den Mund zu nehmen, nur knapp. Auch ich durfte jetzt nicht ungeduldig werden, auch wenn alles in mir danach schrie, endlich zu kommen.

Er trieb mich mit seiner Zunge weiter an und immer wieder brachte er mich dazu, ihm zu sagen, wie sehr ich es genoss, dass er mich hingebungsvoll leckte.

Diese Bestätigung gab ich ihm gern.

Meine Muskulatur zog sich bereits zusammen und in meinem Kopf dröhnte es, als er plötzlich aufhörte und mir einen Kuss auf die linke Pobacke gab. Ich brauchte einen kleinen Moment, um mich zu sammeln, drehte mich um und küsste ihn auf die Lippen, auf denen ich mich schmecken konnte.

Es war nicht zu leugnen, ich genoss jede Sekunde mit Ben. Doch jetzt war es an der Zeit, zur Sache zu kommen. Ich nahm ihm die Augenbinde ab und er sah mich mit großen Augen an. „Wow, ich hatte ja keine Ahnung, wie schön du bist." Obwohl das Kompliment komplett überflüssig war, fühlte ich mich geschmeichelt. Gerade wollte ich ihm die Handfesseln abnehmen, als er mich bat, noch zu warten.

„Hast du noch einen Wunsch?", fragte ich und ließ meine Fingerspitzen über seine Brust und seinen Bauch gleiten. Er war kein Muskelprotz, sondern sehnig und schlank wie ein Läufer. Alles war an ihm gut proportioniert und fest, ohne, dass er bepackt wirkte. Das hätte auch gar nicht zu seiner jungenhaften Art gepasst.

Zischend sog er Luft durch die Schneidezähne ein und schien mit sich zu ringen, ob er den nächsten Satz sagen sollte oder nicht. „Sag es einfach. Die Phantasie kennt keine Tabus", flüsterte ich. „Wenn du möchtest, dass ich etwas mit dir mache, sag es mir und ich werde sehen, ob ich dir den Wunsch erfülle."

Was konnte er wollen? Im Allgemeinen war ich sehr aufgeschlossen und es erregte mich, dass er sich einbringen wollte. Richtig abgedrehte Wünsche hatte ich erst ein- oder zweimal erlebt und sorgfältig abgewogen, ob es zu mir passte oder nicht.

„Könntest du…" Er biss sich auf die Zunge und atmete noch einmal durch. „Könntest du ihn mit deinen Brüsten streicheln? Ich stehe da total drauf."

Das war nicht halb so ausgefallen, wie ich vermutet hatte und ein Lächeln breitete sich über meinem Gesicht aus. „Natürlich." Ich kniete mich zwischen seine Beine, damit er nichts verpasste, beugte mich vor und strich mit meiner Brustwarze über seinen Schaft. Seine blauen Augen verfolgten jede meiner Bewegungen mit brennendem Blick und seine Lippen waren leicht geöffnet. Als ich auf der Spitze zu kreisen begann, schloss er die Augen und stöhnte auf. „Mein Gott, ist das geil. Claire, bitte mach weiter."

Ein Tropfen bildete sich und ich verrieb ihn hingebungsvoll. Auch ich hatte Gefallen daran und zu sehen, wie sehr es ihn scharfmachte, erregte mich.

Ich schob ihn zwischen meine Brüste und fuhr provokativ auf und ab. Ein weiterer Tropfen bildete sich, den ich mit der Zungenspitze aufnahm. Ich genoss seinen Geschmack und wünschte mir, ich hätte ihn doch oral befriedigt, aber dafür war es jetzt zu spät. Er war mittlerweile so dabei, dass er wahrscheinlich sofort käme, doch ich war nicht bereit, auf meinen Teil zu verzichten.

„Das ist das Beste, was ich je erlebt habe", murmelte er mit flatternden Lidern und ich wusste, dass es jetzt brenzlig wurde, wenn ich nicht aufhörte. Ich zog mich zurück und strich ihm über die Brust, den Hals hinauf, bis zu seinem Mund. Sofort saugte er wieder an meinen Fingerspitzen und sah mich an.

„Würdest du jetzt die Fesseln lösen?"

Ich lächelte und kniete mich über ihn, machte erst die eine, dann die andere Hand los. Sobald er sich bewegen konnte, kehrten seine Finger zurück und schoben sich in mich. Ich stöhnte auf, als er mindestens zwei von ihnen in mir versenkte und sie schnell bewegte. Das liebte ich so sehr, je fester, desto besser.

Seine andere Hand streichelte meine Wange und zog mich zu sich herunter, unsere Münder fanden sich und ich seufzte laut an seinen Lippen, als er das Tempo noch weiter erhöhte.

„Ja, bitte mach weiter." Ich schob meine Zunge so tief es ging in seinen Mund und ahmte die Bewegungen seiner Finger nach.

„Süße, hast du ein Kondom? Ich brauche jetzt wirklich dringend eins", keuchte er und vergrub sein Gesicht an meinem Hals, während ich seine Finger ritt und mir auf die Unterlippe biss.

Benommen nickte ich und angelte nach dem kleinen Päckchen auf meinem Nachttisch, während er keine Sekunde aufhörte. Mit den Zähnen riss ich es auf und rollte das Kondom über seinen Penis, der sich so hart anfühlte, als wäre er aus samtüberzogenem Stahl.

Er zog seine Finger aus mir und drückte mich herunter. Ich nahm meine Hände zur Hilfe und ließ ihn zentimeterweise in mich gleiten. Meine Muskeln hatten sich bereits so zusammengezogen, dass sie jetzt köstlich gedehnt wurden und kurz dachte ich, ich würde sofort kommen.

Er beugte sich vor und bedeckte meine Brüste mit Küssen, dann legte er seine Hände auf meine Hüfte, um den Takt anzugeben. Ich nahm ihm das ab, denn ich kannte mich am besten und wusste, wie ich uns beide zum Kommen bringen würde.

Seine Augen weiteten sich, als ich das Tempo erhöhte und ihn hart ritt, meine Hände auf seinen Schultern und einer plötzlichen Eingebung folgend, legte ich eine Hand an seine Kehle, ganz locker, ohne zuzudrücken. Es gefiel ihm, das war ihm deutlich anzusehen und mit einem Mal versetzte er mir einen kurzen Schlag auf den Hintern, der mich sofort kommen ließ.

Ich bäumte mich auf, meine Beinmuskeln zuckten wie verrückt und ich konnte den Schrei nicht unterdrücken, vor allem nicht, weil er jetzt auch noch meine Klit streichelte und mich dabei keine Sekunde aus den Augen ließ.

Eine zweite Welle folgte der Ersten ohne Verzögerung und ließ mich Sterne sehen. Dann kam er mit einem unterdrückten Schrei und klammerte sich so fest an meine Hüfte, dass ich am nächsten Tag mit Sicherheit einen blauen Fleck bekommen würde.

Zitternd sank ich nach vorn über und spürte, wie er seine Arme um mich schlang. Es fühlte sich ganz natürlich an, in seiner Umarmung zu liegen, erschreckend natürlich.

Verlegen machte ich mich los und stieg von ihm herunter. Er verfolgte meine Bewegungen mit irritiertem Blick. Wortlos griff er meine Hand und zog mich zu sich heran. „Bitte bleib hier.“

„Ich habe eine Ersatzzahnbürste im Badezimmer“, sagte ich mit verschnupfter Stimme, wehrte mich aber nicht gegen ihn. Kurz darauf verrieten mir seine regelmäßigen Atemzüge, dass er eingeschlafen war.

Bevor ich mich darüber wundern konnte, war auch ich eingeschlafen.

5. Kapitel

Ein Klappern im Nebenraum weckte mich am nächsten Morgen. Verschlafen setzte ich mich auf und brauchte einen Moment, um mich zu orientieren.

Die Schlafzimmertür öffnete sich und Ben kam herein, bekleidet mit seinen Pants, einen dampfenden Kaffeebecher in der Hand haltend. „Guten Morgen", sagte er lächelnd und reichte mir den Becher. Verwundert sah ich erst Ben, dann den Kaffee an. Er hatte sogar Milchschaum gemacht und ein Motiv fabriziert. „Bist du Barista?", fragte ich und nahm vorsichtig einen Schluck. Der Kaffee war phantastisch. Er grinste.

„Naja, ich habe mal ein paar Wochen in einem Coffeeshop gearbeitet. Und Vollautomaten habe ich auch mal verkauft, deswegen habe ich dir deinen neu eingestellt. Die Brühtemperatur war zu hoch, jetzt müsste er perfekt sein."

Ich wusste gar nicht, was ich sagen sollte. Nicht nur, dass er vor mir aufgestanden war und sich frisch gemacht hatte, er brachte mir auch noch Kaffee ans Bett. Als wären wir ein Paar.

Ich wusste nicht, wie ich das finden sollte und starrte ihn einfach nur stumm an, während ich vorsichtig einen zweiten Schluck von dem Kaffee nahm. „Danke", rang ich mir schließlich ab. Er lächelte reuig.

„Ich merk schon, das war jetzt die Schippe zu viel, oder? Sorry, ich kann einfach nicht anders, Kaffee ist so wichtig, dass er perfekt sein muss." Damit hatte er sicher recht, aber ich kam mir trotzdem komisch vor, wie ich hier nackt vor ihm im Bett saß und – zugegeben sehr guten – Kaffee trank.

„Was hältst du von Frühstück?", fragte er. „Du hast noch Eier im Kühlschrank, ich könnte Rührei machen." Konsterniert nickte ich, noch immer fehlten mir die Worte. Er kam offenbar sehr viel besser mit der Situation klar als ich und das brachte mich noch mehr aus dem Konzept. Mein Blick fiel auf die Uhr, viertel vor sieben. Ich hatte sogar noch Zeit für Rührei.

„Gut, dann bereite ich alles vor, während du dich fertigmachst." Bevor ich antworten konnte, war er schon verschwunden. Mit meinem Kaffee ging ich ins Badezimmer und machte mich wie in Trance fertig. Nachdem ich mich angezogen hatte, kam ich gerade rechtzeitig in die Küche, um ihm beim Anrichten zuzusehen.

Mittlerweile hatte er seine schwarze Anzughose und das weiße Hemd von gestern Abend angezogen und lächelte, als er mir den Teller hinstellte. Er setzte sich mir gegenüber und trank ebenfalls einen Schluck Kaffee. „Du siehst übrigens toll aus. Ich mag das Kostüm fast noch mehr, als wenn du ein Kleid trägst."

Überrascht wegen des unerwarteten Kompliments sah ich an mir herunter: ich trug eine schwarzweiß gestreifte Bluse und einen Bleistiftrock, nichts Besonderes, aber er sah mich an, als würde er mich sofort wieder ausziehen und an letzte Nacht anknüpfen wollen.

„Danke", sagte ich und riss mich endlich zusammen. Er hatte mich dermaßen überrumpelt, dass ich mich benommen hatte wie ein Schulmädchen. „Und danke auch für das Frühstück. Das ist wirklich lieb von dir."

„Immerhin hast du mir Obdach gewährt, da ist Frühstück doch das Mindeste, womit ich mich revanchieren kann." Seine Augen blitzten und ich musste lachen. Erstaunt stellte ich fest, dass ich ihn mochte. Und das Rührei war wirklich gut.

„Würdest du mit mir ausgehen?", fragte er plötzlich und überraschte mich erneut. Mir wäre fast die Gabel aus der Hand gefallen. Irritiert sah ich ihn an. Meinte er das Ernst? Anscheinend, denn es konnte keinen anderen Grund als ehrliches Interesse geben, Sex hatte er schließlich schon bekommen.

Mein Mund fühlte sich trocken an und meine Gedanken rasten durch meinen Kopf, als ich die verschiedenen Möglichkeiten gegeneinander abwog: Eigentlich wollte ich keine Dates. Ich wusste nicht einmal, ob ich überhaupt noch beziehungswillig war und mir vorstellen konnte, mich auf einen anderen Menschen einzulassen.

Andererseits war der Sex so gut gewesen, dass ich ihn gern noch einmal sehen wollte, um das Ganze zu wiederholen. Das überraschte mich, denn dieses Bedürfnis hatte ich nur äußerst selten. Dazu kam, dass ich ihn wirklich süß fand und es für möglich hielt, ein wenig Zeit mit ihm zu verbringen, ohne dass wir dabei vögelten.

Ich gab mir einen Ruck. „Ja, warum nicht?"

Hoffentlich würde ich diese Entscheidung nicht bereuen.

Alle drei machten große Augen, als wir eine Stunde später in meinem Büro standen. Sofort nachdem ich hereingekommen war, hatte Em mich abgefangen und die anderen beiden dazu gerufen.

„Wie war es?", fragte sie atemlos und knallte meine Bürotür hinter sich zu. Ich konnte nicht verhindern, dass sich ein Lächeln über mein Gesicht ausbreitete. „Ziemlich gut."

„Bitte, belästige uns nicht mit den ganzen Details, ich kann es nicht mehr hören", sagte Sam trocken und stupste mich an. „Lass dir nicht jedes Wort aus der Nase ziehen. Wie ist er, wie sieht sein Schwanz aus, wie lange habt ihr es getrieben?"

„Kommunikativ und experimentierfreudig, lang und schlank, eine gute Stunde", ratterte ich herunter und Sams Augen leuchteten. „Du scheinst ja sehr angetan zu sein", sagte Sonja.

„Das krasseste habe ich noch gar nicht erwähnt: Er ist vor mir aufgestanden, hat Kaffee gekocht und mir ans Bett gebracht, dann hat er Frühstück vorbereitet, während ich mich fertiggemacht habe." Den dreien fiel die Kinnlade herunter, sogar Em, die kaum zu schockieren war. Sonja grinste und Sam bat mich, Ben bei ihm vorbeizuschicken.

„Das gibt es doch gar nicht", murmelte er benommen.

„Seht ihr euch wieder?", fragte Sonja vorsichtig. Unseren Streit von gestern Abend hatte sie noch nicht vergessen.

„Er hat mich gefragt, ob ich mit ihm ausgehe und, naja, irgendwie mag ich ihn ganz gerne. Und der Sex war wirklich zu gut, um es nicht noch einmal mit ihm zu tun. Also habe ich zugesagt, es kann ja nicht schaden, wenn wir essen, bevor wir das nächste Mal vögeln."

„Es wird also ein nächstes Mal geben", sagte Em, bevor Sonja vor Begeisterung vergehen konnte und warf ihr einen warnenden Blick zu, den sie sofort verstand.

„Ich bin noch nicht fertig mit ihm", erwiderte ich, auch wenn ich selbst nicht so genau wusste, was ich damit meinte.

Sonja und Em verließen mein Büro, doch Sam blieb noch bei mir, er hatte ein paar Ausdrucke mitgebracht und wollte noch die Debitorenkonten mit mir besprechen. Als die Tür hinter den beiden zugefallen war, lächelte er mich an. „Du magst ihn also."

„Bitte keine voreiligen Schlüsse. Ich gehe nur mit ihm etwas essen und danach ins Bett. Das ist keine Staatsaffäre", wehrte ich ab.

„Sicher nicht, aber ich bin ja schon beeindruckt, dass du überhaupt ja gesagt hast. Er ist schließlich nicht der erste, der dich um ein Date bittet." Ich nickte und überlegte, wie ich erklären sollte, was ich selbst nicht ganz verstand. „Wahrscheinlich lag es am Kaffee. Und am Sex. Er war wirklich gut, es wäre schade, es nicht noch mal zu tun."

Sam warf mir einen langen Blick zu und nickte unverbindlich. „Da hast du sicher recht."

„Wie geht es Tim?", fragte ich, um das Thema zu wechseln und zog mir die Ausdrucke herüber. Auf einen Blick sah ich, dass Sam nur Konten mitgebracht hatte, die vollkommen in Ordnung waren, wir waren beide gut in unserem Job und ich ging nie nach Hause, wenn etwas ungeklärt war.

Zu jedem meiner drei engsten Freunde hatte ich eine besondere Beziehung und Geheimnisse hatten wir so gut wie keine voreinander, doch Sam und ich hatten etwas, das so eng war, dass auch Em und Sonja nicht dazwischenkamen, egal, wie sehr ich sie liebte.

Dafür hatten wir schon zu viel trauriges, lustiges und wirklich bescheuertes zusammen erlebt und manche Geschichten waren einfach zu verrückt, um sie anderen zu erzählen.

„Ganz gut. Dionne war gestern Abend friedlich, als ich nicht da war und hat sogar geschlafen, deswegen hat er mir den Ausflug verziehen." Ich wusste, dass Tim es nicht leiden konnte, wenn Sam ihn mit der Kleinen allein ließ und sie anstrengend war.

Die beiden waren seit mittlerweile sechs Jahren ein Paar und hatten vor gut zwei Jahren geheiratet. Seitdem lebten sie auch monogam, obwohl ich wusste, dass es Sam manchmal schwerfiel, aber das war Tims Forderung gewesen, auf die er sich einlassen musste.

„Also habt ihr euch vertragen? Hattet ihr Sex?"

„Schön wär's gewesen. Ich habe wirklich mein Bestes gegeben, aber er hat gesagt, er sei zu müde. War ich auch, um ehrlich zu sein, aber ich kann bald nicht mehr. Bevor wir Dionne bekommen haben, haben wir es dauernd getrieben, aber seitdem die Kleine bei uns ist... Ist es furchtbar, wenn ich sage, dass sie unser Sexleben ruiniert hat?"

„Es klingt furchtbar, aber nicht, weil es darum geht, dem Kind die Schuld zu geben, sondern weil die Situation so blöd ist. Aber ich glaube, es geht den meisten Eltern so." „Die Psychologin sagt, dass es vorübergehen wird, wenn sie vollkommen bei uns angekommen ist und vergisst, dass wir sie geholt haben. Sie weiß nur leider nicht, wann das so weit sein wird." Sam rieb sich die Stirn und strich sich über sein dichtes dunkles Haar, das er gerade an den Seiten kurz rasiert und im Deckhaar voluminös gestylt trug.

Ich hatte ihn schon immer gern angesehen, aber seine bekümmerte Miene machte auch mich traurig und ich streichelte seine Hand.

„Wahrscheinlich eher, als du denkst. Vielleicht war das jetzt die erste von vielen Nächten, in denen sie gut schläft und ihr könnt vögeln wie früher."

„Wollen wir es hoffen. Bis dahin wirst du mich mit den Details deines Sexlebens am Leben erhalten müssen." Er sah mich aufmerksam an und ich gab ihm den extralangen Bericht, nach dem es ihm wahrscheinlich so vorkam, als wäre er selbst dabei gewesen.

Auch die kompromisslose Ehrlichkeit war eine Sache, die auf unserer mehr als fünfzehn Jahre langen Freundschaft basierte und zum Teil auch daher rührte, dass jeder von uns während unserer WG-Zeit den anderen mindestens einmal beim Sex überrascht hatte. Es gab einfach keine Peinlichkeiten zwischen uns, den Punkt hatten wir schnell überwunden.

Am Nachmittag, als die Drachenfrau sich bereits auf den Weg nach Hause gemacht hatte, hielt ich mein Versprechen und brachte eine Flasche Cava ins Büro meines Teams, um auf die dreiviertel Million anzustoßen, die wir diese Woche reingeholt hatten. Sogar der Azubi Florian-Fabian-Felix bekam ein halbes Glas, mehr konnte ich mit meiner Aufsichtspflicht nicht vereinbaren, auch wenn er sich wahrscheinlich jedes Wochenende ins Koma soff.

„Was habt ihr denn schönes am Wochenende vor?", fragte Franzi und lehnte sich entspannt zurück. Svenja, unsere jüngste im Team, hatte einen Kurztrip nach Amsterdam mit ihrem Freund geplant und fragte sich die ganze Zeit, ob er ihr einen Antrag machen würde. Ich lächelte freundlich und zeigte ihnen nicht, wie sehr ich das

Thema hasste. Es erinnerte mich zu sehr daran, wie ich mit Ende zwanzig gewesen war und bei jedem Essen und jedem gemeinsamen Abend darauf gehofft hatte, dass Robert mir endlich den Antrag machte, der nie kommen sollte.

Das bewies mir nur, wie sehr ich damit abgeschlossen hatte. Wenn ich eine Sache mit fast vierzig nicht mehr brauchte, waren es ein weißes Kleid und feierliche Liebesschwüre.

Nach dem Sekt ging ich zurück in mein Büro und plante den Montag. Die Wochenbilanz sah sehr gut aus und ich brauchte mir wegen der Besprechung keine Sorgen zu machen. Die Drachenfrau hatte mich selten am Wickel, dafür lief es bei uns die meiste Zeit zu gut und sie bekam regelmäßig Updates von mir, was den Stand der Dinge anging. Wenn sie nächstes Jahr in Rente ging, würde die Kanzlei einen neuen Head of Office brauchen und ich rechnete mir gute Chancen aus, befördert zu werden. Mittlerweile arbeitete ich seit sieben Jahren für Lichtenstein & Partner und unsere Außenstände waren für die Größe der Kanzlei immer absolut in Ordnung, Zahlungsziele wurden selten versäumt und das Mahnwesen lief tadellos. Wenn einmal etwas schieflief, lag es eher an den Anwälten als an meinem Team.

Ems platinblonder Schopf erschien in meinem Türrahmen und sie winkte mit der Flasche Gin, die sie immer in ihrem Schreibtisch aufbewahrte. Das war die Notration, die für besonders schlimme Tage gedacht war und mich jetzt alarmierte: „Was ist los?"

„Das beschissene Ende einer beschissenen Woche", verkündete sie düster und goss einen Schluck in meinen Kaffee. Ich warf ihr einen finsteren Blick zu. „Ich bin mit dem Auto hier, Em."

„Lass die Kiste stehen und hol sie morgen ab, ich brauche dich jetzt", erwiderte sie ungerührt, während sie den Alkohol in mein leeres Wasserglas gab und sich einen Schluck genehmigte. „*Price*

& Waterfront haben heute ihr Mandat gekündigt, die hatten ein Volumen von anderthalb Millionen. Kreiß und Konsorten drehen gerade durch und rate mal, wer sich jetzt kümmern soll. Moi."

Jetzt brauchte ich doch einen Schluck.

Mandanten zu verlieren war immer äußerst schmerzhaft und versetzte die Kanzlei in Aufregung. Mit anderthalb Millionen war Price eher ein mittelgroßer Mandant, doch ich wusste, dass Kreiß und sein Team schon sehr viel Zeit investiert hatten und diese noch gar nicht in Rechnung gestellt worden war, weil er die Abrechnungen immer zurückgehalten hatte. Die Kohle jetzt reinzuholen würde eine ziemliche Scheißarbeit werden und ich wusste noch nicht, um wieviel es eigentlich ging.

Der Kaffee mit Gin war ein geschmackliches Desaster, erfüllte aber seinen Zweck. Mittlerweile war es nach vier und das Büro hatte sich geleert. Mein Team verabschiedete sich meistens gegen drei, halb vier und Ems zwei Werkstudentinnen hatten in der Regel freitags frei.

Irgendwann steckte Sam seinen Kopf zur Tür herein und zog die Nase kraus. „Mein Gott, was veranstaltet ihr denn hier? Es riecht wie in einer Kneipe." Er schnüffelte erneut. „Habt ihr hier drinnen geraucht?"

„Es war ein Notfall!", verteidigte Em ihren Ausflug an mein Fenster, den ich ihr ausnahmsweise erlaubt hatte. Stoßlüften würde helfen. Sie berichtete Sam in zwei Sätzen, was geschehen war und er stöhnte auf. „Das darf doch nicht wahr sein! Das ruiniert meinen kompletten Forecast!" Stumm reichte ich ihm meinen Kaffeebecher und er trank einen Schluck, nachdem er daran gerochen hatte. „Die ganze Budgetplanung muss jetzt neugemacht werden, also kann ich Montag quasi um sechs hier aufschlagen. Tim wird begeistert sein." Seufzend stand er auf. „Ich fahre jetzt nach Hause, das solltet ihr auch tun. Es ist gleich halb sechs." Sprachlos sahen Em und ich uns an. Die Zeit hatten wir komplett aus den Augen verloren. Natürlich wimmelte es im anderen Trakt noch vor Rechtsanwälten, die gern und oft bis spät in die Nacht in ihren Büros saßen und arbeiteten und es gab auch ein paar Sekretärinnen, die bis um neun Uhr abends da waren, um Notfälle zu bearbeiten, doch im Administrationsflügel war um diese Zeit längst keiner mehr.

Mit schwerem Kopf sammelten wir unsere Sachen zusammen und riefen uns ein Taxi, um zu mir zu fahren. Ich wollte nur die Schuhe wechseln und anschließend mit Em zum Italiener bei mir um die Ecke. „Kommt dein neuer Stecher heute noch?", fragte Em mit schwerer Zunge und wurde vom Taxifahrer angeschnauzt, weil sie versuchte, sich während der Fahrt eine Zigarette anzuzünden. „Ich mach ja schon aus, keinen Stress bitte!"

„Wir sehen uns am Sonntag zum Essen. Außerdem haben wir uns gestern erst kennengelernt. Und nenn ihn nicht meinen Stecher, das klingt ja furchtbar!"

„Ach ja, ich hatte ganz vergessen, dass ihr ein Date habt", sagte Em, der die Zigarette immer noch am Mundwinkel hing, mit unstetem Blick.

Wir erreichten meine Straße und ich bezahlte das Taxi, während Em mit einem erleichterten Seufzer den ersten Zug von ihrem Glimmstängel nahm. In meiner Wohnung herrschte bis auf den Balkon Rauchverbot, aber so lange wollte sie es nicht mehr aushalten. Ich fuhr mit dem Fahrstuhl hoch, wechselte Schuhe und Mantel, sammelte sie unten ein und wir gingen um die Ecke zu Salvatore, der uns freudig begrüßte. Ich bestellte eine Karaffe Pinot Grigio und zwei Gläser und sah Em dabei zu, wie sie das erste Glas quasi exte, nachdem sie kurz mit mir angestoßen hatte.

Das konnte ja ein heiterer Abend werden.

6. Kapitel

Ein grelles Licht biss sich bösartig durch meine Lider in meine Augäpfel. Mit dröhnendem Kopf blinzelte ich ihm entgegen und stöhnte laut auf. Ich konnte mich nicht mehr genau erinnern, wie viel Wein es gestern Abend noch geworden war, aber den Ausmaßen meines Schädels nach zu schließen, viel zu viel.

Schwerfällig stand ich auf und ging hinüber in die Küche, dabei warf ich einen Blick ins Wohnzimmer, wo Em wie eine Tote auf der Couch lag und schlief. Ihr Arm ragte in die Luft und sie war irgendwo unter meinen Kissen und Decken begraben.

In der Küche stellte ich die Kaffeemaschine an und schlurfte ins Badezimmer. Im Spiegel blickte mir ein Monster entgegen, ich hatte mich nicht abgeschminkt und das war etwas, was mir meine neununddreißig Jahre alte Haut mittlerweile sehr übel nahm. Es kostete mich einiges an Mühe, dann hatte ich den ganzen Dreck runter und mich mithilfe meiner Bürste wieder in mich selbst verwandelt.

Ich warf eine Kopfschmerztablette ein, holte den Kaffee aus der Küche und ging ins Wohnzimmer zu Em, die gerade ihren Kopf zwischen den Kissen herausstreckte und nicht weniger schrecklich aussah als ich kurz zuvor. Ich holte ihr ein Aspirin, sank in meinen Sessel und trank schweigend meinen Kaffee.

„Wieviel Wein war es?", fragte Em matt, nachdem sie ihren Becher ausgetrunken hatte. Ihre Haare waren ein Nest und ihr Lippenstift und ihre Mascara quer über ihr Gesicht verwischt. Ich würde Kissen und Decken reinigen lassen müssen, um das rauszubekommen.

„Ich glaube, es waren Fässer. Salvatore hat sicherlich das Geschäft seines Lebens mit uns gemacht." Ich fühlte mich wie ausgekotzt und sah Em an, dass ihr Kater mindestens genauso schlimm war wie meiner.

„Hast du noch den Ersatzzahnbürstenvorrat im Bad?", ächzte sie und rappelte sich auf. Sie hatte sich bis auf ihren Slip und ihr Oberteil ausgezogen und hockte jetzt wie ein Häufchen Elend im Paillettentop auf meinem Sofa.

„Klar, bedien' dich", machte ich und sank in mich zusammen. Ich hörte, wie sie sich erst die Zähne putzte und dann duschte, kurz darauf kam sie zurück und murmelte: „Ich bin froh, dass ich nie die Gewohnheit abgelegt habe, immer einen frischen Schlüpfer in der Handtasche zu haben."

Den getragenen packte sie in einen kleinen Plastikbeutel mit Zippverschluss und warf ihn in ihre Tasche. Danach sah sie mit gerunzelter Stirn auf ihr Smartphone und fluchte. „Ich habe das Frühstück mit Curt platzen lassen, na herrlich. Dafür kann ich den ganzen Abend auf den Knien verbringen und um Verzeihung blasen."

Ich lachte und wusste, dass sie es nur halb so schlimm fand, wie sie sagte. Nach ihren Erzählungen war Curt gut im Bett und sehr fordernd, was Em nur zu gern ausnutzte. Dass er einen ziemlichen Haufen Kohle hatte, war ihr dabei schon mehrfach zu Gute gekommen, wer konnte sonst von sich behaupten, dass er schon mal Sex im Firmenflieger gehabt hatte?

„Denkst du dran, dass wir heute Nachmittag mit Sam und Sonja verabredet sind, bevor du deinen Kiefer schon mal lockermachst?", fragte ich und sie rollte mit den Augen. „Ach ja, mit den Kindern. Ich kann mir nichts Schöneres vorstellen, als den Nachmittag mit JP und Dionne zu verbringen. Das klingt, als würde man ein Rap-Duo aus den Neunzigern treffen." Sonjas Mann hatte heute Nachmittag Dienst und Tim ging golfen, deswegen brachte Sam Dionne mit. Ich freute mich, mein Patenkind zu sehen, auch wenn sie bei meinem letzten Besuch die meiste Zeit wie am Spieß geschrien hatte.

Ich holte uns mit meiner dunkelsten Sonnenbrille auf der Nase belegte Brötchen vom Bäcker, der direkt neben Salvatores Restaurant lag, und wir verbrachten den Rest des Vormittags auf meiner Couch, bis Em nach Hause ging, um sich umzuziehen.

Um drei holte ich sie ab und wir fuhren zum Café, in dem wir uns verabredet hatten. Sonja war schon da und winkte uns zu, ihr Sohn saß neben ihr auf seinem Stuhl und fummelte mit ihrem Smartphone herum. Er war auch sonst nicht besonders gesprächig und außer seinem schwarzen Haarschopf war nicht viel von ihm zu sehen. „Das war heute der einzige Weg, um ihn ruhig zu bekommen", sagte sie entschuldigend, als sie unter unseren fragenden Blicken rot wurde. Sie hasste es, ihn mit dem Telefon ruhig zu stellen und fühlte sich immer wie eine Rabenmutter.

Mir persönlich war es immer noch lieber, wenn der Sechsjährige mit dem Handy beschäftigt war, als die ganze Zeit zu quengeln. Em wäre es am liebsten, wenn es einen separaten Raum für Kinder gäbe, am besten schallisoliert. Und in einem anderen Gebäude.

„Alles klar bei euch?" Sonja erkannte die Zeichen unseres gestrigen Gelages und schüttelte den Kopf. „Sieht nach 'nem langen Abend aus."

„Der Abend war gut, heute Morgen war beschissen", sagte Em dumpf und fing sich einen tadelnden Blick ein, weil sie vor dem Kind geflucht hatte. „Hör doch auf, er kriegt doch eh nichts mit."

„Das weißt du nicht", zischte Sonja. „Und ich sitze am Ende mit der Erzieherin zusammen, weil er Schimpfworte benutzt hat." „Ich verkneife mir das dazu passende Schimpfwort", sagte Em trocken und bestellte bei der Kellnerin eine Chai Latte. Ich orderte einen Cappuccino. „Wo bleibt Sam?"

„Ist unterwegs, es war etwas schwierig, Dionne ins Auto zu bekommen. Er hat in die Gruppe geschrieben", erwiderte Sonja.

„Ich hasse diese Chatgruppen, das ist die schrecklichste Erfindung seit der CD", knurrte Em und konsultierte ihr Smartphone.

„Steht ja auch nicht jeder auf Schallplatten", hielt Sonja dagegen und warf ihrem Sohn einen besorgten Blick zu. „Ich musste ein paar Sachen passwortverschlüsseln."

„Wieso, sammelst du Dick-Pics von Kenichi?", fragte Em, die mit genervter Miene Sams Nachricht las.

„Em, mein Gott!", stieß Sonja genervt aus und schien JP die Ohren zuhalten zu wollen.

„Sorry, wenn er weiß, was das ist, ist eh alles zu spät", erwiderte Em achselzuckend. „In diesem Fall sollten Sam und Tim ihn aufziehen und du kannst das Beste hoffen." Ich musste laut loslachen, während Sonja Em auseinandersetzte, wie sie sich als verantwortungsbewusste Erwachsene zu verhalten hatte.

Meine Güte, wann waren wir eigentlich so spießig geworden, dass wir uns nachmittags in einem Café trafen und solche Dinge nicht mehr besprechen konnten?

Als JP noch kleiner gewesen war und meistens geschlafen hatte (und nachdem Sonja aus der ersten großen Mamiphase rausgekommen war, in der sich alles um Stillen, Schlafrhythmus und Stuhlgang drehte), war es wirklich entspannt gewesen, jetzt taten sich ganz andere Probleme auf.

Die Tür ging auf und Sam kam mit gestresster Miene herein, Dionne saß in ihrem Buggy, die Augen voll Tränen. Er erregte mit dem Kind immer noch viel mehr Aufsehen als allein und nicht wenige Frauen sahen ihn an wie Hyänen das Aas. Er war auch schon einige Male angesprochen worden, ob er alleinerziehend sei und es dauerte in der Regel ein bisschen, bis die Frauen merkten, dass er mit ihnen nichts anfangen wollte.

„Riesendrama im Auto, bitte entschuldigt. Ich glaube, ich habe einen Tinnitus, so laut hat sie geschrien. Fast wäre ich gar nicht hergekommen." Ich schnallte die Kleine ab und hob sie aus der Karre, um sie mir auf den Schoß zu setzen. Dank der beiden Kinder meines jüngeren Bruders, der mit seiner Frau in unserem Elternhaus in meiner Heimatstadt Celle lebte, hatte ich wenig Berührungsängste, auch wenn ich meine Familie selten sah.

Dionne sah mich aus ihren großen, dunklen Augen an und kuschelte sich an mich. Ihre kleine Hand legte sie auf meinen Arm und hielt ihn fest. „Wie machst du das bloß?", stöhnte Sam und ließ sich auf seinen Stuhl fallen.

„Einfach kein Drama draus machen", sagte ich achselzuckend. „Wenn sie schreit, bekommst du sie zurück."

„So leicht hätte ich es auch gern." Ich begann, mir Sorgen um ihn zu machen. Er sah noch kaputter aus als Em und ich und hatte wieder diese dunklen Ringe unter den Augen. Ich suchte seinen Blick und er winkte nur müde ab. Es gab also immer noch nichts Neues an der Sexfront und ich glaubte zu wissen, wie furchtbar es mittlerweile für ihn sein musste. Drei Monate ohne und das auch noch während einer Partnerschaft, waren eine lange Zeit und für jemanden, dem Sex so wichtig war und ihn so genoss wie Sam, war es doppelt schlimm. Ich hoffte nur, dass er eine Lösung zusammen mit Tim finden würde und dem Drang nicht mit einem anderen Mann nachgab.

Insgesamt war unser Treffen merkwürdig verkrampft an diesem Nachmittag und ich konnte Em ihre Erleichterung deutlich anmerken, als sie sich um fünf verabschiedete, um ihr Fehlen am Morgen bei Curt wieder gut zu machen. Sonja brach unmittelbar danach auf und ich half Sam, Dionne in den Buggy zu setzen. Während unseres Treffens war die Kleine ganz artig gewesen und hatte nicht geweint, auch jetzt blieb sie ruhig, als ich sie ohne viel Aufhebens in ihren

Autositz verfrachtete und anschnallte. Ich kitzelte sie am Kinn und sie strahlte mich mit ihren schneeweißen Milchzähnen an. Sie war wirklich zu süß mit ihren kleinen Zöpfchen.

„Du möchtest dich nicht zufällig heute Abend um sie kümmern?", fragte Sam und ich hätte sogar zugesagt, wenn er nicht selbst abgewinkt hätte. „Das würde nur Stress geben."

Ich nickte mit einem beklommenen Gefühl im Magen und sah ihm hinterher, als er wegfuhr. Etwas unschlüssig blieb ich noch einen Moment stehen und ging dann wenig begeistert bummeln, weil ich nichts Anderes mehr geplant hatte und noch nicht nach Hause wollte. Sobald ich zuhause kam, würde ich mich mit einem Film aufs Sofa begeben und wahrscheinlich innerhalb weniger Minuten einschlafen.

Tatsächlich war das Shoppen wenig ergiebig und ich fuhr nach Hause und setzte den Plan in die Tat um, sodass ich am nächsten Morgen wirklich fit war und mich gegen elf auf den Weg zu meinem Aerobic-Kurs machte.

Mit Ben war ich um halb sieben verabredet, ich hatte den Termin extra früh gelegt, damit wir noch viel vom Abend miteinander verbringen konnten. Schon um drei machte ich mich allmählich fertig und war von mir selbst genervt, weil ich nervös war und mich auf das Treffen freute.

Nein, korrigierte ich mich, ich freute mich auf den *Sex* mit Ben, nichts Anderes. Ich war schließlich erwachsen und machte mir keine falschen Hoffnungen. Solange wie wir Spaß miteinander hatten, war alles okay, danach würde jeder seiner Wege gehen.

Ganz einfach.

Trotzdem ertappte ich mich, wie ich den Bleistiftrock anzog, den er an mir am Freitagmorgen bewundert hatte, dieses Mal mit einem schwarzen Bustiertop. Darunter zog ich halterlose Strümpfe und erwog kurz, ganz auf den Slip zu verzichten, entschied mich aber doch für einen String aus schwarzem Mesh, der kaum etwas verdeckte. Dazu meine Lack-Louboutins und mein schwarzer Trenchcoat und ich war bereit, ihn zu treffen. Einen Gin Tonic hatte ich schon getrunken und ich ärgerte mich über mich selbst, weil ich dem Treffen so entgegenfieberte.

Um Punkt halb sieben stand ich vor der Tür des Restaurants, das er vorgeschlagen hatte. Es war ein Spanier, so klein, dass darin kaum zehn Leute Platz fanden und nicht allzu schick, aber das hätte ich auch nicht erwartet.

Er war schon da und hielt mir die Tür auf. Dann küsste er mich und mir wurde heiß. „Hallo Claire. Ich habe mich schon sehr auf dich gefreut." Er kam dem Kellner zuvor und nahm mir den Mantel ab, seine Augen leuchteten angesichts des Rocks. „Anscheinend werde ich heute von Anfang an belohnt. Das habe ich mir doch noch gar nicht verdient."

Wo nahm er das bloß her?

Ich lächelte und wir nahmen an dem kleinen Tisch Platz, den er für uns reserviert hatte. Es war sehr eng in dem schmalen Raum und die Kellnerin musste sich an uns vorbeidrücken, um an den Tisch am Fenster zu kommen. Außer uns waren noch drei weitere Paare da und ein Doppeldate, alle unterhielten sich mit gedämpften Stimmen und im Hintergrund lief spanische Gitarrenmusik. Es war alles schon ein wenig abgerockt und nicht im Mindesten schick, aber irgendwie gefiel mir genau das heute.

Wir bestellten Rotwein und die Paella für zwei, die uns wärmstens empfohlen wurde. Zu spät ging mir auf, dass die Vorbereitung einer guten Paella auch eine Stunde dauern könnte. Hoffentlich ging uns bis dahin nicht der Gesprächsstoff aus, sonst musste ich mein Heil im Wein suchen.

Der Tempranillo war in Ordnung und tatsächlich entpuppte Ben sich als guter Gesprächspartner. Er erzählte mir, dass er gebürtig aus Flensburg kam und für sein Studium nach Hamburg gekommen war. Er hatte Maschinenbau studiert, doch schon nach zwei Semestern die Lust verloren, seitdem tingelte er von einem Job zum nächsten, um sich über Wasser zu halten. Dabei wirkte er nicht im Mindesten unglücklich über sein Leben, sondern genoss es einfach, wie es kam.

Bei dem bloßen Gedanken lief es mir kalt den Rücken hinunter. Ich hatte schon während meines Studiums der Betriebswirtschaftslehre peinlich genau darauf geachtet, dass meine Nebenjobs und Werkstudentenpositionen zu meinem Schwerpunkt Finanzen passten, um gleich nach dem Abschluss einen gutbezahlten Job bekommen.

Ich hatte mir nie Leerlauf erlaubt und auch für Robert war es immer sehr wichtig gewesen, dass wir beide gutes Geld verdienten, sodass wir uns, als wir zusammenzogen, eine schicke Wohnung in Eppendorf leisten konnten. Das hatte mir unterm Strich nichts genützt, wie ich jetzt einsehen musste, und ich fragte mich, ob ich mir auch mal ein Urlaubssemester hätte gönnen sollen.

Obwohl ich mir sagte, dass es mich nicht interessieren musste, erfuhr ich, dass Bens Vater Däne war und sein Nachname Magnusson. Er war der zweite von drei Brüdern und hatte außerdem noch eine jüngere Schwester, die im kommenden Jahr ihr Abitur machen würde. Seine Brüder arbeiteten beide in Kopenhagen, der eine bei der Dänischen Nationalbank und der andere war in das Geschäft seines Großvaters eingestiegen und Tischler geworden.

Unser Gespräch war so interessant, dass ich mich nicht einmal unbehaglich darüber fühlen konnte, diese ganzen Dinge über ihn zu erfahren. Es fühlte sich wirklich wie ein richtiges Date an, doch mit dem Nachtisch wurde die Stimmung angespannter und ich wusste, dass wir beide nur noch daran dachten, zu mir zu fahren und endlich in meinem Bett zu landen.

Während des Essens hatte er schon mehrfach die Hand auf mein Bein gelegt und vorsichtig unter meinen Rocksaum geschoben, das Tischtuch hatte verhindert, dass die anderen Gäste oder das Personal etwas mitbekamen. Als er den Abschluss der Strümpfe erreichte, verharrte er kurz und schloss die Augen. „Das hatte ich gehofft", murmelte er. „Claire, mein Gott… ich weiß gar nicht, wie ich es aushalten soll."

Kurz war ich versucht, ihm anzubieten, dass wir auf der Toilette schon mal ein kleines Vorspiel starteten, doch das Restaurant war zu klein, um das halbwegs unauffällig über die Bühne zu bekommen und ich wollte nicht rausgeworfen werden. Das war Em schon einmal passiert, inklusive Gespräch mit der Polizei und einer mündlichen Verwarnung, auf die ich gut verzichten konnte.

Stattdessen schob ich meine Hand seinen Oberschenkel hinauf und ließ sie in seinen Schritt gleiten. Ich konnte deutlich durch seine Hose spüren, wie schwer es ihm fiel, sich noch zu zügeln und er hielt meine Hand am Gelenk fest. „Wenn du das jetzt tust, gehe ich mit einem Fleck auf der Hose hier heraus", warnte er leise. „Ich glaube, es ist besser, wenn wir noch warten."

Ich nickte und wir schaufelten unsere Crema Catalana in uns hinein, er bestand darauf, die Rechnung zu begleichen und ich rief uns ein Taxi. Während der Fahrt fiel es mir schwer, die Finger von ihm zu lassen und ihm ging es genauso, doch es war nicht dunkel genug, um seine Finger noch weiter an der Innenseite meiner Oberschenkel hinaufwandern zu lassen, egal, wie sehr ich das wollte.

Ich bezahlte das Taxi und wir stürzten hinauf in meine Wohnung. Mit fliegenden Fingern war ich an den Knöpfen seines Hemdes, doch er hielt mich zurück. „Warte bitte noch kurz. Ich muss jetzt etwas tun, worauf ich warte, seitdem ich dich an der Tür gesehen habe." Ich wartete atemlos darauf, was er als nächstes tun würde.

Er schob mich gegen die Wand neben der Eingangstür und machte das Licht aus.

Dann spürte ich, wie er meinen Rock nach oben schob, was nur dank des Schlitzes an der Rückseite möglich war, und dabei jeden Zentimeter, den er freilegte, küsste. Spielerisch ließ er die Daumen über den Spitzenabschluss der halterlosen Stümpfe gleiten, dabei schob er den Rock noch höher und sein heißer Atem strich über mein durchsichtiges Höschen.

Mittlerweile war ich so heiß auf ihn, dass sich der zarte Stoff mit meiner Lust vollgesaugt hatte und er knurrte leise, als er dies mit seinen Fingerspitzen feststellte. „Oh Ben, ja…", keuchte ich, als sein Daumen über den Stoff strich und seine Ränder erkundete. Er fuhr mit dem Zeigefinger zwischen meinen Pobacken entlang und verrieb die Feuchtigkeit dort, bis ich glaubte, verrückt zu werden, wenn er aufhören sollte. Dann beugte er sich vor und ließ seine Zunge über den Meshstoff gleiten. Mir entfuhr ein spitzer Schrei und ich presste mir die Hand auf den Mund.

Das Treppenhaus war extrem hellhörig und meine Nachbarn würden jeden Laut mitbekommen, den ich von mir gab. Ich atmete durch die Nase und presste mich gegen die Wand, während er immer weitermachte und meine Haut durch den dünnen Stoff mit seiner Zunge reizte.

Meine Beine knickten ein, doch er packte mich an den Armen und hielt mich aufrecht. Ich konnte nirgendwo hin, ich konnte nur noch kommen und das möglichst geräuschlos. Ich biss mir auf die Lippe und spürte, wie der Orgasmus kam. Mein Hinterkopf schlug gegen die Wand, als ich ihn zurückwarf und die Muskeln in meinen Beinen spielten verrückt.

Erstickt stöhnte ich und spürte, wie mir Tränen über die Wange liefen, da ließ er von mir ab und fing mich auf, als ich in mich zusammenzufallen drohte. Seine Lippen legten sich auf meine und ich schmeckte mich selbst auf seiner Zunge, als sie sich in meinen Mund schob.

„Das wollte ich schon den ganzen Abend tun und ich glaube, es hat dir gefallen." Er knipste das Licht an und seine zufriedene Miene verwandelte sich in Besorgnis, als er mein Gesicht sah. Schnell wandte ich mich ab und wischte mir über die Wangen. „Claire, ist alles in Ordnung?", fragte er und drückte mich an sich.

„Ja, es war… intensiv…", ich lehnte mich gegen seine Schulter und atmete tief durch. „Versteh das lieber als Kompliment. Und das machen wir nie wieder hier in der Diele."

Ich spürte, dass er lächelte. Mit noch etwas zittrigen Beinen zog ich ihn hinüber zum Schlafzimmer und ging noch einmal in die Küche, um die Flasche Crémant zu holen, die ich kaltgestellt hatte. Die Gläser hatte ich schon ins Schlafzimmer gebracht.

Als ich zurückkam, betrachtete Ben gerade die Spielzeuge, die ich schon bereitgelegt hatte. Er drehte sich mit dem Paarvibrator in der Hand um und sah verunsichert aus. „Findest du es schlimm, wenn ich nicht weiß, was das ist?", fragte er verlegen. Ich lächelte. Manchmal verhielt er sich viel erwachsener und plötzlich wie der Sechsundzwanzigjährige, der er nun mal war.

„Das kann ich dir zeigen. Möchtest du vorher einen Schluck?"

„Ist das denn auch das gute Zeug?", fragte er grinsend und mir ging auf, dass wir bei unserem zweiten Treffen schon einen Insider hatten. Ich erwiderte das Grinsen, auch wenn ich gegen meinen inneren Widerstand ankämpfen musste. Das hier war jetzt schon viel intimer, als ich es seit langer Zeit zugelassen hatte und es fühlte sich fremd und gefährlich an. Schnell entkorkte ich die Flasche und goss den Rosé in die Gläser, setzte mich zu ihm aufs Bett und prostete ihm zu.

„Du hast den Rock runtergezogen", stellte er fest und nahm einen Schluck. „Schade."

„Das hast nicht du zu entscheiden", erwiderte ich. Seine Augen blitzten. „Ist das immer so, dass du der dominante Part bist? Ich habe die Filme gesehen", schob er erklärend hinterher und ich konnte mir schon denken, was er sich reingezogen hatte.

„Nein und darum geht es auch gar nicht. Ich experimentiere einfach gern und finde Bondage und Verwandtes ganz prickelnd. Außerdem mag ich Spiele, die das Vertrauen in den anderen herausfordern, aber dazu sollten sich beide gut in der Materie auskennen, sonst endet es in der Regel böse."

„Warum?"

„Du hast die Filme doch gesehen", erwiderte ich, obwohl ich sie lächerlich fand. „Es müssen sich beide Seiten vollkommen darauf einlassen, sonst bringt es nichts. Außerdem habe ich keine Zeit für irgendwelche schriftlichen Vereinbarungen, wann welche Wäsche getragen werden soll."

Er nickte nachdenklich und trank noch einen Schluck. Mir sank der Mut. Hatte ich ihn jetzt verschreckt? Da sah er mich unvermittelt an, seine Augen waren klar. „Ich finde das klingt sehr spannend und ich hätte gern, dass du mir zeigst, was dich daran so anmacht. Vielleicht kannst du die Stachelhalsbänder und die neunschwänzige Peitsche erst mal im Schrank wegschließen und wir fangen langsam an." Ich biss mir auf die Lippe, um nicht zu lachen. Solche Sachen hatte ich sowieso nicht da, weil Schmerz nicht mein Ziel war, aber es war immer interessant zu erfahren, was die Menschen damit verbanden. Diese Assoziationen konnten Ängste und Sehnsüchte gleichermaßen zeigen und mir eine Richtung zeigen, in die es einmal gehen konnte.

So ähnlich war es damals bei mir auch gewesen und das, was ich anfangs kategorisch abgelehnt hatte, gehörte heute zum Teil mit zu meinen liebsten Spielarten. Aber Ben hatte Recht: Es schadete nur, wenn man zu früh zu viel wollte und wir hatten schließlich Zeit um… Ich stoppte meinen Gedankenzug entsetzt. Was war denn nur los mit mir? Hatte ich gerade wirklich darüber nachgedacht, etwas Längerfristiges mit ihm anzufangen?

Ich?

Nur, weil wir jetzt anderthalb Mal guten Sex hatten?

Ich leerte mein Glas in einem Zug und stellte es auf den Nachttisch. Unschlüssig besah ich meine vorbereiteten Toys und wusste nicht, wie ich anfangen sollte. Seine Initiative in der Diele hatte mich aus dem Konzept gebracht.

Er stellte sich neben mich und schlang die Arme um meine Schultern. Es fühlte sich gut an, mich an ihn zu lehnen und seinen Körper an meiner Rückseite zu spüren. Ich wusste jetzt schon, wie ich ihn heute Nacht haben wollte, aber ich würde nicht mit dem Schlussteil anfangen. Stattdessen würde ich etwas nachholen, das ich Donnerstagnacht versäumt hatte. Ich drehte mich zu ihm um und küsste ihn. Genüsslich knöpfte ich sein Hemd auf. Er hielt still und ließ mich keine Sekunde aus den Augen, als ich meine Hand in seinen Hosensaum schob.

Ich brach mit meinen Prinzipien, aber schließlich war es kein One-Night-Stand mehr. Außerdem vertraute ich ihm genug, um es durchzuziehen und ich hatte einfach Lust darauf.

Seine Gürtelschnalle war schnell geöffnet und ich hielt mich nicht damit auf, ihm die Hosen und Pants auszuziehen, sondern öffnete einfach den Reißverschluss und schob den Saum nach unten, bis er mir entgegenragte. Ich ging vor ihm in die Hocke.

Er befeuchtete seine Lippen mit der Zungenspitze und hielt den Atem an, als ich ihn in den Mund nahm. Ich schloss meine Lippen um seine Haut und saugte sacht. Mit Hilfe meiner Zunge erzeugte ich einen Unterdruck und erhöhte die Intensität stückweise. Als ich aufsah, bemerkte ich, dass Ben alles mit verzückter Miene beobachtete.

Ich genoss es, ihm einzuheizen und spürte, dass ich selbst auch immer schärfer dabei wurde. Oralsex mit dem passenden Partner liebte ich und fand ihn auszuüben fast so erregend, wie selbst befriedigt zu werden. Es war ein intensives Gefühl, den anderen so in Ekstase zu versetzen und ich liebte die Kontrolle, die ich dabei über seine Lust hatte.

Schon spürte ich die ersten Tropfen auf meiner Zunge und wusste, dass ich jetzt behutsam vorgehen musste, um im richtigen Moment aufzuhören. Sein Atem ging bereits stoßweise und Schweiß bildete sich in seiner Halsbeuge. Der Anblick trieb mich immer weiter an und ich ließ meine Fingernägel über seine Brust wandern, reizte ihn leicht, indem ich ihn kratzte. Dann baute ich den Druck ab und glitt ein letztes Mal den Schaft mit der Zunge hinauf bis zur Eichel, die ich zärtlich ansaugte und anschließend freigab.

Er zog mich hoch und küsste mich. „Süße, das war so gut... Mein Gott, ich dachte, ich sterbe jeden Moment."

„Nicht in diesem Schlafzimmer", sagte ich scherzend und ließ ihn gewähren, als er den Reißverschluss am Rücken meines Bustiers öffnete und meine Brüste entblößte. Dann schob er seine Hände unter meinen Rock und zog den Slip hinunter.

„Ist es okay für dich, den Rock anzubehalten?", fragte er und schob den Slip in seine Hosentasche. Anscheinend wollte er ein Souvenir und ausnahmsweise war ich geneigt, es ihm zu gewähren.

„Wenn es dir so wichtig ist." Ich kniete mich aufs Bett und glättete den schwarzen Stoff mit den Händen. Die Dielenbretter quietschten, als er mir folgte und sich neben mich setzte.

„Du solltest dich jetzt ausziehen", sagte ich und beobachtete mit Genugtuung, dass er der Aufforderung sofort nachkam und die Kleidungsstücke neben dem Bett auf den Boden fallen ließ.

Sein Blick streifte im Raum umher und ich sah, dass er stutzte, als er die Ösen bemerkte, die an einigen Stellen unauffällig in die

Wände gedreht waren. Es hatte Sam und mich sehr viel Mühe gekostet sie anzubringen, weil wir beide handwerklich nicht besonders geschickt waren. Zumal wir sie so platziert hatten, dass sie vor der grau-schwarz-gestreiften Tapete auf den ersten Blick nicht unbedingt sichtbar waren. Auch, dass der große Wandspiegel sich direkt vis-à-vis des Betts befand, bemerkte man erst, wenn man sich etwas länger umsah.

„Wofür sind die?", fragte er und beugte sich vor, um eine der drei zu berühren, die über dem Kopfteil angebracht waren. Auch in der Decke befanden sich welche.

„Für verschiedene Dinge. Ich habe unterschiedliche Seile, die dazu benutzt werden können, um dich in einer bestimmten Position an der Decke oder der Wand zu fixieren. Außerdem besitze ich eine Liebesschaukel und noch ein paar andere Kleinigkeiten."

Seine Augen wurden größer und er sah mich verunsichert an. Gleichzeitig signalisierte mir seine Erektion, dass es ihn nicht halb so abschreckte, wie er vielleicht dachte. „Du willst mich an die Decke hängen?", fragte er mit einem unsicheren Lachen.

„Heute sicher nicht", wehrte ich ab. „Das Anbringen der Knoten dauert etwas und ich muss mich dabei konzentrieren, außerdem sollte man das nicht machen, wenn man schon getrunken hat, weil das Schmerzempfinden abnimmt."

„Es ist dein voller Ernst, oder?", fragte er und wirkte etwas beklommen. Ich lächelte und pustete auf seine Eichel. „Wenn man es mag, ist es unglaublich befriedigend. Aber für heute bin ich vollkommen damit zufrieden, wenn du mich hart von hinten nimmst."

Der Glanz kehrte in seine blauen Augen zurück und er zog mich an sich. „Das kannst du haben." Ich drehte ihm den Rücken zu und schob meinen Rock nach oben. Jetzt trug ich nur noch ihn und meine Strümpfe und ich liebte das verruchte Gefühl deswegen. Als ich den Stoff über meinen Po gezogen hatte, ließ ich meinen Oberkörper nach vorn sinken und bettete mein Gesicht auf meiner Tagesdecke, die über dem Bett ausgebreitet war.

Ich hörte, wie er tief Luft holte und spürte, wie er zwei, nein, drei Finger in mich schob und mit dem Daumen meine Klit massierte. Bedächtig zog er sie hinaus und schob sie gleich hinein, wieder und wieder und ich stöhnte und kam seinen Bewegungen entgegen.

Mit den feuchten Fingern fuhr er zwischen meine Pobacken und folgte ihnen mit der Zunge. Für einen kurzen, köstlichen Moment verharrte er und ich dachte schon, er würde seine Finger nun erneut versenken, doch anscheinend hatte er diesen Mut noch nicht gefunden und kehrte zu meiner Klit zurück, wo sein Daumen die Arbeit wiederaufnahm.

Seine Zunge fuhr nochmals zwischen meine Backen, dann verlagerte er das Gewicht und statt seiner Finger war da sein Schwanz, der hart in mich eindrang.

Endlich.

Meine Finger krallten sich in den Stoff meiner Tagesdecke, als er ganz in mir war und mich dehnte, es war ein unglaubliches Gefühl, nachdem er mich schon so angeheizt hatte.

„Ben, bitte, mach weiter", bettelte ich.

„Willst du es?", fragte er und ließ die Finger zwischen meine Pobacken gleiten. „Wie sehr?"

„So sehr, bitte."

„Und wie willst du es?"

Es war definitiv auch ein dominanter Part in ihm und ich genoss diesen Moment, in dem ich ihm gewährte, ihn auszuleben. Es passte einfach und machte mich so scharf, dass ich mich sogar das Betteln erregte. „Hart, bitte, mach es mir hart."

Statt einer Antwort legte er los und seine Stöße waren hart und viel kontrollierter, als ich es ihm zugetraut hatte. Ich gab mich ihm ganz hin und spürte, wie sich ein weiterer Orgasmus in mir zusammenballte, als er Tempo und Intensität noch weiter erhöhte.

Es dauerte nicht lange, bis er kam, doch ich konnte kein Bedauern darüber empfinden, denn ich brauchte nur etwa zwei Sekunden länger, bis auch ich so weit war und mit einem erstickten Schrei meinen Höhepunkt erreichte. Mein Herz hämmerte wie verrückt und es dauerte eine Weile, bis er es schaffte, sich aus mir zurückzuziehen. Ich ließ mich auf die Seite fallen und sah noch, wie er das benutzte Kondom abstreifte und sich umsah.

„Neben dem Nachttisch", sagte ich matt, dort hatte ich einen kleinen Mülleimer für solche Fälle. Er entsorgte es und legte sich neben mich. Vor meinem Gesicht erschien mein Sektglas und ich nahm dankbar einen Schluck. Er stellte es auf dem Nachttisch ab und schlang die Arme um mich, sodass wir in der Löffelchenstellung lagen.

Sein warmer Atem strich über meinen Nacken und ich musste mir kurz auf die Unterlippe beißen, um das merkwürdige Gefühl loszuwerden, das in mir aufstieg. Es fühlte sich viel zu gut an, in seiner Umarmung zu liegen, viel zu vertraut. Ich versuchte, die Geborgenheit auf die zufriedene Mattigkeit nach gutem Sex zu schieben, doch ich wusste, dass das nicht stimmte: Es fühlte sich einfach schön an, bei Ben zu sein. Und das machte mir eine Riesenangst, die ich nur mühsam bekämpfen konnte.

„Du bist eine wahnsinnig tolle Frau, Claire", flüsterte er in mein Ohr. „Ich bin froh, dass ich dich angebaggert habe." Ich schluckte meine Angst hinunter und drehte mich zu ihm herum, um ihn zu küssen.

Es ist nur Sex, sagte ich mir. Nichts Anderes.

7. Kapitel

Am nächsten Morgen brachte Ben mir wieder Kaffee ans Bett, doch wir hatten zu meinem Bedauern keine Zeit mehr zum Frühstücken, weil die Montagsbesprechung anstand. Falls er enttäuscht war, ließ er es sich nicht anmerken, sondern trank schnell seinen Kaffee, duschte und benutzte „seine" Zahnbürste, wie schon am Freitag.

Als er diese Bemerkung machte, spürte ich einen Stich in der Brust und ich ging schnell in mein Schlafzimmer, um mich anzuziehen. Er kam hinter mir her und küsste mich. „Haben wir denn fünf Minuten für einen Quickie?", raunte er in mein Ohr und ich konnte einfach nicht nein sagen. Ich zog uns beide aufs Bett, angelte nach einem Kondom und wir hatten kurzen, heftigen Sex in der Missionarsstellung, bei dem er mir unverwandt in die Augen blickte, bis er schließlich über mir zusammenbrach.

Ein Quickie reichte in der Regel für mich nicht aus um zu kommen, aber trotzdem war er ein sehr befriedigender Start in den Tag, obwohl ich mich jetzt noch mehr beeilen musste. Schnell zog ich ein bordeauxrotes Etuikleid und eine Nahtstrumpfhose über meine schwarze Wäsche und stieg in schwarze Anklebooties. Dann trug ich in Windeseile mein Make-up auf und band meine Haare zu einem lockeren Pferdeschwanz. Zwei Spritzer Haarspray und ich war fertig.

„Ich liebe blonde Frauen mit Pferdeschwanz", sagte er grinsend, während er sein Hemd zuknöpfte. Er wusste, dass wir uns jetzt trennen mussten und ich spürte eine Nervosität, weil ich nicht wusste, wie es jetzt weitergehen sollte.

„Wie arbeitest du diese Woche?", fragte ich und versuchte, unbeteiligt zu klingen. „Jeden Abend, aber die Veranstaltung am Donnerstag geht nur bis halb zehn. Wenn du Zeit hast, könnte ich vorbeikommen", sagte er und ließ mich keine Sekunde aus den Augen.

„Ich treffe mich mit meinen Freunden auf ein paar Drinks, aber gegen zehn müsste ich zuhause sein. Du kannst gern vorbeikommen", sagte ich und bemühte mich um einen lockeren Tonfall. Er brauchte nicht zu merken, dass ich genau darauf gehofft hatte.

Ben trat lächelnd an mich heran und küsste mich. „Ich freue mich auf Donnerstag." Er wartete im Flur darauf, dass ich abschloss und verabschiedete sich am Fahrstuhl von mir. Er würde die Treppe nehmen und ich hinunter in die Tiefgarage fahren. „Du wohnst wirklich schön", sagte er. „Diese Kombination aus Altbau und modernem Wohngebäude ist klasse."

„Die Eigentümer haben das Nachbargebäude abgerissen und die neue Parkgarage an dieses Haus beim Neubau mitangeschlossen", sagte ich, erleichtert, mich über etwas Anderes zu unterhalten. „So habe ich das Flair von Altbau und das Glück eines Aufzuges und einer Garage."

„Wirklich toll." Der Fahrstuhl hielt und er küsste mich noch einmal, dann lief er winkend die Treppe hinunter. Ich fühlte mich ein wenig, als ginge ich auf Wolken und brauchte den Weg zur Arbeit, um davon runterzukommen.

Em wartete zur verabredeten Zeit vor dem Portal des Bürogebäudes auf mich und rauchte. Heute trug sie ihren Plüschmantel mit Leopardenprint zu einer schwarzen Stoffhose, einem karamellfarbenen Kaschmirpullover und roten Lackpumps. Ihren Kopf zierte ein breitkrempiger schwarzer Wollhut und sie hatte einen grobgestrickten Schal um ihren Hals geschlungen, der fast die untere Gesichtshälfte verdeckte. „Hey", nuschelte sie und grinste mich schief mit ihren roten Lippen an. Da fiel mir der Bluterguss in ihrem Gesicht auf. Er zog sich von ihrem rechten Mundwinkel bis zur Hälfte ihrer Wange. „Oh Gott, Em, was ist passiert?", fragte ich alarmiert. Mit finsterer Miene zog sie den Schal darüber.

„Das glaubst du mir nie", sagte sie und winkte Sonja, die uns gerade erreichte. Ich sah sie auffordernd an und sie zuckte resigniert mit den Schultern. „Tja, ich habe es beim Blasen tatsächlich übertrieben, klingt wie ein schlechter Scherz. Ich habe einen Krampf bekommen und mir ein Kühlpad draufgehalten und dann sah es so aus. Keine Ahnung, wie das passieren konnte. Verdammte Scheiße."

Sonja und mir fehlten die Worte. Einen Krampf hatte jede von uns schon mal bekommen, aber einen Bluterguss noch nie. „Vielleicht solltest du damit zum Arzt gehen", meinte sie und sah mich hilfesuchend an. Em schüttelte vehement den Kopf.

„Das kannst du dir abschminken. Ich warte einfach auf Sam, wahrscheinlich kann er das schlimmste abdecken." Es stellte sich kurz darauf heraus, dass er das tatsächlich konnte, aber es dauerte eine Weile, bis er sich von seinem Lachanfall erholt hatte.

„Vielleicht solltest du lieber lesbisch werden, Em, da passiert dir das sicher nicht", feixte er. „Das muss man eben können." Em zeigte ihm den ausgestreckten Mittelfinger, bedankte sich aber artig für die Rettung ihrer Würde, zumindest außerhalb dieser Gruppe. Sam würde sie ewig damit aufziehen.

„Wie war es denn eigentlich gestern mit Ben?", fragte Sonja, als wir uns auf den Weg zum Konferenzraum machten.

„Erzähle ich euch in Ruhe beim Mittagessen, ja?", antwortete ich, als Em und Sam neugierig aufschlossen. Seine Augenbrauen hoben sich. „Muss ja gut gewesen sein, wenn du es dir bis zum Essen aufhebst. Ich bin gespannt!"

Das Montagsmeeting war ein Desaster. Natürlich hatte die Drachenfrau von dem Verlust des Mandanten gehört und verpasste Em und Steffen, dem Marketingleiter, einen Einlauf, als wären die beiden persönlich daran schuld. Em bekam dabei noch wesentlich mehr ab als Steffen, weil das Mandantenmanagement ihr Resort war und es tat mir in der Seele weh, daneben zu sitzen und alles mitanhören zu müssen. Irgendwann sagte sie gar nichts mehr, ihre Argumente verpufften ungehört und sie und Steffen standen einfach da wie ausgezankte Schulkinder und versuchten meisterlich, ihre Emotionen aus ihren Gesichtern zu verbannen.

Danach bekam sie mich zu fassen und ordnete an, die Außenstände unverzüglich hereinzuholen. Geistesgegenwärtig hatte ich mir die Übersicht von Franzi ausdrucken und mitgeben und bereits einen Termin mit Dr. Kreiß gemacht, um die noch nicht abgerechneten Stunden zu besprechen, das war genug, um den Scheißeregen etwas abzumildern.

Anschließend nahm sich die Drachenfrau Sonja vor und wollte wissen, wie viele Sekretärinnen in dem Team arbeiteten und wie schnell man sie entlassen konnte, jetzt, wo das Auftragsvolumen sank, wogegen Stephanie, die Sekretariatskoordinatorin, protestierte. Ich wusste, dass Sonja alles tun würde, um die Arbeitsplätze zu retten, doch in diesem Moment, während dieses Meetings, konnte jeder Widerspruch nur zu einem Anschiss führen, der sich gewaschen hatte und das merkte auch Stephanie sehr schnell.

Dann setzte die Drachenfrau noch zum Rundumschlag an und jagte uns quasi aus dem Konferenzraum mit der Ansage, sie erwarte von uns, dass wir ausnahmsweise unseren Job machten und die Anwälte bestmöglich unterstützten. Schwer angepisst versammelten wir uns in Ems Büro. Sie war fix und fertig und widerstand nur knapp dem Drang, am Fenster zu rauchen. Hätte die Drachenfrau das mitbekommen, hätte es wahrscheinlich Tote gegeben.

„Was für eine Scheiße", sagte Sam matt und setzte sich an Ems Konferenztisch, auf dem sich Prospekte und Papiere stapelten und an dem meistens ihre beiden Werkstudentinnen arbeiteten, doch die eine hatte heute frei und die andere kam erst am Nachmittag, sodass wir jetzt noch ungestört waren.

„Ich bin am Arsch", sagte Em mit ungesund rotem Gesicht und lachte bitter. „Ihr habt sie doch gehört: Es ist quasi alles meine Schuld. Wenn man ihr glauben kann, habe ich die Mandanten persönlich vergrault."

„Sie ist ein Miststück", sagte Sonja wütend und raufte sich das brünette Haar. „Ich habe ja schon einiges an Scheiße in dieser Kanzlei erlebt, aber die Aktion heute hat dem Ganzen die Krone aufgesetzt."

„Tja, wahrscheinlich war das ja jetzt meine letzte Aktion hier, sie wird dir sicher auftragen, mir zu kündigen." Gedankenverloren betastete Em ihren Kiefer. Sonja schüttelte vehement den Kopf. „Das kannst du vergessen, dazu besteht kein Anlass, der auch nur vor irgendeinem Gericht bestand hätte. Und sie ist sicher nicht gewillt, dir eine Abfindung zu zahlen."

„Vielleicht gehe ich auch ohne", sagte Em und fuhr hoch, als es an der Tür klopfte und Dr. Bitter, der Managing Partner der Kanzlei, den Kopf zur Tür hereinsteckte. „Frau Rotdorn, haben Sie einen Moment?", fragte er und blinzelte verwirrt, als er uns anderen sah. „Ah, Herr Schauer… Frau Sander… Frau Lippmann…ähm…" Er wusste offensichtlich nicht, was er mit uns anfangen sollte.

„Wir sehen uns später", sagte Sam und nickte Dr. Bitter freundlich zu. Sonja und ich folgten ihm und ich warf Em noch einen Blick über die Schulter zu. Vor Dr. Bitter brauchte sie keine Angst zu haben, er war die meiste Zeit (außer vor Gericht, hatte ich mir sagen lassen) ein eher verwirrter Zeitgenosse, von dem nichts Böses zu erwarten war.

„Er wird sich für die Drachenfrau entschuldigen", sagte Sonja so überzeugt, als hätte er ihr seine Pläne selbst mitgeteilt. Damit konnte sie sogar recht haben.

„Meinst du, Stephanie hat sich bei ihm beschwert?", fragte Sam und traf damit wahrscheinlich den Nagel auf den Kopf. Es war gut möglich, dass die Sekretariatsleiterin nach dem Meeting direkt zu ihm gelaufen war, um sich auszukotzen. Stephanie war die einzige von uns Bereichsleitern, die näher an den Anwälten dran war als an der Verwaltung und oft kam es uns so vor, als passe sie nicht so gut zu uns. Ähnlich war es mit Anne, die als Office Managerin viel zu eng mit der Drachenfrau zusammenarbeitete und teilweise wie eine persönliche Assistentin agierte. Marleen, unsere Ausbildungskoordinatorin, hatte einmal am eigenen Leib erfahren müssen, dass man Anne besser nicht zu viel anvertraute, vor allem nicht, wenn es um die Drachenfrau selber ging.

„Naja, selbst wenn sie es getan hat, wird das Em nur bedingt weiterhelfen", meinte ich. „Es verbessert die Situation zwischen ihr und der Drachenfrau ja nicht, wenn Dr. Bitter sich bei ihr entschuldigt."

„Unterschätz das nicht", meinte Sonja und legte die Hand auf ihre Türklinke. „Em legt wesentlich mehr Wert auf seine als auf ihre Meinung. Aber warten wir es erstmal ab. Wir sehen uns um zwölf."

Es stellte sich heraus, dass Sonja in beiden Dingen recht hatte. Tatsächlich hatte Em eine Unterredung mit Dr. Bitter, in der er ihr noch einmal versicherte, wie außerordentlich zufrieden er mit ihrer Arbeit war und sie sich die Attacke der Drachenfrau nicht zu Herzen nehmen sollte. Und sie war hinterher wesentlich besser gelaunt und schenkte uns sogar ein kleines Lächeln, als wir sie um kurz nach zwölf in ihrem Büro abholten, um zum Mittagessen zu gehen. „Sie ist ein Riesenmiststück und kann mich mal am Arsch lecken", sagte sie, als wir unten angekommen waren und zündete sich eine Zigarette an. „Ich habe Appetit auf Sushi."

Also gingen wir zu dem Restaurant in der Parallelstraße in dem es das beste mir bekannte Sushi gab, auch wenn Sonja behauptete, keiner mache besseres als Kenichi. Nachdem Sam sie gefragt hatte, wann sie das letzte Mal von ihm das Maki gerollt bekommen hatte, brauchten wir den Rest des Weges, um uns von dem Lachanfall zu erholen.

Sobald wir an unserem Tisch saßen und uns durch das Mittagsangebot gearbeitet hatten, klopfte Em mit den Fingerknöcheln auf die Tischplatte. „Ich glaube, wir sind alle derselben Meinung, wenn ich sage: Rück endlich mit der Sprache raus, Claire! Wie lief es gestern mit Ben?"

Also startete ich meinen Bericht, den ich etwas weniger detailliert gestalten musste, als meinen Freunden lieb war, da sich Kollegen im Restaurant befanden und am Nachbartisch eine Familie mit Kindern. Was waren das für Kinder, die Sushi aßen? JP heulte jedes Mal, wenn Sonja ihn damit zu füttern versuchte und tat so, als wolle sie ihn vergiften.

„Und heute Morgen?", fragte Sam mit vor Neid leuchtenden Augen und lehnte sich so weit vor, dass unsere Nasenspitzen sich fast berührten. „Nur ein Quickie", wehrte ich mit gedämpfter Stimme ab und nippte an meinem grünen Tee, den die Kellnerin bereits vorbeigebracht hatte. „Die lange Version ist in jedem Fall besser."

„Pfff… ich würde momentan alles nehmen, egal, wie kurz es geht!" Die Eltern vom Nachbartisch warfen ihm einen irritierten Blick zu, den er geflissentlich ignorierte.

„Und am Donnerstag seht ihr euch?" Sonjas Augen glänzten ebenfalls verdächtig. „Noch ein Date?" „Ja, allerdings ohne Essen und dem ganzen Kram. Wir gehen direkt zum Wesentlichen über." Sie musste verstehen, dass es nur um Sex ging, sonst würde sie mich wahnsinnig machen. Doch Sonjas Gehirn war schon einige Schritte weiter und sie legte mir begeistert die Hand auf die Finger. „Aber Claire, wenn ihr euch so gut versteht, gib ihm doch eine Chance. Vielleicht ist er derjenige…"

„Sonja, bitte", unterbrach ich sie und entzog ihr meine Hand. „Das ist doch nicht dein Ernst. Wir haben nicht wirklich Gemeinsamkeiten und selbst wenn, bleibt noch die Tatsache, dass er dreizehn Jahre jünger ist als ich und kellnert."

„Ich finde, dass das Alter keine Rolle spielt", sagte Sonja nachdrücklich.

„Sagt die Frau, deren Ehemann ein Jahr älter ist, als sie selbst", murmelte Em augenrollend. „Und als ich das mit Curt angefangen habe, hast du mir immer gesagt, dass er zu alt für mich ist."

„Ich habe mich geirrt, okay?", sagte Sonja enthusiastisch. Man konnte ihr nicht vorwerfen, auf ihrer Meinung zu beharren. „Es klappt doch gut mit dir und Curt, abgesehen von deinem Bluterguss, und warum soll es bei Claire nicht auch umgedreht funktionieren?" Em hatte die Hand auf ihre Wange gelegt, während Sonja gesprochen hatte und funkelte sie jetzt finster an. Der Bluterguss bereitete ihr beim lauten Sprechen Probleme und sie hatte während des Meetings einige Male schmerzverzerrt das Gesicht verzogen, ohne dass es etwas mit der Drachenfrau zu tun hatte.

„Das mit Curt ist nichts Ernstes", wiegelte sie ab und nahm ihre Platte entgegen, die die Kellnerin in diesem Moment brachte. „Vielen Dank. Wir wissen doch alle, dass das eine Sache auf Zeit ist. Wir leben in genauso unterschiedlichen Welten wie Claire und ihr Kellner und irgendwann wird er mich für eine Mittzwanzigerin abschießen, mit der er vor seinen Freunden angeben kann. Wahrscheinlich so eine Modelshow-Teilnehmerin, das sieht man ja öfters." „Was sind wir heute wieder zynisch", meinte Sam und schob sich das erste Maki in den Mund. Er seufzte genießerisch. „Es geht nichts über Thunfisch. Claire, ich finde es gut, dass du dich da nicht verrennst. Vögel den Typen einfach und schieß ihn ab."

„Entschuldigen Sie bitte, muss das sein?", fragte der Vater vom Nachbartisch und deutete auf seine Kinder, als müsse man Angst haben, dass sie sofort alle Menschen zum Vögeln aufforderten.

„Ja, muss es, aber für Sie spreche ich gern etwas leiser, damit ich Ihre Spießigkeit nicht ruiniere", sagte Sam zuckersüß und lächelte ihn an. „Diese Frisur steht Ihnen übrigens ausgezeichnet. Sehr sexy." Der Mann zuckte zurück und wandte sich mit rotem Kopf seiner Frau und den Kindern zu. Sam lachte. „Homophobe. Sie schauen einen immer an, als wäre Schwulsein eine ansteckende Krankheit."

„Ich würde mich bei niemandem eher anstecken als bei dir, aber Pussys sind einfach nicht meins", meinte Em und wir kassierten den nächsten bösen Blick, doch dieses Mal sagten sie nichts.

„Wenn ihr mit so einer Einstellung da herangeht, kann es ja auch nichts werden. Mit Curt geht es schließlich schon fast ein halbes Jahr und du siehst seitdem niemand anderen mehr, Em, das ist keine Affäre. Und wenn Claire und Ben sich doch so gut verstehen…" Sonja war kaum noch zu bremsen.

„Das ist lieb, aber ich möchte gar keine Beziehung", unterbrach ich sie. Sie sah mich nachsichtig an und verzehrte eine California Roll. „Das sagst du jetzt, weil ihr euch gerade erst kennengelernt habt. Aber wenn du dich in ihn verliebst und…"

„Sonja, hör auf jetzt!", unterbrach ich sie und spürte, wie ich aggressiv wurde. Gefühlt hatten wir diese Unterhaltung schon mehrfach geführt und sie ließ sich einfach nicht davon abbringen, dass ich auf einen Prinzen wartete, der auf einem weißen Pferd angaloppiert kam. „Wenn erst der richtige kommt…", war immer ihr bedeutungsschwerer Satz und ich konnte es einfach nicht mehr hören.

Sie sah mich erschrocken an, Em schüttelte den Kopf und Sam rollte mit den Augen. „Claire, ich…"

„Sonni, lass sie doch einfach mal in Ruhe damit", sagte Sam mit ruhiger Stimme. „Du kannst es ihr nicht aufzwingen, egal, wie gern du es möchtest."

„Ich versuche einfach nur, dich dazu zu bringen, offen an die Sache heranzugehen und nicht von vorherin alles abzuwehren, was auch nur im Entferntesten an eine Beziehung erinnert." Sonja musste sich zügeln, ihre Lautstärke zu kontrollieren. „Es ist doch so, Claire, dass es nicht einfacher werden wird, jemanden zu finden und du setzt meiner Meinung nach die falschen Prioritäten. Herrgott, du bist fast vierzig, meinst du nicht, dass du jetzt genug anonymen Sex mit wildfremden Männern hattest?" Den letzten Satz flüsterte sie so eindringlich, dass er mir durch Mark und Bein ging.

So viel zum Thema, dass mich keiner der drei verurteilte: Sonja tat es offensichtlich doch.

Ich biss mir auf die Unterlippe, es kostete mich sehr viel Kraft, sie nicht anzuschreien. Wir würden uns nicht beim Mittagessen in einem Restaurant die Augen auskratzen.

„Sonja, jetzt mal ganz ehrlich, das ist nicht dein Bier", sagte Em, die mindestens so angepisst aussah, wie ich mich fühlte. Ihr Kiefer war mittlerweile angeschwollen und der Bluterguss schimmerte durch den Concealer. „Jetzt hör endlich auf, uns allen deine Meinung aufzwingen zu wollen und lass Claire und mich einfach machen, was wir wollen. Und wenn wir mit fünfzig Singles sind, kann dir das scheißegal sein, solange wir damit klarkommen. Es braucht nicht jeder dieses Familiending mit Mann und Kind, begreif das endlich."

Sonja nickte knapp und wandte sich ihrem Essen zu. Die Stimmung war so gründlich versaut, dass mir mein Sushi nicht mehr schmeckte und alle Versuche, Konversation zu betreiben, liefen ins

Leere. Ich wollte mich nicht mit Sonja streiten, aber ich war zu wütend, um ihr sofort zu verzeihen und es gut sein zu lassen. Vielleicht hatte Em ihr jetzt verständlich gemacht, dass sie sich in diesem Thema zurückhalten sollte, aber momentan sah sie einfach nur sauer und verletzt aus.

Genauso fühlte ich mich auch. Ems Miene nach zu urteilen erging es ihr nicht anderes und Sam war unbehaglich zumute. Er verstand meine Einstellung, denn er hatte sie lange Zeit geteilt, doch bei ihm war es wirklich so gewesen, dass es sich änderte, als er mit Tim – dem Richtigen – zusammenkam. Vielleicht steckte in mir doch noch irgendwo eine Monogamistin, aber ich würde sie nicht auf Teufel komm raus an die Oberfläche zerren und am Ende doch enttäuscht werden.

Egal, wie oft Ben mir sagte, dass er mich toll fand und mich sehen wollte, zu keiner Sekunde war das Wort Beziehung gefallen und das sagte mir, dass es ihm genauso ging wie mir: wir hatten Sex, keine Beziehung. Je eher auch Sonja das verstand, desto besser.

Die gedrückte Stimmung hielt auch auf dem Rückweg ins Büro an und Sonja verzog sich sofort, als wir oben waren. Sam hatte eine Besprechung mit der Drachenfrau und auf Em wartete schon Steffen mit dem Schlachtplan zur Rettung der Kanzlei. Ich ging zu meinem Team und ließ mir die aktuellen Zahlen geben, doch ich war nicht richtig bei der Sache, der Streit lag mir schwer im Magen.

Den ganzen Nachmittag wartete ich auf eine Gelegenheit, um noch einmal mit Sonja zu sprechen, doch ich bekam sie nicht mehr zu Gesicht, weil sie zu mehreren Personalgesprächen dazu gerufen wurde und danach noch ein Meeting hatte. Schließlich musste ich los zu meinem Kardiokurs, doch es behagte mir nicht, die Sache zwischen uns einfach stehen zu lassen.

Mit keinem der drei mochte ich Streit haben und ließ sowas niemals ungeklärt, doch als ich sie später auf dem Handy anrief, ging sie nicht ran. An diesem Abend ging ich sehr unzufrieden ins Bett und schlief schlecht.

8. Kapitel

Am Dienstagmorgen wartete ich mit offener Bürotür darauf, dass Sonja zur Arbeit kam. Da ihres meinem schräg gegenüberlag und ich ihren Gang erkannte, konnte sie mir nicht entwischen. Nachdem Sam schon zweimal bei mir war und ich ihn rausgescheucht hatte, hörte ich sie endlich und sprang auf. Bevor sie eine Chance hatte, die Tür hinter sich zuzuziehen, war ich in ihrem Büro. Ich wollte gerade etwas sagen, als ich ihr Gesicht sah und mir die Worte im Hals stecken blieben: Sonja sah furchtbar aus, ihr Gesicht war blass und ihre Augen ganz verquollen. Ihre Bluse hatte Knitterfalten und sie hatte sie nicht sauber in ihren Hosenbund gesteckt, all das passte gar nicht zu ihr.

„Hey, was ist denn los?", fragte ich, während ich zu ihr herüberging. Obwohl sie nicht so aussah, als wolle sie darüber reden, ließ sie nach kurzem Zögern den Kopf hängen und schniefte. „Nichts weiter, ist schon in Ordnung."

„Hast du dich mit Kenichi gestritten?" Sie brauchte gar nichts sagen, ich sah auch so, dass ich ins Schwarze getroffen hatte. „Willst du darüber reden?"

Sie zuckte mit den Schultern. „Das würde ja doch nichts ändern, aber gut: Wir hatten uns gestern Abend in den Haaren. Ich habe ihm erzählt, dass wir uns gestritten haben und er hat mir vorgeworfen, mich überall einzumischen und mich nicht um die wirklich wichtigen Dinge zu kümmern."

„Die da wären?"

„Naja, zum Beispiel Jan-Philipp von der KiTa abzuholen, anstatt zu arbeiten, damit er auch mal Zeit für sich hat und einkaufen zu gehen, weil wir kein Brot mehr im Haus hatten, solche Dinge eben."

„Aber er hatte doch gestern den halben Tag frei, oder nicht?" Ich kam nicht ganz mit. Zwar wusste ich, dass Sonjas Mann manchmal den Macho raushängen ließ, aber so unfair kannte ich ihn nicht.

„Ja, hatte er. Aber gestern Abend lief Fußball und nachmittags wollte er noch zum Sport, deswegen war es ihm gar nicht recht, den Kleinen abzuholen und auch noch einzukaufen."

Und deswegen hatte ich keine Beziehung.

„Schließlich kam eins zum andern und ich habe ihm vorgeworfen, dass sich alles immer nach ihm richten muss, wegen seiner Scheiß-schichten und er hat zu mir gesagt, wenn ich nicht so ein krankhaf-tes Geltungsbedürfnis hätte, würde ich mich ja auch mit einem Teil-zeitjob zufriedengeben und könnte mich besser um Kind und Haus-halt kümmern." Mir fehlten die Worte und am liebsten wäre ich zur Feuerwache gefahren und hätte dem Arschloch eine geknallt.

Sollte Sonja auf ihre Qualifikationen pfeifen, um zuhause zu ko-chen? Das war doch nicht sein Ernst, immerhin konnten sie sich *sein* großes Auto nur leisten, weil *sie* gut verdiente. Und dass er sich nicht um seinen Sohn kümmern wollte, um stattdessen fernzu-sehen war wirklich das allerletzte!

Ich musste tief durchatmen um nicht auszurasten, die Sache stank einfach zum Himmel und er konnte von Glück sagen, dass er nicht in der Nähe war. Viel wichtiger war, wie es Sonja ging.

„Habt ihr euch vertragen?", fragte ich vorsichtig und versuchte, mir nichts anmerken zu lassen. Sie zuckte erneut mit den Schultern. „So gut wie. Nicht, dass er sich entschuldigt hätte, aber wir haben beschlossen, dass wir beide Dinge gesagt haben, die nicht okay wa-ren. Leider war das erst heute Morgen und ich musste mich beeilen, um Jan-Philipp zur KiTa zu bringen."

Sie verdrehte die Augen und setzte sich seufzend auf einen der Stühle in ihrer kleinen Sitzgruppe. „Es ist in letzter Zeit sehr anstrengend und ich habe ein schlechtes Gewissen, weil ich meine Eltern so oft bitten muss, sich um ihn zu kümmern. Und bald kommt er in die Schule und ich muss sie noch mehr belasten, weil Kenichi ja nicht immer nachmittags zuhause ist. Ich habe schon überlegt, ob ich meine Stunden reduzieren soll, aber die Raten für das Haus sind einfach zu hoch." Und die fürs Auto und den ganzen anderen Kram, den er unbedingt anschaffen wollte, fügte ich gedanklich hinzu.

„Zusammen findet ihr bestimmt eine Lösung. Außerdem weiß ich, dass deine Eltern es lieben, sich um JP zu kümmern."

„Ja, aber nicht jeden einzelnen Tag. Er ist eben noch zu klein um allein zur Schule zu gehen und sich selbst Essen zu kochen. Verdammt, so schwierig hatte ich es mir nicht vorgestellt."

Das glaubte ich, doch ich konnte nichts tun, um sie zu unterstützen. Diese Probleme mussten die beiden als Partner lösen, ohne Hilfe von außen, und falls doch, sollte diese Hilfe professionell sein.

„Bitte entschuldige, dass ich dich gestern so genervt habe", sagte sie in diesem Moment und rieb sich den Nacken. „Ich weiß ja, dass du keinen Freund haben willst und überhaupt sehr vorsichtig bei dieser Sache bist. Tut mir leid, dass ich dich so gedrängt habe, du weißt selbst am besten, was gut für dich ist."

Ich nahm sie in dem Arm. „Danke. Und entschuldige bitte, dass ich dich so angegangen bin. Ich wollte es gestern eigentlich schon klären, aber jetzt verstehe ich, warum du nicht ans Telefon gegangen bist."

Damit war es wieder gut zwischen uns und ich war froh, die Sache geklärt zu haben. Im Allgemeinen konnte ich gut mit Meinungsverschiedenheiten umgehen, das gehörte schließlich auch zu meinem

Job, aber mit meinen Freunden war das ein unhaltbarer Zustand. Vor allem, wenn es um eine Kleinigkeit ging.

Am Donnerstag waren wir vier auf ein paar Drinks verabredet. Wie immer trafen wir uns dazu im *Rosenbergs*, einem Restaurant mit einer guten Bar, das sich zentral zwischen unseren Wohnungen befand. Em und ich teilten uns ein Taxi.

Im Gegensatz zum Sushi-Restaurant konnte man sich hier ungestört und vor allem ungeniert unterhalten, unser Stammtisch war in einer Nische und die Geräuschkulisse laut genug, dass die Leute vom Nachbartisch nicht lauschen konnten. „Heute ist es so weit", sagte Em mit blitzenden Augen. „Heute wird Claire richtig durchgevögelt! Sei unseres Neides versichert!"

Curt war geschäftlich verreist und bei Sonja und Sam herrschte derzeit Flaute im Bett. Seit ihrem Streit war die Stimmung angespannt und Kenichi hatte den Rest der Woche Nachtschicht, sodass JP heute bei seinen Großeltern schlief, was wieder für Stress gesorgt hatte.

Ich winkte ab, doch Sam ließ mich nicht vom Haken. „Du weißt, dass du jetzt quasi Sex für vier haben musst, oder? Du musst uns kompensieren."

„Ist ansonsten das kosmische Gleichgewicht bedroht?"

„Mein Gleichgewicht ist es zumindest. Ich habe gestern einen Vorstoß gemacht und wollte Tim einen blasen, wisst ihr, was er da gesagt hat? ‚Sam, lass gut sein, ich bin zu erschöpft.' Erschöpft! Also, wenn mir eins garantiert immer dabei hilft, mich zu entspannen, wenn ich erschöpft bin, ist es ein Blowjob!" Sam sah so unglücklich aus, dass ich mir echte Sorgen um ihn machte.

Dionne hatte sich die letzten Nächte ganz vorbildlich gehalten und durchgeschlafen, doch das schien Tim nicht soweit wiederhergestellt zu haben, dass er mit seinem Mann schlafen wollte.

Wenn das so weiterging, würde etwas Dummes passieren, da war ich mir ganz sicher. Sam stand so unter Druck, dass er bereits jedem gutaussehenden Mann im Restaurant auf den Hintern geglotzt hatte. Jemanden für Sex zu finden wäre ein leichtes für ihn, wahrscheinlich könnte er an der Bar innerhalb von fünf Minuten jemanden klarmachen. Dazu bot sich das *Rosenbergs* quasi an, ich hatte hier auch schon einige Männer aufgerissen.

Als ich so darüber nachdachte, ging mir auf, dass ich selbst noch keinen einzigen Blick auf irgendeinen Mann im Raum geworfen hatte. Es war mir nicht mal eingefallen, obwohl ich jetzt, wo ich darauf achtete, durchaus ein paar interessante Kandidaten entdeckte, einer flirtete mich sogar ungeniert an, als er meinen Blick bemerkte. Trotzdem: Ich hatte nicht das geringste Bedürfnis, ihn kennenzulernen. Nachher würde Ben zu mir kommen und mehr interessierte mich in dieser Hinsicht momentan nicht.

„Bleib dran", sagte Em in diesem Moment, nachdem wir alle ausgiebig entsetzt gewesen waren. „Irgendwann werdet ihr Sex haben, ihr seid halt im Moment total fertig wegen des Kindes und du hattest doch selbst gesagt, dass Tim so viel Stress auf der Arbeit hat."

„Das ist früher nie ein Problem gewesen, da konnte uns die Scheiße quasi um die Ohren fliegen und wir haben trotzdem gevögelt." Sam nahm einen großen Schluck von seinem Martini. „Es reicht mit diesem Thema, schließlich hat Claire etwas, worauf wir uns freuen können." Er drehte sich zu mir um und nahm meine Hand. „Versprich mir bitte, dass du es dir so richtig besorgen lässt heute Nacht."

„Versprochen." Die Chancen standen schließlich gut.

Tatsächlich wurde ich immer aufgeregter je länger wir dasaßen und über dieses Thema sprachen. Ben schrieb mir zwischendurch, dass er gegen halb elf bei mir sein würde und in Gedanken ging ich schon durch, was ich mit ihm machen wollte. Ich hatte schon ein paar Sachen bereitgelegt, die ich gern verwenden wollte.

Schließlich war es viertel nach zehn und wir verabschiedeten uns voneinander. Em und ich fuhren gemeinsam nach Hause und sie sagte mir mindestens dreimal, wie sehr sie mich beneidete.

Als ich vor meinem Wohnhaus ausstieg, klingelte mein Telefon. Ben. „Ist es okay für dich, wenn ich schon eher zu dir komme?", fragte er.

„Natürlich, ich bin gerade zuhause angekommen."

„Ich bin in einer Viertelstunde da."

Ich machte, dass ich in meine Wohnung kam und bereitete mich vor: Meine Kleidung wanderte in den Wäschekorb und ich zog meinen seidenen Kimono über meine nackte Haut, weil ich ahnte, dass es ihm gefallen würde. An meinen Füßen trug ich zarte Riemchensandalen. Meine Haare fasste ich auf dem Kopf zu einem Knoten zusammen und trug roten Lippenstift auf. Als ich mir vorstellte, ihn auf seiner Haut zu verteilen, lächelte ich und war über mich selbst erstaunt. Wir kannten uns gerade einmal eine Woche, doch ich genoss die Zeit, die ich mit ihm zusammen verbrachte.

Und das lag nicht nur am Sex.

Es klingelte an der Haustür, er war endlich da. Mein Herzschlag beschleunigte sich in Erwartung der Dinge, die ich gleich mit ihm machen würde. Schnell war ich an der Tür und sah in seine Augen, die sich begeistert weiteten, als er mein Outfit entdeckte. „Ich liebe Kraniche", sagte er und schlang die Arme um meine Taille, während er mich küsste. Seine Hände wanderten über den dünnen Stoff und er sog Luft zwischen den Zähnen ein. „Du bist nackt?"

„Ich trage einen Kimono", verbesserte ich ihn augenzwinkernd. Er küsste mich und strich über meinen Hintern. Dann nahm ich ihn an der Hand und führte ihn hinüber zu meinem Schlafzimmer. Seine Augen wurden noch größer, als er die Kerzen sah und die

Spielzeuge, die auf dem Nachttischchen bereitlagen. „Du wolltest ja gern, dass ich dir ein bisschen was zeige", sagte ich und strich mit den Fingerspitzen über die Satinbänder und die Federn.

Er blieb neben mir stehen und betrachtete alles, nahm den Vibrator in die Hand und auch die kleine Gerte, die ich dazugelegt hatte.

„Es geht um Vertrauen", erklärte ich ihm, als er nichts sagte. „Und darum, sich selbst und seine Lust kennenzulernen, genauso wie den Partner und dessen Bedürfnisse. Es geht niemals darum, den anderen etwas gegen seinen Willen tun zu lassen, sondern den Spaß so weit wie möglich zu steigern."

„Ich habe mich ein bisschen informiert", sagte er und sah mich an. „Zugegeben, das meiste hat mich eher verstört und kein bisschen angemacht, aber dann habe ich ein paar Seiten gefunden, die das gleiche gesagt haben wie du gerade. Da war ich beruhigt und ich würde es gern an dir ausprobieren."

„An mir?" Damit hatte ich nicht gerechnet, doch ich spürte sogleich, wie das Ziehen in meinem Unterleib zunahm. Natürlich liebte ich es, verwöhnt zu werden, mindestens so sehr, wie mich intensiv um ihn zu kümmern, aber ich hatte mich darauf eingerichtet, bei ihm anzufangen. Ich musste nicht dominant sein, es war mir durchaus recht, in beide Rollen zu schlüpfen, zu genießen und alles willkommen zu heißen, das wir füreinander tun konnten.

Dass er sich jetzt sogar informiert hatte…

Ich lächelte und nickte. „Was willst du mit mir tun?"

„Ich würde dir gern die Augen verbinden", sagte er nach kurzem Zögern, das nicht daran lag, dass er nicht wusste, was er tun sollte. Seine Augen sagten mir deutlich, dass er sich sehr ausführlich Gedanken darüber gemacht hatte. Er traute sich nur noch nicht, sie auszuformulieren. Es war süß, dass er solchen Respekt davor hatte.

„In Ordnung", sagte ich. „Was noch?" „Ich möchte deine Arme fesseln, so wie du es an unserem ersten Abend mit mir gemacht hast." Wieder nickte ich, jetzt wurde es spannend. „Einverstanden. Was willst du tun?"

Sein Blick glitt hinüber zu dem Nachttischchen. „Ich werde deinen Kimono öffnen und den Vibrator an dir ausprobieren. Ich habe sowas noch nie benutzt." Das dürfte interessant werden und er würde meine Hilfe brauchen. Ich hatte den Vibrator nicht unbedingt für mich herausgelegt, aber das war schon in Ordnung.

„Und wenn du kommst, werde ich in dich eindringen", flüsterte er mit dem Mund an meinem Ohr. Er stellte sich hinter mich und ließ die Hand in meinen Ausschnitt fahren, umfasste meine Brust und strich mit dem Daumen über meine harte Brustwarze. Ich stöhnte, als seine andere Hand hinunter wanderte und den Stoff unterhalb des Gürtels teilte. Seine Fingerspitzen strichen über meine Haut und zwischen meine Beine zu der Stelle, die bereits vor Verlangen pochte.

„Oh Gott, Ben…", flüsterte ich, als seine Finger sich tiefer stahlen und in mich eintauchten. Wenn er so weitermachte, würden wir es nicht mal bis zur Augenbinde schaffen. Er küsste mich und zog seine Hände zurück. Wo er mich berührt hatte, brannte meine Haut. „Bitte leg dich aufs Bett."

Gehorsam nahm ich Platz und ordnete meinen Kimono so an, dass alles bedeckt war. Ben überlegte kurz und nahm das weiche Seil vom Tischchen, zog es durch die Öse am Kopfteil und schlang es anschließend um meine Handgelenke, sodass sie zusammen fixiert waren. Er kannte also den Standardknoten bereits.

„Da ist es doch hilfreich, dass ich in Flensburg Pfadfinder war", sagte er grinsend. Meine Arme lagen jetzt locker über meinem Kopf und der Zug war nicht zu stramm. Er legte mir noch eines meiner Kissen in den Rücken und griff zu dem Satinband, mit dem ich ihm vor einer Woche die Augen verbunden hatte.

„Würdest du dich etwas vorbeugen?", fragte er höflich und ich kam der Bitte gern nach. Er verband mir die Augen und ich bemerkte sofort, wie sich meine anderen Sinne schärften, um den fehlenden auszugleichen. Ich hörte Bens Hemd rascheln und ihn tief einatmen, wahrscheinlich, um sein Werk zu betrachten. Er machte einen, nein zwei Schritte und hob etwas von dem Tischchen auf, bevor er an das Bett herantrat.

Eine der Kerzenflammen knisterte.

Meine Haut wurde plötzlich kalt, als er den Stoff des Kimonos auseinanderzog und meine Brüste und meinen Unterleib entblößte. Den Gürtel hatte er nicht geöffnet, sodass der Stoff hier noch zusammenhielt, aber er hatte freigelegt, was er sehen wollte. Er nahm sich einen Moment Zeit, wahrscheinlich, um mich zu betrachten und ich drückte meinen Rücken durch und bot ihm alles an, was ich hatte.

Etwas Weiches strich über meine Brüste und meine Brustwarzen zogen sich zusammen. Es kitzelte leicht und war warm, eine der Federn. Sie wanderte zwischen meinen Brüsten hinunter, über den Gürtel und zu meinem Schritt. Meine Beine hatte ich noch immer sittsam übereinandergeschlagen, doch jetzt spürte ich, wie sich seine warmen Hände auf meine Knöchel legten. „Würde es dir etwas ausmachen, sie ein wenig zu spreizen?", fragte er ausgesucht höflich. Es war fast, als würden wir uns gar nicht kennen. Das wäre eine Idee für ein Rollenspiel, die ich mir merken sollte.

„So weit wie du möchtest. Leg sie so, wie du sie haben willst", erwiderte ich mit rauer Stimme. Seine Finger umfassten meine Knöchel und schoben sie sanft beiseite, bis ich meine Beine recht weit gespreizt hatte.

Wieder verharrte er einen Moment und schien die Aussicht zu genießen, dann strichen seine Finger über meinen Schambereich. „Ich liebe es, dass deine Haut so glatt ist." Ich lächelte. Schon kurz nach der Trennung von Robert hatte ich angefangen, mir die Haare an den Beinen, unter den Achseln und im Intimbereich weglasern zu lassen und musste mir seit einiger Zeit keine Gedanken mehr um Rasuren machen. Meine Haut war immer stoppelfrei.

Die Feder kehrte zurück und strich über meinen Unterleib, an den Innenseiten meiner Schenkel hinauf und hinab, in die Kniekehle und wieder hoch. Die feinen Fasern berührten meine Klit und reizten sie, doch sie waren zu weich und leicht, um mich richtig anzustacheln. Zu der Feder gesellte sich plötzlich etwas anderes, härteres und Kälteres, das ihre Bewegungen nachahmte und meine Erregung steigerte.

Er musste sich die Gerte genommen haben, sie hatte eine flache Lederschlaufe am Ende, die durchaus dafür geeignet war. Ich stöhnte, als er die Gerte über meine Nippel streichen ließ und sie sanft dagegen schlug. Es tat nicht weh, es reizte nur und ich genoss es. Er wiederholte das Ganze mit meiner Klit und ich musste mir auf die Lippe beißen, als er sein Spielzeug auf und nieder gleiten ließ.

Welche Websites er sich auch immer angesehen hatte, es waren eindeutig die richtigen gewesen.

Jetzt ließ er die Feder über die Innenseite meiner Oberschenkel wandern und versetzte mir hinterher einen kleinen Schlag mit der Gerte. Ich schreckte zusammen, doch das lag eher an dem Geräusch, denn er hatte keinen Schmerz verursacht. Dennoch war sie sofort weg und er küsste mich auf den Mund. „Ist alles in Ordnung? Habe ich dir wehgetan?", fragte er besorgt und legte seine Hand an meine Wange. „Es tut mir so leid."

„Es ist alles gut", beruhigte ich ihn und lächelte. Ich konnte mir seinen Gesichtsausdruck sehr gut vorstellen. „Du machst das sehr gut, Ben. Ich habe nur nicht damit gerechnet. Bitte mach weiter." Er zögerte. Anscheinend hatte ihn meine unerwartete Reaktion aus dem Konzept gebracht und er wusste jetzt nicht, wie er weitermachen sollte. „Du wolltest den Vibrator benutzen", erinnerte ich ihn. „Bitte gib ein bisschen Gleitgel darauf, bevor du ihn verwendest."

„Ja." Wieder hörte ich, wie er sich bewegte und etwas auf den Tisch zurücklegte, bevor er zu mir kam. Ich stellte mir vor, wie er den Vibrator betrachtete, ein schlankes Teil, nicht zu groß. Er war lang, schmal und mit hellblauem Silikon überzogen, ein unkompliziertes Einsteigermodell, mit dem er keine Probleme haben dürfte. Ich hörte, wie er die Tube mit dem Gleitgel öffnete und eine kleine Menge herausdrückte. Dann stellte er sie zurück, kurz darauf erwachte der Motor des Vibrators zum Leben.

„Und ich dachte immer, Frauen benutzen sowas nur, wenn wie allein sind", sagte er nachdenklich.

„Dafür sind sie viel zu schade. Es gibt sehr viele Möglichkeiten, sie auch zu zweit anzuwenden. Du könntest ihn auch benutzen", erwiderte ich.

„Auf keinen Fall!", widersprach er sofort und ich konnte nicht verhindern, dass sich meine Augenbraue hob, den Seufzer hielt ich gerade noch zurück. Es gab immer noch so viele Männer, die Angst vor ihrem eigenen Hintern hatten und sich nicht im Entferntesten vorstellen konnten, wie viel Freude er bringen konnte. Vielleicht würden wir das im Laufe der Zeit noch geradegebogen bekommen.

„Ich meine… magst du das?", fragte er zögernd, noch immer berührte er mich nicht. „Also, hinten..." Es schien ihm sehr schwer zu fallen, die Frage zu formulieren.

„Analverkehr?", sprach ich es einfach aus. „Mit dem richtigen Partner stehe ich sehr drauf. Aber das müssen wir nicht heute besprechen, während ich hier mit verbundenen Augen liege und du etwas ganz Anderes mit mir vorhattest."

Ben lachte leise und ich hoffte, dass wir diese Klippe umschifft hatten. Es gab einfach gewisse Themen, die niemals während des

Sex besprochen werden sollten, denn ich merkte, wie sich meine Erregung langsam abbaute.

Da spürte ich seine Lippen auf meinen und seine Zunge, die sich in meinen Mund stahl. Gleichzeitig senkte sich der noch immer schnurrende Vibrator zwischen meine Beine. Ich wölbte mich ihm entgegen und spreizte die Schenkel noch weiter, als er die Spitze auf meiner Klit kreisen ließ.

„Ist das besser, als wenn ich es dir mit den Fingern oder der Zunge mache?", fragte er an meinen Lippen und verstärkte den Druck.

„Nicht besser, aber anders", keuchte ich und spürte erste Zuckungen im Unterleib. „Es erweitert einfach nur die Möglichkeiten, tollen Sex zu haben." Ich stieß einen Schrei aus, als er den Vibrator gemächlich einführte, Millimeter für Millimeter.

Plötzlich spürte ich seine Zungenspitze auf meiner Klit, die rau auf und ab fuhr und den immer tiefer gleitenden Vibrator ergänzte. Die Kombination machte mir so scharf, dass ich mir einen Knebel wünschte, in den ich hineinstöhnen konnte.

Endlich hatte er die Maximaltiefe erreicht und bewegte das Gerät nun vorsichtig, zog es ein wenig hinaus und versenkte es erneut. Dabei leckte er mich immer weiter, bis ich schließlich, nach viel zu kurzer Zeit, mit einem spitzen Schrei kam. Ich atmete heftig und mir rann der Schweiß über die Stirn, während er immer weitermachte und ich noch einen zweiten Orgasmus bekam.

Jetzt ließ er von mir ab und zog den Vibrator genauso gemächlich heraus, wie er ihn eingeführt hatte. Seine Lippen legten sich auf meine und mir entkam ein Schluchzen.

Überrascht stellte ich fest, dass mir eine Träne über die Wange gelaufen war, als Ben sie mit den Fingerspitzen auffing und seine Arme um mich schlang. „Ist alles in Ordnung, Claire?", fragte er sanft, doch ich hörte einen sehr zufriedenen Unterton in seiner Stimme. Offenbar war er sehr stolz auf seine Leistung. Zu recht.

„Danke", flüsterte ich und suchte seinen Mund.

„Wenn ich gewusst hätte, wie sehr Frauen darauf abgehen, hätte ich das schon viel eher ausprobiert. Jetzt bist du in den Genuss gekommen", flüsterte er.

„Das Problem der meisten Frauen ist, dass sie gar nicht wissen, was ihnen gefällt und sich nicht trauen, mit ihren Sexualpartnern darüber zu sprechen", sagte ich matt und lehnte meinen Kopf an seine Schulter.

„Aber du nicht. Du weißt, was dir gefällt", sagte er und küsste mich. „Das finde ich toll."

Ich lächelte in den Stoff seines Hemdes, das er noch immer trug. Jetzt war nicht der richtige Moment, ihm die Geschichte zu erzählen, wie ich mühsam herausgefunden hatte, was mir gefiel. Sicher wollte er auch nicht wissen, mit wie vielen Männern ich bereits geschlafen hatte und das ging ihn auch nichts an. Es ging jetzt nur darum, dass wir beide den Sex genossen und jetzt, da ich wieder zu Atem gekommen war und meine Muskulatur sich beruhigt hatte, war es an der Zeit, dass wir fortfuhren.

„Jetzt sollten wir mit dir weitermachen", sagte ich und schmiegte mich an ihn. „Willst du mich dazu losmachen?"

„Nein, dazu ist es noch zu früh", erwiderte Ben und ließ mich los. Aufmerksam lauschte ich, wie er sein Hemd aufknöpfte und den Reißverschluss seiner Hose aufzog. Der Stoff raschelte, als die Kleidungsstücke zu Boden fielen, da hörte ich das Bündchen seiner Pants und wie er sie abstreifte.

Er war jetzt also nackt.

Mit angehaltenem Atem wartete ich ab, was er als nächstes tun würde, ob er sich noch mehr ausgedacht hatte. Das Gewicht auf der Matratze verlagerte sich, als er zu mir ins Bett kam, dann legten sich seine Hände um meine Knöchel und hoben meine Beine an, bis sie gerade nach oben zeigten. Er griff beide mit einer Hand und strich mit den Fingerspitzen der anderen über meine Schamlippen, bevor er sie spreizte und in mich eindrang.

Es war exquisit.

Nachdem er ein paar Sekunden gewartet hatte, begann er, tief in mich zu stoßen. Meine Beine hielt er dabei oben und weiterhin mit einer Hand umfasst. Ich kam ihm soweit es ging entgegen und versuchte, ihn so tief wie möglich in mir aufzunehmen, während er das Tempo immer weiter erhöhte. Dass ich noch immer nichts sehen konnte, machte das Ganze nur noch aufregender und intensiver und ich spürte, wie sich ein weiterer Höhepunkt in mir zusammenballte, als auch Ben einen rauen Ton ausstieß und ebenfalls kam.

Ich zerrte wie verrückt an meinen Fesseln als mein Orgasmus kam und endlich verrutschte meine Augenbinde, sodass ich ihn sehen konnte, wie er nackt auf der Bettdecke kniete und seine verschwitzte Stirn gegen meine Waden lehnte. Seine Arme hatte er um meine Beine geschlungen und sein fiebriger Blick fand meinen.

„Da bist du ja", sagte er sanft und teilte meine Beine, sodass er sich vorbeugen und mich erneut küssen konnte. Dabei löste er meine Handfesseln, sodass ich endlich die Arme um ihn schlingen und ihn an mich drücken konnte.

Es war ein wunderschönes Gefühl und einmal mehr war ich überrascht, wie sehr ich seine Gegenwart genoss.

„Bleibst du über Nacht?", fragte ich und liebte das Gefühl seines Kopfes auf meiner Brust. Seine Fingerspitzen kreisten über meine Brustwarze, die sich wieder zusammenzog.

„Sehr gern."

9. Kapitel

Die nächsten Wochen vergingen wie im Flug und plötzlich war mehr als ein Monat vergangen, in dem ich niemand anderen sah als Ben. Jede Woche blieb er mindestens zwei Nächte bei mir und wenn er nicht arbeiten musste, gingen wir auch öfters aus, essen oder etwas trinken, und danach ins Bett.

Der Sex wurde immer besser und Ben experimentierfreudiger und offener, was die Bondage-Komponenten anging. Ich hatte beschlossen, sehr behutsam vorzugehen, doch stellte erfreut fest, dass er alles genoss, was ihm und mir Freude bereitete.

Durch unsere Dates lernte ich ihn besser kennen, erfuhr mehr über sein Leben, bevor er nach Hamburg gekommen war, über seine Familie und vor allem die Dinge, die ihn interessierten und beschäftigten, zum Beispiel, dass er leidenschaftlich gern lief und am Marathon teilnehmen wollte, dafür trainierte er jeden Morgen, wenn er nicht gerade bei mir war.

Dass es mittlerweile mehr als Sex war, war mir bewusst, doch ich verdrängte diese Erkenntnis bis zu jenem Mittagessen, bei dem Sonja ganz beiläufig fragte, wann sie Ben kennenlernen würde. Ich glaube, ich machte ein sehr dummes Gesicht und es dauerte einen Moment, bis ich die Sprache wiedergefunden hatte. „Warum?", war dennoch alles, was ich herausbrachte. Die anderen sahen mich an, dann brachen sie in Gelächter aus. „Lass mal überlegen: Vielleicht, weil du seit einem Monat jede freie Minute mit ihm verbringst und anfängst, uns Geschichten von ihm zu erzählen?", fragte Em trocken und mit hochgezogenen Augenbrauen. „Aber mal abgesehen davon: Lass dir Zeit. Es muss nichts übers Knie gebrochen werden." Sie lehnte sich zurück und sah erschöpft aus. Der letzte Monat war für uns alle aufregend gewesen und Em kämpfte noch immer wegen der abgewanderten Mandanten, weil die Drachenfrau es sich zum erklärten Ziel gemacht hatte, sie bei jeder Gelegenheit spüren zu lassen, dass sie sie für die Schuldige hielt.

Die einzige, die noch mehr Feuer von ihr bekam, war Stephanie, die sich in der Tat bei Dr. Bitter über sie beschwert hatte und seitdem die persona non grata in allen Besprechungen war. So sehr ich es bewunderte, wie sie ihr Paroli bot, so eindeutig war es auch, dass sie keine Chance hatte.

Bei Sonja lief es momentan mit Kenichi besser und sie stritten sich seltener, doch um Sam machte ich mir mittlerweile große Sorgen: Obwohl Dionne in der letzten Zeit ruhiger geworden war, hielt sie ihre beiden Väter noch immer so sehr auf Trab, dass nach wie vor Flaute im Schlafzimmer herrschte und Sam sah aus, als würde er bald deswegen durchdrehen.

Sex war für ihn, wie auch für mich, ein natürlicher und wichtiger Bestandteil einer Beziehung, ohne den sie nicht tragfähig war. Ich hatte keine Gelegenheit, mit Tim zu sprechen, doch wir standen uns auch nicht ganz so nah und ich hatte Angst, dass sie sich streiten könnten, wenn ich mich einmischte. So versuchte ich einfach, für Sam da zu sein, wenn er mich brauchte, aber ich wusste, dass das auf Dauer nicht genug war. Heute sah er schrecklich aus, mit dunklen Ringen unter den Augen und war viel zu einsilbig. Auf Sonjas Frage, was mit ihm los war, antwortete er nicht, sondern zuckte einfach mit den Schultern.

„Leute, Ben und ich sind nicht zusammen", nahm ich das Gespräch wieder auf. Wir hatten nie darüber gesprochen und deswegen war für mich vollkommen klar, dass wir kein Paar waren.

„Schläfst du mit anderen?", fragte Em provokant. „Nein."

„Schläft er noch mit anderen?"

„Nicht, dass ich wüsste."

„Klingt verdammt nach Beziehung."

„Vielleicht mache ich es mir auch so leicht wie möglich und greife lieber auf etwas zurück, das verfügbar und gut ist, anstatt meine Energie darauf zu verschwenden, immer wieder Neues auszuprobieren", hielt ich dagegen. Em lachte. „Das Argument hätte glatt von mir sein können. Aber bitte, zieht ihr einfach euer Ding durch und guckt entspannt, was daraus wird. Ihr müsst ja nicht gleich heiraten, du kannst die Ringe abbestellen, Sonni."

Sonja blubberte irgendwas in ihren Salat und ich sah zu Sam herüber, der gar nicht zugehört zu haben schien. Ich musste unbedingt mit ihm sprechen, ihn so zu sehen machte mich nervös. Die anderen beiden bemerkten es auch, aber sie überließen mir das Feld, da Sam nicht antwortete, wenn sie ihn etwas fragten.

Das war ein Fall für die beste Freundin.

Wir bezahlten und Em und Sonja verabschiedeten sich unter einem Vorwand, während ich Sam zu einem kurzen Verdauungsspaziergang überredete. Wir gingen ein Stück am Wasser entlang und ich sah hinüber zur Speicherstadt, die auf der anderen Seite der Brücke lag. „Erzähl es mir." Es hatte keinen Sinn, lange um den heißen Brei herumzureden und das wusste auch Sam, der, zum ersten Mal, seitdem ich ihn kannte, nach Worten rang. So schlimm war es nicht mal damals gewesen, als er sich vor seiner Familie geoutet hatte und sein Vater komplett ausgerastet war.

Ich wartete einfach ab, gab ihm die Zeit, die er brauchte, um sich zu sammeln und hielt mich am Geländer fest. Unter mir schwappte das Hafenwasser an die Kaimauer des Baumwalls und eine frische Brise von flussabwärts wehte mir die Haare aus dem Gesicht. Auf der anderen Seite des Wassers sah ich das unregelmäßige Dach der

Elbphilharmonie und weiter rechts wurde gerade ein Container-schiff in den Hafen gezogen.

„Ich habe letzte Nacht Tim betrogen." Sams Stimme war fast ton-los und brach beim letzten Wort, doch ich hatte ihn dennoch gehört. Mein Herz machte einen Satz und ich musste die Augen schließen, um das Hafenpanorama auszublenden und dieses Geständnis zu verdauen. Wortlos drehte ich mich zu meinem besten Freund um, dessen schwarzes Haar ebenfalls vom Wind zerzaust wurde und mich so unglücklich ansah, dass es mir in der Seele wehtat.

Jetzt war es also doch geschehen.

Ich nahm seine Hand und hielt seinem Blick stand. Vielleicht zum zweiten oder dritten Mal seitdem wir uns kannten, füllten sich seine blauen Augen mit Tränen und er verbarg sein Gesicht in seinem grauen Grobstrickschal. Ich nahm ihn in den Arm und lehnte meine Wange gegen das Revers seines Wollmantels. Er drückte mich ganz fest an sich und ich spürte, dass er schluchzte.

„Was ist passiert?", fragte ich.

„Wir haben uns gestern Abend gestritten. Ich habe noch einen Vorstoß gemacht, seine Eltern hatten die Kleine gestern Abend, ich hatte alles eingefädelt: Ich habe Champagner besorgt, ihm ein Bad eingelassen, das ganze Programm. Am Anfang sah auch alles gut aus, bis ich zu ihm ins Bad gekommen bin und ihn gefragt habe, ob ich mit in die Wanne kommen soll. Dabei habe ich meine Hand ins Wasser getaucht, aber bevor ich ihn auch nur anfassen konnte, fuhr er mich plötzlich an, dass ich endlich aufhören solle, ihn damit un-ter Druck zu setzen. Das alles sei ihm zu viel und er könne einfach nicht mehr. Dionne, sein Job, alles wüchse ihm über den Kopf und ich würde ihn kein bisschen unterstützen. Er bräuchte endlich mal Ruhe, um wieder zu Atem zu kommen."

Sam atmete tief durch und lockerte seine Umarmung, sodass ich ihn ansehen konnte. Seine Augen waren rotgerändert. „Ich habe zu ihm gesagt, dass er sich einen schönen Abend machen soll und ich zu dir gehen werde, um ihn nicht zu stören. Er hat nichts dazu gesagt und ich bin einfach gegangen. Tja, also bin ich losgezogen und habe mir an der Langen Reihe einen Typen aufgerissen, mit dem ich es auf dem Rücksitz seines Wagens getrieben habe.

Claire, ich habe mich noch nie in meinem ganzen Leben so beschissen gefühlt, aber ich war so wütend, dass ich trotzdem immer weitergemacht habe. Dann bin ich irgendwann nach Hause und habe in Dionnes Zimmer geschlafen. Heute Morgen hat Tim kein Wort mit mir gesprochen. Ich glaube, er weiß es." Sam schniefte. „Und jetzt wird er mich verlassen und was wird aus der Kleinen? Sie werden sie uns wegnehmen und zu irgendwelchen anderen Leuten schicken, die sie nicht so lieben und was wird Tim machen, wenn ich nicht mehr bei ihm bin? Was soll ich denn ohne ihn machen?" Es brach mir das Herz, ihn so zu sehen und es gab nichts, was ich für ihn tun könnte.

Fast nichts.

Ich zog mein Handy aus der Manteltasche und rief Sonja an. „Sonni, Sam und ich haben uns den Magen verdorben beim Mittagessen, bitte melde uns für den Rest des Tages krank und sag Swetlana Bescheid." Swetlana war Sams Stellvertreterin.

Sonja begriff sofort und versprach, alles weiterzugeben. Sie wollte auch Franzi Bescheid sagen, der ich parallel eine kurze Mail schrieb und sie bat, meine Termine zu übernehmen oder zu verschieben.

Anschließend zerrte ich Sam in Richtung Tiefgarage, verfrachtete ihn in mein Auto und fuhr los zu Tims Eltern, wo wir mit meisterlich fröhlichen Mienen Dionne abholten und danach zu mir fuhren.

Die Kleine war bereits müde, es war eigentlich Zeit für ihre Mittagsstunde, sodass wir sie, bei mir angekommen, in mein Bett legten, wo sie kurzerhand einschlief.

Ich bin mit Di bei Claire, textete ich Tim von Sams Handy aus. *Bitte mach dir einen entspannten Abend und melde dich, wenn etwas ist.*

Tim brauchte einige Zeit, bis er darauf antwortete und fragte, ob alles okay war und ich musste all meinen Mut zusammennehmen, um ihm zu schreiben, dass ich (Sam) wollte, dass er die Auszeit bekam, die er brauchte und dass ich (Sam) hoffte, es ihm damit etwas leichter zu machen. Tim antwortete knapp mit *ich liebe dich* und Sam brach zusammen. „Warum habe ich das nicht schon eher gemacht?", fragte er verzweifelt. „Warum habe ich ihn nicht gefragt und ihm einfach eine Auszeit gegönnt? Warum habe ich alles versaut?" Er barg sein Gesicht in den Händen und krümmte sich auf meinem Sofa zusammen. „Seit Ewigkeiten hat er mir nicht mehr gesagt, dass er mich liebt, ausgerechnet jetzt fängt er damit an."

Am liebsten hätte ich jetzt den Gin rausgeholt und uns pur eingeschenkt, aber das konnten wir nicht machen, wenn Sams kleine Tochter im Nebenzimmer schlief. Also musste Kaffee ausreichen.

Es dauerte lange, bis er sich einigermaßen beruhigt hatte, dann wachte Dionne von ihrer Mittagsstunde auf und wir gingen mit ihr auf den Spielplatz zwei Straßen weiter, wo sie sich mit einem kleinen Jungen im Sandkasten anfreundete, während wir ihr beim Buddeln zusahen. „Stell dir vor, er ist ihre große Liebe", sagte Sam ausdruckslos, als Dionne lachte und den Kleinen herzte. Seine Mutter saß am Rande des Sandkastens und hatte die beiden im Auge, während sie sich gleichzeitig um ihr älteres Kind kümmerte.

„Das wäre wirklich eine romantische Geschichte", erwiderte ich vorsichtig.

„Stell dir vor, dass sie ihn betrügt, weil sie es von mir so vorgelebt bekommen hat. Was, wenn ich durch mein Verhalten dafür sorge, dass meine Tochter beziehungsunfähig wird?" Sam sah mich so verzweifelt an, dass ich seine Hand nahm. „Liebster, bitte, du siehst momentan nicht klar. Du weißt ja auch noch gar nicht, was als nächstes passiert."

„Ich muss es Tim sagen", sagte er und stand auf, als wolle er es sofort tun. Ich zog ihn zurück auf die Bank, sagte aber nichts. Ich wusste selbst keinen Rat und konnte ihm auch nicht sagen, was das Beste wäre. Entschied er sich dafür, Tim nichts zu sagen, würde ich jederzeit schwören, dass er gestern Abend bei mir gewesen war. Entschied er sich, ihm die Wahrheit zu sagen, würde ich ihn jederzeit bei allem, was danach kam, unterstützen.

An seiner Stelle wüsste ich nicht, wie ich mich verhalten hätte. Nichts zu sagen hatte seinen Reiz, denn die Wahrscheinlichkeit, dass Tim dahinterkam, war bei einer einmaligen Sache sehr gering, vor allem, wenn ich Sam ein Alibi gab. Doch das war eine Gewissensfrage, die er allein ganz beantworten musste und auf keinen Fall jetzt, wenn er so instabil war und alles nur noch schlimmer machen würde.

„Papa!", rief Dionne in diesem Moment und streckte die Arme nach ihm aus. Sie sprach nur sehr wenig, was laut der Psychologin an der Adoption lag, aber seit kurzen rief sie Sam mit Papa und Tim mit Daddy, damit sie die beiden unterscheiden konnte. Zudem hatte Tim sich vorgenommen, Dionne seine Muttersprache, Englisch, ebenfalls beizubringen. Sofort sprang Sam auf und eilte zu seiner Tochter hinüber, während ich auf der Bank sitzenblieb und den beiden zuschaute.

Er musste die Sache mit Tim wieder hinbekommen. Sie hatten so hart dafür kämpfen, so viele Hürden nehmen und so viel Geld bezahlen müssen, um Dionne zu bekommen, denn die Adoptionschancen für ein schwules Paar waren noch geringer als ohnehin schon. Die beiden waren immer unser Vorzeigepaar gewesen, es gab selten Streit zwischen ihnen und schon als Sam ihn damals freudestrahlend vorgestellt hatte, wusste ich, dass er jetzt endlich jemanden gefunden hatte, der wirklich zu ihm passte. Robert hatte sich immer über meinen „Homo-Freund" lustig gemacht und obwohl die beiden einigermaßen miteinander ausgekommen waren, hatte er sich immer schaudernd abgewandt, wenn Sam einen Mann mitgebracht hatte.

Sam war geblieben und ich wollte einfach nur, dass er glücklich war. Ich seufzte und spielte Szenario um Szenario in meinem Kopf durch, während mein bester Freund Dionne die kleine Rutsche heruntersausen ließ und sie vor Freude juchzte.

Sie *mussten* es einfach hinbekommen.

Nach dem Spielplatz gingen wir zusammen in ein kleines Bistro und versuchten, Dionne mit Pasta sattzubekommen. Am Ende aß Sam die Pasta und ich teilte meine Folienkartoffel mit der Kleinen, wobei ich mir die Seidenbluse mit Sourcream ruinierte. „Das geht ja gut los mit uns beiden", sagte ich und wischte ihr einen weiteren Klecks vom Bäckchen, was sie zum Lachen brachte. „Nicht, dass das zur Gewohnheit wird"

Sam war ganz in seine Gedanken versunken und ich ließ ihm die Zeit zum Nachdenken. Mittlerweile wirkte er auch nicht mehr ganz so sprunghaft, aber ihm war anzumerken, wie sehr ihn alles belastete.

Schließlich bezahlten wir und gingen zurück in meine Wohnung, wo wir Dionne erneut in mein Bett legten und sie mit Musik von Sams Handy selig einschlief. „Vielleicht solltet ihr es auch mal mit einem Queensize-Bett für sie versuchen", sagte ich scherzend, als wir die Schlafzimmertür zuzogen und hinüber ins Wohnzimmer gingen.

„Es auch dein Geruch sein, der sie schlafen lässt. Möglicherweise ähnelt er dem ihrer Mutter", meinte Sam und ließ sich schwer auf meine Couch fallen. Ich zuckte mit den Schultern und holte Rotweingläser aus dem Schrank. Wenn alles gut ging, würde Dionne jetzt durchschlafen und ein Glas konnte nicht schaden.

Ich öffnete eine Flasche Bordeaux aus meiner Lieblingsweinhandlung und goss uns ein Glas ein. Sam seufzte, als er den Kelch schwenkte und an dem Wein schnupperte. „Ist das der Gute aus Südfrankreich?"

„Für dich nur das Beste."

„Das habe ich in dir. Ich wüsste gar nicht, was ich ohne dich machen würde."

„Ich auch nicht, aber die Frage stellt sich ja auch gar nicht", erwiderte ich und ließ den ersten Schluck über meine Zunge gleiten, damit sich das Bouquet des Weines entfaltete. Eigentlich hätte er noch einige Zeit atmen müssen, aber so lange konnten wir nicht mehr warten.

„Wir müssten wieder öfters zu Verkostungen gehen, wie früher", sagte Sam, der ebenfalls die ersten Tropfen genießerisch zelebriert hatte.

„Du hast recht, das haben wir schon viel zu lange nicht mehr gemacht." Ich kuschelte mich in meine Sofakissen und sah nachdenklich an die weiße Decke. Meine Wände im Wohnzimmer waren in einem hellen Sandton tapeziert, den ein dezentes goldenes Muster schmückte. Em hatte die Tapete damals ausgesucht, weil sie meinte, dass meiner Wohnung ein wenig Glamour fehlte und nachdem ich mich eine Woche daran gewöhnt hatte, liebte ich sie. Sie passte auch sehr gut zu meiner dunklen Couch mit den vielen Kissen, die ebenfalls Em gewählt hatte, und den weißen Schränken, in denen meine Gläser und das gute Geschirr standen, für den unwahrscheinlichen Fall, dass ich einmal Gäste bewirten wollte.

„Sam, versprich mir, dass du dir ganz genau überlegen wirst, was du Tim sagst. Bitte tu nichts Überstürztes, sondern denk vorher sorgfältig darüber nach", bat ich ihn eindringlich und war erleichtert, als er nach kurzem Zögern nickte.

Plötzlich klingelte es an der Tür und wir fuhren alarmiert hoch. Sam war deutlich anzusehen, dass er damit rechnete, dass Tim im Flur stand und ihn nach Hause holen wollte. Oder ihm direkt die Scheidungspapiere an den Kopf warf.

Zögerlich stand ich auf und machte das Licht im Flur an. Dionne war glücklicherweise nicht aufgewacht. Ich öffnete die Tür und sah in Bens Gesicht. Im gleichen Moment fiel mir ein, dass wir für heute Abend verabredet gewesen waren, das hatte ich total vergessen.

Sein Lächeln wurde etwas unsicher, als er mein überraschtes Gesicht sah. „Hey", machte er und küsste mich, dann schreckte er hoch und sah an mir vorbei. Hinter mir war Sam in den Flur gekommen und sah Ben jetzt genauso sprachlos an, wie dieser ihn. „Oh, ich komme anscheinend ungelegen... ich dachte, wir wären verabredet..."

„Ben, komm bitte rein", sagte Sam bestimmt und reichte ihm entschlossen die Hand. Er hatte sofort erfasst, was für ein seltsames und in seinen Augen sicher kompromittierendes Bild sich Ben bot.

Er sah noch verwirrter aus als vorher, jetzt, wo der fremde Mann ihn mit Namen ansprach und offenbar nicht mein Date war. „Ich bin Claires bester Freund Samuel, Sam", stellte er sich vor und sah mich an. „Ich werde Dionne holen und nach Hause fahren. Macht euch einen schönen Abend."

„Sam, ich...", machte ich unbehaglich. Ich wollte ihn nicht rausschmeißen. Jetzt erwachte Ben endlich aus seiner Trance und erfasste, dass irgendwas im Busch war. Ich hatte ihm bereits von Sam erzählt und jetzt konnte er auch den Namen zuordnen.

„Ich freue mich, dich kennenzulernen", sagte er und spähte an uns vorbei ins Wohnzimmer. „Bekomme ich auch ein Glas Wein? Ich würde mich gern zu euch setzen. Dionne ist deine Tochter, oder? Claires Patenkind."

Sam sah mich erstaunt an, nickte aber und wir gingen zu dritt ins Wohnzimmer. Ich hatte Ben von meinen drei besten Freunden erzählt, sodass er zumindest ihre Namen und ein paar Details kannte. Ich war froh, dass Sam die Situation gleich gerettet hatte, auch wenn ich nicht wusste, wie ich es finden sollte, dass die beiden sich jetzt gegenübersaßen.

So hatte ich das erste Treffen nich geplant, wenn ich überhaupt etwas geplant hätte, denn ein Kennenlernen stand wirklich ganz unten auf der Agenda, schon gar nicht an einem Katastrophentag wie heute. Doch anscheinend tat es Sam ganz gut, sich auf etwas anderes als seine Probleme zu konzentrieren und er und Ben kamen sofort ins Gespräch.

Jetzt, wo Ben meinen Freund richtig eingeordnet hatte, wirkte er auch wesentlich entspannter und schien ihn wirklich kennenlernen zu wollen. Er fragte viel nach Dionne und erzählte, dass sein älterer Bruder vor zwei Jahren Vater geworden war und er es schade fand, seinen Neffen so selten zu sehen, da William in Kopenhagen arbeitete.

„Ich dachte schon, du hättest mich eingetauscht", raunte er mir zu, als Sam einmal rausging, um nach Dionne zu sehen.

„Es war ein Notfall", flüsterte ich, wenigstens diese Erklärung schuldete ich ihm, auch wenn ich nicht bereit war, näher ins Detail zu gehen. Allerdings machte ich mir Sorgen, wie wir die Nacht überbrücken sollten. Ben wohnte in einer Studenten-WG mit ein paar anderen Jungs und ich würde einen Teufel tun, dort zu übernachten, doch ich würde auch nicht zulassen, dass Sam jetzt nach Hause fuhr. Normalerweise wäre es kein Problem gewesen, dass wir uns das Bett teilten mit Dionne in der Mitte, aber das konnte ich kaum durchziehen, jetzt wo Ben da war.

„Ich schlafe mit Dionne auf der Couch", sagte er, als er kurz darauf zurückkam. „Sie ist breit genug und Di kuschelt gerne, sie schläft ja auch oft bei uns."

Ich nickte, auch wenn ich mich schuldig fühlte, als Sam die Kleine später aus meinem Bett holte und mit ihr im Wohnzimmer verschwand, nachdem sich mein Ersatzzahnbürstenvorrat erneut bezahlt gemacht hatte.

Ben wirkte etwas gehemmt in der Situation und als wir etwas später nebeneinanderlagen, wurde mir bewusst, dass dies der erste Abend war, an dem wir einfach ins Bett gegangen waren, ohne miteinander zu schlafen. Natürlich hatten wir den Abend anders geplant, doch mit einem Mal fühlte ich mich selbst unbehaglich und unzufrieden. Die Anspannung des Tages machte sich bemerkbar, fühlte sich aufgestaut an und ich war mir sicher, sie durch Sex abbauen zu können. Wegen Sam war ich ungehemmt, während unserer WG-Zeit hatte ich sehr oft seine Bekanntschaften durch die Wände unserer Wohnung gehört und war auch mehrmals reingeplatzt, wenn sie Sex im Wohnzimmer, dem Badezimmer oder der Küche gehabt hatten.

Ich konnte mit Fug und Recht behaupten, dass ich von Sam schon alles gesehen hatte und diesen Kredit würde ich wahrscheinlich niemals verbrauchen können, es sei denn, ich stellte ihn ein ganzes Wochenende gefesselt in meine Schlafzimmerecke und fuhr mein ganzes Repertoire auf.

Ben hielt mich im Arm und ich schmiegte mich an ihn und küsste ihn. Den Kuss erwiderte er ohne zu zögern und zog mich fester an sich, doch als ich meine Finger unter den Saum seiner Pants gleiten ließ, zuckte er erschrocken zurück. „Du hast doch Besuch!", flüsterte er. Ich beschloss, mich davon nicht irritieren zu lassen und nahm sein Ohrläppchen zwischen die Zähne, während ich meine Finger tiefer schob und feststellte, dass seine Vorbehalte so groß nicht sein konnten, denn er stand bereits stramm. „Claire", stöhnte er unterdrückt und rieb sich an meiner Hand.

„Wir werden etwas leiser sein müssen als sonst, um die Kleine nicht zu wecken", erwiderte ich und verstärkte den Druck. Er küsste mich und griff in mein Dekolleté, dann ließ er seinen Daumen um meine Brustwarze kreisen. Mit der anderen Hand zog er meinen Slip beiseite und schob zwei Finger in mich.

Ich kniete mich seitlich von ihm hin, sodass er weitermachen konnte und zog seine Pants hinunter. Mit der Zungenspitze glitt ich über seine Eichel und schloss meine Lippen darum, während er seine Finger immer tiefer in mir versenkte. Sein Daumen massierte meine Klit und ich merkte, wie sehr er sich zusammennahm, um nicht laut zu stöhnen, als ich zu saugen begann. „Oh Süße, bitte mach weiter." Seine Stimme war ein heiseres Flüstern und sein Becken bewegte sich rhythmisch. Jetzt erhöhten auch seine Finger das Tempo.

Obwohl es durchaus kein Problem gewesen wäre, machte ich es mir zur Aufgabe, keinen Laut von mir zu geben, bis auf die Geräusche, die mein Mund beim Blasen verursachte. Der Gedanke, ganz still sein zu müssen, war zusätzlich erregend, als könne man erwischt werden und ich meinte, dass es ihm ähnlich ging.

Immer schneller pumpte er in meinen Mund und ich war so feucht, dass ich kaum noch die Reibung seiner Finger spürte und ihn bitten musste, noch mehr zur Hilfe zu nehmen. Er kam der Bitte unverzüglich nach und legte jetzt ein so atemberaubendes Tempo vor, dass mein Orgasmus nicht mehr weit war. Gleichzeitig verstärkte ich mit meinem Mund den Unterdruck und merkte, wie sich seine Muskeln zusammenzogen.

Er holte erstickt Luft und kam, im gleichen Moment war auch ich so weit und ergab mich seinen Fingern. Es kostete mich alle Willenskraft, jetzt nicht aufzuhören, sondern abzuwarten, bis er fertig war und sich mein Mund gefüllt hatte, dann fällte ich die Entscheidung und schluckte.

Ich kam hoch und als er begriff, was ich getan hatte, spürte ich auf einmal seine Zunge an meiner Klit, die mich so unvorbereitet bearbeitete, dass ich sofort noch einmal kam.

Ich presste mein Gesicht in meine Bettdecke, während er jeden Zentimeter mit seiner Zunge zu erkundete. Als auch der zweite Orgasmus abgeflacht war und ich wieder Luft bekam, krabbelte ich neben ihn und schlang mein Bein um seine Taille.

Vorsichtig schob er mir einen Finger in den Mund und ich saugte wie in Trance daran. „Geht es dir gut?", fragte er heiser. Ich nickte an seinem Hals. „Dass du geschluckt hast, hat mich so angemacht... Claire..." Er küsste mich und zog mich eng an sich. „Mit dir habe ich wirklich den besten Sex meines Lebens. Das darf niemals aufhören." Damit war er eingeschlafen.

Ich brauchte noch ein wenig, bis ich die volle Bedeutung seines letzten Satzes begriffen hatte und sich mein Herzschlag beruhigt hatte.

10. Kapitel

Am nächsten Morgen machte Sam sich recht früh auf den Weg nach Hause, um sich umzuziehen und Dionne für den Tag fertigzumachen. Freitags fing Tim immer schon sehr früh mit der Arbeit an und Sam kam nur für einige Stunden ins Büro und brachte die Lütte meistens mit. Die Drachenfrau hatte das zähneknirschend genehmigt, weil er seine Stunden sonst noch weiter reduziert hätte oder, Gott bewahre, in Elternzeit gegangen wäre.

Ben und ich frühstückten mit einem großen Zeitpuffer und hatten schnellen Sex auf dem Küchentisch, bei dem einer meiner Becher zu Bruch ging, aber das war mir herzlich egal. Der morgendliche Quickie war mittlerweile ein Ritual geworden, ohne das ich ihn ungern gehen ließ und wofür ich auch etwas mehr Stress beim Fertigmachen in Kauf nahm. Auf der Arbeit erwarteten mich bereits Sonja und Em ungeduldig in meinem Büro und löcherten mich mit Fragen nach Sam. Wir hatten bereits gestern darüber beratschlagt, was ich ihnen sagen sollte und er hatte mir erlaubt, den beiden die Wahrheit zu erzählen, eigentlich war ihm das sogar lieber gewesen, denn vor allem vor Sonjas Reaktion hatte er Angst.

Und es war tatsächlich so, wie wir beide es erwartet hatten: Während Em nur kurz den Kopf schüttelte und „verfluchte Scheiße" murmelte, regte Sonja sich tierisch auf.

„Wie konnte er das nur tun?", fragte sie und raufte sich das brünette Haar. „Wie konnte er nur so dumm, so verantwortungslos sein? Sie haben doch gerade erst Dionne bekommen, wie kann er Tim das nur antun? Nach dem ganzen Stress kann er doch nicht einfach fremdgehen!"

„Bist du fertig?", fragte Em genervt und Sonja warf ihr einen wütenden Blick zu, den sie gelassen erwiderte.

„War ja klar, dass dich das gar nicht interessiert!", fuhr Sonja sie an und jetzt wurde Em doch ärgerlich.

„Von wegen. Aber im Gegensatz zu dir akzeptiere ich es einfach, wenn Dinge sich nicht mehr ändern lassen. Sam hat fremdgevögelt. Punkt. Was er sich dabei gedacht hat, wissen wir auch, nämlich nichts, sein Schwanz hatte leider für ihn übernommen und er war einfach frustriert. Ich kann ihn sogar verstehen. Stell dir vor, du und Kenichi hättet seit Monaten keinen Sex mehr gehabt!"

Sonja biss sich auf die Lippe. „Das ist kein Grund, die Beziehung mit Füßen zu treten und fremdzugehen!"

„Ich denke, es hat keinen Sinn, ihn deswegen zu verurteilen", unterbrach ich sie. Im Gegensatz zu Em und mir hatte Sonja eiserne Prinzipien und war sehr intolerant, wenn jemand gegen sie verstieß, ob er sie nun teilte oder nicht, spielte dabei keine Rolle. Meistens konnte es uns egal sein, es sei denn, sie startete einen solchen Shitstorm gegen einen von uns. Und da es um Sam ging, der nicht einmal hier war, um sich zu verteidigen, musste ich mich sehr zusammennehmen, damit mir nicht der Kragen platzte.

„Doch, Sonja verurteilt sehr gerne, sie ist nämlich die einzige, die weiß, was richtig und was falsch ist", stichelte Em wenig hilfreich, auch wenn sie mir aus der Seele sprach.

„Rede nicht solchen Unsinn", fuhr Sonja sie erneut an. „Ich verurteile niemanden."

„Nein, Sam als dumm und verantwortungslos zu bezeichnen ist kein Urteil, das ist Fakt, wenn du es sagst."

„Leute, das hilft uns kein bisschen und Sam auch nicht", unterbrach ich die beiden, bevor es zu einem Riesenstreit kam. Tatsächlich wandten sie sich mir zu.

„Er muss es ihm sagen", sagte Sonja bestimmt.

„Er sollte es ihm auf keinen Fall sagen", hielt Em dagegen, woraufhin Sonja sie sprachlos ansah.

„Em, ich fasse es nicht...", murmelte sie und lehnte sich zurück, als wolle sie Abstand zwischen sich bringen.

„Ich bitte dich, was bringt es denn, wenn er es Tim sagt?", fragte Em. „Es hat zur Folge, dass sich beide beschissen fühlen, sich eventuell trennen und Dionne im schlimmsten Fall verlieren, weil sie noch in dieser komischen Probezeit sind, wo die Psychotanten ständig vorbeikommen. Die beiden haben jahrelang rumgevögelt, da sollte ein einziges Mal, wo es nicht abgesprochen war, nicht den Ausschlag geben."

„Aber es war Tim sehr wichtig, dass sie monogam leben, als sie geheiratet haben", widersprach Sonja. Em schnaubte.

„Das hätte er sich überlegen sollen, bevor er über Monate den Sex verweigert."

„Jetzt ist er auch noch selbst schuld, dass Sam fremdgegangen ist, oder was willst du damit sagen?" Auf Sonjas Wangen bildeten sich rote Flecken, ein Zeichen dafür, dass sie kurz davor war, in Tränen auszubrechen. Ich musste dringend dazwischen gehen, bevor das Gespräch unweigerlich auf Sonjas Exfreund kam, der ihr ebenfalls fremdgegangen war. „Leute, so kommen wir nicht weiter", sagte ich bestimmt.

Sonja sah mich mit nassen Augen an, ihre Wangen waren knallrot. „Und was denkst du, Claire?", fragte sie mit brüchiger Stimme und ich ahnte, dass es jetzt gefährlich für mich wurde. Dennoch antwortete ich ihr und bemühte mich um eine neutrale und gefasste Stimmlage.

„Ich denke, dass ich ihm diese Entscheidung nicht abnehmen kann. Stattdessen habe ich ihn gebeten, sich sehr genau zu überlegen, was er tun will und egal, wie er sich entscheidet, ich werde ihn unterstützen." „Eine wahre Freundin", sagte Em zustimmend, doch

Sonja stand auf, das Gesicht noch immer gerötet und die Augen glasig. „Überlegt euch einfach mal, wie es wäre, in Tims Situation zu sein", sagte sie, verließ mein Büro und schloss nachdrücklich die Tür.

„Ehrlich gesagt *wäre* ich jetzt gerne Tim, dann wüsste ich von dieser ganzen Scheiße nichts", sagte Em trocken und schlug die Beine übereinander. Heute trug sie ein korallenrotes Blusenkleid mit schwarzem Stehkragen, Knopfleiste und Manschetten zu ebenfalls schwarzen kniehohen Wildlederstiefeln.

Ich seufzte und strich den Kragen meiner weißen Wickelseidenbluse glatt, die ich zu Bens Lieblingsrock kombiniert hatte. „Ich wünschte, er hätte es nicht getan", sagte ich leise.

„Ich auch, aber wie schon gesagt: Passiert ist passiert. Ich kenne die Situation, in der er ist zwar nicht, aber ich erkenne ihre Beschissenheit an."

„Ich bin mir sicher, er wird sich freuen, das zu hören."

„Natürlich, er würde ja auch dasselbe für mich tun." Wir grinsten schief und wieder einmal war ich dankbar für Ems entspannte und vorurteilsfreie Art. „Und plötzlich stand Ben gestern in der Tür", nahm sie das Gespräch auf. „Na, der hat bestimmt dumm geguckt, oder?"

„Allerdings", gab ich zu. „Kurz dachte ich, er würde sich einfach umdrehen und verschwinden, aber Sam hat die Situation glücklicherweise gerettet. Ich habe genau gesehen, dass er dachte, ich wollte mit ihm ins Bett."

„Wäre ja auch nicht das erste Mal." Ich warf ihr einen langen Blick zu. „Du lässt mich bereuen, dass ich dir davon erzählt habe."

Tatsächlich waren Sam und ich einmal miteinander im Bett gewesen, ungefähr ein Jahr nach Gründung unserer WG. Wir hatten billigen Wein getrunken und mit einem Mal meinte er, er hätte noch nie mit einer Frau geschlafen und ich sei diejenige, mit der er es probieren wollte. Ich war zu der Zeit Single und im angetrunkenen Zustand schien es mir eine gute Idee zu sein. Es war bei weitem nicht der schlechteste Sex meines Lebens, aber er fühlte sich hinterher noch einmal darin bestätigt, dass er auf Männer stand und ich wusste, dass wir das nie wieder tun sollten. Das war jetzt mittlerweile über fünfzehn Jahre her.

Irgendwann hatte Em mich einmal sehr direkt danach gefragt und unnötigerweise hatte ich ihr davon erzählt. Dass sie es jetzt anbrachte, wurde nur von der Tatsache gerettet, dass Sonja nicht im Raum war, um uns eine weitere Moralpredigt zu halten.

„Entschuldige, das war ein blöder Spruch", sagte sie sofort. „Also haben die beiden Männchen sich beschnuppert und für gut befunden?"

„Nachdem für Ben geklärt war, dass Sam mein schwuler bester Freund ist, dessen kleine Adoptivtochter in meinem Bett liegt und schläft, war er sehr entspannt und ich glaube, die beiden mögen sich." Ich holte tief Luft und erzählte Em, was Ben vor dem Einschlafen zu mir gesagt hatte.

„Er ist verliebt in dich und zu klug, es dir zu sagen", lautete ihre Erklärung, die sich erschreckend mit meiner deckte.

„Was mache ich denn jetzt?", fragte ich, obwohl ich keine hilfreiche Antwort erwartete. Em lächelte.

„Ach, du bist süß. Vögelst ausschließlich mit einem Typen, hast kleine Herzchen in den Augen, wenn du von ihm sprichst und kannst es kaum erwarten, ihn wiederzusehen und fragst *mich*, was du tun sollst, wenn es ihm auch so geht? Ich denke, da kommst du allein drauf." Im Rausgehen warf sie mir eine Kusshand zu und ich hörte sie draußen lachen.

Sam kehrte am Abend zurück nach Hause, doch er brachte es nicht über sich, Tim von seinem Seitensprung zu erzählen. Wir trafen uns am Sonntag zum Essen, wo er uns erneut sein Herz ausschüttete. Sonja hatte sich mittlerweile abgekühlt und anscheinend auch nachgedacht, denn sie versuchte ernsthaft, Sam zu helfen und fand kein einziges Wort des Vorwurfs für ihn.

Ich war ein bisschen stolz auf sie.

„Nimm dir eine Woche Zeit", riet Em ihm gerade. „Und sieh dir an, wie es geht. Dann entscheide dich, ob du es ihm sagen musst, um reinen Tisch zu machen, oder ob du damit leben und es vergessen kannst." Ich muss gestehen, ich fand ihren Rat exzellent und sogar Sonja nickte.

Sam atmete noch einmal tief durch. „Wahrscheinlich hast du Recht und das ist die beste Lösung. Momentan fühle ich mich so komisch. Tim ist so relaxt und hat sich mehrmals bei mir dafür bedankt, dass ich ihm die beiden Abende Ruhe gegönnt habe. Plötzlich reden wir miteinander und küssen uns regelmäßiger. Gestern hat er mich sogar umarmt und mir endlich mal wieder gesagt, dass er mich liebt. Und ich fühle mich dabei wie der letzte Abschaum."

„Du hast noch drei Tage, um dich zu entscheiden", sagte Em und legte ihm die Hand auf den Arm. „Und genauso wie Claire werden Sonni und ich zu dir halten, egal, was du machst, okay?"

Sonja nickte und streichelte seine Schulter. Sam sah gleich etwas weniger elend aus und lächelte sogar. „Ihr seid echt die besten. Gut", wechselte er plötzlich das Thema und sah mich an. „Wie ihr sicher schon gehört habt, habe ich Ben am Donnerstagabend kennengelernt und hier kommt mein Urteil: Claire, er ist wirklich süß und komplett in dich verknallt."

Da war es wieder.

Wir würden uns heute nicht sehen, Ben musste das ganze Wochenende auf einer Tagung an der Ostsee arbeiten und die Bezahlung war zu gut gewesen, um abzulehnen. Doch je öfter meine

Freunde darüber sprachen, dass er in mich verliebt war, desto unbehaglicher fühlte ich mich, weil ich unsicher war, wie ich ihm jetzt gegenübertreten sollte.

Sonja sah mich begeistert an, hielt sich aber dankenswerterweise zurück und lud ihn nicht sofort zu sich nach Hause zum Essen ein. An ihrem Gesicht konnte ich aber ihren Eifer und ihre Hoffnung so deutlich ablesen, als würde sie sie mir mitteilen.

„Wie lange trefft ihr euch jetzt noch mal?", fragte sie so betont beiläufig, dass ich fast lachen musste. Sie gab sich wirklich große Mühe.

„Fünfeinhalb Wochen", antwortete ich, nachdem ich kurz nachgerechnet hatte. Tatsächlich schon so lange. Sonja nickte gedankenverloren, sagte aber nichts und Em warf mir wieder diesen wissenden Blick zu. „Ich warte weiterhin ab, wie es sich zwischen uns entwickelt, aber ich freue mich, dass du ihn magst, Liebster", sagte ich zu Sam, der mir einen Kuss auf die Wange drückte.

„Wie geht es eigentlich mit dir und Kenichi im Moment?", fragte ich und sah, wie Sonjas Lächeln verrutschte. In meinem Magen machte sich ein ungutes Gefühl breit und auch Ems Stirn runzelte sich, als Sonja ein gekünsteltes Lachen ausstieß.

„Naja, das gleiche wie immer. Er macht seine Schichten und ich versuche, unser Leben drum herum zu organisieren, ohne dass meine Eltern das Gefühl bekommen, Jan-Philipp sei ihr Kind und nicht meines. Momentan läuft ja alles noch ganz gut, wegen der Ganztagsbetreuung in der KiTa, und ich bemühe mich gerade um einen Ganztagsschulplatz."

„Wie stehen da die Chancen?", fragte Em und Sonja lächelte erneut falsch. „Ich hoffe, sie werden etwas besser, wenn ich der Schulleiterin noch ein paar Mal erzähle, dass mein Mann seinen Dienst an der Allgemeinheit leistet und sie aus einem brennenden Haus retten könnte."

„Wenn es hilft, bring ein Bild von ihm in Uniform mit, da stehen die meisten Frauen drauf", riet Sam.

„Du ja auch", warf Em ein und erinnerte uns daran, dass Sam, als Kenichi und Sonja sich vor sieben Jahren kennen lernten, gleich etwas mit einem von Kenichis Kollegen angefangen hatte. Damals hatte er sämtliche Metaphern mit Stangen, Schläuchen und Bränden derart überstrapaziert, dass es für den Rest des Lebens reichte. Sam grinste, als er sich an Alex erinnerte, der zugegebenermaßen ziemlich heiß gewesen war. Wenn mich nicht alles täuschte, waren Sonja und Kenichi letztes Jahr auf seiner Hochzeit gewesen.

„Wer sagt schon nein zu einem mit 'nem schönen Schlauch?", fragte Sam und ich schüttelte den Kopf, als er lachte.

„Jetzt freust du dich, dass du den endlich mal wieder bringen konntest, oder?"

„So sehr wie du dich freust, ihn endlich mal wieder gehört zu haben." Ich lachte. Die Stimmung wurde immer besser und ich hoffte, dass Sam es schaffte, bis Donnerstag eine Entscheidung zu fällen.

Außerdem beschloss ich, Sonja mehr im Auge zu behalten, ich hatte den Verdacht, dass die Sache mit JPs Betreuung nicht die einzige war, die ihr momentan Probleme bereitete.

Am Dienstagabend kam ich völlig verschwitzt von meinem Yoga-Kurs nach Hause und freute mich auf eine heiße Dusche und einen entspannten Abend vor dem Fernseher. Die letzten zwei Tage hatten wir unbeschadet überstanden, weil die Drachenfrau sich ein langes Wochenende gegönnt hatte und Anne an ihrer Stelle die Montagsbesprechung geleitet hatte. Entsprechend entspannt war das ganze abgelaufen und wir waren effizient gewesen und hatten ein paar Probleme besprechen können, die wir sonst nie anbringen konnten, weil es der Drachenfrau zu lange dauerte, sie sich anzuhören.

Ich stellte mich unter die Dusche und zog danach meinen Kimono an, holte mir ein Glas Weißwein aus der Küche und wollte mich gerade mit einem wohligen Seufzer aufs Sofa fallen lassen, als es an der Tür klingelte. Irritiert stellte ich mein Glas ab und ging zur Tür. Ich hatte wenig Lust, einem Nachbarn in meinem Aufzug gegenüberzustehen und zögerte.

„Claire, bist du da?", hörte ich Bens Stimme durch das Holz. Überrascht öffnete ich und sah ihn in meinem Hausflur stehen, zu seinen Füßen eine schwarze Sporttasche, die ziemlich voll aussah. Er lächelte mich erschöpft an. „Hey, darf ich reinkommen?"

„Natürlich", sagte ich und trat beiseite. Er stellte die Tasche in den Flur und ich sah ihn fragend an, während er seine Schuhe auszog. Mit betretener Miene drehte er sich zu mir um und rieb sich den Nacken. Seine blauen Augen blickten mich mit einer Mischung aus Hoffnung und Furcht an und allmählich fragte ich mich, was sein Auftritt zu bedeuten hatte.

„Also…", setzte er schwach lächelnd an, während wir weiterhin im Flur standen. Ich zog die Tür zu und wartete ab. „Ich weiß gar nicht so richtig, wie ich anfangen soll."

„Sag es doch einfach."

„Tja, also… mein Mitbewohner hat mich und den anderen rausgeworfen, von jetzt auf gleich. Er will mit seiner Freundin zusammenziehen und weil ich damals keinen Mietvertrag unterschrieben habe, habe ich leider auch keine Kündigungsfrist oder sowas. Als ich gestern von meinem Job zurückgekommen bin, hatte er das meiste schon einpacken lassen. Seitdem habe ich versucht, etwas zu bekommen, aber so kurzfristig ist das fast unmöglich. Ich habe ihm gesagt, dass ich seinetwegen jetzt quasi obdachlos bin und er meinte nur, dass ich halt zu meiner Freundin gehen soll. Tja, hier stehe ich jetzt also vor dir." Mein Mund wurde trocken und ich musste ins Wohnzimmer gehen und mein Weinglas ansetzen. Damit hatte ich im Leben nicht gerechnet und fühlte mich vollkommen mit der Situation überfordert.

Was sollte ich jetzt machen? Ich konnte ihn kaum vor die Tür setzen, ich wusste, dass er kein Geld hatte, um übergangsweise in einem Hotel zu wohnen und wer konnte wissen, wo er landete?

„Dein Mitbewohner ist ein Arschloch", sagte ich finster und schenkte mir nach. Ben holte sich ein Glas und ich goss ihm ebenfalls ein.

„Ich weiß. Noch vor ein paar Wochen haben wir gesprochen und da meinte er, er würde rechtzeitig Bescheid sagen. Jetzt hat seine Freundin anscheinend Druck gemacht, weil sie aus ihrer eigenen Wohnung rausmusste und da hat er Steve und mich einfach rausgeschmissen." Er trank den Wein als wäre er Wasser und schenkte sich nach. Der Chardonnay für vierzehn Euro die Flasche war offensichtlich an ihn verschwendet, aber das war egal. Wieder sah er mich an und mir ging auf, dass ich ihm jetzt eine Antwort geben musste, egal, wie schwer es mir gerade fiel, sie zu fällen.

Verdammt.

„Natürlich kannst du bleiben", sagte ich und meine Stimme hörte sich in meinen Ohren irgendwie fremd an. Hatte ich ihm gerade wirklich gesagt, dass er bei mir wohnen konnte?

Er strahlte mich an und beugte sich vor, um mich zu küssen. „Ich danke dir. Vielen, vielen Dank."

„Wo ich doch deine Freundin bin", versuchte ich einen Scherz, biss mir sofort auf die Lippe. Aber die Worte waren heraus und er sah mich aufmerksam an.

„Darüber haben wir bisher noch nie gesprochen, weil ich irgendwie das Gefühl hatte, es ist dir nicht recht. Aber ich mag dich wirklich sehr, Claire. Und ich möchte sehr gern mit dir zusammen sein." Panik stieg in mir hoch und ich wusste nicht, was ich sagen sollte.

Oh Gott, in was für eine Situation hatte ich mich hineinmanövriert? Wie kam ich jetzt da raus?

Ich lachte mindestens genauso gekünstelt wie Sonja am Sonntagabend und mir fehlten die Worte. Ben missverstand meine Reaktion und küsste mich.

„Ehrlich gesagt fand ich dich schon toll, als ich dich das erste Mal gesehen habe, aber ich habe mich nicht getraut, darauf zu hoffen, dass das mit uns etwas werden könnte." Ich fühlte mich, als müsste ich hyperventilieren, dann zog er mich an sich und hielt mich fest im Arm. „Danke, Claire, dass du jetzt für mich da bist. Ich verspreche dir, mich zu beteiligen. An der Miete, den Lebensmitteln, allem."

In seinen Armen spürte ich, wie sich die Panik langsam abbaute und sich ein anderes, warmes Gefühl in mir ausbreitete. Ich war definitiv verrückt geworden, aber jetzt war es zu spät. Plötzlich hatte ich einen Liebhaber, mit dem ich fest zusammen war und der auch noch bei mir wohnte. Ich verstand mich selbst nicht mehr.

Unsicher schlang ich die Arme um ihn und sog seinen Geruch ein. Ich hatte keine Ahnung, was jetzt werden würde.

11. Kapitel

Em rieb sich die Ohren und anschließend die Augen, Sam starrte mich an, als sähe er mich zum ersten Mal und Sonja stand der Mund offen, als ich ihnen am nächsten Morgen von den Ereignissen des letzten Abends berichtete. „Ich fasse es einfach nicht", murmelte Em benommen und stützte die Ellenbogen auf die Platte des Schreibtischs. „Das ist doch krank."

„Was hätte sie denn machen sollen?", fragte Sonja unsicher und sah mich an. Sogar ihr ging das alles zu schnell.

„Liebste, denkst du, dass das eine gute Idee ist?" sagte Sam vorsichtig, seine eigenen Probleme für den Moment vergessend. Er lehnte sich zu mir herüber und sah mich so forschend an, als wolle er herausfinden, ob ich schon komplett verrückt geworden war.

„Nein, verdammt, aber Sonja hat recht: Was hätte ich denn machen sollen?" Ich atmete tief durch und zählte innerlich bis zehn. „Ich weiß nicht, wie ich es machen soll. Und ja, ich weiß, dass es schiefgehen wird."

„Warum? Es muss nicht schiefgehen", widersprach Sonja. „Wenn ihr euch mögt und aufeinander Rücksicht nehmt…"

„Das ist es ja gerade: Rücksicht nehmen klappt meistens nicht. Und bisher ist bei mir noch jede Beziehung schiefgegangen. Man geht sich auf die Nerven, es wird geklammert, Kleinigkeiten regen einen auf… das will ich alles gar nicht." Ich wurde kurzatmig.

Ruhig bleiben, Claire, jetzt bloß nicht die Nerven verlieren.

„Dann solltet ihr Regeln aufstellen", sagte Em. „Klare Regeln, an die ihr euch beide haltet und die verhindern, dass ihr euch auf den Sack geht."

„Das ist doch verrückt, du kannst nicht für alles Regeln haben. Eine Beziehung lebt doch von der Wechselseitigkeit der Charaktere!", widersprach Sonja kopfschüttelnd. Sie las zu viele Psychologiebücher.

„Du hast Recht", sagte ich zu Em. „Regeln sind die einzige Möglichkeit, da durchzukommen."

„Du hast doch sowieso schon angefangen, ihn anzulernen, also könnt ihr es doch auf das Zusammenleben ausdehnen." Sam nickte, während er das sagte.

„Das kann doch nicht euer Ernst sein! Ihr könnt doch Fesselspielchen im Schlafzimmer nicht auf das gesamte Leben übertragen!", rief Sonja verzweifelt.

„Sonni, es geht hier nicht um rosa Plüschhandschellen", sagte Em schneidend. Sie selbst hatte mit BDSM nicht viel am Hut, zwar hatte sie es ausprobiert, doch sie war nicht gewillt, einem anderen die Zügel zu überlassen und gleichzeitig hatte sie auch keine Lust, jemanden anzuweisen. Dennoch verstand sie, worum es ging und vor allem: Sie wusste, wie ich tickte und warum ich solche Angst vor der Beziehung mit Ben hatte.

Von Sam brauchte ich keine Ablehnung befürchten, er hatte schon so ziemlich alles durch, was möglich war und ich wusste, dass auch er und Tim gern experimentierten. Experimentiert hatten.

Sonja hingegen war, was das Ausleben ihrer sexuellen Bedürfnisse anging, ungefähr auf dem gleichen Stand wie ich es während meiner Beziehung mit Robert gewesen war: Bloß nichts sagen, keine Ideen einbringen, um den anderen nicht zu irritieren und einmal im Monat als Abwechslung zur Missionarsstellung mal die Reiterin spielen, weil er das mochte.

Sie verstand überhaupt nicht, welchen Reiz und welche unendlichen Möglichkeiten BDSM, und sei es noch so verschüchtert ausprobiert, im Vergleich zum „normalen" Sex beinhaltete. Sicher wäre mehr Offenheit nicht die universelle Lösung für ihre Beziehungsprobleme, aber vielleicht würde sie die Dinge etwas vereinfachen. Erwartungsgemäß unwillig sah sie mich jetzt an und schüttelte erneut den Kopf. „Claire, du kannst doch nicht von ihm erwarten, dass er da mitmacht. Bestimmt will er nicht vierundzwanzig Stunden am Tag dein Sklave sein und deine Befehle befolgen. Entschuldige, aber das ist doch krank."

„Darum geht es auch überhaupt nicht", versuchte ich, ihr noch einmal zu erklären, worum es mir ging und an was ich dachte. „Ich habe kein Interesse an einem Vollzeitsklaven. Es geht darum, dass wir uns einen Rahmen geben, in dem wir uns beide sicher bewegen. Vorab klären wir alle Fakten und einigen uns einvernehmlich darauf. Das Wort *einvernehmlich* ist das allerwichtigste. Die Regeln geben uns die Sicherheit, dass wir uns auf den anderen verlassen können und wissen, was wir zu erwarten haben, denn es wird nichts getan, was vorher nicht besprochen wurde. Und so kann ich auch vermeiden, dass wir die Probleme bekommen, die *normale* Paare, wie du sie gern nennst, haben."

Doch Sonja schüttelte noch immer den Kopf. Das Thema war ihr suspekt und sie war nicht bereit, sich auch nur einen Millimeter darauf einzulassen. Gut, das war ihr Problem. „Warum muss man es denn unnötig kompliziert machen?", murmelte sie unglücklich.

„Weil es nicht überall so läuft wie bei den Prinzessinnen von Ottensen", sagte Em scharf. Sonja zuckte zusammen. *Prinzessin von Ottensen* hatte Em sie damals, als sie noch nicht befreundet waren, immer genannt, weil Sonjas Eltern recht wohlhabend waren und sie, als ihre einzige Tochter, auch mit knapp dreißig immer noch gepampert und finanziell unterstützt hatten. Sonja war damals, vor rund acht Jahren, noch mit einem Sohn eines Geschäftspartners ihres Vaters zusammen und die Hochzeit schon geplant, als dieser sie betrogen hatte.

Danach hatte Sonja sich in Kenichi verliebt, der in den Augen ihrer Eltern bei weitem nicht so ein guter (reicher) Fang war wie Theodor-Friedrich, auf der anderen Seite war Kenichi auch nicht halb so bescheuert wie sein Vorgänger.

Zumindest war es das, was ich von Em gehört hatte, denn ich hatte Sonja erst nach ihrer Trennung von *Theo* kennengelernt, als sie schon nicht mehr die kleine verwöhnte Prinzessin gewesen war, sondern bereits in ihrer Entwicklung zu der Frau, mit der ich so gern befreundet war. Dass Em sie jetzt bei diesem Spitznamen nannte, war ein überdeutliches Warnsignal, das Sonja auch verstand. Sie presste die Lippen zusammen und ich sah, dass sich Tränen in ihren Augen sammelten. Sofort bekam ich ein schlechtes Gewissen, weil ich sie schon längst gefragt haben wollte, was bei ihr los war, aber Sams und meine eigenen Probleme waren einfach akuter gewesen.

„Ihr werdet schon wissen, was ihr tut", sagte sie tonlos und sah niemandem mehr in die Augen. Auch Sam musterte sie besorgt und Em schien zu überlegen, ob sie zu weit gegangen war, doch dann wandten sie sich mir zu.

„Rede mit ihm, wenn ihr euch heute Abend seht", riet er mir. „Wenn er so ist, wie du denkst, wird er sich ohne zu zögern darauf einlassen. Ansonsten kannst du ihm nur anbieten, dass er bei dir pennen kann, bis er etwas Anderes gefunden hat, falls du das nicht sowieso vorhattest."

„Das weiß ich noch nicht", gab ich zu. Ich hatte diese Gedanken die halbe Nacht in meinem Kopf hin und her gewälzt und immer mehr Angst bekommen, bis ich irgendwann eine Schlaftablette eingeworfen hatte. Heute Morgen war ich aus dem Bett gefallen, ins Büro gesprintet und hatte diese Notfallsitzung einberufen, die in Sonjas Büro stattfand. Müde betrachtete ich das Display meines Firmenhandys, das siebenundvierzig ungelesene Emails anzeigte und dachte an die riesigen Stapel Papier, der sich auf meinem Schreibtisch auftürmte.

Wir hatten den neunzehnten November und bald stand der Jahresabschluss an, sodass die Anwälte bereits jetzt heiß liefen, dass mein Team und ich auch ja alle Rechnungen stellten und die überfälligen anmahnten, damit sie bei der Jahresauftaktveranstaltung im Januar vor den Kollegen aus den Büros in New York, Hongkong und Katar gut dastanden.

Wenn ich uns so ansah, hatte ich das Gefühl, dass wir alle auf dem Zahnfleisch gingen. Entweder hatten wir private Probleme oder, in Ems Fall, uns flog die Scheiße auf der Arbeit um die Ohren. Auch Sonja hatte gerade unglaublich viel zu tun, weil sämtliche Mitarbeitergespräche und -beurteilungen anstanden und sie bei vielen kritischen dabei sein musste.

Wir verließen Sonjas Büro in nicht halb so guter Stimmung, wie es mir liebgewesen wäre, doch anscheinend hatten wir alle momentan unsere Päckchen zu tragen. Umso wichtiger, dass wir jetzt zusammenhielten und füreinander da waren.

Ich beschloss, als allererstes an diesem Abend mit Ben zu sprechen, mich morgen um Sam zu kümmern, wenn seine Woche Bedenkzeit abgelaufen war, und mich am Freitag in Ruhe mit Sonja zusammenzusetzen. Vielleicht konnte ich ja doch etwas für sie tun, wenn ich nur wusste, was los war.

Den ganzen Tag brauchte ich, um mich durch meine Emails zu quälen, eine Prioritätenliste zu erstellen, die Partneranwälte zurückzurufen oder ihnen Gesprächstermine aufzudrängen und die Aufgaben an mein Team zu delegieren.

Danach musste ich noch zwei Mandanten persönlich anrufen, weil diese sich im Tonfall bei meiner Mitarbeiterin Svenja vergriffen hatten und ausfallend geworden waren. Nachdem ich sie also auf die richtige Größe zurückgestutzt und ihnen die schriftliche Zusage, ihre Außenstände zu begleichen, abgenommen hatte, und endlich mit meinen Mails durch war, war es bereits halb sieben und ich packte zusammen.

Noch nie zuvor war ich mit so einem mulmigen Gefühl nach Hause gefahren, das Gespräch mit Ben stand mir bevor, weil ich trotz allem nicht einschätzen konnte, wie er reagieren würde, wenn ich mit dem Vorschlag der Regeln kam.

Heute arbeitete Ben nicht, sondern war die meiste Zeit des Tages in der Wohnung gewesen, nachdem er sich darum gekümmert hatte, dass seine wenigen Möbel aus der WG eingelagert wurden, denn ich hatte für sie weder Verwendung noch Platz.

Als ich hereinkam, wehte mir ein Duft entgegen und ich fand ihn in der Küche, wo er am Herd stand und mich glücklich anstrahlte. „Hunger, meine Liebste?", fragte er überschwänglich und mein Herz krampfte sich bei dem Kosenamen zusammen. Auch das mussten wir regeln, doch ich durfte jetzt nicht mit der Tür ins Haus fallen.

„Ein bisschen", erwiderte ich und sah ihm dabei zu, wie er Pfeffer in den Topf gab und umrührte.

„Sehr gut. Es muss noch ungefähr zwanzig Minuten köcheln, Zeit genug, dass du dich frisch machst und ich dir helfe, etwas Bequemeres anzuziehen." Er trat an mich heran und küsste mich.

Ehe ich mich versah, hatte er durch den Stoff meiner Bluse meinen BH geöffnet und massierte nun meine Nippel, die sich hart zusammenzogen. Ich stöhnte, als er den Mund auf sie senkte und durch die Baumwolle einsaugte. Er zwickte sie spielerisch mit den Zähnen und lehnte mich gegen die Wand neben dem Kühlschrank. Er schob die Finger unter meinen Rock und ließ sie innen an meinem Schenkel hinauf wandern. Undeutlich bekam ich mit, dass er kurz innehielt, als er oben angekommen feststellte, dass ich heute eine Strumpfhose trug.

„War die teuer?", fragte er mit den Lippen an dem durchnässten Stoff meiner Bluse und zog am Nylon.

„Nicht besonders", keuchte ich und spürte, wie er mit beiden Händen den Stoff griff und zerriss. Jetzt schob er meinen Rock nach oben, meinen Spitzenslip beiseite und vergrub sein Gesicht zwischen meinen Schenkeln. Ich musste mich an meinem Stuhl festhalten, um nicht mit den Beinen einzuknicken und genoss das Gefühl seiner Zunge an meiner Klit. Dann schoben sich zwei Finger in mich, doch er zog sie gleich wieder hinaus und ließ sie zwischen meine Pobacken wandern, wo er sanft meine Haut massierte.

Ich hielt die Luft an, als er einen Finger einführte, ganz vorsichtig, und den zweiten hinterherschob. Das war der Moment, in dem ich mit einem lauten Schrei kam und meine Knie doch noch unter mir nachgaben.

Erschrocken richtete er sich auf und fing mich ab, bevor ich hinfallen konnte. Mit wackligen Beinen und einem bis zur Taille hochgeschobenem Rock, einer im Schritt zerrissenen Strumpfhose, die meine blanke Haut freigab und einer an den Nippeln vor Feuchtigkeit durchsichtigen Bluse hing ich in seinen Armen und genoss die Nachbeben meines Orgasmus.

„Nimm mich jetzt sofort", befahl ich ihm und er legte meine Hände auf die Tischplatte und öffnete seine Hose. Er musste das von langer Hand geplant haben, denn ich hörte, wie er ein Kondom überstreifte, spürte, wie er meinen Oberkörper etwas herunterdrückte und von hinten in mich eindrang. Meine Finger verkrampften sich um die Tischkante und ich versuchte, seinen Stößen entgegenzukommen, ihn noch tiefer in mir aufzunehmen und jeden Zentimeter von ihm zu spüren. Ich löste meine rechte Hand von der Tischkante und schob sie unter mich, sodass ich mich selbst streicheln konnte, während er immer weitermachte. In mir braute sich der nächste Orgasmus zusammen und ich schrie ihn an, mich härter zu nehmen und zu kommen.

„Oh Gott, Claire!", brüllte er und kam. Ich brauchte noch zwei weitere Stöße, dann war ich auch soweit und lag schluchzend und zuckend mit dem Bauch auf der Tischplatte.

Auf dem Herd zischte etwas und Ben zog sich aus mir zurück, um mit noch immer offener Hose hinüber zu gehen und den Topf von der Platte zu nehmen. Ich kam mühsam hoch und beobachtete ihn dabei. „Ich mache mich jetzt frisch und wir setzen uns nach dem Essen noch einmal in Ruhe zusammen, ja?", sagte ich benommen und schob meinen Rock herunter. Heute war definitiv der letzte Tag gewesen, an dem ich eine Strumpfhose trug. Zumindest solche, die im Schritt geschlossen waren.

Ich duschte schnell und zog meine Yogahose und ein Top an, auf einen BH verzichtete ich, doch meine Kaschmirstrickjacke warf ich noch über. Ben füllte gerade das Essen, anscheinend Geschnetzeltes, auf Teller und starrte auf meine Brüste, als ich zurück in die Küche kam.

„So darfst du nie außerhalb der Wohnung rumlaufen, sonst kann ich für nichts garantieren", sagte er und reichte mir den Teller. Wir gingen ins Wohnzimmer und setzten uns an meinen Esstisch, den ich bestimmt schon seit einem halben Jahr nicht mehr benutzt hatte. Ich glaube, das letzte Mal war zu meinem Geburtstag gewesen, im Juni.

Ich schenkte uns dazu noch ein Glas Rotwein ein und ließ die Flasche vorsorglich auf dem Tisch stehen. Das Essen war gut und er hatte sich Mühe gegeben, außerdem erkundigte er sich nach meinem Tag, vermutlich ahnend, dass es hauptsächlich um ihn gegangen war. Ich umschiffte dieses Thema so gut es ging und brachte das Geschirr in die Küche. Er wartete am Esstisch auf mich und sah mich vorsichtig an, als ich zurückkam und einen Schluck Wein nahm. „Du wirkst so angespannt, das macht mich ganz nervös", sagte er und legte die Hände auf die Tischplatte, dabei versuchte er ein zaghaftes Lächeln.

„Das bin ich auch", gab ich zu und strich mir eine Haarsträhne hinters Ohr. „Ich habe mir Gedanken gemacht, wie wir das mit dem Zusammenleben am besten hinbekommen. Meine letzte Beziehung war eine Katastrophe und ich habe mir geschworen, dass mir das nicht noch einmal passiert. Deswegen möchte ich gern, dass wir uns auf ein paar Regeln einigen, damit wir es so leicht wie möglich miteinander haben."

Ben sah gleichzeitig erleichtert und verwirrt aus, anscheinend hatte er schon damit gerechnet, dass ich es mir anders überlegt hatte und ihn bat, zu gehen. „Lass hören, ich bin ganz Ohr", sagte er und lächelte.

„Gut." Ich sammelte mich und wünschte mir, ich hätte mir Notizen gemacht. „Ich weiß, dass du tagsüber nicht oft arbeitest, aber du brauchst dich nicht um die Ordnung zu kümmern. Ich habe eine Haushälterin, Klaudia, die immer dienstags zum Aufräumen und Putzen kommt. Das einzige, worum ich dich bitte, ist, dass du dafür sorgst, dass sie kein Sexspielzeug und keine Unterwäsche wegräumen muss. Das möchte ich nicht." Er nickte und wirkte überrascht, dass ich ihn nicht darum bat, den Haushalt zu schmeißen.

„Da du heute schon gekocht hast, würde ich es gut finden, wenn du dich um die Lebensmitteleinkäufe kümmern könntest, das könnte auch dein Beitrag zur Miete sein, den Rest bezahle ich weiterhin allein. Bitte sorge nur dafür, dass kein Fastfood auf den Tisch kommt und dass du weiterhin an deinem Marathonziel arbeitest. Ich gehe dreimal die Woche zum Sport, das ist mir genauso wichtig, wie mich mit meinen Freunden zu treffen, deswegen möchte ich, dass du auch regelmäßig deine Leute siehst." Ich holte Luft. Das waren die einfachen Punkte gewesen, von denen ich gewusst hatte, dass er sie ohne Probleme akzeptieren würde. Jetzt wurde es etwas heikler. „Außerdem habe ich die Bitte, mir ein wenig Zeit zu lassen, wenn ich abends nach Hause komme. Ich erwarte nicht von dir, dass du jeden Abend das Essen fertighast, das ist nicht nötig, auch wenn ich mich darüber freue."

„Gut, ich habe einen Vorschlag", sagte er und seine Augen blitzten. „Wenn du nach Hause kommst, lasse ich dich so lange in Ruhe, bis du mich ansprichst. Wenn du mit mir redest, weiß ich, dass du angekommen bist und ab dann bist du für mich da." Ich nickte. Diese Regel gefiel mir, weil sie mir die Möglichkeit gab, mir die Zeit zu nehmen, die ich wirklich brauchte.

„Hast du auch Regeln für den Sex?", fragte er lauernd und mir ging auf, dass er darauf wartete und hoffte. War er wirklich schon so weit, dass wir hierfür feste Regeln aufstellen konnten? Sofort kamen mir verschiedene Ideen, doch ich musste behutsam vorgehen.

„Lass uns eines von vornherein festlegen: Alles, was wir machen, sprechen wir vorher ab. Es wird niemand überrascht und es gibt keine Überredungsversuche", sagte ich bestimmt. „Nein heißt nein und das gilt bindend für uns beide. Wenn einer von uns einen Wunsch hat, spricht er es vorher an und wir entscheiden gemeinsam, ob wir es machen." Ben nickte zustimmend und schien noch nicht ganz zufrieden zu sein. „Du möchtest etwas Ausgefallenes", stellte ich fest.

„Ich dachte mir, wenn schon, denn schon", sagte er, erleichtert, dass ich ihn durchschaut und das Thema angesprochen hatte.

Ich überlegte kurz und nickte. „Gut. Wenn wir ins Schlafzimmer gehen, stellst du dich mit dem Gesicht an die Wand und wartest, bis ich dir sage, dass es losgeht. Ob wir Sex haben, entscheiden wir vorher gemeinsam, aber ich bestimme das Setting. Du darfst jederzeit darum bitten, dass es dein Abend ist, ansonsten fügst du dich innerhalb der Regeln." Ich sah, wie sich ein zufriedenes Lächeln auf seinem Gesicht breitmachte. „Hast du dir sowas vorgestellt?"

„Ja, genau sowas. Ich möchte aber auch einen Punkt haben, an dem ich bestimme und ich weiß auch schon, was." Ich wartete gespannt. „Ich möchte dir gern deine Kleidung herauslegen, damit wir nie wieder so ein Problem bekommen wie heute mit der Strumpfhose. Ich würde dich nur zu gerne anziehen. Du akzeptierst die Outfits einfach und nimmst keine Änderungen daran vor, hast aber ein Vetorecht, woraufhin ich ein neues Outfit heraussuche. Einverstanden?" Mit diesem Wunsch hatte ich nicht gerechnet und ich brauchte einen Moment, bis ich verstanden hatte, was er damit bezweckte.

„Gut, versuchen wir es", sagte ich nach kurzem Zögern. „Ich verlange aber, dass du immer berücksichtigst, was ich beruflich mache und mich nicht herausputzt wie eine Hure."

„Das würde ich niemals tun", versprach er und strich über meinen Nippel, der sich durch den weißen Stoff meines Shirts deutlich abzeichnete.

„Ich möchte gern, dass du dich im Wohnzimmer immer zuerst auf den Teppich setzt", sagte ich, einer Eingebung folgend.

„Nackt?", fragte er lauernd.

„Das entscheide ich individuell und schreibe dir vorher. Du bleibst so lange auf dem Teppich sitzen, bis ich dich zu mir aufs Sofa lasse und entscheide, ob du vorher eine Aufgabe erfüllen musst."

„Ich liebe Aufgaben", erwiderte er und ich wusste, dass es stimmte. Ich hatte ihm schon kleinere aufgetragen in den letzten Wochen, vom Tragen eines bestimmten Kleidungsstücks bis zum Einsatz von Spielsachen, die ich vorher aussuchte, und er hatte sie alle erfüllt.

„Eine Sache ist mir noch wichtig, die nichts mit Sex zu tun hat", sagte ich. „Ich hasse Streit. Bitte lass uns alles sofort und in Ruhe ansprechen, wenn etwas nicht gut läuft. Ich hasse es, wenn man mir Vorhaltungen macht und mich anmault. Und du musst akzeptieren, dass ich jederzeit für meine Freunde alles stehen und liegen lassen würde, wenn sie mich brauchen. Die Treffen sind uns heilig und wenn du auch Em und Sonja kennengelernt hast, kannst du es wahrscheinlich noch besser verstehen, wie wichtig sie mir sind."

„Em kenne ich ja schon", erinnerte er mich mit einem schiefen Grinsen, doch dann nickte er. „Ich will mich auch nicht streiten und ich weiß, dass du deinen Freiraum brauchst. Meine Ex hat furchtbar geklammert, das hat mich irregemacht. Ich möchte, dass wir die Zeit zusammen genießen, ich will neue Erfahrungen mit dir machen und dich auf keinen Fall bedrängen. Ich akzeptiere deine Regeln. Darf ich dich jetzt hier auf dem Esstisch vögeln?" Ich lächelte und nickte. Gleichzeitig war ich froh, dass ich das Thema angesprochen hatte, jetzt hatte ich das Gefühl, dass wir diese Beziehung hinbekommen konnten.

Ich stellte mich hin und Ben zog meine Yogahose und mein Panty hinab zu meinen Knöcheln und half mir, mich auf die Tischplatte zu setzen. Er streifte die Kleidungsstücke ab und stellte sich zwischen Tischende und Wand, wo er meine nackten Füße positionierte. Mit leuchtenden Augen schob er mein Top über meine Brüste und weidete sich an meinem Anblick.

„Zieh dich aus", befahl ich ihm und er beeilte sich, aus seinen Klamotten zu kommen. Nackt stand er vor mir und legte das Kondompäckchen auf den Tisch. „Ich möchte gern, dass wir einen Bluttest machen und den Gummischeiß endlich weglassen können", sagte ich und er wurde, wenn möglich, noch größer.

„Ich kümmere mich gleich morgen um einen Termin", versprach er und fuhr mit der Zunge vom Saum meines Shirts bis hinunter zu meiner Klit, die bereits vor Verlangen pochte. Er zog mich so zu sich heran, dass mein Po ein paar Zentimeter über die Tischplatte ragte, ich mich aber mit den Füßen an der Wand stabilisieren konnte, dann lächelte er mich wölfisch an. „Darf ich?"

„Ich befehle es dir", knurrte ich und unterdrückte einen wohligen Schrei, als er in mich eindrang, nachdem er das Kondom übergestreift hatte. Da er stand, konnte er jetzt viel mehr Kraft aufbringen, zumal er seine Arme um meine Oberschenkel schlang.

„Streichle dich selbst", bat er mich, während er tief in mich hineinstieß. „Das macht mich so scharf." Diesen Wunsch erfüllte ich ihm gern. Ich schob ihm meinen Zeige- und Mittelfinger in den Mund und streichelte mich selbst, während er immer weitermachte. Mit den Fingern der anderen Hand zwirbelte ich meinen Nippel und ließ ihn die ganze Zeit keine Sekunde aus den Augen, sah, wie scharf es ihn machte, wenn ich mich selbst berührte. Auch das konnten wir noch sehr viel intensiver ausspielen.

Es fühlte sich so gut an und jetzt geklärte Verhältnisse zu haben, entspannte mich und blies mir den Kopf frei, sodass ich den Sex noch mehr genießen konnte. Wir erhöhten das Tempo und ich sah, wie sich seine Brustmuskeln verkrampften und er vornüber zuckte, als er kam. Ich erhöhte den Druck meiner Finger und ließ mich in den Orgasmus fallen, der mich überrollte.

Ich schlang die Enden meiner Kaschmirjacke um ihn und hielt ihn fest im Arm, während wir beide zu Atem kamen.

„Süße, das war so geil, wir müssten es eigentlich täglich auf diesem Tisch treiben", flüsterte er an meiner Brust und leckte über meinen Nippel. „Es gibt noch viele andere Plätze in dieser Wohnung, an denen wir noch nicht gevögelt haben", sagte ich und ließ meine Finger hinunter zu seinem Po gleiten. Ich liebte ihn, klein und fest, genau richtig. Wenn wir es hinbekamen, dass es zwischen uns so blieb, wie gerade, durfte Ben für immer bleiben.

12. Kapitel

Am Freitag überschlugen sich die Ereignisse. Am Vormittag kam Em wie ein Racheengel in mein Büro gestürmt, ihr Gesicht war knallrot und sie sah aus, als würde sie gleich explodieren. „Was ist passiert?", fragte ich, nachdem sie nach Sonja und Sam gerufen hatte. Er war erst fünf Minuten vorher angekommen und hatte heute Dionne dabei. Mit entgeisterten Mienen kamen sie herein, beide sahen aus, als hätten sie seit Wochen nicht mehr geschlafen.

„Ich werde kündigen!", rief Em aufgebracht und fing sich einen wütenden Blick von Sam ein, der auf Dionne zeigte, die bei ihrer lauten Stimme zusammengezuckt war und sie jetzt ängstlich aus ihren großen Augen ansah. „Entschuldige, Süße."

„Was ist passiert?", fragte Sonja, deren Ringe unter den Augen blauschwarz waren.

„Ich war gerade im Partners Meeting und musste mir doch allen Ernstes von Kreiß anhören, dass ich meinen Job nicht richtig mache. Dieser kleine Wichser verkackt ein Mandat nach dem anderen und setzt sich dreist vor mich und sagt: ‚Frau Rotdorn, ich bin mit Ihrer Leistung in letzter Zeit sehr unglücklich.‘ Das habe ich nicht nötig! Jede Woche bekomme ich drei Anrufe von Headhuntern und immer lehne ich ab, weil ich mir seit zehn Jahren den Arsch für diese beschissene Kanzlei aufreiße, um mir diese Scheiße reinziehen zu müssen. Ich werde bei der nächsten Gelegenheit kündigen und das habe ich den Partnern auch gesagt und was macht Sauron Stechman-Selzner? Guckt mich über ihre Scheiß-Brille an und sagt: ‚Na na, Frau Rotdorn, Sie wollen uns doch wohl nicht etwa drohen, oder?‘ Ich hätte sie bespucken können."

„Sie ist wirklich das letzte", war alles, was mir dazu einfiel. Wir wussten ja schon, dass unsere Arbeitsleistung zu wenig geschätzt wurde, weil wir nicht Jura studiert hatten, aber das setzte dem Ganzen die Krone auf.

„Vierhundertfünfunddreißig Tage noch bis zu ihrer Rente", sagte Sonja matt und schloss kurz die Augen. Plötzlich hielt sie sich die Hände vors Gesicht und fing haltlos zu schluchzen an. Erschrocken sahen wir anderen drei sie an und Dionnes Unterlippe begann zu zittern. „Sonni, was ist denn los?", fragte ich vorsichtig, doch sie hörte mich gar nicht. Stattdessen krümmte sie sich zusammen und wurde von ihren Schluchzern geradezu durchgeschüttelt.

„Ich bringe Di raus", sagte Sam ruhig und hob seine Tochter hoch.

„Bring sie zu Franzi, sie kümmert sich gern um sie", riet ich ihm und wandte mich der schluchzenden Sonja zu. Em stand auf und hockte sich vor sie.

„Süße, rede mit uns", bat sie und legte ihr die Hände auf die Knie. Sonjas Tränen flossen sturzbachartig und sie schüttelte nur den Kopf. „Hat es was mit Kenichi zu tun? Was ist passiert?"

Doch Sonja war nicht in der Lage, zu antworten, immer, wenn sie etwas sagen wollte, bekam sie vor lauter Schluchzen keinen Ton heraus. Sie schaffte es gerade einmal, zu nicken. Sam kam zurück und schloss leise die Tür hinter sich.

„Habt ihr euch gestritten? War es wegen deiner Arbeit? Wegen seiner Arbeitszeiten?" Zu unserer Überraschung schüttelte Sonja bei der letzten Frage den Kopf, doch sie war immer noch nicht in der Lage, etwas zu sagen.

Stumm sahen Sam und ich zu, wie Em sie in den Arm nahm und hin und her wiegte, wie ein kleines Kind. Es dauerte eine gefühlte Ewigkeit, bis sie sich ein wenig beruhigte und in der Lage war, einen Schluck Wasser zu trinken. „Ich kann einfach nicht mehr", stieß sie hervor und wischte sich mit dem Taschentuch, das Sam ihr reichte, über die Wangen. Ihre Wimperntusche hatte sich über ihr ganzes Gesicht verteilt.

„Was ist denn passiert?", versuchte ich es noch einmal vorsichtig.

Sonja schluchzte erneut und ich befürchtete schon, sie würde wieder ihre Sprache verlieren, doch es gelang ihr, sich zu fassen. „Es ist immer das gleiche: Kenichi zieht sein Ding durch und ich habe mein Leben drum herum zu organisieren. Wenn ich das nicht mache, wirft er mir vor, abgehoben zu sein und auf ihn herabzuschauen. Meine Eltern geben ihm immer das Gefühl, dass er nicht gut genug für mich ist und ich mich nicht um JP kümmern kann, weil er so wenig Geld verdient. Also meiden sie sich, ich muss aber trotzdem ständig allen hinterherlaufen und falle abends wie erschossen ins Bett, meistens noch vor dem Knirps. Und mein Mann wirft mir vor, ich würde nichts auf die Reihe bekommen." Sie holte tief Luft und tupfte sich die Augen ab, während wir sie wie vom Donner gerührt anstarrten und vor Schock nicht wussten, was wir sagen sollten.

„Klingt echt beschissen", murmelte Sam dumpf und sah mich hilfesuchend an.

„Das klingt nicht nur so, das ist so", schniefte Sonja. „Und das schlimmste an der Sache ist, dass ich wirklich glaube, dass es an mir liegt. Irgendwie gebe ich ihm das Gefühl, alles allein machen zu müssen. Ich wusste von vornherein, dass seine Arbeitszeiten schwierig sind und er nie das Riesengeld verdienen wird, also habe ich mich darum gekümmert, hier die Stelle zu bekommen, ein halbes Jahr nach JPs Geburt gearbeitet und wirklich alles versucht. Und trotzdem funktioniert es nicht mehr und es reicht einfach nie, was ich ihm geben kann."

„Also erstens hast du ihm wirklich alles gegeben", sagte Em mit wütender Miene. Sie baute sich vor Sonja auf und verschränkte die Arme vor der Brust. „Du hast ihn geheiratet, ihm ein Kind geboren und du finanzierst euer Leben, damit er seinen Traumjob machen kann. Außerdem zerreißt du dich fast bei dem Versuch, alles perfekt zu machen und das Arschloch hat nichts Besseres im Kopf, als dir das auch noch vorzuhalten. Wenn er weiter bei der Feuerwehr arbeiten will, bitte sehr, soll er das tun, aber er kann dir auf Knien jeden Tag dafür danken, dass du ihm eine so tolle Ehefrau bist. Und deine Eltern sollen sich raushalten, es ist schließlich deine Ehe und dein Leben und sie haben daran nicht zu mäkeln, solange es das ist, was du willst." Sonjas Augen füllten sich mit Tränen und sie fiel Em in die Arme.

„Ihr müsst offen darüber sprechen, Sonni", sagte Sam leise. „Wenn ich eins gelernt habe, dann die Dinge anzusprechen, bevor sie in die Hose gehen. Du musst ihm sagen, dass es so nicht mehr weitergeht."

„Das habe ich schon ein paar Mal versucht", schluchzte sie. „Es eskaliert jedes Mal. Er wird immer so unfair und ich weiß nicht, was ich sagen soll, also sage ich irgendwann nichts mehr und hoffe, dass er sich beruhigt."

„Das ist doch keine Streitkultur!", sagte ich fassungslos und verstand nicht, wie es so weit kommen konnte, dass eine eloquente und intelligente Frau wie Sonja einfach ihre Klappe hielt. Sam sah mich mit dieser Mischung aus Ratlosigkeit und Wut an, die ich selbst auch empfand, doch was sollten wir tun? Wir konnten schließlich nicht zu Kenichi fahren und die Sache für Sonja regeln.

„Verdammte Scheiße", sagte Em und sprach mir damit aus der Seele. Ich ließ mich auf meinen Stuhl sinken und wusste nicht, was ich dazu sagen sollte, dass Sonja mittlerweile wieder hemmungslos in den Stoff von Ems weißer Satinbluse heulte.

„Sonja!" Ich versuchte, sie aus ihrem Tunnel herauszuholen. „Bitte hör mir jetzt genau zu." Sie sah mich mit tränennassen Augen an, schaffte es aber sogar, für den Moment aufzuhören zu schluchzen. „Du fährst jetzt nach Hause und redest mit deinem Mann. Sag ihm, wie schlecht es dir geht und versucht, zusammen eine Lösung zu finden, okay? Nehmt euch so viel Zeit, wie ihr braucht und sprecht euch aus. Er kann nicht wollen, dass du so darunter leidest." Sie zögerte, dann nickte sie bedächtig. „Er liebt mich."

„Genau. Und deswegen werdet ihr eine Lösung finden. Bitte pack jetzt deine Sachen zusammen und fahr nach Hause. Quartier JP bei deinen Eltern ein, was auch immer, und nehmt euch das Wochenende, um eure Ehe klarzukriegen. Jetzt."

Sie nickte erneut und stand wie betäubt auf. Sie wischte sich noch einmal übers Gesicht und verließ stumm mein Büro. Wir anderen sahen ihr nach. Em ließ sich auf ihren Stuhl sinken und rieb sich die Stirn, sie sah so geschafft aus, wie ich mich gerade fühlte. Sam schien nicht zu wissen, was er sagen sollte.

„Wie kann er ihr das nur antun?", murmelte sie schließlich. „Und warum läuft momentan alles so mega beschissen, außer natürlich bei dir, Claire. Ich habe das Gefühl, dass noch was ganz Dummes kommt... Verdammt, am liebsten würde ich Kenichi ein paar auf die Fresse hauen für diese Scheißaktion. So habe ich Sonja noch nie erlebt. Habt ihr gesehen, wie fertig er sie gemacht hat?" Auf diese rhetorische Frage antworteten weder Sam noch ich.

„Was ist jetzt eigentlich mit dir, Sam?", fragte Em weiter. „Es ist schon Freitag und du hast uns noch nicht gesagt, wie du dich entschieden hast. Wirst du es Tim sagen oder nicht?"

Sam machte ein dummes Gesicht und mied ihren Blick. „Ich brauche mehr Zeit", sagte er leise. „Es läuft gerade so gut, aber es bringt mich um, nicht ehrlich mit ihm zu sein. Immer, wenn er mich jetzt anlächelt und mir sagt, wie froh er ist, dass wir es hinbekommen haben, sterbe ich ein bisschen mehr." Ich verstand die grausame Zwickmühle, in der er sich befand und auch Em nickte mitfühlend und murmelte „beschissene Drecksscheiße". „Ich weiß nicht, was ich machen soll", sprach Sam weiter und strich sich über das sorg-fältig frisierte Haar. Heute sah er besonders gut aus, in einem dun-kelblauen Samtsakko, camelfarbener Hose und blaugemusterten Hemd, aber sein Gesicht war so angespannt und traurig, dass ich mich selbst ganz elend fühlte. Ich sah ihm und Em abwechselnd ins Gesicht und fühlte mich unnütz, weil ich nichts tun konnte, um ihnen zu helfen.

„Nimm dir so viel Zeit du brauchst", sagte ich tröstend. Am Ende, das wusste ich, würde er es ihm sagen, Sam war eine ehrliche Haut und er würde es kaum über sich bringen, den Mann, den er liebte, für den Rest seines Lebens anzulügen. Auch, wenn das bedeutete, dass Tim sich vielleicht von ihm trennte, weil er ihm nicht verzei-hen konnte. Bei den beiden wusste man aber nie, es konnte genauso gut sein, dass sie einen Weg fanden, denn ich hatte selten zwei Menschen gesehen, die einander so sehr liebten wie Sam und Tim.

„Gut, ich werde mir die Scheiße hier also noch eine Weile rein-ziehen", sagte Em finster, während sie die Arme vor der Brust ver-schränkte. „Ich kann euch traurige Gestalten hier schließlich nicht allein lassen und ich muss der Drachenfrau noch in den Arsch tre-ten. Wäre doch gelacht, wenn wir ihr letztes Jahr nicht auch noch rumbekommen. Und danach wird Claire die Chefin und alles bes-ser."

„Lass uns diesen Traum leben, bevor uns die Realität trifft", brummte ich, fühlte mich aber ein bisschen zuversichtlicher. Ich wüsste nicht, was ich täte, wenn einer der drei kündigte. Wir waren ein so eingespieltes Team, dass ich mir nicht vorstellen konnte, wie es ohne sie wäre.

Sam lächelte noch einmal und ging nach nebenan, um Dionne zu holen. Er hatte noch viel zu tun, bevor wir gegen drei Feierabend machten. „Sag mal, Süße, was ist das eigentlich, was du da anhast?", fragte Em plötzlich. Ich sah an mir herunter, heute trug ich ein langärmliges schwarzes Satinkleid mit großem Rosenprint in rosa. Es reichte nur etwas weiter als Mitte des Oberschenkels und beim Sitzen musste ich aufpassen, dass die Abschlussnähte meiner halterlosen Strümpfe nicht sichtbar wurden.

„Du kennst das Kleid doch", wich ich aus.

„Stimmt, aber du hast es noch nie ins Büro getragen. Ich meine, es steht dir ausgezeichnet, aber es sieht dir gar nicht ähnlich, sowas zur Arbeit anzuziehen."

„Ben hat es ausgesucht", sagte ich nach kurzem Zögern. Ems Augen wurden rund und sie öffnete den Mund, ohne etwas zu sagen. Ich biss mir auf die Lippe, erzählte ihr aber von unserem Deal. Als sie das hörte, leuchteten ihre Augen.

„Der Kleine ist wirklich nicht schlecht", sagte sie begeistert und musterte mich noch einmal genau. „Die Unterwäsche sucht er auch raus, oder *vergisst* er sie gerne mal?"

„Meine Bedingung war, dass er nicht vergisst, für welchen Anlass er die Kleidung raus legt und ich denke er hat schnell begriffen, dass ich Wert daraufflege, im Büro einen Slip zu tragen", erwiderte ich und Em feixte.

„Warte es ab, früher oder später wird er sagen: ‚Süße, der Rock ist lang genug, du brauchst nichts drunter.' Hör auf meine Worte." Wahrscheinlich hatte sie sogar recht. „Ich finde es klasse, dass er die Regeln gleich akzeptiert hat und sich sogar einbringt. Die meisten Männer, vor allem in seinem Alter, wären doch total überfordert gewesen. Wie ist der Sex?"

„Wird immer besser", gab ich kurz zurück, dann berichtete ich schnell von Mittwochabend. Ems Augen wurden vor Begeisterung noch größer.

„Wahnsinn, ich bin neidisch. So spontan würde ich auch gern mal durchgevögelt werden. Curt ist da eher der gesetzte Typ: Weil wir uns ja nur am Wochenende sehen, denkt er sich meistens irgendwas aus, vorzugsweise romantisch, und zieht ein richtiges Programm durch.“

„Wie geht's deinem Kiefer?“, fragte ich und sie grinste mich schief an.

„Das war auch so ein Programm. Ich will mich nicht beschweren, der Sex ist wirklich gut, aber ich mag auch Spontaneität und das ist bei Curt wirklich nicht zu erwarten. Mein Gott, er würde mir nie in der Küche die Strumpfhose zerreißen, um mich zu lecken, wie geil ist das denn?“ Sie seufzte. „Ich glaube, als nächstes nehme ich mir auch mal einen jüngeren.“

„Noch seid ihr zusammen“, erinnerte ich sie und sie lächelte matt.

„Wir sind nicht zusammen, wir haben eine Affäre, das haben wir eindeutig geregelt. Ich spiele nicht sein kleines Frauchen wie seine Ex, wir machen uns einfach eine gute Zeit zusammen. Ich will weder heiraten noch teure Geschenke und das habe ich ihm auch ganz deutlich gesagt.“

Curt war bereits zwei Mal verheiratet gewesen, einmal mit der Mutter seiner Kinder, zu der er ein gutes Verhältnis hatte und danach mit einer wesentlich jüngeren Frau, ich glaube, sie war jetzt knapp dreißig, die er sich offensichtlich während einer Midlife-Crisis angelacht hatte. Mit Em hatte er sich jetzt, nach ein paar jüngeren Partnerinnen, eine richtige Frau ausgesucht und merkte, dass sie anders war als die zwanzigjährigen Häschen.

„Trotzdem habe ich das Gefühl, dass irgendwas im Busch ist. Er war die letzten Male, als wir uns gesehen haben, besonders aufmerksam und nett, das macht mich mehr als misstrauisch. Vielleicht ist es an der Zeit, dass er zur Abwechslung mal ne Zwanzigjährige vögeln will.“

Grundsätzlich hatte Em keine Angst vor jüngerer Konkurrenz. Sie wusste, dass sie diesen Frauen an Witz und Intelligenz überlegen war und sie war mit sich selbst und ihrem Aussehen absolut im Reinen, was dazu führte, dass sie zusätzlich attraktiv wirkte. Ihr Selbstbewusstsein machte sie in den Augen der meisten Männer noch anziehender und nicht selten hatte sie bereits den begehrtesten Mann einer Party mit nach Hause genommen, egal, wie viele Studentinnen an ihm herumgebaggert hatten.

Dass sie das Thema jetzt so nonchalant ansprach, ließ mich aufhorchen. Ich wusste, dass sie mit Curt und ihrer *Affäre* sehr zufrieden war und dass sie sich Gedanken darüber machte, ob er sich nach einer Neuen umsah, ließ darauf schließen, dass er ihr doch wichtiger war, als sie selbst vielleicht zugeben wollte.

„Er wird es dir bestimmt bald sagen. Und es kann ja auch was Gutes sein", startete ich den Versuch, sie aufzuheitern, doch sie warf mir einen finsteren Blick zu. Sie hasste Bullshit-Bingo. „Sorry."

„Schon gut. Ich werde mal den Rest erledigen und nach Hause fahren. Wir sehen uns heute Abend um halb acht, ja?" Sie stand auf, blieb aber an der Tür stehen. „Ich bin gespannt, ob Sonni auch kommt."

Sonja meldete sich nicht und Sam sagte uns ab. Wir beschlossen deswegen, unser Abendessen auf Sonntag zu verschieben, wenn es Neuigkeiten gab und Em fuhr schon heute nach St. Peter Ording, um das Wochenende mit Curt in seinem Ferienhaus zu verbringen. Als ich nach Hause kam, saß Ben im Wohnzimmer und sah fern. Er hob wortlos die Hand und winkte mir und ich verschwand im Schlafzimmer, nachdem ich zurückgewinkt hatte.

Die Vereinbarung klappte.

Müde setzte ich mich aufs Bett und starrte mein eigenes Gesicht im Spiegel gegenüber an. Ich sah erschöpft aus, obwohl es mir, verglichen mit meinen Freunden, am besten ging. Ich hoffte inständig, dass Sonja und Sam ihre Beziehungen auf die Reihe bekamen und es ihnen schnell besser ging. Was Em betraf: sie war in der Lage, solche ätzenden Meetings wie heute gut abzuschütteln und weiterzumachen, deswegen konnte es gut sein, dass sie der Drachenfrau am Montag ins Gesicht lachte, wenn diese ausfallend wurde.

Trotzdem fühlte ich mich unausgeglichen und wäre am liebsten zum Sport gegangen, doch das würde mir nicht schnell genug gehen. Ich hörte Bens Schritte im Wohnzimmer und wusste, wie ich mich abreagieren konnte. Aber ich wollte jetzt nicht darüber reden. Kurz überlegte ich, holte mein Handy aus der Tasche und schrieb ihm eine Nachricht. *Ich will dich jetzt. Komm rein und stell dich mit dem Gesicht zu deiner Wand.*

Dein Wunsch ist mir Befehl. Ohne sprechen?

Ja.

Es dauerte keine Minute, da ging die Tür auf und Ben kam ins Schlafzimmer und stellte sich anstandslos mit dem Rücken zu mir an die Wand neben dem Spiegel. Ich stellte mich hinter ihn und umarmte ihn einen kurzen Moment, hob seine Arme nach oben, fädelte ein Seil durch die Öse über seinem Kopf und fesselte seine Arme daran.

Anschließend schob ich meine Hände unter den Saum seines Pullovers und strich mit den Fingern über seinen flachen Bauch hoch zu seinen Nippeln, die sich unter meiner Berührung zusammenzogen.

Er atmete tief ein und lehnte den Kopf zurück. Da er einen halben Kopf größer war als ich, ich aber die Stilettos trug, die er mir herausgesucht hatte, erreichte ich mit meinen Lippen dennoch seinen

Nacken und küsste ihn direkt unter seinem Haaransatz. Ich verwuschelte sein rötliches Haar und kniff ihm in den Nippel, sodass er ein leises Stöhnen von sich gab. Dann fasste ich ihn an der Schulter und drehte ihn sanft herum. Durch den Stoff seiner Jeans zeichnete sich seine Erektion deutlich ab. Ich machte zwei Schritte zurück und setzte mich auf die Kante meines Bettes, spreizte die Beine, sodass meine Strümpfe und der schwarze Spitzenslip, den er für mich ausgesucht hatte, zu sehen waren.

Seine leuchtendblauen Augen brannten wie Feuer und er folgte meinen Fingerspitzen mit seinem Blick, als ich sie über die Spitzenborte der Strümpfe hinaufgleiten ließ. Ich berührte mich selbst und ließ meine Finger sachte über den zarten Stoff kreisen, ohne ihn auch nur eine Sekunde aus den Augen zu lassen. Langsam verstärkte ich den Druck und massierte mit der freien Hand meine Brust durch den Stoff des Kleides.

Ich zog meinen Slip beiseite und führte zwei Finger ein. Ben stöhnte und biss sich auf die Lippe, als er das sah, sein Brustkorb hob und senkte sich bereits schneller.

Ich wusste, wie sehr es ihm gefiel, wenn ich es mir selbst machte und mir kam eine weitere Idee: Ich griff nach meinem Vibrator, der unter meinem Kopfkissen lag, und stellte ihn an, ließ ihn durch die Feuchtigkeit gleiten und schob ihn in mich. Dabei konnte ich nicht vermeiden, dass ich lustvoll aufstöhnte.

Ben gab ein unterdrücktes Geräusch von sich, seine Unterlippe zitterte, als ich aufstand, mich vor ihm umdrehte und herunterbeugte, damit er genau sehen konnte, wo mir der Vibrator gerade große Freude bereitete. Genießerisch zog ich ihn heraus und schob ihn gleich wieder hinein, während die Vibrationen mich immer schärfer machten. Dann ging ich in die Hocke, drehte mich um und öffnete mit meiner freien Hand seinen Gürtel und seine Jeans, die ich hinunterschob. Ich küsste seinen harten Penis durch den Stoff seiner Pants, neckte und knabberte an ihm, bis ich Erbarmen mit ihm hatte und das Kleidungsstück herunterzog. Seine Erektion sprang mir nahezu ins Gesicht und ich umschloss sie mit meinen Lippen und nahm sie tief in meinen Mund auf, während ich mich selbst immer weiter mit dem Vibrator stimulierte.

Ich stöhnte gedämpft und genoss den Blowjob, während er an seinen Fesseln zerrte und sich bemühte, keinen Ton zu sagen. Langsam glitt ich mit meiner Zunge kreisförmig über seine Eichel, bevor ich ihn so tief aufnahm, wie es mir möglich war. Dabei erhöhte ich den Druck und bewegte meinen Kopf vor und zurück, glitt mit meinen Lippen über seine glatte Haut und strich mit meiner Zunge über die empfindliche Spitze.

Es war berauschend, so scharf, dass ich den Vibrator kaum gebraucht hätte. Ihn oral zu befriedigen machte mich so an, zu sehen, wie er es genoss und sich wand, um noch ein wenig länger durchzuhalten und sich gleichzeitig darauf vorbereitete, in meinem Mund zu kommen; ich hätte es jeden Tag tun können.

Er stieß einen dumpfen Schrei aus und kam, als ich ihn mit der freien Hand an den Hoden fasste und sie zärtlich massierte. Oft war es nur ein winziger Schubs, den er noch brauchte.

Ich wartete, bis er fertig war und schluckte, ließ meine Zunge noch einmal über seinen Schwanz gleiten und spürte, dass ich selbst so weit war. Ich hielt mich an seinem Oberschenkel fest, als meine Beine unter mir nachgaben und ich auf die Knie sank, dann kam ich mit einem Schrei und verkrampfte mich auf dem Boden vor ihm, als ich mich zuckend meinem Orgasmus hingab. „Oh Gott, Claire", stieß er hervor und zerrte erneut an seinen Fesseln. „Oh Süße, bitte…"

Doch ich brauchte noch einen Moment, bis es mir gelang, den Vibrator herauszuziehen und ihn ausgeschaltet auf den Boden zu legen. Ich kam auf die Beine und machte mit zitternden Händen seine Fesseln los.

Er riss mich sofort in seine Arme und schob mich rüber zum Bett, wo er mich auf die Matratze drückte und sich neben mich legte. „Süße, das war so geil...", flüsterte er in mein Ohr und ich konnte ihm nur zustimmen, da spürte ich, wie sich seine Finger unter meinen Rock stahlen und meine Schenkel auseinanderdrückten. „Zu sehen, wie du es dir selbst machst, macht mich fast so sehr an, wie das Blasen selbst. Und du machst das so toll." Er schob seine Finger in mich und stöhnte erneut. „Gott, bist du feucht."

Meine Muskeln waren noch immer zusammengezogen und dehnten sich jetzt köstlich, als er mich fingerte. Immer schneller und schneller stieß er sie in mich und massierte mit dem Daumen meine Klit, bis ich nach kurzer Zeit noch einmal kam. Er verschloss mir den Mund mit einem Kuss und ließ seine Zunge um meine tanzen. Ich verlor mich voll und ganz in meinem Orgasmus und dem Mann, mit dem ich diesen wahnwitzigen Sex hatte. Schwer atmend und engumschlungen blieben wir liegen und genossen die Stille. Ich bettete meinen Kopf auf seine Brust und streichelte seinen Bauch. „Musst du nicht bald los?", fragte er irgendwann und sah auf seine Armbanduhr.

Es war fast fünf, in weniger als einer Stunde musste er sich auf den Weg machen, ab halb sieben arbeitete er heute auf einer Hochzeit in einem Hotel in der HafenCity.

„Nein, wir haben unser Essen auf Sonntag verschoben. Sonja und Sam haben einiges Zuhause zu erledigen, das hatte Vorrang."

„Tut mir leid, dass du heute ganz allein bist", sagte er. „Das Brautpaar hat den Saal bis um drei gebucht, ich denke, vor vier Uhr morgens bin ich nicht zurück."

„Das braucht dir nicht leidzutun", wiegelte ich ab. „Das ist nicht der erste Abend, den ich allein verbringe, mach dir keine Sorgen."

„Morgen muss ich auch die ganze Nacht arbeiten, noch eine Hochzeit", sagte er seufzend, während er sich aufsetzte und seine Hose anzog. Ich zupfte mein Kleid zurecht und zog endlich meine Stilettos und die Strümpfe aus. Barfuß folgte ich ihm in die Küche, wo er uns mit ein paar schnellen Handgriffen Omelett zubereitete. Es rührte mich, dass er das Bedürfnis hatte, für mich zu kochen. Das war irgendwie süß und fühlte sich sehr vertraut an. Andererseits wohnten wir jetzt unverhofft zusammen und ich spürte, dass ich mich viel zu schnell an die neue Situation gewöhnte.

Wir aßen gemeinsam, dann machte er sich fertig und fuhr zu seinem Job, während ich es mir mit einem Glas Wein auf dem Sofa bequem machte und mich fragte, wie es sein konnte, dass ich ihn vermisste.

13. Kapitel

Den Sonntagabend verbrachte ich mit Sam und Em im Restaurant, Sonja hatte abgesagt, es schien so, als würden sie und Kenichi sich wirklich die Zeit nehmen, über alles zu sprechen und keiner von uns wollte sie dabei stören.

Em kam entspannt von der Nordsee zurück, Curt hatte sich normal verhalten und sie machte sich jetzt weniger Gedanken, nachdem er keinen Dreier einer Studentin im Alter seiner Töchter haben wollte.

Sam hatte sich noch immer nicht durchringen können, mit Tim zu sprechen, doch er wollte auch nicht mehr darüber reden und Em und ich hatten zu diesem Thema auch bereits alles gesagt, was wir zu sagen hatten.

Unterm Strich musste ich die meiste Zeit meine Bettgeschichten mit Ben zum Besten geben, die zugegebenermaßen beide total begeisterten. In der letzten Nacht, als er gegen vier nach Hause gekommen war, hatte er sich ins Bett geschlichen und ich war davon aufgewacht, dass er mir den Slip auszog und mich leckte.

„Oh Gott, was gäbe ich dafür, wenn ich mal aufwachen könnte, während Tim mir einen bläst", stöhnte Sam und schloss bei dem Gedanken kurz die Augen. Die Leute am Nebentisch schauten schon wieder so komisch, doch wir beschlossen, das zu ignorieren.

„Claire, du hast momentan wirklich genug Sex für uns alle zusammen. Gibt es überhaupt Tage, an denen ihr es nicht miteinander treibt?", fragte Em mit etwas leiserer Stimme und beugte sich vor.

„Nicht, seitdem er eingezogen ist, aber das ist ja nicht mal eine Woche. Früher oder später wird auch das passieren und der Sex

wird immer weniger werden", versuchte ich es realistisch anzugehen.

„Bei dem Turnus, den ihr gerade habt, scheint das eher nicht der
Fall zu sein. Du kannst ja wirklich alles mit ihm machen, ich bin so
neidisch." Sam musste sich mit einem Schluck Moscow Mule be-
ruhigen. „Als ich ihn gesehen habe, dachte ich, er wäre ein netter
Kerl, zu seinem unschuldigen Aussehen passt der Tiger aus deinen
Erzählungen eigentlich gar nicht."

„Wenn du noch einmal Tiger sagst, reiße ich dir die Eier ab, das
ist ja widerlich", schnaubte Em angeekelt. „Ich kann mich nur noch
dunkel erinnern, wie er aussieht…"

„Oh, da kann ich helfen", unterbrach Sam sie und zog sein Handy
aus der Tasche. Zu meiner übergroßen Verwunderung hatte er ein
Bild von Ben. „Ich habe ihn heimlich fotografiert, als ich bei dir
war", erklärte Sam und schob zu seiner Verteidigung hinterher:
„Für solche Fälle, außerdem wollte ich ihn Tim zeigen."

„Du hast sie doch nicht mehr alle", sagte ich kopfschüttelnd,
konnte mir ein Grinsen aber nicht verkneifen.

„Sam hat aber recht, er sieht wirklich nicht aus wie ein Sexgott.
Eher wie ein Leichtathlet." Em gab ihm das Handy zurück.

„Warum schließt sich das gegenseitig aus?", fragte ich, zuckte
aber mit den Achseln. „Es ist auch völlig egal, er ist süß und der
Sex phantastisch."

„Er ist ja auch süß", meinte Sam besänftigend und tätschelte
meine Hand. „Vor allem diese blauen Augen sind der Wahnsinn.
Und er ist schlank und biegsam wie ein Weidezweig, das finde ich
auch sexy bei Männern."

„Er trainiert für den Marathon", berichtete ich und die beiden
nickten beifällig. Sam trainierte an Geräten für seinen Waschbrett-
bauch und machte Crossfit, doch Em, die mich auch öfters zum
Yoga begleitete, war ebenfalls Läuferin und wusste, mit wieviel

Training das verbunden war. „Denkt ihr, Sonja und Kenichi kriegen es hin?", fragte ich, das ganze Wochenende hatte ich mir darüber Gedanken gemacht und gehofft, dass sie sich melden würde. Langsam bekam ich ein schlechtes Gefühl in der Magengegend, wenn ich daran dachte.

Em nippte nachdenklich an ihrem Gin-Fizz. „Wir wissen ja nicht genau, was zwischen den beiden passiert ist und ich könnte mir vorstellen, dass sie uns nicht alles erzählt hat." Sie schüttelte den Kopf. „Ich wünschte, sie hätte eher etwas gesagt, vielleicht wäre das ganze gar nicht so eskaliert. Jetzt ist es so schlimm, dass sie einen halben Zusammenbruch auf der Arbeit bekommt. Ich hasse ihn dafür, dass er ihr das antut." Das taten wir alle, doch genauso wussten wir auch, dass wir es nicht ändern konnten.

Am Montag war Sonja krank und keiner von uns konnte sie telefonisch erreichen. Schließlich schrieb sie uns, dass sie sich ein wenig erholen musste und sich melden würde, wenn es ihr besserging.

Die ganze Woche verstrich, bis wir uns am Samstag sahen. Ben musste in dieser Woche jeden Abend arbeiten und wir sahen uns meistens nur morgens, kurz, bevor ich zur Arbeit fuhr. Tatsächlich kam es so zu Tagen, an denen wir keinen Sex hatten, aber das fand ich halb so schlimm, weil ich wusste, dass wir ihn ausgiebig am Samstag nachholen würden.

Wir waren auch gerade im Begriff, als Sonja anrief. „Können wir uns bitte treffen?", fragte sie und klang erschöpft. Ich versprach ihr, in einer Stunde in unser Lieblingscafé zu kommen und legte auf.

Gerade beugte ich mich herunter, um Ben zu küssen, als mein Handy erneut klingelte, dieses Mal war es Sam. Ich runzelte die Stirn. Normalerweise war er um diese Zeit im Fitnessstudio. Ich lächelte Ben entschuldigend an und nahm das Telefonat an. „Ich habe es Tim gesagt!", rief mein bester Freund hysterisch in den Hörer, so laut, dass Ben es ebenfalls hörte. „Ich habe es ihm gesagt und er hat gesagt, ich soll gehen!"

Mir wurde kalt. „Wo bist du jetzt?", fragte ich.

„Auf dem Weg zu dir." Er klang gehetzt.

„Okay, bleib ruhig, ich bin zuhause." Ich legte auf und rieb mir die Schläfen.

„Was ist los?", fragte Ben vorsichtig und schlang die Arme um mich.

„Die Kurzfassung, damit du weißt, wie wichtig es ist: Sam hat seinen Mann betrogen und es ihm jetzt gebeichtet, Sonja steckt mitten in einer Ehekrise und hat sich heute nach über einer Woche gemeldet. Fehlt nur noch, dass Em anruft." Statt darauf zu warten, rief ich sie an. „Wir müssen uns gleich mit Sonja treffen. Sam ist auf dem Weg zu mir, wir holen dich in einer halben Stunde ab."

„Gut", sagte sie grimmig. „Ich muss euch auch was erzählen." Dann legte sie auf.

„Was ist denn heute los?", fragte ich matt. Ben setzte sich hinter mich aufs Bett, sodass seine Beine mich umschlangen und drückte mich an sich. Er küsste meinen Nacken, sein warmer Atem strich über meinen Hals und verursachte mir eine wohlige Gänsehaut. „Anscheinend brauchen dich deine Freunde. Und zwar alle auf einmal", sagte er und strich mir eine Haarsträhne aus dem Nacken, damit er ihn besser küssen konnte.

Ich wollte ihnen auch wirklich helfen und für sie da sein, aber ich hatte mich schon so auf ausgedehnten Sex gefreut. Der würde jetzt bis morgen warten müssen, denn heute Nachmittag stand bereits die nächste Hochzeit an, auf der er kellnerte.

Es klingelte an der Tür. Sam war da.

Ich drückte den Summer der Haustür und ließ ihn herein, während ich Ben dabei zusah, wie er seine Laufsachen anzog. Zum ersten

Mal fühlte ich mich ein wenig hin und her gerissen, weil ich es bedauerte, meine Zeit heute nicht mit ihm verbringen zu können. So weit war es also schon gekommen.

Sam betrat die Wohnung und sah furchtbar aus, sein Gesicht war rot, anscheinend hatte er geweint. Schnell schloss ich ihn in meine Arme und hielt ihn ganz fest, während Ben sich leise an uns vorbeidrückte und die Wohnung verließ. Ich war ihm dankbar für sein Taktgefühl.

Nachdem ich Sam lange im Arm gehalten hatte, zog ich Mantel und Schuhe an und lotste ihn hinunter. Innerhalb weniger Minuten hatten wir den Weg zu Em hinter uns gebracht und klingelten bei ihr, dabei hielt ich die ganze Zeit seine Hand.

Em kam herunter und nahm ihn ebenfalls lange in den Arm, holte ihr Auto und fuhr uns zum Café. Obwohl wir fast zwanzig Minuten zu früh dran waren, wartete Sonja bereits auf uns, vor ihr auf dem Tisch standen eine große Schale Milchkaffee und ein riesiges Stück Sahnetorte, das sie schon zur Hälfte verzehrt hatte. Das allein war schon alarmierend genug, weil Sonja noch immer mit ihren Schwangerschaftspfunden kämpfte und Kuchen und Torte normalerweise mied.

Sie sah uns kommen und ein mattes Lächeln erhellte ihr Gesicht ein wenig, was mich hoffen ließ. Auch sie und Sam hielten sich einige Zeit aneinander fest, dann nahmen wir Platz. Beklommen sah ich von einem zum andern. „Ich weiß gar nicht, wer anfangen soll."

„Bei mir gibt es nicht viel zu erzählen", sagte Sam mit erstickter Stimme. „Ich habe Tim alles gesagt und er hat mich gebeten, zu gehen. Es ist aus. Ende der Geschichte."

„Und du glaubst, dass damit alles gesagt ist?", fragte Em mit zusammengezogenen Augenbrauen. „Das kann ich mir kaum vorstellen. Bitte erzähl uns, was passiert ist." Die Kellnerin kam und brachte uns unseren Kaffee und den Kuchen, den wir geordert hatten. Dieser Vormittag schrie nach Zucker und Kohlenhydraten.

„Wir haben Dionne heute Morgen zu Dagmar und Jim gebracht", begann Sam. Dagmar und James Walker waren Tims Eltern, sein Vater stammte gebürtig aus England. „Wir sind zurück zur Wohnung, um noch etwas zu holen, und wollten eigentlich in die Sauna fahren, da packt Tim mich auf einmal, küsst mich und sagt mir, dass wir jetzt endlich einmal Zeit für Sex haben." Er schloss die Augen. „Ich konnte es nicht tun, ich musste es ihm vorher beichten. Ihr hättet sein Gesicht sehen sollen, wie enttäuscht er war. Und wie traurig. Er war nicht einmal wütend, sondern hat mich einfach so… angesehen. Als hätte er damit gerechnet, dass ich eines Tages fremdgehen müsste. Dann hat er mich gebeten, zu gehen."

„Für… immer?", fragte Sonja zaghaft.

„Er sagte, dass er jetzt Zeit für sich brauche und ich ihn bitte allein lassen solle." Sam stützte seine Stirn auf seine Hände und atmete tief ein. Die erhoffte Erleichterung durch seine Beichte war leider ausgefallen und ich wünschte mir plötzlich, er hätte seinen Fehltritt einfach für sich behalten können. Jetzt mussten wir bangen, dass Tim sich überwinden und ihm verzeihen konnte.

„Okay, aber er hat nicht gesagt, dass er dich nie wiedersehen will. Er muss das jetzt erst mal sacken lassen und danach werdet ihr miteinander sprechen", sagte ich und versuchte, ihn ein bisschen aufzumuntern. Tim war eher kopflastig, er musste sich mit den Informationen erst einmal auseinandersetzen.

„Lass ihm die Zeit, die er braucht, zumindest heute. Morgen kannst du versuchen, es ihm noch einmal zu erklären und dich entschuldigen", riet Em. „Du kannst gern in meiner Wohnung übernachten." „Danke", sagte Sam mit schwacher Stimme und versuchte ein Lächeln. „Mir bleibt ja eh nichts Anderes übrig."

„Sam, ihr liebt euch so sehr, ihr werdet das schaffen. Tim wird verstehen, was passiert ist, warum und dass es dir leidtut." Wenn ich eines wusste, dann dass man die beiden niemals unterschätzen durfte.

„Danke", wiederholte Sam und sah uns drei an. „Ich wüsste gar nicht, was ich ohne euch täte."

„Durchdrehen, vermutlich", sagte Em trocken. Er sah sie genervt an, nickte aber zustimmend. Jetzt wanden wir uns Sonja zu.

„Wie geht es dir?", fragte ich. Sie zuckte mit den Schultern. „Allmählich wieder gut. Ich habe das getan, was ihr mir geraten habt und das ganze letzte Wochenende damit zugebracht, Kenichi klarzumachen, dass wir so nicht weitermachen können. Am Anfang wollte er gar nicht mit mir darüber sprechen, er meinte, ich würde überreagieren und zu viele Dramaserien schauen."

„Für den dummen Spruch hätte ich ihm in die Eier getreten", knurrte Em. Sonja lächelte schwach.

„Dann wäre es vielleicht etwas schneller gegangen. Jedenfalls habe ich das Thema am Samstag noch einmal aufgegriffen, als JP bei meinen Eltern war und habe ihm von meinem Zusammenbruch Freitag erzählt. Da meinte er, ich wäre überarbeitet und würde mir zu viele Gedanken machen, ich solle endlich aufhören, zwanghaft nach Problemen in unserer Ehe zu suchen."

Ich musste meine Lippen fest zusammenpressen, um nichts dazu zu sagen. Meiner Meinung nach war Kenichi kein bisschen konfliktfähig und hatte noch dazu Machoallüren, die gar nicht recht zu ihm passen wollten, wenn man ihn gutgelaunt erlebte. Ich wusste, dass er Sonja liebte und wenn alles harmonisch lief, trug er sie auf Händen, doch drohte etwas aus dem Ruder zu laufen, war er heillos überfordert und biss um sich. Meistens war es leider seine Frau, die das abbekam und das nahm ich ihm sehr übel. Ein Seitenblick auf Sam und Em, die beide mit versteinerten Mienen am Tisch saßen, zeigte mir, dass es ihnen ähnlich erging. „Irgendwann hat auch er verstanden, dass ich nicht nur eine überspannte dumme Frau bin, die mit allem überfordert ist, sondern er seinen Teil dazu beiträgt. Das war Sonntagabend." Sonja war die Erschöpfung deutlich anzusehen und ich konnte mir nicht im Ansatz vorstellen, wie es war, auf einem Thema drei Tage herum zu kauen, bevor der andere überhaupt akzeptierte, dass es vorhanden war.

„Er meinte, er müsse darüber nachdenken und ist zur Nachtschicht gefahren. Ich habe die ganze Nacht darauf gewartet, dass er zurückkommt und kein Auge zugemacht, deswegen musste ich mich Montag krankmelden." Ihr war das schlechte Gewissen deutlich anzusehen und ich wusste, wie ungern Sonja auf der Arbeit fehlte. Ihre Krankheitstage liefen gegen null und auszufallen bedeutete für sie zusätzlichen Stress, den sie sich meiner Meinung nach gar nicht machen brauchte.

„Mach dir keinen Kopf, die Drachenfrau hat nicht mal was gesagt", tröstete Em sie. „Alle wissen, dass du die mit Abstand Zuverlässigste bist." Nein, gesagt hatte sie wirklich nichts, nur die Nase gerümpft und einen bedeutungsvollen Blick in die Runde geworfen, auf den niemand reagiert hatte. Anschließend hatte sie sich Jennifer vom Recruiting vorgenommen, weil wir seit Wochen zwei neue Sekretärinnen suchten.

„Am Montag hatte er Nachtschicht, deswegen konnten wir den Tag weiter nutzen als JP in der KiTa war, um zu sprechen. Kenichi will nicht glauben, dass er mir mit seinem Verhalten sehr zusetzt. Ich habe versucht, ihm zu erklären, wie schwierig es für mich ist, mich immer nach ihm zu richten und meine Bedürfnisse hintenan zu stellen, da meinte er, ich würde mich ja schließlich dauernd mit euch treffen und hätte wohl kaum Grund zu klagen. Ich habe ihm gesagt, dass ich niemals auf euch verzichten werde und unsere Treffen das Mindeste sind, was er mir ermöglichen muss." Sie schob ihren Teller von sich, dann klärte sich ihr verschleierter Blick. „Das war der Moment, in dem es richtig gekracht hat. Wir haben uns sämtliche Gemeinheiten an den Kopf geworfen und uns angeschrien wie noch nie zuvor. Irgendwann hat er zu mir gesagt, ich solle aufhören, mich zu verstellen und die Frau sein, die er geheiratet hat. Danach hatten wir zum ersten Mal seit Monaten Sex."

„Fragwürdiger Aufhänger, aber gut für euch", sagte ich. Sonja zuckte mit den Schultern.

„Vielleicht war es genau das, was uns gefehlt hat, jedenfalls hat er sich hinterher bei mir entschuldigt und wir haben es noch zweimal gemacht, bis meine Mutter irgendwann angerufen und gefragt hat, ob sie JP vorbeibringen kann. Das war Dienstagabend und die restlichen Tage war ich zu erschöpft, um zu arbeiten. Ich habe endlich mal durchgeschlafen und mir ein bisschen Zeit für mich genommen, bin zur Massage und zur Maniküre und habe angefangen, mich wie ein Mensch zu fühlen. Es tut mir so leid."

„Das braucht dir wirklich nicht leidzutun", sagte Sam fest. „Das ist genau das, was du gebraucht hast, um Montag wieder auf der Matte zu stehen. Und ich bin froh, dass ihr euch endlich die Zeit genommen habt, die Sache zu regeln." Er lächelte und zupfte an einer ihrer Ponysträhnen. „Du siehst auch viel besser aus, Süße. Viel viel besser."

„Danke." Sonja lächelte tapfer zurück. „Meine Mutter hat angeboten, uns finanziell zu unterstützen, damit ich jemanden einstellen kann, der sich um den Haushalt kümmert und den Lütten auch mal von der KiTa und später von der Schule abholt. Kenichi ist davon nicht begeistert, aber er hat zugestimmt, so lange wir diese Unterstützung brauchen." „Das ist sehr großzügig von deinen Eltern", meinte Em und ihre Augenbraue hob sich nur ein ganz kleines Bisschen, als sie das sagte. Wir tranken unseren Kaffee, dann fiel mir plötzlich etwas ein. „Was hast du eigentlich für Neuigkeiten, Em?

Du hast vorhin am Telefon gesagt, dass du auch was zu erzählen hast."

„Achso, ja, das hatte ich fast vergessen", sagte Em augenrollend. „Es ist auch verglichen mit den Dramen, die sich hier abgespielt haben, nichts, aber Curt hat mir eröffnet, dass er keine Lust mehr auf unsere Affäre hat. Er möchte eine richtige Beziehung mit mir, mich mehr in sein Leben einbeziehen und unsere Verbindung offiziell machen."

Sonja schluckte. „Offiziell wie in *Verlobung*?", fragte sie. Em warf ihr einen vernichtenden Blick zu und schüttelte vehement den Kopf. „Nein, um Himmels Willen. Offiziell wie in ,wir sagen es unseren Familien und laden uns gegenseitig zu Geburtstagsfeiern ein'."

„Und wie denkst du darüber?", wollte ich wissen. Em seufzte.

„Wisst ihr, ich muss darüber nachdenken. Ich bin überhaupt nicht der Typ für diese Beziehungskiste und hätte nicht gedacht, dass er damit um die Ecke kommt. Eigentlich hatte ich gedacht, dass wir die ideale Lösung gefunden haben: Sex, hin und wieder eine kleine Reise, mehr Sex, keine Verpflichtungen, keine Familienfeiern, ich muss seine Töchter nicht kennenlernen und so weiter. Dabei habe ich unterschätzt, wie wichtig es ihm ist. Auf der anderen Seite mag ich ihn erschreckenderweise und habe darüber nachgedacht, ob ich mit ihm Schluss machen soll. Der Gedanke hat mir allerdings gar nicht gefallen, also habe ich zugesagt." Sie grinste mich schief an. „Das scheint echt unser Ding zu werden, Claire: liiert wider Willen."

„Probier es doch mit ein paar Regeln", warf Sonja schalkhaft ein und zum ersten Mal seit einiger Zeit konnten wir alle befreit lachen.

„Gute Idee, nur, dass Curt nicht im Mindesten so willig wie Ben ist, könnte zum Problem werden", prustete Em. „Ich fürchte, er würde mich nur lange ansehen und es sich anders überlegen. Dann würde er sagen: ‚Em, das ist doch nur eine dieser Modeerscheinungen, auf die ich absolut keine Lust habe. Dafür musst du dir jemand anderen suchen'.“

„Vielleicht möchte er ja dabei sein, wenn du dir einen anderen suchst“, sagte Sam mit blitzenden Augen. „Es soll ja viele Männer geben, vor allem ältere, die darauf abfahren, ihren Frauen dabei zuzusehen, wenn sie mit anderen Männern vögeln.“ „Sollte das eintreten, bist du der erste, der es erfährt“, versprach Em, doch ihr schien der Gedanke zu gefallen. Sonja machte ein hilfloses Gesicht.

„Tja, das ist jetzt wohl das erste Mal, dass Em und ich gleichzeitig eine Beziehung haben“, sagte ich kopfschüttelnd. Das war zuvor noch nie dagewesen. Sams Lächeln verrutschte ein bisschen und er sah hoffnungsvoll auf sein Handy, auch wenn wir alle wussten, dass es noch zu früh für Tim war, um sich zu melden.

Sein Mann würde seine Zeit brauchen, um seine Gedanken zu sortieren und eine Entscheidung zu fällen, die hoffentlich zu Sams Gunsten ausfiel.

„Du kannst gern so lange bei mir bleiben, wie du möchtest. Ich habe zugesagt, jetzt auch unter der Woche bei Curt zu übernachten, die Bitches werden sich wohl an mich gewöhnen müssen“, bot Em ihm an und meinte Curts Töchter, die beide wegen ihres Studiums immer mal bei ihm (und seinem Pool mit Sauna und Whirlpool) übernachteten und denen sie jetzt sicherlich öfters über den Weg laufen würde. Sie hatte die beiden schon einmal auf einer Veranstaltung von Curts Firma kennengelernt, auf der sie sich wie die Hilton-Schwestern in ihrer schlimmsten Partyphase benommen hatten. Die beiden wussten bereits von der Geschichte zwischen Em und ihrem Vater und die Abneigung beruhte auf Gegenseitigkeit. Sam nahm das Angebot dankend an und ich war froh, ihn in meiner Nähe zu haben.

14. Kapitel

Am Donnerstag hatte Tim sich immer noch nicht bei Sam gemeldet. Zwar hatten sie miteinander geschrieben, um die Betreuung von Dionne zu regeln, doch zum Thema hatte er keinen Ton gesagt und Sam wurde immer trübsinniger. Die ganze Woche hatte er in Ems Wohnung zugebracht und war nur nach Hause gefahren, um Dionne abzuholen oder hinzubringen und sich frische Kleidung zu besorgen, doch ich konnte dabei zusehen, wie er immer verzweifelter wurde.

Immer wenn Ben arbeitete, kam er zu mir herüber oder ich ging zu ihm, um ihn aufzumuntern, doch das war auch kein Dauerzustand, denn Em wollte ihre Wohnung sicher bald wiederhaben.

Ich kam gerade aus einem sehr anstrengenden Meeting mit Dr. Kreiß, bei dem er mir versucht hatte, begreiflich zu machen, wie wichtig es war, dass wir die Außenstände bis zum Jahresabschluss reduzierten (was nach sieben Jahren in der Kanzlei nicht überraschend kam), als Sam hinter mir mein Büro betrat und sich wortlos in meinen Besucherstuhl fallen ließ.

„Ist alles in Ordnung?", fragte ich und suchte in meiner Schreibtischschublade nach Schokolade, ich brauchte jetzt dringend Zucker. Sam schüttelte den Kopf.

„Ich werde noch verrückt", sagte er. „Vor allem jetzt, kurz vor Weihnachten. Ich habe kein Sterbenswort von Tim gehört und rede eigentlich nur noch mit Dagmar, wenn es um Dionne geht. Ich weiß nicht, was Tim ihr erzählt hat, aber sie sagt mir jedes Mal, dass wir uns anstrengen sollen, unsere Beziehung zu retten. Nicht nur wegen Dionne, sondern weil sie wirklich will, dass es mit uns funktioniert.

Ich muss ihr immer versprechen, alles zu tun, aber ehrlich, Claire, ich weiß nicht mehr, was ich noch tun soll. Er hat gesagt, dass er mich nicht sehen will, er reagiert nicht auf Anrufe und er antwortet auch nicht mehr auf Textnachrichten. Seit wir uns kennen habe ich noch nie so lange nicht mit ihm gesprochen. Es bringt mich noch um. Ich wünschte, ich hätte es ihm nie gesagt."

„Aber so hätte das immer zwischen euch gestanden und dich belastet", erinnerte ich ihn vorsichtig, aber er schüttelte den Kopf.

„Ich weiß nicht, was ich mache, wenn er sich von mir trennt. Es gibt zwei Menschen, auf die ich nicht verzichten kann: Tim und dich."

„Ich werde dich niemals verlassen", versprach ich. „Und ich bin mir ganz sicher, dass Tim ebenso empfindet wie du, sonst hätte er dir schon längst gesagt, dass du nicht mehr wiederzukommen brauchst. Er überlegt sich alles gerade sehr gründlich und muss mit seiner Enttäuschung klarkommen. Dann wird er sich bei dir melden und *ihr kriegt es hin*." Die letzten Worte sagte ich mit Nachdruck und er nickte zögerlich.

„Gib jetzt nicht auf. Schreib ihm, ruf ihn weiter an und sag Dagmar, dass du alles tun wirst, um es hinzubiegen. Sie wird es Tim bestimmt sagen. Zeig ihm, wie ernst es dir ist." Nachdem Sam gegangen war, hatte ich zumindest das Gefühl, ihm ein bisschen weitergeholfen zu haben.

Nach der Arbeit fuhren Ben und ich ins Einkaufszentrum und besorgten Nikolausgeschenke für unsere Neffen, die wir schnellstens verschicken mussten, wenn sie noch rechtzeitig ankommen sollten.

Mit ihm durch die Geschäfte zu gehen war ein schönes Gefühl und ich war vollkommen zufrieden. Es war die erste Weihnachtszeit seit der Trennung von Robert, die ich mit einem Mann zusammen verbrachte und es fühlte sich gut an, als er meine Hand nahm und mich in einer Ecke der Buchhandlung küsste. „Wie wollen wir es zu den Feiertagen eigentlich machen?", fragte er plötzlich, nachdem wir auch das Geschenk für Noah, meinen älteren Neffen, ausgesucht hatten. „Was meinst du?", fragte ich defensiv, während ich der Verkäuferin meine Kreditkarte reichte.

„Naja, normalerweise treffen wir uns immer alle in Kopenhagen bei William. Meine Großeltern leben ja auch dort, genau wie Aksel, mein jüngerer Bruder. Du bist herzlich eingeladen, aber wir sollten planen, wie wir den Besuch bei deiner Familie einrichten." Ich nahm die Tüte von der Verkäuferin entgegen, die sich über meinen fassungslosen Gesichtsausdruck zu wundern schien, und wusste nicht, was ich sagen sollte.

Die Festtagsfrage hatte ich bisher ebenso erfolgreich verdrängt wie die Tatsache, dass Ben eine Familie hatte, die mich irgendwann kennenlernen wollen könnte. Mir war es vollkommen recht, dass es nur uns beide gab und Ben meine Freunde kennenlernte, wir hatten für Sonntag, wenn er frei hatte, einen Bummel über den Weihnachtsmarkt in Altona geplant und dort würde er auch Sonja und Em treffen. Es war mir bisher noch gar nicht in den Sinn gekommen, er könnte irgendwem in seiner Familie erzählt haben, dass er mit mir zusammen war und sie mich auch noch einladen könnten.

Ich hatte weder meiner Mutter noch meinem Bruder etwas von Ben erzählt und da sie nicht damit rechneten, dass ich eine Beziehung führen könnte, fragte auch keiner von ihnen nach.

„Ich... muss darüber nachdenken", wich ich aus, als wir das Geschäft verließen. „Normalerweise fahre ich an Heiligabend nach Celle und komme am ersten zurück. Dieses Jahr könnte es sein, dass Sam mich braucht, er wird nicht zu seiner Familie fahren, aber ich möchte auch nicht, dass er die Tage über allein ist." Ben betrachtete mich eine Weile wortlos, dann nickte er. „Gut, wir können uns darüber ja noch Gedanken machen. Es sind ja noch fast drei

Wochen bis Weihnachten." Ich nickte, froh, das Thema für den Augenblick ruhen lassen zu können, auch wenn ich wusste, dass es nur aufgeschoben war. Plötzlich überkam mich Panik.

Wie sollte ich ihm begreiflich machen, dass ich unmöglich mit nach Kopenhagen kommen konnte? Wie könnte er verstehen, dass ich seine Familie gar nicht kennenlernen wollte und mich der bloße Gedanke so unter Stress setzte, dass ich feuchte Handflächen bekam? Allein die Vorstellung von mir in Kopenhagen bei seinem Bruder, wo alle mich anstarrten und versuchten, herauszufinden, was ich für eine war, verursachte mir Kopfschmerzen.

Ich musste es unbedingt verhindern, mitzukommen. Wir kannten uns kaum zwei Monate und waren gerade einmal drei Wochen ein Paar, es war viel zu früh, um solche Dinge wie das Kennenlernen der Eltern anzugehen.

Wir nahmen uns Essen vom Chinesen mit und fuhren in meine Wohnung, wo wir es mit etwas verkrampfter Stimmung aßen. Meine Gedanken kreisten um das Thema und irgendwann hatte ich genug davon und von mir selbst. In einem halben Jahr wurde ich vierzig und benahm mich wie eine nervöse Fünfzehnjährige. Das war doch unsinnig.

„Ben, bitte entschuldige", sagte ich in die Stille hinein. Er sah mich überrascht an. „Du hast mich vorhin mit deiner Frage überrascht, denn ich habe mir ehrlich gesagt noch keine Gedanken darüber gemacht, wie und wo wir Weihnachten verbringen. Wir sind erst sehr kurz zusammen und irgendwie bin ich davon ausgegangen, dass jeder für sich feiert." Ich machte eine Pause und dachte nach. „Lass mir bitte noch ein bisschen Zeit, um darüber nachzudenken, wie wir es hinbekommen, okay?"

„Ich bewundere dich dafür, dass du immer so ehrlich bist", sagte er und ich fühlte mich ertappt, weil ich oft genug über mich selbst erstaunt war, seitdem wir uns kannten. „Mir ist Weihnachten mit der Familie sehr wichtig und sie würden sich alle freuen, dich kennenzulernen."

„Was hast du ihnen denn von mir erzählt?", fragte ich. Mit einem Mal hatte ich das Gefühl, dass der Altersunterschied im Raum stand. Nicht alle Menschen nahmen ihn als gegeben hin, aber während ich hochgezogene Augenbrauen und wissendes Lächeln im Einkaufszentrum gut ausblenden konnte, wusste ich, dass ich nicht damit zurechtkäme, diese Mienen in den Gesichtern von Bens Familie zu sehen.

Ich wusste ja, wie es aussehen würde, wenn ich ihn meiner Familie vorstellte, sowohl meine Mutter als auch mein Bruder würden die Nase rümpfen und ich hörte die Stimme meiner Mutter jetzt schon im Ohr, was ich mir dabei dachte, mir ein halbes Kind anzulachen.

„Dass du eine wunderbare Frau bist und ich das Glück hatte, dich zu treffen. Ich habe ihnen ein bisschen von dir erzählt, wie sehr du dich um deine Freunde kümmerst und wie gut du in deinem Job bist", berichtete Ben.

„Und mein Alter?", fragte ich direkt.

„Ich habe ihnen gesagt, dass du etwas älter bist als ich, aber das interessiert ehrlich gesagt keinen. Mein Vater ist fünf Jahre jünger als meine Mutter und Mynte, Williams Frau, war gerade einmal achtzehn, als sie vor drei Jahren geheiratet haben. Er ist acht Jahre älter als sie. Ich warte nur noch darauf, dass Alma mit einem Mittvierziger ankommt und Aksel mit einer Sechzigjährigen." Ben lachte und ich musste mitlachen. Anscheinend war Familie Magnusson doch wesentlich entspannter als Familie Sander. „Denkst du darüber nach?", fragte er erneut. Ich lächelte. „Versprochen."

„Gut." Er nahm mir die Essstäbchen aus der Hand und drückte mich nach hinten in die Sofakissen. „Hast du Appetit auf Nachtisch?" „Allerdings." Ich beobachtete ihn dabei, wie er die Knöpfe meines Hemdblusenkleides öffnete, einen nach dem anderen, ganz langsam. Er streifte mir den Stoff von den Schultern und öffnete den Verschluss meines BHs. Gleich darauf nahm er meine Brustwarze zwischen die Zähne und zwickte mich sanft, während er die andere zwischen seinen Fingerspitzen knetete.

Ich stöhnte wohlig auf und wölbte mich ihm entgegen. Dann spürte ich, wie er sich an meinem Höschen zu schaffen machte.

Heute trug ich eine Strumpfhose, die wie Strapse mit Gürtel geschnitten war und den Schritt und den Po frei ließ. Meinen Slip hatte ich darüber gezogen, was Ben jetzt ausnutzte und ihn einfach herunterzog, sodass ich nur noch die Strümpfe trug. „Knie dich hin", bat er und dirigierte mich so, dass ich meine Hände auf die Armlehne ablegte und ihm meine Rückseite zuwandte.

Wie ich liebte auch er Sex von hinten, es machte mich besonders an, wenn er seine Hände auf meinen Hintern legte und tief in mich stieß. Doch fürs erste spürte ich seine Zunge statt seines Penis', die über meine empfindliche Haut strich und die Feuchtigkeit aufleckte, die sich bereits gebildet hatte. Ich seufzte laut, als er meine Pobacken auseinanderzog und dort weitermachte, mich küsste und mit der Zungenspitze reizte. Er strich mit der Zunge über meine linke Pobacke und versetzte mir einen kleinen Schlag, nicht fest, aber laut, und ich stöhnte, als er dasselbe auf der rechten machte. Mit den Fingern fuhr er über meine Klit und legte sich auf den Rücken mit dem Gesicht unter mich. Er griff meinen Hintern und zog mich nach unten, dabei drang seine Zunge tief in mich ein. Ich richtete mich auf und sah nach unten, beobachtete ihn dabei, wie er mich leckte. Er erwiderte meinen Blick und weidete sich an meinem Verzücken.

„Komm für mich, meine Süße", bat er und schob mir einen Finger in den Anus. Ich spannte meine Muskeln an und kam seiner Bitte nach. Mit einem heiseren Schrei gab ich mich meinem Orgasmus hin und ritt seinen Mund härter, doch noch bevor ich ganz fertig war, schob er mich hoch, legte meine Hände auf die Lehne, öffnete seine Hose und nahm mich von hinten auf der Couch.

Seine Hände umfassten fest meine Hüfte und er legte ein so atemberaubendes Tempo vor, dass wir beide innerhalb einer Minute kamen, nachdem er mir einen weiteren, festen Schlag auf den Po gegeben hatte.

„Oh Gott, war das gut", seufzte ich, als ich mich zu ihm umdrehte und mir ein paar blonde Strähnen aus der verschwitzten Stirn strich. Er ließ das gebrauchte Kondom gerade in dem leeren Pappkarton verschwinden, in dem die Frühlingsrollen gewesen waren und nahm mich in den Arm. Mit der Zunge fing er eine Schweißperle auf, die sich gerade von meinem Hals ihren Weg zu meinen Brüsten bahnte.

„Ich habe das Gefühl, es wird immer besser mit uns." Sanft küsste er mich und sah mir tief in die Augen. „Ich liebe dich, weißt du das?" Er küsste mich erneut und legte mir die Finger auf die Lippen. „Sag jetzt nichts, nimm es einfach hin." Ich nickte stumm. Er küsste mich und machte sich daran, die Reste vom Abendessen wegzuräumen. Ich sah ihm dabei zu und versuchte, die Panikattacke in den Griff zu bekommen, die sich gerade in mir aufbaute.

„Oh Mann, der Junge legt ein ganz schönes Tempo vor", sagte Em am nächsten Tag beim Mittagessen. „Ich kann verstehen, dass du überfordert bist."

„Es hat ungelogen fast eine Stunde gedauert, bis ich mich einigermaßen im Griff hatte." Ich stocherte in meiner Pasta herum und wusste nicht, wie ich meine Gefühle beschreiben sollte. „Es ist nicht mal so, dass es sich schlecht angefühlt hat, es von ihm zu hören, aber ich habe nicht damit gerechnet, vor allem nicht nach so kurzer Zeit." „Er scheint sich ja sehr sicher zu sein", sagte Sonja lächelnd und ich konnte mir genau denken, wie sie zu der Sache stand.

„Vielleicht war sein Gehirn aber auch noch nicht ganz mit Sauerstoff versorgt und er hat es im Sexnebel zu dir gesagt", meinte Sam deutlich hilfreicher. „Jeder von uns hat beim Sex doch schon mal Dinge gesagt, die er sonst eher nicht gesagt hätte, oder?" Wir dachten kurz darüber nach, dann nickten wir, sogar Sonja, und ich fühlte mich etwas entspannter.

„Was ich aber gut finde ist, dass er nicht von dir erwartet hat, dass du es ihm sofort auch sagst, sondern dass er es einfach im Raum stehen lässt und dich damit nicht unter Druck setzt." Em nickte anerkennend, während sie das sagte. „Ich bin schon wirklich gespannt auf Sonntag, wenn ich ihn kennenlerne."

„Ich auch", sagte Sonja mit glänzenden Augen. „Kenichi und JP kommen auch. Der Lütte fährt so gern Karussell und da mein Mann jetzt ein Bilderbuchvater ist, kann er ihn beschäftigen."

Ich war froh, dass es momentan gut mit den beiden zu laufen schien. Seit ihrer Auszeit war Sonja aufgeblüht, die dunklen Ringe unter ihren Augen verschwunden und sie war deutlich entspannter und lachte mehr. Das Verkrampfte war verschwunden und ich konnte die Last, die von ihr abgefallen war, förmlich sehen. Sie war sogar beim Friseur gewesen und hatte sich die Haare schneiden lassen und sich sogar für ein paar Highlights entschieden, jetzt fand sie auch die Kraft, mehr Make-up aufzulegen als Mascara und sie sah frisch und erholt aus.

Was eine Aussprache und regelmäßiger Sex doch für Wunder bewirken konnten. Mein Blick wanderte hinüber zu Sam, der sich meisterlich bemühte, sich für uns zu freuen, doch ich wusste, wie sehr ihm die ungeklärte Situation mit Tim zusetzte. Es war jetzt fast eine Woche her, dass er ihm seinen Seitensprung gestanden hatte und es herrschte noch immer Funkstille. Zurzeit wohnte Sam bei

Em, die die meiste Zeit mit Curt verbrachte und *überprüfte*, ob eine Beziehung mit ihm möglich war.

Unserer Meinung nach führten die beiden spätestens seit Curts *Anfrage*, wie Em es hartnäckig nannte, eine Beziehung, aber keiner von uns wollte das mit ihr auszudiskutieren. Sie würde schon selbst am besten wissen, wie sie ihr Ding mit Curt zu nennen hatte.

„Bringst du deinen Test-Liebhaber auch mit?", fragte Sam, doch sie schüttelte den Kopf.

„Er und seine Töchter treffen sich mit seiner Exfrau zum Advents-kaffeetrinken. Ich verzichte sehr gerne darauf, das können die schön allein machen."

„Habt ihr auch schon über Weihnachten gesprochen?", fragte ich und schnitt damit das zweite Thema an, das mir auf der Seele lag. Auch hiervon hatte ich schon berichtet.

„Ja, ist alles geklärt. Er verbringt Heiligabend und den ersten mit seinen Töchtern und dem Rest der Familie während ich nach Hause fahre. Den zweiten verbringen wir nackt vorm Kamin und treiben es auf dem Eisbärfell."

Ich war neidisch, dass es bei den beiden so unkompliziert klappte. Andererseits hätte ich weder eine Wette drauf abgeschlossen, dass Em Lust hatte, seine Töchter zu sehen, noch konnte ich mir Curt in Wernigerode bei Ems Familie vorstellen. Ihre Eltern wohnten sehr idyllisch im Ostharz, ihr Bruder Michel mit seiner Frau und den drei Kindern in Braunschweig. An Feiertagen trafen sie sich immer in Wernigerode, weil dort meist Schnee lag und die Kinder rodeln konnten, während die Erwachsenen sich mit Glühwein warmhiel-ten. In dieses Bild passte Curt wirklich kein bisschen.

„Wenn du möchtest, kann ich dich gern mitnehmen", bot sie mir an. Es war zwar ein Umweg, aber wir machten das eigentlich sehr gern, dass sie mich auf halber Strecke in Celle absetzte und am Abend des ersten Weihnachtstages abholte. Meine Mutter liebte

Em, das „Harzer-Mädel", wie sie sie immer nannte und nötigte sie jedes Mal, zum Mittag- oder Abendessen zu bleiben.

„Danke, ich komme darauf zurück, wenn die Kopenhagen-Sache geklärt ist. Sam, du bist übrigens herzlich eingeladen, mit mir zu fahren, wenn du das möchtest, du fährst ja sicher nicht nach Hause, oder?"

„Ganz sicher nicht", brummte Sam. Seit seinem Outing vor über zehn Jahren, nachdem er seine Homosexualität ewig geheim gehalten und ich auf vielen Feiern die feste Freundin gespielt hatte, war das Verhältnis zu seinen Eltern schlecht. Sein Vater akzeptierte weder Sam noch Tim und die beiden waren auch nicht zur Hochzeit gekommen. Als Sam ihnen erzählt hatte, dass sie Dionne adoptierten, hatte sein Vater ihn gefragt, ob es sein müsse, dass sie jetzt auch noch ein Kind verhunzten. Seitdem war der Kontakt so gut wie abgebrochen, was sicherlich besser für beide Seiten war.

Ich wusste, dass seine Mutter darunter litt und den Kontakt wollte, doch Sams Vater war ein sehr herrischer Mensch und unterband ihn, so gut er konnte. Der Rest von Sams großer Familie, der über das komplette Ruhrgebiet verteilt war, war gespaltener Meinung und auch hier war der Kontakt eher lose. Sam hatte keinen Grund, runterzufahren und sich durch die Feiertage zu quälen.

„Ich hoffe immer noch, dass Tim mir vor Weihnachten sagt, wie es mit uns weitergeht, dann werde ich entscheiden, was ich mache", sagte er und ich legte ihm die Hand auf seine. Hoffentlich sprachen sich die beiden bald aus.

Als ich am Nachmittag nach Hause kam, warf Ben mir schweigend eine Kusshand zu und setzte sich auf den Teppich vorm Sofa, während ich mich darauf niederließ und seinen Nacken streichelte. Unsere Vereinbarung funktionierte und wir beide hielten uns an die

Regeln. Er schwieg, wenn ich nach Hause kam und wartete zu meinen Füßen auf mein Signal, bevor er sprechen und zu mir kommen durfte. Ich wusste, dass es ihn erregte, wenn ich die Kontrolle übernahm und da wir noch ein paar Stunden hatten, bevor er auf einer Weihnachtsfeier kellnerte, überlegte ich, wie ich sie am besten nutzen konnte.

Schließlich hatte ich eine Idee und deutete ihm, sitzenzubleiben, während ich hinüber ins Schlafzimmer ging und die Schublade im Kleiderschrank öffnete, in der ich meine speziellen Outfits aufbewahrte. Mir war heute nach einer Session zumute und wenn ich Bens Blick richtig gedeutet hatte, war es ihm recht, die nächsten Stunden mein ergebener Diener zu sein.

Ich schlüpfte in ein Bodystocking aus schwarzem Netz, das die Brüste kaum verhüllte und im Schritt großzügig ausgeschnitten war. Meine Haare band ich zu einem hohen Pferdeschwanz zusammen und zog meine schwarzen Lackpumps an. Dann griff ich mir ein Halsband mit Nippelklemmen und meine Gerte, bevor ich zurück zu ihm ins Wohnzimmer ging.

Seine Augen wurden groß und rund, das Bodystocking kannte er noch nicht und sein Mund blieb ihm offenstehen. Ich spürte, dass ich unter seinem Blick bereits feucht wurde und freute mich auf das, was ich mit ihm vorhatte. Stumm deutete ich ihm, sich auszuziehen und zu mir zu kommen.

Er gehorchte sofort und kam schnurstracks auf mich zu. Ich zog ihn zu mir heran und küsste ihn, dabei legte ich ihm das Halsband um. Er schauderte, als die kalten Ketten über seine nackte Brust strichen. Ich ergriff sie und führte ihn daran ins Schlafzimmer.

An der Öse an der Decke hatte ich bereits eine stabile Kette befestigt, die Bens Gewicht tragen würde und an deren Enden Ledermanschetten baumelten. Mit der Lederschlaufe am Ende der Gerte hob ich sein Kinn an, als er die Installation aufmerksam betrachtete und versetzte ihm damit einen leichten Schlag gegen seinen Nippel, der sich sofort zusammenzog. Gehorsam stellte er sich unter die Kette und reckte die Arme nach oben. Die Manschetten waren so hoch angebracht, dass er sich kaum bewegen konnte und ich musste auf meinen Hocker klettern, um sie anlegen zu können.

Dabei waren meine Brüste auf Höhe von Bens Gesicht und er leckte meine Brustwarze, die durch den Netzstoff sichtbar war und schloss seine Lippen darum. „Lass das!", zischte ich ihn an, obwohl ich es genossen hatte. Er sah gespielt betroffen zu Boden, doch ich wusste, dass er die Aussicht des Ouvert-Schnitts genoss, seine Erektion zeigte mir das sehr offensichtlich.

Endlich hatte ich die letzte Schnalle geschlossen und konnte von dem Hocker heruntersteigen. Ich zog meine Pumps an und nahm die Gerte zur Hand. Er beobachtete mich lauernd, die Hände weit über den Kopf gestreckt, als ich um ihn herumging und die Lederschlaufe über seine Haut gleiten ließ. Ich tat es sanft, spielerisch, holte aus und versetzte ihm einen schnellen, wohlgezielten Schlag auf die Stelle, die ich gerade noch liebkost hatte. Sofort strich ich sachte über seine Haut, ließ ihn den Schmerz vergessen, dann holte ich erneut aus.

Wieder und wieder.

Ben stöhnte, sein Penis war so hart, dass es schien, als würde er jeden Moment kommen. Ich strich über seine Nippel und versetzte ihm auch hier kleine Schläge, brachte die Klemmen an. Sie taten nicht allzu weh, saßen aber fest genug, um sie nicht zu vergessen. Die kühlen Ketten linderten die brennenden Stellen auf seiner Brust. Ich zeichnete ihn nicht stark, er musste schließlich noch die ganze Nacht arbeiten, aber wenn ich mit ihm fertig war, würde er sich die ganze Zeit daran erinnern, was ich mit ihm gemacht hatte. Ich ließ das Leder über seine Hoden gleiten und er biss sich auf die Unterlippe. „Oh Gott, Claire, bitte", flehte er und ich versetzte ihm den Schlag, auf den er gewartet hatte. An dieser heiklen Stelle musste ich besonders aufpassen, damit ich ihn nicht verletzte. Er zuckte zusammen und stöhnte auf, was ich schnell unterband, indem ich zu ihm trat und ihm meine Zunge in den Mund schob. Gierig küsste er mich und rieb sich an mir. Ich ließ ihn ein paar Sekunden gewähren, trat zurück und betrachtete ihn.

Er gab ein wunderschönes Bild ab, wie er so stolz dastand. Seine Brust glänzte schweißnass und sein Blick war fiebrig auf mich gerichtet. Noch vor ein paar Wochen hätte er es nicht für möglich gehalten, an einer solchen Spielart Gefallen zu finden, doch jetzt stand er hier vor mir, so hart wie selten zuvor in seinem Leben und genoss jede Sekunde der Lust, die ich ihm gewährte.

Es ging nicht um den Schmerz, zumindest nicht in erster Linie. Es ging um das Vertrauen, das wir einander schenkten und die Hingabe, die wir teilten. Ich gab ihm meine volle Aufmerksamkeit, widmete sie jedem Zentimeter seines Körpers, streichelte ihn und aktivierte mit den Schlägen alle Sinne, die die Lust noch weiter entfachten. Ich wollte ihm nicht ernsthaft wehtun, deswegen schlug ich auch nicht allzu fest zu. Es ging darum, sein Bewusstsein zu erweitern, nicht ihn zu foltern. Darauf standen weder er noch ich, doch das, was ich machte, war perfekt dosiert und bereicherte unseren Sex. Ben lernte im Moment noch, doch bald würde er mir die gleiche Ekstase bereiten können wie ich ihm.

Ich trat hinter ihn und strich mit der Schlaufe über seine Pobacken, dann fuhr ich tiefer und ließ sie hindurchstreichen. Beim ersten Mal hatte er sich dagegen gewehrt, doch als ich das gleiche mit meiner Zunge getan hatte, war er überrascht gewesen, wie sehr es ihm gefallen hatte. Wir tasteten uns behutsam heran und ich wollte herausfinden, ob er in dieser Angelegenheit bei seinem harten Nein bleiben wollte. Er beugte sich leicht vor, so dass ich besser weitermachen konnte. Wieder nahm ich mir seine Hoden vor und ließ die

Gerte vorsichtig von unten hochschnellen. Nach dem Schlag grunzte er und atmete tief ein. „Süße, ich kann nicht mehr", murmelte er und ich ließ die Gerte sofort fallen.

Mit sanften Händen entfernte ich die Nippelclips und öffnete das Halsband. Sein Schwanz rieb gegen meinen Bauch und ich war selbst so scharf, dass ich es kaum aushalten konnte. „Du siehst wunderschön aus", flüsterte er. Ich küsste ihn zärtlich und saugte an seiner Unterlippe. Selbstbeherrschung war das A und O. „Ist es dir recht, wenn ich ihn in den Mund nehme?", fragte ich an seinem Ohr, doch zu meiner Überraschung schüttelte er den Kopf.

„Ich muss dich jetzt sofort nehmen, sonst drehe ich durch", sagte er mit belegter Stimme. Ich nickte, auch wenn ich es gern noch weiter ausgedehnt hätte. Mit dem Fuß schob ich den Hocker in Position und machte mich daran, seine Handfesseln zu lösen. Kaum hatte er die Hände frei, packte er mich an der Hüfte und versenkte seine Zunge in meinem Schritt. Ich stand noch auf dem Hocker und hielt mich an seinen Schultern fest, um nicht zu fallen, während er seine Finger in mich schob und seine Zungenspitze mich fast um den Verstand brachte.

„Am liebsten würde ich dich jetzt an die Decke hängen und dich so lange quälen, bist du vor Ekstase schreist", sagte er und hob mich von dem Hocker herunter. Er legte mich über seiner Schulter und küsste meine Pobacke, während er mich zum Bett hinübertrug und dort absetzte. Er spreizte meine Beine weit ab und griff meine Knöchel, weidete sich an dem Anblick, den ich in meinem Netzanzug abgab. „Zeig mir deine Brüste", sagte er und ich zog den Ausschnitt auseinander, damit er sie betrachten konnte. Er griff hinter sich und gab mir das Halsband in die Hand, das ich gerade von seinem Hals entfernt hatte. „Leg es an."

Ich überlegte kurz. Eigentlich war er heute nicht dran, die Führung zu übernehmen, doch die Grenzen verschwammen zwischen uns, weil keiner auf eine Rolle festgelegt war. Es war wie ein kleines Machtspiel, wer den anderen mehr dominierte, und auch das gefiel mir, weil er sich nicht kampflos ergab. „Nimm die Klemmen vorher in den Mund", befahl ich ihm und er beugte sich mit blitzenden Augen vor und leistete Folge, während ich das Leder um meinen Hals schlang.

Ben ließ die kalten Ketten über meine Brüste streichen, ich schauderte und beobachtete, wie meine Nippel hart wurden. Er nahm sie zwischen Daumen und Zeigefinger und zwirbelte sie, ohne mich auch nur eine Sekunde aus den Augen zu lassen. Dann brachte er beide Klemmen an. Ich stöhnte, als er sich hinkniete und meine Knöchel erneut umfasste. Er atmete einmal tief durch und drang in mich ein. Mir entwich ein heiserer Schrei, als er seine Hände über meine Oberschenkel gleiten ließ, sie umfasste und seine Stöße immer härter wurden.

Wie durch einen Schleier sah ich sein schweißüberströmtes Gesicht, hochkonzentriert und mich keine Sekunde aus den Augen lassend. Ich berauschte mich an diesem Gefühl und an diesem Anblick und musste mich an meinem Kopfteil festhalten, um von ihm nicht dagegen gepresst zu werden. Es war fast zu viel für mich und ich spürte, wie der Druck in meinem Inneren so groß wurde, dass er sich in Tränen kanalisierte, die mir über die Wangen flossen. Er gab alles und ich sah, wie sehr er mit sich kämpfte, um noch nicht loszulassen. Noch immer hielt er meinen Blick mit seinem gefangen und endlich begriff ich, worauf er wartete.

„Komm jetzt!", schrie ich ihm zu und es dauerte keine fünf Sekunden, da verdunkelten sich seine Augen und er kam mit einem Schrei, der mir durch Mark und Bein ging. Kurz darauf überrollte mich mein Orgasmus und ließ mich Sterne sehen. Mir blieb die Luft weg und mein Körper geriet außer Kontrolle, bis es mir endlich gelang, einen Atemzug zu tun. Ich war schweißüberströmt und mein

Gesicht tränennass, als er sich schwer atmend neben mich legte und die Arme um mich schlang.

„Ich liebe dich", sagte er noch einmal sanft und seine Augen fielen ihm zu. Ich hielt ihn ganz fest und brachte keinen Ton heraus.

15. Kapitel

Am Samstagnachmittag, als Ben zu seinem nächsten Job losgefahren war, fuhr ich noch einmal ins Einkaufszentrum, um in aller Ruhe die ersten Besorgungen für Weihnachten zu machen. Später würde ich mich noch im Restaurant mit Sonja treffen, Em war mit Curt an der Nordsee und Sam hatte Dionne heute Vormittag bei seinen Schwiegereltern abgeholt.

Als ich durch die Passage lief, kam mir plötzlich Tim entgegen. Er sah mich und blieb stehen, schien nicht zu wissen, was er tun sollte. Ich ging zu ihm hinüber und lächelte ihn an. Normalerweise war Tim immer sehr entspannt, doch heute war er tief verunsichert. Zögerlich nahm er mich in den Arm und küsste mich auf die Wange. „Hallo Claire."

„Hallo Tim, wie geht es dir? Wir haben uns lange nicht gesehen."

Wieder zauderte er und sah mich so seltsam an, als überlegte er, ob er mit mir sprechen konnte oder besser nicht. Wir kannten uns seit dem Tag seines und Sams Kennenlernens, denn ich war auf der Party dabei gewesen, als sie sich das erste Mal gesehen hatten. Wir hatten uns immer gut verstanden, Tim war sehr liebenswert, ein hübscher Mann von mittlerweile vierunddreißig, noch einen halben Kopf größer als Sam, blond, blauäugig und ebenfalls sehr sportlich. Er hätte auch gut als Schwede durchgehen können. Außerdem schätzte ich seinen trockenen Humor und wie glücklich er Sam machte. Oder gemacht hatte.

„Ich…", druckste er herum und ich legte ihm die Hand auf den Arm. „Hast du Zeit für einen Kaffee? Ich würde mich wirklich gern mit dir unterhalten."

„Hältst du das für eine gute Idee?" Mir entging nicht, wie abgekämpft und müde er aussah. Ihm bekam die Trennung mindestens so schlecht wie Sam selbst.

„Hältst du es für eine schlechte?" Er rang sich ein Lächeln ab und wir holten uns im Coffeeshop eine völlig überteuerte Kaffeespezialität, mit der wir uns in eine ruhige Ecke verzogen.

„Hör mal, ich weiß, was du sagen willst", sagte er plötzlich ohne Umschweife und sah mich aus schmalen Augen an. „‚Du musst Sam verzeihen, er liebt dich.' Das musst du auch sagen, du bist schließlich seine beste Freundin."

„Tim, das würde ich niemals zu dir sagen, weil es mir überhaupt nicht zusteht, dir vorzuschreiben, was du zu tun hast", widersprach ich. „Ich möchte wissen, wie es dir geht, weil ich auch deine Freundin bin."

„Wie soll es mir schon gehen?", fragte er müde. „Es geht mir beschissen. Ich bin einfach nur… endlos enttäuscht. Wir hatten eine klare Regel und die besagte, dass wir einander treu sind. Und was macht er?" Sein Mund verzog sich und er nahm schnell einen Schluck von seinem Kaffee.

„Habt ihr miteinander gesprochen?", fragte ich. Tim schüttelte den Kopf. „Ich will ihn momentan nicht sehen." „Warum nicht?" „Ich weiß nicht, was dann passiert."

„Vielleicht kann er dir alles erklären und ihr findet einen Weg. Oder ist die Ehe für dich am Ende?", fragte ich direkt.

Tim sah mich scharf an. „Claire, ich weiß, das ist für euch Heteros immer etwas schwer verständlich, aber es geht mir gar nicht um das Fremdgehen. Es geht mir darum, dass ich nicht weiß, ob er mich bei den nächsten Schwierigkeiten einfach sitzen lässt. Du siehst ja, wie einfach es für ihn ist, einen anderen zu finden…"

„Für Sex, ja", unterbrach ich ihn. „Aber doch nicht für eine Beziehung. Du hättest es doch genauso leicht wie er, du bräuchtest auch nur losgehen und dir irgendeinen Typen aufreißen. Aber darum geht es gar nicht. Es geht darum, dass ihr beide noch in eure Elternrolle hineinfindet und dass Sam Angst hatte, dass du ihn nicht mehr willst."

„Das hat er mir auch gesagt", gab Tim zu. Ich nickte.

„Es steht mir nicht zu, mich in euer Liebesleben einzumischen, aber ich bitte dich einfach darum, mit ihm zu sprechen. Ich weiß, dass ihr beide euch liebt und ihr habt schon einige Krisen gemeistert. Aber du kennst deinen Mann: Er braucht Unterstützung bei allem, was er tut und die braucht er von dir."

„Ja, das weiß ich." Tim schwieg gedankenverloren und ich gab ihm die Zeit, die er brauchte, und ließ meinen Blick durch das Café schweifen. Würden die beiden es hinbekommen?

Ich sah ihn an und erkannte den Schmerz in seinem Gesicht. Die beiden hatten in den sechs Jahren, die sie zusammen waren, schon viel Scheiße erlebt, von den Hürden, die sie vor ihrer Eheschließung nehmen mussten, den Schwierigkeiten, die beide im Job gehabt hatten, weil es immer noch Menschen gab, die Homosexualität für unnatürlich und widerlich hielten bis zu all den Strapazen, die sie auf sich genommen hatten, um Dionne adoptieren zu können, weil die deutsche Politik Kinder lieber in Kinderheimen sah als bei liebenden Eltern, die nicht ihren Vorstellungen entsprachen.

Ich hoffte, dass Tim sich daran erinnerte, dass Sam auch nur ein Mensch war, einer, der ihn sehr liebte und von Herzen den Fehler bereute, den er begangen hatte.

„Ich werde mit ihm sprechen", sagte Tim schließlich und schenkte mir ein zaghaftes Lächeln. „Ich muss mir schließlich ein Bild davon machen, wie beschissen es ihm geht."

„Beschissen ist kein Ausdruck", erwiderte ich und er nickte bedächtig. „Ich kann nicht behaupten, dass es mir aktuell besser geht."

„Umso wichtiger, dass ihr euch aussprecht und entscheidet, wie es weitergehen soll. Und das möglichst, bevor die Psychologin Wind davon bekommt."

„Ich weiß." Er seufzte und legte seine Hand auf meine. „Weißt du eigentlich, dass ich dich gut leiden kann, Claire?"

„Das beruht auf Gegenseitigkeit, Timothy", sagte ich lächelnd und stand auf. „Wie geht es dir eigentlich?", fragte er und hielt mich fest. Ich nahm wieder Platz. „Sam hatte erzählt, dass du jemanden kennengelernt hast und er sogar bei dir wohnt? Das ist ziemlich… untypisch für dich."

„Das kannst du laut sagen. Es war auch alles andere als geplant, aber momentan läuft es ganz gut."

„Freut mich zu hören. Du verdienst jemanden, der bereit ist, dir alles zu geben und ich hoffe, dass du ihn gefunden hast."

„Beschrei es nicht", mahnte ich, konnte aber nicht verhindern, dass sich bei Tims Worten ein kleines Lächeln auf meine Lippen stahl. Ich drückte ihm einen Kuss auf die Wange. „Bis hoffentlich bald."

Der Rest des Wochenendes verstrich entspannt. Ich hatte einen gemütlichen Samstagnachmittag mit Sonja, ich berichtete von meinem Treffen mit Tim und gemeinsam hofften wir jetzt auf eine Versöhnung.

Ben kam erst spät in der Nacht von einer Weihnachtsfeier zurück und wir verbrachten einen schönen Sonntag zusammen, der nur von meinem Aerobic-Kurs am Vormittag unterbrochen wurde. Danach bestellten wir uns Essen beim Chinesen und gingen für einige Zeit ins Schlafzimmer, wo Ben eine neue Lektion lernte. Am Montagmorgen wachte ich entspannt auf, nutzte die Zeit, die wir noch hatten, für einen Blowjob und fuhr ins Büro. Em wartete rauchend vor dem Portal und winkte mir zu, als ich aus der Tiefgarage zu ihr kam.

Heute trug sie eine Webpelzjacke mit schwarzweißem Zickzack-Muster über einem schwarzen Midirock mit Plisseefalten zu roten Lackstiefeletten. Die Jacke war neu und ich vermutete, dass sie ein Geschenk gewesen war. Em trat ihre Kippe aus und begleitete mich ins Gebäude. „Schöne Jacke", sagte ich beiläufig und sie grinste.

„Ein Geschenk von Curt. Ich konnte nicht dran vorbeigehen und er hat drauf bestanden. Glücklicherweise, die liegt außerhalb meiner Gehaltsklasse. Dein Kleid ist aber auch sehr schön. Ben hat wirklich einen guten Geschmack", meinte sie grinsend, als ich meinen Mantel im Fahrstuhl öffnete. Heute hatte er mir ein kobaltblaues Etuikleid herausgelegt, das ich sonst selten trug, weil es drapierte Schultern und eine große Schleife im Nacken hatte. Eigentlich war es ein Fehlkauf, aber er war so begeistert gewesen, dass ich es angezogen hatte und mittlerweile fühlte ich mich wohl darin.

In kurzen Sätzen berichtete ich ihr noch, dass ich Tim am Samstag getroffen hatte, dann waren wir schon oben angekommen und begrüßten die Kollegen vom Empfang, die uns eifrig in die Anwesenheitsliste eintrugen. Em bog nach rechts ab, sie wollte noch kurz mit Dr. Bitter sprechen, bevor die Besprechung anfing und ich bog nach links auf unseren Flur ab.

Ich ging zu meinem Büro und warf im Vorbeigehen einen Blick in Sams. Es war leer, was mich wunderte, weil die Besprechung in einer Viertelstunde anfangen würde. Ich winkte Sonja zu, die auch auf ihn wartete, ausnahmsweise mit einer dienstlichen Frage zu ihrer Personalkostenplanung.

Es blieben nur noch sieben Minuten bis zum Meeting und ich sammelte meine Unterlagen zusammen und kontrollierte meinen obligatorischen DIN A4-Zettel, auf dem meine Notizen für das Kreuzverhör standen, das hoffentlich an mir vorübergehen würde. Als ich schon meine Bürotür hinter mir schloss und Sonja zu mir auf den Flur trat, kam Sam angerannt, hochrot im Gesicht und breit grinsend. Er warf uns eine Kusshand zu, ließ seinen Mantel schwungvoll auf seinen Besucherstuhl fallen, griff sich sein vorbereitetes Blatt Papier und hetzte mit uns den Flur hinunter.

„Ist alles in Ordnung?", fragte ich, während ich versuchte, mit ihm Schritt zu halten. Er griff im Laufen meine Hand.

„Erinnere mich daran, dass ich Ben anrufe und ihm sage, dass er es dir bei nächster Gelegenheit so richtig besorgen soll, das hast du dir verdient." Hinter mir hustete jemand und als ich mich umdrehte sah ich Larissa, unsere Abteilungsleiterin für Einkauf und Infrastruktur, die Sams Worte offenbar gehört hatte und jetzt rot anlief.

„Na herzlichen Dank", murmelte ich.

„Liebste, ich würde es ja selbst tun, aber ich bin mit meinem Ehemann beschäftigt", frohlockte er und ich brauchte ein paar Schritte, bis ich verstanden hatte, was er gerade gesagt hatte. Sonja war schneller als ich. „Ihr habt euch vertragen?", rief sie begeistert. „Oh Sam, das freut mich so für euch!" In diesem Moment erreichten wir den Besprechungsraum und nahmen Platz. Larissa warf mir noch einen seltsamen Blick zu, den sie unverändert zu ihm schwenken ließ. Ich unterdrückte ein Seufzen und konnte mir schon vorstellen, dass demnächst das Gerücht umgehen würde, Sam und ich hätten ein Verhältnis. Es gab Leute, die waren einfach schmerzbefreit was solche Dinge anging und Larissa war eine der schlimmsten Klatschtanten der ganzen Kanzlei.

Die Drachenfrau stand bereits am Kopfende des Tisches parat und betrachtete jeden, der neu ankam, mit finsterer Miene. Em war ebenfalls bereits da und ich setzte mich neben sie.

Es brannte mir unter den Nägeln, mit Sam zu sprechen, doch das war jetzt nicht der richtige Moment dafür. Allerdings schien Sonja recht zu haben, denn er wirkte so glücklich und befreit, dass er und Tim sich vertragen haben *mussten*.

„Guten Morgen allerseits", sagte die Drachenfrau, als auch Harry aus der Versicherungsabteilung endlich eingetroffen war. „Wie Ihnen bewusst sein dürfte, haben wir bereits Mitte Dezember und nur noch diese und nächste Woche für alle Aktivitäten, bevor wir uns in den Weihnachtsurlaub verabschieden. Frau Sander, Ihre Zahlen bitte."

Ich legte mein Blatt Papier vor mich und ratterte die Zahlen herunter. Wir sahen gut aus und hatten in den letzten Wochen sogar bereits einen Teil der offenen Forderungen von dem abgewanderten Mandanten hereinholen können. Alex hatte sich da drangehängt und ein wahres Wunder vollbracht. Ich musste unbedingt Boni für mein Team durchsetzen.

Die Drachenfrau nickte widerwillig, als ich geendet hatte. Es gab nichts zu beanstanden, viele der Mandanten wollten das Jahr mit sauberen Büchern abschließen und wir hatten einen guten Draht zu den meisten Buchhaltungen. Auch bei Sam war heute nichts für die Drachenfrau zu holen und Em hatte sich eben noch mit Dr. Bitter abgesprochen, der ihr ein wahnwitziges Budget für das nächste Jahr zur Verfügung gestellt hatte, um neue Mandanten zu akquirieren.

Em und Steffen umrissen in kurzen Worten ihr Konzept und die Drachenfrau sah alles andere als begeistert aus, konnte aber nichts sagen, bevor sie nicht die Partneranwälte zur Schnecke gemacht hatte. Zähneknirschend nahm sie sich schließlich Roland von der IT vor und machte ihn wegen einer absoluten Lappalie nieder, für die er nicht einmal etwas konnte.

Währenddessen beobachtete ich sie und fand sie einmal mehr nur verabscheuungswürdig. Ich wusste, dass die Drachenfrau zwei Kinder hatte, beide in den Zwanzigern, und oft fragte ich mich, ob die beiden auch immer so heruntergeputzt wurden wie wir und sie mit dem Gefühl aufgewachsen waren, ihre Mutter permanent zu enttäuschen. Schließlich hatte sie genug von uns und entließ uns mit der Drohung, dass die Personalkosten in der Verwaltung zu hoch seien, zurück in unsere Büros.

„Gott im Himmel, ich hasse sie so sehr", murmelte Em beim Rausgehen. „An ihr ist wirklich eine Domina verloren gegangen."

„Zu ihr würde niemand gehen, ihr fehlen Empathie und Einfühlungsvermögen, zwei der wichtigsten Eigenschaften, die man in diesem Job haben muss", widersprach ich und Em schüttelte sich. Wie gesagt, es war nicht ihre Szene, aber eine ehemalige Studienfreundin von Sam und mir arbeitete schon ewig als Domina und sie war alles, aber nicht wie Triple-S.

Auf dem Weg zurück verschwanden wir schnellstmöglich in Sams Büro und schlossen die Tür, bevor die Drachenfrau es mitbekam. Dann richteten wir unsere erwartungsvollen Blicke auf sein strahlendes Gesicht.

„Gestern Morgen rief Tim mich an und hat mich gebeten, vorbeizukommen. Ich bin hin und dachte, es wäre etwas mit Dionne, aber er hatte sie zu seinen Eltern gebracht. Wir haben uns in die Küche gesetzt und geredet. Ich habe mich noch einmal bei ihm entschuldigt und ihm gesagt, wie schlecht es mir wegen der ganzen Sache geht und wie sehr ich ihn liebe und er hat mir gesagt, dass er mir beim nächsten Mal die Eier abreißen wird, wenn ich mir einfallen ließe, noch einmal solche Scheiße zu bauen. Ich habe ihm gesagt, dass es kein nächstes Mal geben wird, ich ihm aber persönlich das Messer reichen würde und er hat mich geküsst und mir gesagt, dass er mir verzeiht und will, dass ich nach Hause komme. Und danach haben wir es wie die Tiere auf dem Küchentisch getrieben. Ich fürchte, wir werden einen neuen brauchen, die Flecken gehen aus dem Holz nie wieder raus."

Er griff mich und umarmte mich fest, dann küsste er mich auf den Mund. „Claire, du weißt, dass ich dich liebe, aber nach dieser Sache liebe ich dich noch mehr, wenn das irgendwie geht. Tim hat erzählt, dass ihr gesprochen habt, ich bin dir so unendlich dankbar." Er küsste mich und ich musste lachen. Em und Sonja umarmten ihn ebenfalls, dann räusperte Em sich und wir wandten uns ihr erwartungsvoll zu.

„Da wir gerade alle so schön dabei sind: Ich habe Curt am Sonnabend gesagt, dass wir unsere Beziehung offiziell machen können. Neben der Besprechung des Budgets war ich eben bei Bitter, um es ihm zu sagen. Ich will mir nichts anhören müssen deswegen." Sie zwinkerte uns zu und ich begriff, dass der Mantel eine Art Beziehungsauftaktsgeschenk gewesen war.

Sam klopfte ihr auf die Schulter und verlangte Champagner auf uns alle, aber diesmal war es Sonja, die etwas länger brauchte, um das Gesagte sacken lassen zu können. Eine Weile sah sie Em mit glänzenden Augen an, bis diese sie schließlich genervt anraunzte: „Was hast du denn, um Gottes Willen?"

„Em… wow…", machte Sonja und sah sich begeistert um. „Ich kann es gar nicht fassen, wie gut es momentan läuft. Es freut mich sehr für dich, dass ihr es jetzt offiziell macht und Claire, dass du und Ben zusammen seid… Er ist ja auch so ein toller lieber Kerl. Kaum zu fassen, was in den letzten Wochen und Monaten alles passiert ist. Und Sam und ich haben unsere Ehen im Griff… Leute, ich bin wirklich glücklich für uns."

Ich drückte sie lächelnd und hoffte, dass dieses Glücklichsein sich eine lange Zeit halten würde.

16. Kapitel

Eine Woche später am Donnerstag kam ich spät und sehr gestresst von der Arbeit. Es war der achtzehnte Dezember und nur noch drei Werktage bis Heiligabend. Heute war ein monströser Scheißeregen auf uns alle niedergegangen, weil die Drachenfrau mit den Zahlen nicht zufrieden war und einige der Mandanten ihre Zahlungsziele nicht eingehalten hatten. Bis halb neun hatte ich im Büro gesessen und zusammen mit Alex und Svenja Mahnungen geschrieben, Rechnungen rausgeschickt und Zahlungseingänge kontrolliert, bis wir einigermaßen zufrieden sein konnten. Franzi und Gerald, der vierte in meinem Team, hatten wegen ihrer Kinder bereits jetzt Urlaub und dies war eine der Gelegenheiten, in denen ich sehr aktiv am Tagesgeschäft teilnahm. Ich war fix und fertig, als ich durch die Tür kam und freute mich auf ein heißes Bad, das ich mehr als verdient hatte.

Ben stand mit verschränkten Armen und finsterer Miene im Flur. „Schön, dass du auch mal nach Hause kommst." Irritiert sah ich ihn an. Er brach unsere Vereinbarung und wirkte ziemlich angepisst, zwei Dinge, die ich nicht erwartet hatte und gerade auch nicht gebrauchen konnte. „Ben, was ist los?", fragte ich und unterdrückte den Frust, der gerade meine Kehle heraufgekrochen kam und ihn nur zu gern zurechtgewiesen hätte.

„Hast du mal auf die Uhr gesehen? Es ist neun."

„Danke, ich bin durchaus in der Lage, die Uhr zu lesen", erwiderte ich scharf, doch das störte ihn kein bisschen. „Dann frage ich mich, warum du dich nicht gemeldet hast. Wir waren für sechs Uhr verabredet." Er sah wirklich wütend aus.

„Herrje, es tut mir leid, ich hatte unendlich viel zu tun und war bis eben noch im Büro. Du weißt doch, dass wir uns um den Jahresabschluss kümmern müssen."

„Ja Claire, mir tut es auch leid. Leid um das Essen, das ich gekocht habe und jetzt kalt und ungenießbar ist, leid um alles, was ich für heute Abend geplant habe", sagte er mehr als angefasst und ich verstand die Welt nicht mehr.

„Was ist denn los mit dir? Ich habe doch gesagt, dass es mir leidtut. So schlimm kann es doch nicht sein, komm schon, Ben."

„Du hast es vergessen, oder?" Ich hatte in der Tat keine Ahnung, was er von mir wollte, es blieb mir nichts Anderes übrig, als hilflos mit den Schultern zu zucken. Er lachte freudlos. „Tja, alles Gute zu unserem ersten Monatstag." Er warf mir ein kleines Päckchen zu. Mir wurde das Herz schwer und mein Magen krampfte sich zusammen.

Nein, nein, nein, das durfte nicht wahr sein.

„Ich hatte mir übrigens für heute Abend extra freigenommen und weil mein Chef ein dummes Arschloch ist, hat er gesagt, dass er mich nicht mehr brauchen kann, wenn ich meine, dass ich in der Vorweihnachtszeit Urlaub haben möchte. Tja, das war mir ziemlich egal, bis eben. Jetzt wünschte ich mir, ich wäre einfach zur Arbeit gegangen. Dann hätten wir jetzt keinen Stress und ich meinen Job noch."

„Du… du bist gefeuert?", fragte ich mit staubtrockener Kehle.

Ben zuckte mit den Schultern und sah mich feindselig an. „Und wenn schon. Ist das das einzige, was dich interessiert?"

„Ja, denn ich finde es nicht so toll, wenn du keinen Job hast", erwiderte ich, das Päckchen immer noch in der Hand. „Und ja, es tut mir wirklich leid, dass du auf mich gewartet hast. Ich habe einfach nur meinen Job gemacht, damit ich morgen eher Feierabend machen kann und hatte gehofft, dass du das verstehst."

„Weißt du, einen Job finde ich immer und überall", erwiderte er kühl. „Aber ich hatte gehofft, dass dir unsere Beziehung auch wichtig ist."

„Ich bitte dich, natürlich bist du mir wichtig, und unsere Beziehung selbstverständlich auch." Ich atmete tief durch und machte einen Schritt auf ihn zu. „Es tut mir wirklich leid, okay? Lass es mich bitte gut machen."

Er sah mich lange an und nickte, als müsse er sich mit aller Kraft dazu durchringen. Ich schlang meine Arme um ihn und küsste ihn. „Ich wusste gar nicht, dass man sich zum ersten Monatstag etwas schenkt", sagte ich leise. Er nahm mir das Päckchen aus der Hand, das sich bei näherer Betrachtung als Kästchen entpuppte, und öffnete es. Zum Vorschein kam eine silberne Kette mit einem Anhänger in der Form eines Schlüssels. Er legte sie mir um den Hals und trat einen Schritt zurück, um sie betrachten zu können. Der Schlüssel ruhte genau zwischen meinen Brüsten.

„Dankeschön", sagte ich betreten und wusste gar nicht, wie ich das finden sollte. Der ganze Umstand machte mich nervös und mein Herzschlag, der sich wegen des Streits beschleunigt hatte, war noch immer nicht auf Normaltempo.

Ich hasste jeden Streit und hätte am liebsten noch weitaus länger über die Tatsache diskutiert, dass Ben seinen Job verloren hatte, aber ich hatte weder die Kraft noch die Lust, darüber mit ihm zu sprechen. Er hatte schon öfters den Job gewechselt und würde sicherlich bald einen neuen finden. Also ließ ich das Thema fürs erste ruhen und schob seine Hand in meinen Halsausschnitt.

Er zögerte kurz, dann umfasste er meine Brust mit seiner Hand und sein Daumen erreichte meinen Nippel und kreiste kräftig auf ihm, sodass er hart wurde. Mit der freien Hand öffnete er den Reißverschluss am Rücken meines Kleides und schob mir die Träger über die Schultern, aber nur so weit, dass ich meine Arme nicht mehr bewegen konnte. Ich lächelte, als er den roten Spitzenstoff meines BHs herunterzog und seine Lippen um meine harte Brustwarze schloss. Seine Bartstoppeln strichen über meine Haut und die raue Oberseite seiner Zunge neckte mich, während mein Unterleib sich lustvoll zusammenzog.

Er dirigierte mich ins Schlafzimmer und brachte mich dazu, mich auf meinen Hocker zu knien. Dann spürte ich, wie er mir die Hände auf dem Rücken fesselte und den Rock meines Kleides nach oben schob. Heute Morgen hatte er mir einen winzigen String aus roter Spitze herausgelegt, der jetzt zum Vorschein kam.

Mit zwei Fingern rieb er über den Stoff und ergötzte sich an meinem Stöhnen, danach schob er sie mir in den Mund und ließ mich daran saugen, bevor er mit ihnen über meine Nippel strich. Er trat hinter mich und schlang den linken Arm um meine Taille, beugte mich leicht nach vorn und stieß mir nicht gerade sanft seine Finger an dem Höschen vorbei hinein. Ich schluchzte, als er sie schnell hinein und hinausgleiten ließ und mich dabei mit den Fingern seiner linken Hand fest in die Brustwarze kniff.

Er war immer noch wütend auf mich, begriff ich, doch das machte den Sex gerade nur noch spannender. Unvermittelt zog er seine Finger aus mir und strich mit ihnen, nass wie sie waren, über meine Brüste, seine Zunge folgte ihnen unmittelbar. Auf einmal legte sich Dunkelheit über meine Augen und ich war blind. Vorsichtig hielt ich still, ich wollte nicht mit gefesselten Händen von dem Hocker kippen, egal, wie niedrig er war.

Er griff an das Bündchen meines Strings und zog ihn hinunter bis zu meinen Knien, mit einem Mal spürte ich die Riemen meiner Lederpeitsche auf meiner Haut. Sie strichen sanft über meinen Bauch und versetzten mir einen jähen Schlag direkt auf die Klit, der mich aufstöhnen ließ. Finger tauchten in mich und stimulierten mich, dann verschwanden sie und ein zweiter Schlag traf mich. Ich schrie vor Lust auf, als er die Prozedur noch zwei weitere Male wiederholte und war so scharf, dass ich um ein Haar gekommen wäre.

„Mach den Mund auf", befahl er mir und ich öffnete ihn gehorsam. Meine Lippen schlossen sich um seine Finger, die tief in meinen Mund eindrangen und ich schmeckte mich selbst an ihnen. Er zog sie weg und ich öffnete den Mund gehorsam. Ein erneuter Schlag traf meine Klit, da hatte ich plötzlich seinen Schwanz im Mund. Seine Finger wühlten sich in mein Haar und ich saugte kräftig an ihm. Seine Hände gaben mir einen harten Takt vor, den ich nur zu gern aufnahm und ich schmeckte die ersten Tropfen seiner Lust.

Ich genoss jede Sekunde, als er seinen Griff plötzlich löste und zurücktrat, dabei bewahrte er mich mit seiner Hand an meiner Schulter davor, vom Hocker zu kippen. „Spreiz die Beine weiter", sagte er dumpf und als ich gehorchte, traf mich ein weiterer Schlag mit der Peitsche. „Gefällt dir das?"

„Ja, sehr", stöhnte ich und zuckte zusammen, als er ein weiteres Mal ausholte und die Lederriemen auf meine empfindliche Haut trafen. Ich hörte, dass er ein paar Schritte machte und etwas fiel zu Boden, dann war er hinter mir und legte seine Hände auf meine Hüfte. Schnörkellos drang er in mich ein und nahm mich mit harten Stößen. Ich war ihm wehrlos ausgeliefert und hatte mich selten so frei und geborgen bei ihm gefühlt. Niemals würde er mich fallenlassen, seine Hände hielten mich fest und seine Lippen streiften meinen Nacken.

Es war berauschend und ich kam. Ich stieß einen schrillen Schrei aus und er stieß noch ein paar Mal tief in mich, dann kam auch er mit einem lauten Stöhnen und presste mich an sich. Schwer atmend lehnte ich mich gegen ihn, noch immer blind und mit gefesselten Händen, mein Slip war in meine Kniekehlen gerutscht und mein

Kleid saß irgendwo um meine Taille. Langsam nahm er mir die Augenbinde und auch die Handschellen ab und zog den Slip nach oben, nachdem er ein Taschentuch in meinen Schritt gepresst hatte. Erschrocken realisierte ich, dass wir es gerade ohne Kondom getan hatten und sah ihn fassungslos an. Er lächelte entschuldigend.

„Die Praxis hat heute angerufen. Unsere Blutuntersuchungen sind beide ohne Befund, wir sind kerngesund. Wir haben sie per Mail bekommen, wenn du es dir ansehen möchtest."

„Das hättest du mir auch eher sagen können", sagte ich und presste das Taschentuch auf meine Haut. Er beugte sich vor und küsste mich. „Das hätte ich, wenn du pünktlich gewesen wärest."

Am Samstag rief mein Bruder an und sagte mir, dass unsere Mutter ins Krankenhaus gekommen war. Sie hatte sich beim Hausputz das Bein gebrochen und musste operiert werden. „Du hast dich immer noch nicht geäußert, wann du Heiligabend hier bist", sagte Leo vorwurfsvoll und erinnerte mich daran, dass ich die ganze Weihnachtsthematik erfolgreich verdrängt hatte.

Ben hatte das Thema auch noch ein paar Mal angeschnitten, doch ich hatte ihn immer abgewimmelt. Jetzt war mir die Entscheidung abgenommen worden. „Ich fahre an Heiligabend zusammen mit Em runter", versprach ich. „Vorher schaffe ich es nicht. Wie geht es ihr?"

„Die Ärzte sagen, dass die Operation kein Problem sein sollte, Mama ist ja auch gut in Schuss, aber es wird in der nächsten Zeit sicher anstrengend für uns und sie. Hannah hat noch ein paar Tage frei und wird sich um sie kümmern." Hannah war Leos Frau und ich hörte deutlich den Vorwurf in seiner Stimme. Nach Leos Ansicht wäre es meine Aufgabe, mich um unsere Mutter zu kümmern, doch ich wohnte nun mal in Hamburg und arbeitete auch nicht Teilzeit in einer Tierarztpraxis, so wie meine Schwägerin und ich wohnte auch nicht im Haus meiner Mutter, wie Leo und seine Familie. Alles, was ich tun konnte, war zu Weihnachten zu kommen und da zu sein.

Ben war enttäuscht, als ich ihm davon berichtete, obwohl er natürlich verstand, warum ich meiner Familie den Vorzug gab. „Alle hatten sich schon auf dich gefreut", sagte er traurig und küsste mich.

„Wir werden sicher noch mehr Gelegenheiten finden, um uns kennenzulernen." Ich bemühte mich, ebenfalls enttäuscht zu wirken, obwohl mir ein riesiger Stein vom Herzen gefallen war. Das Treffen, das so unausweichlich ausgesehen hatte, war jetzt erst einmal aus der Welt. Meiner Familie hatte ich immer noch nichts gesagt.

Dienstagabend, als ich endlich alles erledigt hatte und Alex und Svenja in ihren wohlverdienten Feierabend geschickt hatte, kam ich in die Wohnung und stolperte über Bens Reisetasche.

Morgen früh um sieben würde er mit dem Auto nach Flensburg fahren, von dort aus zusammen mit seinen Eltern und seiner Schwester weiter nach Kopenhagen zu seinen Brüdern. Am zweiten würden sie zurückfahren über Fehmarn, wo seine Großeltern mütterlicherseits wohnten und hier auch noch ein paar gemütliche Stunden verbringen.

Genervt trat ich die Tasche weg. Seitdem er ständig in der Wohnung war, ließ er auch mehr Zeug herumliegen. Klaudia hatte diese Woche ebenfalls Urlaub, sie war zu ihrer Familie ins Sauerland gefahren und Ben hatte versprochen, die Wohnung aufzuräumen. Wenn ich das Knäuel Socken in der Flurecke sah, wusste ich, dass er es nicht getan hatte. Er war nicht zu sehen, auch im Wohnzimmer hockte er nicht wie verabredet auf dem Teppich. „Ben?", rief ich und erhielt keine Antwort. Ich checkte mein Handy, hatte aber keine Benachrichtigung von ihm, also rief ich ihn an. „Hey, wo steckst du?" „Claire, hey. Ich bin noch spontan mit ein paar Freunden auf dem Weihnachtsmarkt auf St. Pauli, Glühwein trinken. Komm doch auch!" Seiner Stimme nach hatte er schon ein paar Becher intus. „Nein, schon gut, ich bin zu erledigt. Macht ihr mal", wehrte ich ab.

„Ach komm schon, dann lernst du meine Leute mal kennen", drängelte er. „Die sind alle ganz scharf darauf, dich kennen zu lernen." „Und wie!", brüllte irgendwer im Hintergrund und ich hörte ein paar Männer lachen. Das fehlte mir gerade noch.

„Alles gut, Ben, das machen wir nach Weihnachten. Ich muss noch packen. Bis nachher!", würgte ich ihn ab und hörte ihn protestieren. Genervt warf ich mein Telefon aufs Sofa und sammelte seine Kleidungsstücke ein, die auch hier zwischen den Kissen steckten. Ich warf sie im Schlafzimmer in den Wäschesack und packte schlechtgelaunt meinen Koffer für Celle.

So hatte ich mir den letzten Abend vor Weihnachten nicht vorgestellt. Die vergangenen Tage waren anstrengend gewesen, gestern hatte ich auch viel arbeiten müssen und Ben war angefasst gewesen, als ich mich Samstagabend mit meinen Freunden getroffen hatte. Kurzentschlossen hatte Sam Tim ebenfalls mitgebracht und später war noch Kenichi dazugekommen, aber ich war genervt gewesen, weil Ben sich so reingezeckt hatte.

Am Sonntag hatte er wegen des Aerobic-Kurses gemeckert, war aber am Nachmittag nicht vom Sofa hochgekommen, weil er unbedingt Fußball sehen musste. Ich war zu Em geflohen, wo es Cosmopolitans statt Eckstößen gab. „Irgendwann musste das ja kommen", hatte sie gesagt und die Cocktails in die Gläser gegossen. „Egal wie alt und welcher Typ, ein Mann ist immer ein Mann."

„Sam und Tim sind nicht fußballbegeistert", erinnerte ich sie, doch Em zuckte mit den Schultern und reichte mir mein Glas. „Und wenn schon. Zu jeder Welt- und Europameisterschaft müssen wir trotzdem abstimmen, welcher Spieler am heißesten, wessen Beine am schönsten und wessen Schwanz wahrscheinlich am größten ist."

„Auch wahr", murmelte ich und prostete ihr zu.

Dass Ben jetzt an unserem letzten Abend nicht da war, nachdem er solchen Terror gemacht hatte, nervte mich. Mein Koffer war schnell gepackt, es waren schließlich nur zwei Nächte. Am zweiten Weihnachtstag würde ich nachmittags zu Sam und Tim fahren, mit ihnen zusammen Fondue essen und mich planmäßig betrinken, sobald Dionne schlief.

Ben hatte angeboten, dass ich am zweiten nach Fehmarn zu seinen Großeltern kommen könnte, aber das wäre ein riesiger Aufwand gewesen, den ich abgelehnt hatte. Im März würden seine Eltern ihre Perlenhochzeit feiern und hier hatte ich fest versprochen, mitzukommen.

Ich setzte mich noch mit einem Glas Rotwein auf die Couch und sah mir ein Stück von *Bridget Jones* an, bevor ich erschöpft ins Bett ging und, nachdem ich bis um zwölf auf Ben gewartet hatte, verärgert einschlief.

Irgendwann in der Nacht wurde ich durch ein lautes Poltern geweckt und schreckte hoch. Ich machte das Nachttischlicht an und sah Ben durch die Schlafzimmertür kommen. Anscheinend war auch er über seine blöde Tasche gestolpert, jetzt torkelte er ins Schlafzimmer.

„Hallo Liebste", nuschelte er und fiel wie ein nasser Sack ins Bett. Er stank nach Alkohol und Würstchenbude, doch anscheinend war er sofort eingeschlafen, denn er gab nur noch ein heiseres Röcheln von sich.

Müde und wütend stand ich auf und schälte ihn aus seinen Klamotten, die ich in der Küche direkt in die Waschmaschine stopfte. Die Uhr zeigte halb zwei an. Wie wollte er in fünfeinhalb Stunden fit genug sein, um mit dem Auto nach Flensburg zu fahren? Im

Schlafzimmer stellte ich das Fenster auf Kipp und legte mich hin. Bens glühweingeschwängerter Atem strich über mein Gesicht und ich drehte ihn unwirsch auf die andere Seite.

Ich war sehr unzufrieden und spürte, dass wir uns in eine fatale Richtung entwickelten. Wenn das so weiterging, würden wir bald genau so sein, wie ich es nicht wollte und befürchtet hatte: Ein Paar nach Sonjas Qualitätsansprüchen, das sich um kleinliche Lappalien stritt, ständig zusammenhing und einander Vorwürfe machte, wenn einer nicht genug Aufmerksamkeit bekam.

Genau aus diesem Grund hatte ich keine Beziehung gewollt: Ich wollte mich nicht darüber ärgern, dass Ben etwas mit seinen Freunden unternahm und mich auch nicht dafür rechtfertigen, wenn ich mich mit meinen traf. Ich wollte mir keine Gedanken über schmutzige Socken machen und wer dran war, die Geschirrspülmaschine auszuräumen.

Ich wollte mein geordnetes Leben haben, meinen Job machen, meine Freunde treffen und darüber hinaus guten Sex haben mit jemandem, der mich nicht einengte.

Nach den Feiertagen würden wir darüber sprechen müssen.

17. Kapitel

Die Feiertage verliefen nach Plan und einigermaßen entspannt. Meine Mutter hatte ihre OP gut überstanden und war bereits zuhause, meine Neffen freuten sich sehr über ihre Weihnachtsgeschenke und mein Bruder brachte es sogar über sich, mir zu verzeihen, dass ich nicht sofort hatte losfahren können, als er anrief. Insgesamt war die Zeit angenehmer und stressfreier als ich vermutet hatte und ich schaffte es sogar, mich ein wenig zu entspannen und die zweite Nacht noch herumzubekommen.

Dennoch musste ich mir eingestehen, dass ich Ben vermisste und mir nicht nur nachts wünschte, er wäre bei mir. Meiner Familie gegenüber hatte ich nur eine vage Andeutung gemacht, dass ich jemanden regelmäßig sah, davon, dass wir fest zusammen waren und er sogar bei mir lebte, mussten sie nichts wissen. Mich hatte es schon genervt, wie sie mich angesehen hatten, als ich sagte, er sei etwas jünger als ich, ohne die genaue Zahl zu nennen.

„Claire, so wird das nie was mit Kindern", meinte meine Mutter, während sie Hannah anwies, die Pute nach ihrem System zu tranchieren. „Wenn du das Glück hast, jemanden kennenzulernen, der nicht geschieden ist und schon welche in die Ehe einbringt, solltest du versuchen, jemanden zu finden, der auch gern welche hätte. Du bist immerhin fast vierzig."

„Vielleicht möchte ich ja gar keine Kinder", hielt ich dagegen und bereute es schon, überhaupt mit dem Thema angefangen zu haben. Aber irgendeinen Grund um herum zu nölen fand meine Mutter immer. „Du hättest gar nicht aus Celle wegziehen dürfen", fing sie erwartungsgemäß mit ihrer alten Leier an. „Du hättest auch in Hannover oder in Braunschweig studieren können, dann wärst du gar nicht durch die Großstadt so verdorben worden und jetzt vermutlich glücklich verheiratet und deine Kinder schon fast mit der Schule durch." Ihrer Meinung nach waren es die eingebildeten Städter, die sich nicht zum Heiraten durchringen konnten. Lange hatte sie sich Hoffnung gemacht, dass ich Robert heiratete, doch nachdem sich diese Sache erledigt hatte, war sie gedanklich mit den Hamburgern durch gewesen.

Leo war mir bei diesem Thema keine Hilfe, er hatte Celle nie verlassen und sah schon die Fahrt nach Hannover als halbe Weltreise an. Außerdem wusste ich, dass er die Ansicht meiner Mutter teilte.

Für mich gab es fast keine schlimmere Vorstellung, als mein Leben in der Kleinstadt zu verbringen und meine Tage damit zu füllen, für meine Kinder und meinen Mann Essen zu kochen, nachdem ich ein paar Stunden in irgendeinem kleinen Büro gearbeitet hatte.

Aber das brauchte ich mit meiner Familie, die genau das lebte, nicht zu diskutieren. Sie würden denken, dass ich auf sie herabsah und wir würden uns streiten, worauf ich gut verzichten konnte, also hielt ich meinen Mund und wechselte das Thema.

Ich war froh, als Em mich am Vormittag des sechsundzwanzigsten Dezembers abholte und wir uns auf den Rückweg nach Hamburg machten. „Du siehst so erschöpft aus, wie ich mich fühle", meinte sie, als wir aus meiner Heimatstraße herausfuhren und uns auf den Weg Richtung Soltau machten, wo wir auf die Autobahn fahren konnten. Ich berichtete kurz und Em nickte verständnisvoll.

„Kenne ich. Ich habe die Geschichte mit Curt nur kurz angeschnitten, da ist meine Mutter über mich hergefallen, was mir denn einfiele, ohne ihn nach Hause zu kommen. Nach ein paar Informationen on top, fragt sie mich doch tatsächlich, ob ich nur wegen seines Geldes mit ihm zusammen wäre und ob Mitte fünfzig nicht zu alt wäre." Sie blies die Wangen auf und schüttelte den Kopf. „Allein diese Fragen haben mich Jahre meines Lebens gekostet. Ich habe ihr sehr klar gemacht, dass ich diese Entscheidungen allein fälle und damit war es auch gut."

Ich nickte und dachte mir, dass ich vielleicht auch mal ein Machtwort hätte sprechen sollen. Allerdings hatte ich mir auf meine Art Stress erspart. Schlussendlich führten wir unsere eigenen Leben und mit wem wir was trieben ging niemanden etwas an. Wüsste meine Familie, mit wie vielen Männern ich seit der Trennung von Robert im Bett gewesen war und wie ich es bevorzugte, würde sie wahrscheinlich nicht mehr mit mir sprechen.

Wir kamen gut durch und Em freute sich schon auf das Wiedersehen mit ihrem „betagten Lebensgefährten", wie ihre Schwägerin es wenig elegant ausgedrückt hatte. Ich musste schwören, Sam nichts davon zu sagen.

Em setzte mich zuhause ab, damit ich mich auf meinen Abend mit Sam und Tim vorbereiten konnte. Das war der beste Abend der Feiertage, wie geplant aßen wir Fondue und tranken Ouzo, während wir die alten Sissi-Filme mit Romy Schneider ansahen.

Zwischendurch schrieb Ben mir, dass er und seine Familie noch eine Nacht auf Fehmarn bleiben würden, weil es geschneit hatte und die Fehmarnsundbrücke wegen Glatteis gesperrt war. Seine Eltern würden ihn am nächsten Tag bis nach Kiel mitnehmen, von wo aus er den Zug in Richtung Hamburg nehmen würde.

Natürlich war er Heiligabend nicht fit gewesen und ich hatte morgens in Windeseile ein Zugticket gekauft und ihn zur Bahn gebracht, denn um nichts in der Welt hätte ich zugelassen, dass er mit dem ganzen Restalkohol im Blut selbst Auto fuhr. Wegen dieser Geschichte hatte seine Mutter mich angerufen, die ich jetzt Brigitte nennen durfte, und sich in aller Form für meine Umsicht bedankt.

Sie war wirklich nett und ich hatte es kurz bedauert, sie nicht kennenzulernen.

Ich übernachtete bei Sam und Tim und kam am Samstagmittag etwas verkatert, aber recht entspannt nach Hause. Mittlerweile hatte ich aufgeräumt und als ich mich auf die Couch setzte und eine Weile die Ruhe genoss, war es fast wie früher. Ich kuschelte mich in meine Kissen und Decke und nickte noch einmal ein, bis mein Telefon klingelte. Es war Ben.

„Süße, wir sind immer noch in Burg, die Brücke ist nicht freigegeben, wegen des starken Windes können keine Streufahrzeuge kommen und sie räumen. Ich hoffe, dass wir morgen losfahren können", sagte er zerknirscht. Im Nachhinein war ihm sein Verhalten sehr unangenehm gewesen und es hatte ihn sehr viel Mühe beim Telefonsex gekostet, um es wenigstens ein bisschen wiedergutzumachen.

In Kopenhagen hatte er ein eigenes Zimmer bei seinem jüngeren Bruder Aksel gehabt, doch jetzt auf Fehmarn mussten sie alle etwas enger bei seinen Großeltern zusammenrücken. Kein Telefonsex mehr.

„Mach dir keine Sorgen", sagte ich entspannt und war froh, noch ein wenig Zeit für mich zu haben. „Deine Großeltern freuen sich doch bestimmt, also ist alles in Ordnung. Melde dich einfach, wenn du was Neues weißt." Er versprach es und ich verbrachte einen wundervoll ruhigen Abend allein zuhause.

Am Sonntag traf ich mich mit Sonja und Em zum Brunch und stellte entsetzt fest, dass alle Vitalität aus meiner Freundin verschwunden zu sein schienen. Sie kam zu spät und Em wollte sie gerade anrufen, als sie mit einem völlig verweinten Gesicht ins Restaurant kam und sich müde lächelnd zu uns setzte. Unter ihren Augen waren die gleichen dunklen Ringe wie noch vor ein paar Wochen und ihr Haar war strähnig und glanzlos. Auf ihrem Pullover war ein Fleck, als hätte sie sich im Dunkeln angezogen.

„Sonni, was ist passiert?", fragte ich alarmiert und sah, dass die erste Träne über ihre Wange rollte. Em wimmelte die Kellnerin ab und rutschte näher an Sonja heran.

„Ich... ich weiß nicht mehr, was ich machen soll", kiekste Sonja leise und bemühte sich krampfhaft, Haltung zu bewahren. „Ich dachte, alles liefe so weit gut und dass wir es jetzt geschafft hätten, aber... gestern hat Kenichi mir gesagt, dass es ihm nicht gefällt, wie ich mich verändert habe." Sie schniefte und putzte sich die Nase. „Er sagt, ich sei selbstsüchtig und würde alles auf ihn abwälzen. Alles, was wir besprochen haben, hat er vorsorglich vergessen."

Em und ich wechselten einen Blick. Das klang überhaupt nicht gut und es schien so, als müssten wir uns ernsthafte Sorgen um Sonja machen. Nervös spielte ich mit dem Schlüssel, den Ben mir geschenkt hatte. Mittlerweile trug ich die Kette sehr häufig.

„Wie stellt er sich denn euer Leben eigentlich vor?", fragte Em betont ruhig.

„Er möchte gern der Haupternährer sein", fasste Sonja tapfer zusammen und rieb sich die roten Augen. Sie atmete einmal tief durch und schniefte noch einmal in ihr Taschentuch. „Zusammengefasst würde das bedeuten, dass ich meinen Job auf zwanzig Stunden verkürzen müsste, dann verdient er mehr als ich. Im Umkehrschluss würde das bedeuten, dass wir unser Haus verkaufen und das Auto zurückgeben müssten, weil wir uns die Raten nicht mehr leisten könnten. Das möchte er natürlich auch nicht, aber er will, dass ich die Erziehung von JP übernehme und er sich damit nicht herumschlagen muss." „Hat er seine Zeitmaschine genommen und ist zurück in die Fünfziger gereist?", fragte Em trocken und schüttelte den Kopf. „Was ist bloß los mit ihm?"

„Es liegt an der Gehaltserhöhung", sagte Sonja. „Ich hatte schon länger keine mehr und habe der Drachenfrau jetzt vor Weihnachten vierhundert Euro aus dem Kreuz geleiert. Anstatt sich darüber zu freuen, meinte er nur, dass er ja bald den Hausmann spielen kann." Ich rümpfte die Nase. Sonja hatte die Gehaltserhöhung mehr als verdient und dass sie so lange darauf hatte warten müssen, war eine Frechheit gewesen. Es war mir völlig unverständlich, wie er sich so benehmen konnte. Als würde er seiner eigenen Frau den Erfolg missgönnen.

„Er ist heute zu Aiko gefahren und meinte, er bräuchte ein, zwei Tage für sich", sagte Sonja gerade. Em schnaubte verächtlich. Aiko war Kenichis Schwester, die auch in Hamburg lebte. Sie war, abgesehen von seinen Großeltern in Kiel, die einzige Verwandte, die er in Deutschland hatte, der Rest seiner Familie lebte in Japan.

„JP ist mit meinen Eltern im Tierpark und schläft heute dort, ich habe meiner Mutter erzählt, dass wir uns gestritten haben."

„Was meint sie dazu?", fragte ich, obwohl ich die Antwort schon kannte. „Sie hat mir einen Scheidungsanwalt empfohlen", antwortete Sonja erwartungsgemäß und schaute unglücklich auf ihren Teller. Die Kellnerin brachte uns unsere Frühstücksplatte für drei und das Brotkörbchen und Sonja schnappte sich das Schokocroissant, was ich ihr nicht verdenken konnte. Mit unglücklicher Miene biss sie hinein.

„Das ist nicht besonders hilfreich", meinte Em kopfschüttelnd.

„Ich weiß ehrlich gesagt nicht, was noch hilfreich sein könnte", gestand Sonja. Ihr klebte ein Stückchen Schokolade im Mundwinkel. „Außerdem habe ich nicht das Gefühl, dass es uns helfen würde, wenn ich auf Kenichis Forderungen eingehe. Meine Eltern haben mir angeboten, dass sie den Kredit übernehmen, aber ich möchte das gar nicht. Ich habe so hart gearbeitet, damit ich mein Leben selbst bestreiten kann, außerdem ist ihm das auch nicht recht, weil er meinen Eltern nichts schulden will." „Wenn du mich fragst, wirst du es ihm niemals rechtmachen können", sagte Em unbarmherzig, während sie ihr Brötchen mit Lachs belegte und nach dem Meerrettich griff. „Ich glaube, das weißt du auch."

„Was soll ich tun?", fragte Sonja, erneut stiegen ihr Tränen in die Augen, doch sie schluckte sie tapfer herunter.

„Ich denke, dass die Zeiten, in denen du dich einfach nur gefügt hast, vorbei sein sollten", sagte ich. „Es wird Zeit, dass du Kenichi deine Vorstellungen von eurer Ehe noch einmal ganz genau mitteilst. Beim letzten Mal hat es schon für eine Weile geklappt, vielleicht musst du noch einmal deutlicher werden."

„Genau. Nimm die Zeit, die er bei Aiko ist, um dich zu regenerieren und über alles nachzudenken. Such das Gespräch mit ihm und sag ihm ganz klar, dass es so nicht funktioniert." Em nickte nachdrücklich und Sonja schien ernsthaft darüber nachzudenken.

„Ihr habt recht."

„Wissen wir."

Sonja biss erneut von ihrem Croissant ab, dann lächelte sie. „Was würde ich nur ohne euch machen?"

Die restliche Zeit verbrachten wir damit, ihr bei ihrer Planung zu helfen. Em zeigte uns Bilder der Designerfummel, die Curt ihr geschenkt hatte und ich stellte erneut fest, dass ich Ben vermisste.

Endlich, gegen dreizehn Uhr, schrieb er mir, dass die Brücke freigegeben war und sie sich jetzt auf den Weg machten. Wenn alles gut lief, wäre er gegen sechs zuhause.

Gegen halb drei, als er gerade in Kiel losfuhr, betrat ich die Wohnung und machte mich daran, für uns Abendessen zu kochen und das sich daran anschließende Programm vorzubereiten. Lächelnd besah ich die Geschenke, die er noch von mir bekam und freute mich schon darauf, sie später mit ihm auszuprobieren.

Er schrieb mir, als er in Altona ankam, ab dort brauchte er noch eine Viertelstunde und ich erwartete ihn an der Wohnungstür. Er schloss mich in seine Arme und küsste mich lange. „Darauf freue ich mich seit Mittwochmorgen, weißt du das?", fragte er und ich spürte an meiner Hüfte, wie sehr er mich vermisst hatte.

„Ich hoffe, du bist nicht so aus dem Zug gestiegen", neckte ich und rieb mich an ihm.

„Nein, ich habe die Gedanken standhaft unterdrückt und wurde erst scharf, als ich hier schon die Treppe hochgestiegen bin." Er küsste mich und schloss die Tür hinter sich. Sein Blick fiel auf meinen Kimono. „Das Outfit lässt Gutes hoffen."

„Das hoffe ich doch", sagte ich und ließ meine Zungenspitze über seine Unterlippe wandern. Er stöhnte und zerrte an dem Gürtel des dünnen Mantels. Ich wehrte ihn ab. „Nicht so schnell. Geh ins Schlafzimmer." Er atmete kurz durch und ging hinein, stellte sich mit dem Gesicht an die Wand, wie wir es vereinbart hatten.

„Dreh dich um." Ich hatte alles schon vorbereitet, er brauchte nicht zu warten. „Zieh dich jetzt aus." Er tat wie geheißen. „Ich will, dass du deine Kleidung zusammenfaltest." Seine Augenbrauen zogen sich kurz zusammen, dann erfüllte er seine Aufgabe. Ich deutete ihm, sich auf den Stuhl zu setzen, den ich aus dem Wohnzimmer herübergeholt hatte. „Das hast du gut gemacht. Du hast dir eine Belohnung verdient und einen Wunsch frei."

„Bitte öffne den Kimono." Ich lächelte ihn an und band langsam den Knoten auf, sodass das kleine Kleidchen im Matrosenlook, das ich darunter trug, zum Vorschein kam. Es bestand aus einem durchsichtigen weißen Spitzenbody mit blauem Matrosenkragen und einem sündhaft kurzen Faltenröckchen in dem gleichen Farbton. Dazu trug ich halterlose weiße Strümpfe. Der Schlüssel ruhte an seiner Kette zwischen meinen Brüsten. „Oh Gott…", stöhnte er. Er hatte noch nicht gesehen, dass der Body im Schritt offen war, das liebte er ganz besonders. „Ich würde für dich tanzen, wenn du möchtest", bot ich an und er nickte eifrig wie ein Schuljunge. Mit dem Handy wählte ich ein Stück mit einem dumpfen Beat an und spielte es über die Musikbox ab, die auf meinem Nachttisch stand.

Langsam ließ ich die Hüften im Takt der Musik kreisen und kam auf ihn zu. Vor ihm drehte ich mich um und beugte mich mit durchgedrückten Beinen nach unten. Jetzt hatte er einen ungehinderten Blick unter den Rock. Er stöhnte auf und wollte mich gerade anfassen, als ich seine Hände ergriff und auf meine Brüste legte. Ich setzte mich breitbeinig auf seinen Schoß und griff nach seiner Erektion, mit der ich mich selbst streichelte.

Mit dem Beatwechsel stand ich auf und ging um ihn herum, strich mit meinen Fingern über seine Brust, seine Kehle hinauf und teilte mit ihnen seine Lippen. Er leckte über meine Fingerkuppen und saugte daran, während ich mit der anderen Hand seine Brust hinunter strich und die Fingerspitzen federleicht über seine Eichel fahren ließ.

Schnell zog ich mich zurück und ging vor ihm in die Knie, dabei achtete ich darauf, die Beine gespreizt zu halten, damit er alles sehen konnte. Mit meinen Händen massierte ich meine Brüste. Ich ließ mich auf die Knie nieder und kroch auf ihn zu. Ich kniete mich zwischen seine Oberschenkel und rieb meine Brüste an seinem Penis. Er beobachtete mich mit angehaltenem Atem und sog zischend Luft ein, als ich über die Spitze leckte und kurz an ihr saugte.

Meine Hände wanderten über seine Oberschenkel hinauf und hinunter, dann zurück nach oben über seine Brust und kniffen ihn in seine Nippel, während ich ihn noch ein zweites kurzes Mal in den Mund nahm und aufstand.

Ich setzte mich rittlings auf seinen Schoß und ließ ihn spüren, wie sehr auch mich das Tanzen anmachte. Mit meinen Hüften kreiste ich und hielt seine Hände fest, damit er nicht auf dumme Gedanken kam. Als er seinen Mund auf meine Brüste senkte, hielt ich ihn nicht auf und genoss es, wie er den Stoff durchnässte und meine Brustwarzen hart wurden. Ich war mindestens genauso heiß wie er und konnte es kaum noch erwarten.

„Dürfte ich den unteren Teil noch einmal sehen?", fragte er artig und ich ließ seine Hände los. Langsam strich er den Rock nach oben und genoss den Anblick, der sich ihm bot. „Würdest du dich für mich drehen?"

Ich drehte ihm den Rücken zu und seine Hände strichen über die nackte Haut meines Hinterns, glitten zwischen meine Beine und ich stöhnte, als er seine Finger in mich schob. Seine zweite Hand gesellte sich dazu und massierte meine Klit zwischen seinen Fingern. „Oh Gott, Ben." Ich rieb mich an ihm und hob meinen Rock an, damit ich wenigstens zum Teil sehen konnte, was er tat.

„Warte", flüsterte er und ließ kurz von mir ab. Er drehte sich auf dem Stuhl, der in Richtung des Betts gezeigt hatte, herum und stellte mich vor den Spiegel gegenüber. Seine Hände nahmen ihre Arbeit wieder auf. Es war unglaublich scharf zu sehen, wie er es mir mit den Fingern besorgte und ich konnte mein eigenes verzücktes Gesicht betrachten, während ich ihn dabei beobachtete. Sein zufriedenes Lächeln spiegelte sich ebenfalls im Glas.

„Dieses Outfit gefällt mir unheimlich gut", lobte er und verstärkte den Druck auf meine Klit. „Zeig mir deine Brüste." Ich zog den elastischen Stoff des Bodys hinunter und entblößte sie für ihn, streichelte sie, er liebte es, wenn ich mich selbst berührte und nicht selten bat er mich darum, mir zusehen zu dürfen, wenn ich es mir selbst machte.

Ich legte meine Hände auf seine und unterbrach ihn. „Noch sind wir nicht fertig." Der Spiegel hatte mich auf eine neue Idee gebracht und ich sank auf die Knie. Den Rock zog ich hinten hoch und sorgte dafür, dass er gut sehen konnte, dann legte ich meine Lippen um seine Eichel.

„Oh Mann… Claire…ja…" Er fuhr mit den Fingern durch meine Haare und streichelte mein Gesicht. Ich sah ihn an und bemerkte zu meiner Genugtuung, dass er die Aussicht im Spiegel genau in Augenschein nahm. Langsam strich mich mit meiner Hand an der Innenseite meines Schenkels hinauf und berührte mich selbst.

Ich war bereits unglaublich scharf und mich jetzt zu streicheln, während ich ihn blies und er mir dabei zusehen konnte, heizte mir noch weiter ein. „Bitte komm für mich, während du ihn im Mund hast", bat er mich und strich mir das Haar aus der Stirn, damit er mein Gesicht besser sehen konnte.

Ich tat ihm den Gefallen und mein Stöhnen wurde durch seinen Schwanz in meinem Mund gedämpft. Heftig atmete ich durch die Nase und bekam nur undeutlich mit, dass er mich zurückschob. Er zog mich auf die Beine und nahm meine Hand, leckte jeden Finger ab, dann lehnte er mich an die Wand neben dem Spiegel, hob mein Bein an und drang mit einem leisen Schrei in mich ein.

„Endlich!" Ich konnte nicht einmal sagen, wer das Wort gesagt hatte. Im Takt der Musik bewegte er sein Becken und wir kamen schließlich kurz nacheinander im Stehen.

Mit zitternden Fingern fummelte ich mir ein Taschentuch aus dem Bund meines Röckchens und verhinderte, dass sein Sperma auf den Boden tropfte. Schwer atmend lehnte ich an der Wand und konnte noch nicht die Kraft aufbringen, hinüber ins Badezimmer zu gehen, um mich frisch zu machen.

Ben küsste mich auf den Mund, seine Zunge massierte meine und seine Finger strichen parallel über meine harten Nippel. „Ich habe dich sehr vermisst, meine Süße." „Ich dich auch." All meinen Mut zusammennehmend, sah ich ihm in die Augen und formulierte die nächsten Worte: „Ich liebe dich, Ben."

„Wow, du hast es ihm gesagt? Ein krasser Schritt für dich, Liebste", meinte Sam am nächsten Tag beim Mittagessen. Zum ersten Mal seit über einer Woche saßen wir in der Mittagspause zusammen und hatten einstimmig beschlossen, dass das der einzige Grund war, zwischen den Feiertagen zu arbeiten.

Es lag noch einiges an bevor ich das Jahr morgen mit Franzi abschließen konnte, aber es war sehr ruhig im Büro und weil nur die Hälfte von uns da waren, hatte die Drachenfrau heute Morgen sogar das Meeting ausfallen lassen.

„Ich habe mich wie bei einer Mutprobe gefühlt", gab ich zu. „Gott sei Dank war ich vom Sex noch so high, sonst hätte ich es wahrscheinlich nie rausbekommen." Ich warf Sonja einen finsteren Blick zu. „Na los, ich weiß, du kannst es kaum aushalten."

Sonja kicherte und prostete mir mit ihrer Weißweinschorle zu. „Ich freu mich so für dich!"

„Alles Gute, Spießerin", sagte Em herzlich und hob ihren Rotwein. „Sie liebt den Toyboy, bleibt mir da nur zu sagen."

„Du bist ein Biest", sagte ich ohne Schärfe und prostete meinen besten Freunden zu. „Ich weiß. In der Hauptsache bin ich inkonsequent und egozentrisch, aber Biest stimmt auch", stimmte sie zu.

„Was gibt es denn Neues von der Opa-Front?", stichelte Sam. Ich lächelte. Die Sticheleien zwischen den beiden waren in letzter Zeit wenig gewesen und jetzt, wo es uns fast allen wieder gut ging, hatten sie endlich damit angefangen. Erst jetzt hatte ich bemerkt, wie sehr es mir gefehlt hatte.

„Gut so weit. Die Zähne sitzen nach wie vor fest und der Sex ist sehr befriedigend. Übrigens kennt er ein paar Tricks, von denen du sicher noch nie etwas gehört hast."

„Trägt man dabei eine Ritterrüstung? Die Tricks kommen ja sicher aus seiner Jugendzeit, dem Mittelalter."

„Du bist ein blöder Wichser, Sam."

„Nicht mehr, Tim und ich haben jetzt wieder sehr viel Sex. Und wegen seiner Zähne muss ich mir glücklicherweise keine Gedanken machen, aber er ist ja auch nur halb so alt wie Curt."

Sonja unterbrach Em, die schon einen F-Laut von sich gegeben hatte, indem sie auf den Tisch klopfte. „Kenichi kommt morgen nach Hause, das hat er mir zumindest heute geschrieben. Das heißt, ich werde morgen wissen, ob meine Ehe eine Chance hat." Sie bemühte sich um einen lockeren Tonfall, doch ihre Stimme zitterte trotzdem und ihr Lächeln erreichte ihre Augen nicht.

Sofort wandten ihr auch Em und Sam ihre ungeteilte Aufmerksamkeit zu und er bemühte sich um Zuversicht. „Ich hoffe, er hat die Zeit genutzt, um zu erkennen, wie absolut dämlich er sich verhält."

Ich vermute, dass wir in diesem Moment alle dasselbe dachten: für eine Änderung zwischen den beiden wurde es höchste Zeit. Sowieso überraschte es mich, wie lange Sonja sich Kenichis Anwandlungen bereits gefallen ließ, das konnte nicht einmal mit Liebe erklärt werden. Natürlich war es etwas anderes, wenn ein Kind mit ihm Spiel war, aber auch für JP konnte es nicht gut sein, die Streitereien seiner Eltern mitzubekommen.

Wir beendeten unser Mittagessen und kehrten in unsere Büros zurück. Auf dem Flur kam uns Anne, die Office Managerin, entgegen. Ich konnte sie nicht besonders leiden, für meinen Geschmack schleimte sie sich zu sehr bei der Drachenfrau ein und agierte wie ihre Assistentin. „Em, Frau Stechmann-Selzner möchte dich sehen", sagte sie tatsächlich und sank in meiner Gunst noch weiter. Sam, Sonja und ich wechselten Blicke mit hochgezogenen Augenbrauen. Em rollte mit den Augen und seufzte.

„Ich hätte gern mein Mittagessen bei mir behalten, aber ich habe das Gefühl, dass ich gleich kotzen werde", sagte sie mit kaum unterdrückter Stimme und Annes Lippen pressten sich aufeinander.

„Sehr lustig."

„War nicht lustig gemeint. Ist Steffen zu dem Arschtritt-Meeting miteingeladen, oder bekomme ich die Dosis allein ab?"

„Steffen ist schon da." Anne sah aus, als würde sie am liebsten sofort loslaufen und der Drachenfrau alles petzen. Gut, soeben hatte sie bei mir komplett verschissen.

Em winkte uns zu und ging mit schnellen Schritten auf das Eckbüro am Ende des Flures zu. Die Tür fiel hinter ihr ins Schloss.

„Sie sollte nicht so über Frau Stechmann-Selzner sprechen, dadurch wird ihre Arbeit auch nicht besser," sagte Anne zu uns.

„Schätzchen, du solltest dich mal weniger anbiedern und mehr Zeit mit deinem Mann verbringen", sagte Sam herablassend. „Oder mit irgendeinem Mann. Ich denke, das würde dir sehr guttun." Anne lief vor Ärger rot an und machte, dass sie wegkam. Ich hätte gern auf Em gewartet, doch der Jahresabschluss duldete keinen Aufschub und ich musste mich ranhalten, wenn ich bis Silvester fertigwerden wollte.

Den kompletten Nachmittag verbrachte ich mit Franzi in ihrem Büro, wälzte die Zahlen, schloss die Vorgänge, schickte die letzten Rechnungen und Mahnungen raus und versuchte, jeden Cent, der uns fehlte, zu finden. Sam, der ebenfalls mit Swetlana an seinem Jahresabschluss saß, brachte uns ständig Buchungen herüber, die nicht zugeordnet werden konnten, weil die Mandanten falsche Fallnummern verwendet hatten, die wir suchen mussten.

Ab morgen würde uns Alex unterstützen, der heute noch Urlaub hatte, weil die Familie seiner Freundin in Hessen wohnte. Ich war froh, dass wir seine Unterstützung bekamen, wie jedes Jahr war der Jahresabschluss umfangreicher als gedacht.

Irgendwann hörte ich Stimmen auf dem Flur, die nach Em und Sonja klangen. Zwar steckte ich gerade mitten in einem Vorgang, aber sie klangen aufgeregt. „Geh ruhig und mach eine Pause, Claire", sagte Franzi, die sich durch das Programm klickte. „Ich komme auch ein paar Minuten ohne dich zurecht."

„Danke. Kann ich dir was mitbringen?"

„Ein Espresso wäre traumhaft, aber ich nehme einen Tee, sonst komme ich heute Abend nicht ins Bett." Ich lächelte und verließ das Büro.

Em stand in Sonjas Büro, ihr Gesicht war knallrot und sie sah aus, als würde sie jeden Moment in Tränen ausbrechen. „Gott, Em, was ist passiert?", fragte ich und schloss die Tür hinter mir.

„Die scheiß Sabine Stechmann-Selzner ist passiert, das widerlichste Wesen seit '45", platzte Em heraus. „Ich habe gerade verschissene drei Stunden in ihrem Drecksbüro gesessen und sie hat mein Budget zerrissen, mir gesagt, dass meine Werkstudentinnen nicht verlängert werden und meine komplette Scheißarbeit für'n Arsch und absolut ungenügend ist. Ihr ahnt gar nicht, wie viele Dinge sie sich merken kann, wenn es darum geht, jemanden fertigzumachen. Wir haben versucht, ihr zu erklären, warum wir das Budget und die Leute brauchen, aber das interessiert sie alles nicht. Als wir ihr erklären wollten, dass die Partner die Summe freigegeben haben, meinte sie nur, dass Anwälte keine Ahnung von Geld haben und wir uns auf sie gar nicht berufen müssen."

Em holte tief Luft, aber ihre Kraft schien sie verlassen zu haben und sie sackte in sich zusammen. „Ich habe hierauf keine Lust mehr, das wisst ihr. Nichts mache ich lieber, als mit euch zusammenzuarbeiten, aber ich kann nicht mehr. Curt hat schon mehrmals gesagt, dass er eine Stelle für mich in seiner Firma finden kann, ich glaube, es ist an der Zeit, dass ich dieses Angebot annehme. Sonni, ich reiche dir morgen meine Kündigung rein."

18. Kapitel

Ben hatte an diesem Abend wenig Freude an mir, daran konnte auch der Sex auf dem Sofa nur kurz etwas ändern. „Aber viele Freunde arbeiten nicht zusammen", nahm er das ursprüngliche Gespräch auf, nachdem er ein letztes Mal mit der Zunge über meine Klit geleckt hatte und mein Höschen zurechtrückte.

„Ja, ich weiß, aber nur wegen Em habe ich damals bei L & P angefangen", erwiderte ich und strich ihm die rotbraunen Haare aus der Stirn. Er sah mich offen mit seinen strahlend blauen Augen an und küsste mich.

„Das wirst du auch überleben. Du hast ja noch Sonja und Sam bei dir. Bei den beiden scheint es ja nicht so schlimm zu sein."

„Das stimmt, aber ohne Em wird es nicht das gleiche sein", seufzte ich. Ben legte seinen Kopf auf meine Brust und schlang die Arme um mich. Seit den Feiertagen lief es sehr viel besser zwischen uns, auch wenn er sehr viel Zeit allein verbrachte, wenn ich so lange arbeiten musste.

Ein neuer Job hatte sich so kurzfristig nicht aufgetan, aber Ben war zuversichtlich, dass er im Januar etwas finden würde. Ich bewunderte ihn dafür, dass er so entspannt blieb, ich an seiner Stelle wäre schon durchgedreht. Keinen Job zu haben war für mich unvorstellbar und dass Ben gerade arbeitslos hatte, stresste mich schon genug.

„Warte doch erst mal morgen ab, vielleicht schläft Em noch einmal darüber und überlegt es sich anders", murmelte er, während er mit den Fingerspitzen über meine Brüste strich. Dabei berührte er den Anhänger und meine Brüste. „Ich freue mich, dass du mein

Geschenk so gern trägst." Er hatte offenbar noch nicht genug und wollte noch auf seine Kosten kommen. Eine Ablenkung war mir willkommen und ich ließ ihn gewähren, während er einen erneuten Vorstoß wagte, der schließlich mit Sex auf dem Esstisch endete.

Am nächsten Morgen ging ich mit einem etwas bangen Gefühl ins Büro. Em wartete rauchend und mit finsterer Miene vor dem Portal auf mich. „Machst du es wirklich?", fragte ich, während sie ihre Kippe mit ihrem schwarzen Lackstiefel austrat. Ein kalter Wind kam auf und ich zog meinen camelfarbenen Wollmantel enger um mich. Heute hatte Ben mir ein wadenlanges fliederfarbenes Woll-crépekleid mit langen Ärmeln ausgesucht, das an den Seiten schwarze Federapplikationen hatte und am Rücken in Nierenhöhe ausgeschnitten war. Es war wunderschön, aber fürs Büro eindeutig zu aufreizend und ich war froh, einen Blazer in meinem Schrank zu haben, den ich darüber ziehen konnte.

Tatsächlich war heute der Tag gekommen, den Em schon prophe-zeit hatte und ich spürte den kalten Wind auf meiner nackten Haut unter dem Kleid. Ben hatte insistiert und ich hatte nachgegeben. Schnell öffnete ich die Tür des Hauptportals und schlüpfte hinein, bevor ich mir eine Blasenentzündung zuziehen konnte.

„Ich habe den Wisch in der Tasche", erwiderte sie.

„Willst du es dir nicht noch einmal überlegen?" Meine Freundin schüttelte den Kopf und öffnete ihren roten Wollmantel, unter dem ein Strickkleid in exakt der gleichen Farbe zum Vorschein kam. Sehr hübsch.

„Solange dieses Miststück hier sein Unwesen treibt, wird sich nie etwas ändern. Ich habe um elf einen Termin mit Bitter, danach werde ich ihr die Kündigung geben. Wenn ich länger warte, ist der Monat rum und meine Frist verlängert sich noch weiter. Drei Monate sind schlimm genug." Ich nickte unglücklich. Natürlich verstand ich, dass Em sich die Scheiße hier nicht mehr länger antun wollte, das hatte sie auch gar nicht nötig, aber trotzdem wollte ich sie nicht gehen lassen. Wieder bog sie in Richtung der Partnerbüros am Empfang ab, weil sie einen Termin mit ihrem Lieblingsfeind Kreiß hatte und ich ging wenig enthusiastisch in mein Büro. Alex und Franzi waren beide da, also konnten wir loslegen.

Irgendwann im Laufe des Vormittags kam plötzlich ein Tumult im Flur auf, der uns drei aufschreckte. Ich hörte laute Stimmen und Schritte, jemand rief hektisch „hierher, schnell!" Alex sprang auf und öffnete die Bürotür. Wir sahen Rettungssanitäter mit einer Trage vorbeihasten. Ihnen folgte Marina vom Empfang. Überall streckten die Leute jetzt ihre Köpfe aus den Büros, gegenüber auch Sonja und ihre Mitarbeiterin Canan und nebenan Sam und Swetlana.

„Was ist denn los?", fragte Marleen aus dem Büro nebenan. Die Sanitäter erreichten das Eckbüro der Drachenfrau und Sam, Sonja und ich wechselten einen Blick, über den man nicht sprechen sollte.

„Karma's a bitch", murmelte Sam und zog sich in sein Büro zurück. Ich konnte nicht genau verstehen, was Swetlana darauf erwiderte, wusste aber, dass die gebürtige Russin die Drachenfrau auf den Tod nicht leiden konnte und mit ihrer Meinung niemals hinterm Berg hielt.

Auch ich setzte mich an den Schreibtisch, fand es jedoch schwer, mich auf die Vorgänge zu konzentrieren. Als ich aufsah, sahen Franzi und Alex mich mit schwer zu deutenden Mienen an. „Fragt", forderte ich sie auf.

Alex schnaubte. „Ich weiß nicht, wie ich die Frage formulieren soll, ohne dafür in die Hölle zu kommen. Wir werden wohl abwarten müssen, bis es Informationen gibt."

Die Information kam am nächsten Tag, Silvester. Em hatte aufgrund der Vorkommnisse ihre Kündigung um einen Tag aufgeschoben und hörte es als erste von Dr. Bitter. „Die Drachenfrau hatte einen Schlaganfall", berichtete sie mit unbeteiligter Stimme. „Sie ist im Krankenhaus und muss operiert werden, irgendwann in den nächsten Tagen. Fürs Erste ist sie aber stabil."

„Und was machst du jetzt?", fragte Sam, nachdem er verständnisvoll genickt hatte.

„Abwarten. Dr. Bitter hat Steffen und mir noch einmal gesagt, dass er unsere Planung unterstützt und das Budget auch ohne ihre Zustimmung freigibt. Da sie jetzt erstmal ausfällt, habe ich mich entschieden, noch nicht zu kündigen. Das konnte ich ihm nicht antun, er ist wirklich fertig."

Mir fiel ein Stein vom Herzen. Einmal, weil die Drachenfrau außer Lebensgefahr war (Karma) und außerdem, weil Em bleiben würde. Ich hoffte, dass sie sich viel Zeit nehmen würde, um gesund zu werden, Zeit, die wir nutzen konnten, um effizient zu arbeiten.

Wir wandten uns Sonja zu, deren Gespräch mit Kenichi gestern Abend stattgefunden hatte. Diese Zeit konnten und mussten wir uns nehmen, der Jahresabschluss war erledigt und ich hatte Franzi und Alex bereits zu Berlinern und Sekt in den Sekretariatstrakt geschickt. Wir vier saßen in dem kleinen Konferenzraum schräg gegenüber von Ems Büro und hatten die Tür geschlossen.

Sonja sah müde aus, aber sie war heute für den halben Tag zur Arbeit gekommen. Um dreizehn Uhr würde die Kanzlei für dieses Jahr ihre Türen schließen und erst am Montag öffnen. Den Freitag hatten die Partneranwälte uns allen als Sonderurlaubstag gegeben. „Es war furchtbar, wir haben uns sehr gestritten und ich bin froh, dass JP bei meinen Eltern geschlafen hat. Anscheinend hat Aiko ihm aber etwas Ähnliches gesagt, wie ihr mir, was ihm auch überhaupt nicht gepasst hat."

„Dafür, dass er von so klugen Frauen umgeben ist, verhält er sich bemerkenswert dämlich", sagte Sam mitleidslos. Sonja ging darüber hinweg.

„Ich habe ihm genau das gesagt, was wir besprochen hatten und nachdem er sich tierisch aufgeregt hatte, wurde er auf einmal ganz kleinlaut und meinte, er wisse ja, wie viel Stress ich habe und was ich alles leiste. Der Druck bei der Arbeit sei sehr hoch, weil sie immer weniger werden und die Einsätze schlimmer."

„Aber das kann doch kein Grund sein, dich so zu behandeln, wie er es tut", warf ich ein. Sonja nickte.

„Das habe ich ihm auch gesagt und dass ich ihn immer unterstützen will, es aber nicht kann, wenn er mir nicht davon erzählt und nur seine schlechte Laune an mir ablädt. Ich habe ihm auch aufgezählt, welche Konsequenzen es für unser Leben hätte, wenn ich auf seine Forderungen eingehen und meine Stunden reduzieren würde. Davon wollte er nichts mehr wissen."

„War so klar." Ems Miene machte sehr deutlich, was sie von Kenichi und seinem Verhalten dachte. „Wie seid ihr jetzt verblieben?"

„Ich habe ihm gesagt, dass ich von ihm erwarte, per sofort aufzuhören sich wie ein Arschloch zu verhalten und wir uns in den Griff bekommen, schließlich lieben wir uns. Er soll sich ernsthaft bemühen und über Probleme sprechen, wenn sie auftreten. Und auf keinen Fall will ich Jan-Philipp damit belasten." Sonjas Gesicht war hart und bestimmt, genau so hatte sie ihren Mann am letzten Abend zweifellos angesehen. „Er musste schlucken, hat aber zugestimmt. Ich habe gesehen, wie schwer es ihm gefallen ist, zuzugeben, wie mies er sich verhalten hat, vor allem, nachdem ich ihm gesagt habe, wie scheiße ich es fand, dass er einfach zu Aiko abgehauen ist und mich allein hat sitzen lassen."

„Starker Tobak", sagte Sam bedächtig. „So, wie ich ihn kenne, dauert es einige Zeit, bis er das alles durchgekaut und verdaut hat."

„Ich weiß. Aber es musste sein, da hattet ihr vollkommen recht. In letzter Zeit hat sich alles nur um ihn gedreht: *Seine* schlechte Laune, *seine* Unzufriedenheit, *seine* Ansprüche, was alles geändert werden soll. Ich bin es so leid und habe es nicht mal gemerkt." Sonja atmete tief durch. „Ich hoffe nur, er hat verstanden, wie wichtig es mir ist, dass unsere Ehe funktioniert. Ich will ihm die letzten Monate verzeihen, wenn wir uns jetzt beide zusammenreißen und nach vorne sehen können."

Sie machte ein bekümmertes Gesicht und ich ahnte, was kommen würde, immerhin kannte ich ihren Mann auch schon ein paar Jahre. „Ich hoffe nur, dass er das auch so sieht. Ihr wisst, dass er sehr stolz ist und ihm sein Vater diese japanische Ehrensache sehr erfolgreich anerzogen hat. Manchmal kommt das voll durch bei ihm und wenn es so ist, weiß ich oft nicht, ob er über seinen Schatten springen und seine Ehre zugunsten seiner Familie beiseitelassen kann."

Damit sprach sie genau das aus, was ich eben gedacht hatte. Kenichis Vater war sehr traditionsbewusst, ich hatte ihn auf der Hochzeit der beiden kennengelernt und seine missbilligende Miene gesehen, weil Sonja bereits vor der Hochzeit schwanger und ihre wohlhabenden Eltern mit seinem Sohn nicht einverstanden waren. All das hatte nicht dazu beigetragen, dass er die Verbindung guthieß.

Damals hatte Kenichi sich gegen seinen Vater und auch gegen seine Schwiegereltern durchgesetzt und immer betont, seine Liebe zu Sonja und seinem Kind sei wichtiger als alles andere, aber mittlerweile wusste ich nicht mehr, ob das noch so war. Sein Verhalten sprach eine andere Sprache.

„Kommt er heute Abend zur Feier?", fragte Sam nach einer Weile.

Sonja nickte bedächtig. „Er kommt nach. Sein Dienst geht bis elf, danach wird er direkt dazukommen, wenn alles gut geht." Sam und Tim hatten einen Raum gemietet und viele Freunde eingeladen.

Ben und ich würden genauso da sein wie Em und Curt, der uns an diesem Abend offiziell kennenlernen würde. Ich war mir sicher, dass es eine tolle Party werden würde, jeder brachte etwas mit und die Geschenke würden die beiden Gastgeber nutzen, um Raummiete und Getränke zu bezahlen.

Ein perfektes Arrangement, auf das ich mich schon sehr freute. Ben hatte mir bereits ein Bild des Outfits geschickt, das er für mich herausgelegt hatte: Ein dunkelrotes Minikleid aus Samt mit einem sehr tiefen V-Ausschnitt, das ich vor einiger Zeit gekauft und noch nie angezogen hatte. Er hatte ein gutes Händchen für aufregende Outfits, von denen ich beinahe vergessen hatte, dass ich sie besaß.

Blieb nur noch zu hoffen, dass wir friedlich ins neue Jahr kamen und sich keine Dramen abspielten.

Die Party war ein voller Erfolg. Ben kam bei Tim und überraschenderweise auch bei Curt gut an, der Anstalten machte, ihm einen Job anzubieten. Ich stellte fest, dass mein erster Eindruck von Ems „betagtem Lebensgefährten" falsch gewesen war. Er himmelte sie geradezu an, die in ihrem schwarzsilbernen Paillettenkleid umwerfend aussah, und bemühte sich sehr um uns.

Sonja war angespannt, daran konnte auch ihr neues Cavalli-Kleid nichts ändern, in dem sie eine tolle Figur machte. Immer wieder sah sie auf ihre Uhr und hielt Ausschau nach ihrem Mann.

Ich muss zugeben, dass ich nicht gerade scharf darauf war, ihn zu sehen, doch ich würde sie nicht blamieren und unfreundlich zu ihm sein. Wenn er sich wirklich bemühte, würden wir anderen einen Weg finden, um ihm zu verzeihen.

Er kam um viertel vor zwölf, ich tanzte gerade mit Tim zu Prince und sah aus dem Augenwinkel, wie er lächelnd zu ihr ging und sie küsste. Ich atmete auf. Anscheinend blieb der Abend friedlich und wir hatten alle unseren Spaß.

Um Mitternacht küsste ich Ben als erstes und er raunte mir ins Ohr, dass er hoffte, es ginge mit uns beiden immer so weiter.

Ich lächelte an seinen Lippen und hoffte inständig, dass er recht behalten würde. „Ich liebe dich", flüsterte ich und mittlerweile fühlte es sich ganz natürlich an, es ihm zu sagen.

19. Kapitel

Wir verbrachten ein entspanntes langes Wochenende zusammen und fuhren für eine Übernachtung an die Ostsee, wo wir uns die Zeit in der Sauna und im Bett unseres Hotelzimmers vertrieben. Am Montag, bevor ich mich auf den Weg zur Arbeit machte, versprach Ben mir, sich bei Curt zu melden wegen des Jobs, über den sie auf der Silvesterfeier kurz gesprochen hatten und sich auch sonst um die Suche zu kümmern.

„Mach dir keine Sorgen, meine Süße", sagte er beim Abschiedskuss. „Spätestens Anfang Februar habe ich etwas Neues. Es sind doch erst zwei Wochen, das ist keine Zeit, wegen der du dir Sorgen machen musst. Ich würde gern heute Abend das Kommando übernehmen, ist dir das recht?"

„Ja, sehr", sagte ich und küsste ihn erneut.

„Dann schreibe ich dir vorher noch mal", versprach er und strich mit dem Daumen über meine Brust. Ich widerstand nur knapp der Versuchung, mit ihm noch einmal ins Schlafzimmer zu gehen, doch dafür hatte ich keine Zeit mehr. Auch ohne die Drachenfrau würde die Montagsbesprechung stattfinden, da durfte ich nicht fehlen.

Schweren Herzens fuhr ich ins Büro und bereitete mich auf das Meeting vor. Sam brachte mir einen Kaffee und wir warteten auf Sonja, die heute spät dran war. Em war schon in ihrem Büro, sie hatte mir geschrieben, dass sie bereits um halb acht dagewesen war, um alles vorzubereiten. Ausnahmsweise nahm Dr. Bitter an diesem Tag an der Besprechung teil, er wollte uns auf den neuesten Stand bringen, wie es Triple-S ging, und mit uns besprechen, wie wir die nächste Zeit organisieren würden.

Um kurz vor halb neun kam Sonja ins Büro, ihre Wangen waren rot und ihre Haare zerzaust, ihr Rock hatte Knitterfalten auf der Rückseite und ihre beiden obersten Blusenknöpfe standen offen, das machte sie sonst nie. Sam betrachtete sie stirnrunzelnd, während sie ihre Tasche auf den Tisch warf und ihre Papiere zusammenklaubte. „Wenn ich es nicht besser wüsste, würde ich behaupten, du kommst so spät, weil du es noch heftig mit Kenichi auf dem Küchentresen getrieben hast."

Sie hielt inne und sah ihn an, ein Lächeln breitete sich über ihrem Gesicht aus. „Ausnahmsweise hättest du damit voll ins Schwarze getroffen." Sam war sprachlos vor Begeisterung und sah mich überwältigt an. „Das ist ja phantastisch. Endlich wirst du mal wieder richtig durchgevögelt."

„Nicht so laut", zischte sie und ihr Gesicht wurde noch eine Nuance dunkler, doch Sam winkte nur ab. Gemeinsam gingen wir hinüber zum Meetingraum, Em war schon da.

Die anderen trudelten ein, alle waren aus dem Urlaub zurück und wirkten entspannt. Diejenigen, die zwischen den Feiertagen nicht dagewesen waren, waren bereits auf den letzten Stand gebracht worden und warteten jetzt, genau wie wir, auf Dr. Bitter.

Anne saß auf ihrem üblichen Platz und sah sich genötigt, das Wort zu ergreifen, als er sich bereits um knapp zehn Minuten verspätete: „Dr. Bitter hatte noch ein wichtiges Telefonat mit Hongkong, das er wegen der Zeitverschiebung nicht absagen konnte", sagte sie mit wichtiger Miene und stand auf, damit wir sie besser sehen konnten.

Sie war eher unscheinbar, hatte braunes Haar und trug eine Brille. Sie war ein paar Jahre jünger als ich, verheiratet und hatte zwei Kinder, wenn ich mich richtig erinnerte. Da sie nicht besonders groß war, musste sie sich tatsächlich hinstellen, um unsere Aufmerksamkeit zu erregen.

Sam rollte mit den Augen. „Seht den Klon", wisperte er und Harry aus der Vertrags- und Versicherungsabteilung räusperte sich. Ihn konnte ich auch nicht besonders leiden, denn er war immer darauf bedacht, sich mit allen gutzustellen. Außerdem bildete er sich immens viel darauf ein, dass er Wirtschaftsjurist war und machte immer ein Riesengewese, wenn man ihn darum bat, einen Vertrag zu prüfen. Ich wusste, dass auch Harry sich Chancen ausrechnete, die Drachenfrau zu beerben, wenn sie in Rente ging und sich jetzt vorsorglich schon mal bei den Partnern anbiederte.

„Hast du was von der Chefin gehört, Anne?", fragte er mit seiner gedehnten Stimme. Harry kam aus Schleswig und betonte das immer durch einen sehr aufgesetzten Dialekt. Ich hasste es, wenn jemand die Drachenfrau als *die Chefin* bezeichnete, doch da Anne es genauso machte, warf sie sich jetzt in die Brust und ließ ihren Blick mit wichtiger Miene über unsere Gesichter schweifen.

„Allerdings, ich habe heute Morgen mit Herrn Selzner telefoniert und mich nach ihrem Befinden erkundigt. Sie wird übermorgen operiert, der Chefarzt war noch im Urlaub und sie wartet natürlich lieber auf ihn, als irgendeinen Jungspund an sich heranzulassen."

„Ich bin mir sicher, dass kein Jungspund an sie herangelassen werden möchte", wisperte Sam und ich verbiss mir nur knapp ein Lachen. Als unsere Reaktionen ausblieben (und sicher der eine oder andere noch dabei war, die Information zu verdauen, dass Anne den Mann der Drachenfrau angerufen hatte), setzte sie an, weiter zu schwafeln, doch in diesem Moment kam Dr. Bitter in den Raum.

Wie so oft wirkte er etwas desorientiert und atmete sichtlich auf, als er Anne sah. „Ah, Frau Salecki, hier sind Sie. Gut, gut, die anderen sind auch da. Ja… also, erstmal frohes neues Jahr zusammen."

Er nestelte an seiner großen Brille herum und ich sah, dass seine Krawatte schief saß und auf seinem Hemd ein Kaffeefleck war.

„Ich… ähm… ah ja, genau… ich bin heute hier wegen Sabine… ah, Frau Stechmann. Genau. Sie ist noch im Krankenhaus und wird dort wohl auch noch einige Zeit bleiben. Reha. Ja, Reha." Er setzte seine Brille auf und sah uns erschrocken an, als nähme er uns jetzt erst wahr. „Ich weiß, dass Sie alle Ihren Job gut machen, aber ich habe keine Zeit, das mit jedem einzelnen zu besprechen. Ja. Ich brauche einen Ansprechpartner, der Sabine… Sabine… ähm... Frau Stechmann… vertritt. Sie wissen schon: Partners Meeting, Zahlen… Dinge eben. Frau Salecki, wären Sie so freundlich…"

Oh nein, dachte ich, würde er jetzt wirklich Anne zur Vertretung machen? Em warf mir einen langen Blick zu, doch Dr. Bitter war noch nicht fertig. „Frau Salecki, schicken Sie mir bitte gleich Frau Sander. Frau Sander?" Sein Blick ging suchend durch den Raum. Ich hob die Hand. „Ja?"

„Frau Sander, ich will, dass Sie das machen. Frau Salecki, schicken Sie mir bitte gleich Frau Sander. In mein Büro. Sobald Sie fertig sind. Gut, also… danke und gutes Gelingen." Er rannte aus dem Raum und knallte die Tür zu. Alle starrten mich an, Anne und Harry mit unverhohlener Abneigung. Ich war noch dabei, das Geschehene zu verarbeiten.

„Claire, Glückwunsch zum neuen Posten!", gluckste Sam und ich sah Jennifer vom Recruiting und Roland von der IT gegenüber grinsen. Die meisten würden die Sache als das nehmen, was sie war: Eine temporäre Schnittstellenposition, bis die Drachenfrau zurückkam. Dennoch wusste ich, dass die Chancen jetzt sehr gut für mich standen, die Stelle zu bekommen, sobald sie in Rente ging. In dreihunderteinundachtzig Tagen.

„Tja, Claire, sicherlich möchtest du das Meeting leiten, oder?", fragte Anne mit höherer Stimme als sonst. Ich zuckte mit den Schultern. „Okay, gut. Ich schlage vor, wir machen eine kurze

Runde zu den aktuellen Themen. Danach besprechen wir die offenen Punkte vom letzten Meeting. Anne, hast du die Sammlung?"

Die Sammlung waren die Themen, die wir der Drachenfrau freitagmittags schicken mussten, damit sie am Montag auf die Agenda kamen. Anne schüttelte mit finsterer Miene den Kopf. „Letzte Woche fand ja kein Meeting statt."

„Schön, so geht es heute etwas schneller. Bitte schickt eure Themen weiterhin zu Anne, damit sie sie sammeln und priorisieren kann. Stephanie, würdest du anfangen?" Wir legten ein gutes Tempo vor, alle wollten möglichst schnell aus dem Meeting heraus und ich unterband jede sinnlose Diskussion. Die Drachenfrau liebte es, wenn Probleme zwischen zwei Abteilungen im Meeting bestritten wurden, aber ich fiel Harry und Larissa ins Wort und bat sie, das Problem unter sich zu klären, damit wir weitermachen konnten.

„Meine Güte, keine Stunde und das trotz des Bitter-Auftritts", sagte Sam auf dem Weg zurück in unsere Büros. „Wenn wir nicht aufpassen, werden wir noch effizient."

„Oder es funktioniert gar nichts mehr", sagte Harry, der hinter uns lief und mich feindselig durch seine randlose Brille anfunkelte.

„Aber Harry, du hast doch gar nicht übernommen", sagte Em boshaft. Er lief vor Ärger rot an und drängelte sich an uns vorbei.

„Ich freue mich auf die Zusammenarbeit", sagte ich laut genug, dass er es noch hören konnte. Er verschwand wortlos um die Flurbiegung. „Na, das kann ja heiter werden."

„Mach dir keine Sorgen, außer für Harry und Anne ist es für alle okay, dass du übernommen hast", tröstete Sonja mich. „Und Anne wird es schnell überwinden und auch mit dir zusammenarbeiten."

Ich hoffte, dass sie Recht hatte.

Das erste Meeting als Schnittstelle mit Bitter stand am nächsten Tag an und ich verwendete einen Großteil des Nachmittags darauf, es vorzubereiten. Mein Team war vollzählig und hatte jetzt, da der Jahresabschluss gelaufen war, ein paar Tage Ruhe.

Gegen fünf machte ich Feierabend und erinnerte Ben vorsorglich an meinen Kardiokurs, der bis neunzehn Uhr dreißig ging.

Ich schicke dir um halb acht meine Instruktionen, schrieb er zurück und mein Herzschlag beschleunigte sich, als die ersten Ideen hochkamen, was er sich ausgedacht haben könnte. Ich absolvierte meinen Kurs und war nur halb bei der Sache, je später es wurde, desto unruhiger wurde ich. Zu wissen, dass etwas auf mich wartete, war prickelnd und ich konnte es kaum erwarten.

Als ich um kurz nach halb sieben in den Umkleideraum kam und auf mein Handy sah, war wie erwartet eine Nachricht angekommen: *Komm nach Hause und geh ins Wohnzimmer. Dort liegt dein Outfit. Du bist stumm.*

Ich hatte gehofft, er würde sich etwas deutlicher ausdrücken, aber die Anweisung, stumm zu sein, ließ darauf schließen, dass er seine Macht heute Abend voll auskosten würde.

Eilig zog ich mich um, verabschiedete mich von den anderen aus meinem Kurs und machte, dass ich nach Hause kam. In der Wohnung war es dunkel und als ich ins Wohnzimmer trat, war Ben nicht da und die Vorhänge zugezogen. Auf dem Esstisch lag weißer Stoff. Ich hob ihn an und versuchte zu ergründen, worum es sich handelte. Es war eine Art langer weißer Baumwollschal, etwa so groß wie ein Pashmina. Auf dem Tisch lag ein Blatt Papier, mit einer Zeichnung, wie ich den Schal drapieren sollte. Ich zog mich also nackt aus und legte ihn über meine linke Schulter. Dann griff ich nach dem Band, das danebenlag und band es um meine Taille. Jetzt trug ich eine Art „aufreizende Römerin"-Kostüm. Nur den silbernen Schlüssel hatte ich anbehalten.

Unten auf dem Zettel stand die Anweisung, ins Badezimmer zu kommen. Das kam mir gelegen, vom Sport war ich noch immer verschwitzt. Außerdem lautete der Auftrag, zu klopfen und mich hinzuknien. *Und denk daran, du bist stumm.*

Aufgeregt ging ich den Flur hinunter zum Badezimmer und klopfte. Anschließend ließ ich mich auf die Knie nieder und wartete. Er ließ sich mindestens eine Minute Zeit, bevor er die Tür öffnete. Bis auf ein weißes Handtuch, das er sich um die Hüften geschlungen hatte, schien er ebenfalls nackt zu sein.

„Da bist du ja." Er streckte seine Hand aus und zog mich hoch, als ich sie ergriff. Im Badezimmer, das im Kerzenlicht lag, entdeckte ich, dass die Wanne gefüllt war. Kurz war ich verwirrt, wozu ich mein Outfit angezogen hatte, wenn wir gleich baden würden, aber er würde es mir sicher sagen.

Er drückte mir einen großen Schwamm in die Hand und küsste mich auf den Mund. „Hier kommen die Regeln: Du wirst dich jetzt in die Wanne knien und mich mit dem Schwamm waschen. Du wirst mich nur mit dem Schwamm berühren, nicht mit deinen Händen oder deinem Mund, es sei denn, ich fordere dich dazu auf. Du wirst dich selbst den ganzen Abend nicht berühren, oder ich werde dich bestrafen. Nicke, wenn du die Regeln verstanden hast und mit ihnen einverstanden bist." Ich nickte.

Ben lächelte und wies auf die Wanne. Da er mir nicht gesagt hatte, dass ich mein Outfit ausziehen sollte, stieg ich mitsamt meiner Toga hinein und kniete mich in das heiße Wasser. Sofort erkannte ich, warum er es ausgesucht hatte: Der dünne Baumwollstoff saugte sich an meiner Haut fest und war nass fast vollkommen durchsichtig. Meine Nippel waren deutlich zu sehen und zogen sich bereits zusammen. Ben ließ sein Handtuch auf den Boden fallen und stieg zu mir in die Wanne, blieb aber stehen. Er sah mich auffordernd an und ich tauchte meinen Schwamm ins Wasser. Bedächtig begann ich, seine Beine zu waschen und arbeitete mich zentimeterweise vor. Dabei konnte ich beobachten, wie seine Erektion immer größer wurde. Als ich seinen Oberschenkel erreichte, und sie genau vor meinem Gesicht war, sah ich ihn fragend an, doch er schüttelte den Kopf. „Nur mit dem Schwamm." In seiner Stimme schwangen Genugtuung und Erregung mit. Ich beschloss, besagte Stelle noch etwas aufzuschieben und machte mit seiner Brust und seinem Bauch weiter.

Mittlerweile war mein Kleid völlig durchnässt und der Stoff klebte an meinen harten Nippeln und in meinem Schritt, als ich aufstand, um meine Arbeit besser verrichten zu können.

Langsam ließ ich den Schwamm über seine Arme und Hände gleiten, nahm mir seinen Hals vor und arbeitete mich hinten nach unten. Für seinen Hintern nahm ich mir besonders viel Zeit und musste mich zügeln, ihn nicht doch mit der Hand zu berühren.

„Komm nach vorn", befahl er und drehte sich um. Dabei streifte sein Schwanz meine Brüste und sein Blick verdunkelte sich. „Pass besser auf, oder ich muss dich bestrafen."

Ich nickte und kniete mich hin. Jetzt war er an der Reihe und ich machte, so hingebungsvoll ich konnte. Ben stöhnte leise, als ich den Schaum auf ihm verteilte und ihn abwusch.

Einmal, zweimal.

„Nimm jetzt deinen Mund zur Hilfe", sagte er endlich und ich gehorchte, ohne zu zögern. Seine Hand fuhr durch mein verschwitztes Haar und gab den Takt vor. Mittlerweile war ich so scharf, dass ich mit den Fingern über meine Brüste strich.

„Hör auf." Irritiert wich ich zurück. Er schüttelte den Kopf. „Du darfst dich nicht anfassen, das ist die Regel. Ich werde dich jetzt bestrafen. Stell dich hin." Ich gehorchte und senkte gespielt geknickt den Kopf. Ben legte seine Finger an meine Nippel. „Sieh mich an. Ich will keinen Ton hören." Ich nickte und er kniff mich fest. Um keinen Laut von mir zu geben, presste ich die Lippen fest zusammen. Er kniff nicht so fest zu, dass es ausschließlich wehtat, sondern genau so fest, dass es mich nur noch schärfer machte. Er ließ mich los und deutete auf das Handtuch. „Trockne mich ab." Er stieg aus der Wanne und ich folgte ihm, hob das Handtuch auf und frottierte ihn ab, dabei achtete ich peinlich genau darauf, ihn nicht mit meinen Händen zu berühren, obwohl es mich in den Fingern juckte. Als ich fertig war, nickte er.

„Gut gemacht." Er küsste mich und ich nahm diese Belohnung gierig an. „Jetzt trockne dich ab und zieh das Outfit an, das auf dem Schrank liegt. Ich erwarte dich im Schlafzimmer. Und Claire, ich werde es riechen, wenn du dich selbst berührst."

Ich nickte und er verließ den Raum. Schnell entfernte ich den nassen Stoff und trocknete mich ab. Das zweite Outfit sah fast so aus wie das erste, nur dass der Stoff dieses Mal durchsichtiger blauer Chiffon war. Wo hatte Ben sich heute die Zeit vertrieben? Zusätzlich lagen da auch das Lederhalsband und die passenden Manschetten, die ich mit etwas Geschick an Hand- und Fußgelenken anlegte.

Dann ging ich hinüber ins Schlafzimmer, wo er mich bereits erwartete. Er trug eine schwarze Panty, was mich etwas enttäuschte, weil ich gehofft hatte, ihn nackt vorzufinden.

Sein Blick glitt beifällig über meinen Körper und er winkte mich zu sich. „Du siehst wunderschön aus. Gib mir deine Hände." Ich streckte sie vor und er küsste jede einzelne Fingerspitze. „Du bist ja tatsächlich brav gewesen." Er küsste mich und fuhr mit seinen Fingern zwischen meine Pobacken. „Um dieses Körperteil werde ich mich heute ganz besonders kümmern. Ist dir das recht?"

Mein Puls stieg und ich nickte eifrig. Ben lächelte und küsste mich erneut. „Das dachte ich mir." Er trat zurück und deutete auf die Matratze. „Leg dich auf den Bauch." Ich leistete Folge und streckte mich auf dem Laken aus. Die Kissen und die Decke hatte er entfernt. Über meinem Kopf hatte er eine Kette an der mittleren Öse befestigt. „Die muss ich nur verwenden, wenn du dich nicht an die

Regeln hältst. Spreiz deine Beine." Ich spürte, wie er meine Füße an den Manschetten fixierte und schob mir ein Kissen unter den Unterleib, sodass mein Hintern angehoben war.

Sanft strichen seine Finger über meine Haut und den dünnen Stoff, der sie verhüllte und ich hoffte, er würde jetzt mein Verlangen zumindest ein kleines Bisschen stillen, doch stattdessen drehte er ihn ein und rieb ihn zwischen meinen Backen hin und her. „Du bietest mir gerade einen wunderschönen Anblick, meine Süße. Eigentlich müsste das jemand malen."

Ich schwieg, wie es vereinbart war, doch wir beide hatten die Übereinkunft, dass niemals Bilder von uns gemacht wurden, egal, wie verlockend die Vorstellung manchmal war. Darauf hatte ich bestanden. Von mir würden niemals unerwünschte Fotos beim Sex auftauchen und ich schickte Ben auch nie Bilder. Er bekam alles live zu sehen und brauchte keine Schnappschüsse auf dem Handy zur Erinnerung. Genauso hielt ich es auch.

Nur knapp konnte ich mir ein Stöhnen verkneifen, als seine Zunge sich auf meine Haut herabsenkte und zwischen meine Pobacken drang. Ich atmete heftig und krallte meine Finger in das Laken, als er die Intensität erhöhte, dann hörte ich, wie er sich an einer Tube zu schaffen machte und seine Zunge kurz darauf von seinen Fingern abgelöst wurde.

Ich seufzte und er versetzte mir einen Schlag auf den Hintern. „Still, hatte ich gesagt", erinnerte er mich mahnend und küsste die malträtierte Stelle. Ich nickte und blinzelte die Tränen weg, die mir bei dem unerwarteten Schlag in die Augen geschossen waren. Er sah es und strich mir über die Wangen. Alles Harte war aus seinem Gesicht verschwunden und er sah sehr jung aus. „Es tut mir leid, Claire. Das war zu heftig. Bitte verzeih mir." Ich nickte und ergötzte mich daran, dass er weitermachte und mich dabei küsste.

Sein Mund kehrte zu seinen Fingern zurück, neckend, knabbernd und saugend.

„Willst du es?", fragte er und ich nickte erneut. Er entzog mir seine Hände und entledigte sich seiner Pants. Ich betrachtete hungrig seine Erektion und leckte mir die Lippen.

Er sah es und lächelte, beugte sich vor und küsste mich auf die Lippen. „Ich hoffe, du weißt, dass das für mich ein großer Schritt in deine Richtung ist. Nur, weil du es magst, werde ich es ausprobieren." Aus dem Nachttischchen angelte er ein Kondom und streifte es über, nahm das Gleitgel zur Hand. Ich sah ihm dabei zu, beobachtete, wie er sich aufs Bett begab und sich zwischen meine gespreizten Oberschenkel kniete.

Erneut drangen seine Finger ein, dehnten mich, wärmten meine Haut an, dann zog er sie heraus und versenkte sich in mir. Es war ein köstliches, ein unbeschreibliches Gefühl und ich drückte den Rücken durch, damit er mich besser nehmen konnte.

„Oh Gott, ist das geil", stöhnte er und streichelte meinen Hintern. Vorsichtig begann er, sich zu bewegen und ich biss mir auf die Lippe, um still zu bleiben. Auf keinen Fall durfte er aufhören. Ich wünschte, er würde mich zusätzlich noch mit den Fingern stimulieren, aber ich wusste, dass ich darauf warten musste. Versuchte ich erneut, mich selbst zu berühren, würde er mir das nicht durchgehen lassen.

Er stützte sich auf meine Hüfte und führte seine Stöße kontrolliert aus, bedächtig, als habe er Angst, mir wehzutun.

Von nichts war ich weiter entfernt.

Allmählich steigerte er das Tempo und sein Atem ging schneller. Ich wölbte mich ihm entgegen und rieb mich an dem Kissen unter mir. „Wie ist es? Ist es gut?", keuchte er und ich nickte mit zusammengebissenen Zähnen. Leise zu bleiben verlangte mir einiges ab, steigerte gleichzeitig aber auch meine Lust. Er erhöhte das Tempo weiter und weiter, krallte seine Finger in meine Pobacken und machte mich hilflos vor Verlangen.

Dann wurde er langsamer und sanfter, strich mir zärtlich über den Rücken und küsste meinen Nacken. „Ich möchte nicht, dass es jetzt schon zu Ende ist", erklärte er mir und zog sich zurück. Ich bekam mit, wie er das Kondom entsorgte. Plötzlich legten sich seine Finger auf meine Klit und tauchten in mich ein.

„Oh Süße, bist du feucht, das gibt es doch gar nicht", stöhnte er und verteilte die Nässe mit seinen Fingerspitzen. Das Gewicht auf der Matratze verlagerte sich, als er sich hinter mich legte und begann, mich zu lecken. Ich war schon so scharf, dass ich augenblicklich kam. Mit seinen Händen hielt er mich ruhig und machte ungerührt einfach weiter, bis ich noch einen zweiten Orgasmus bekommen hatte, erst jetzt ließ er von mir ab und kniete sich hin.

Mit einem einzigen schnellen Stoß drang er in mich ein und ich konnte nicht verhindern, dass mir ein Schrei entfuhr. „Böses Mädchen", tadelte er mich und stieß tief in mich hinein. „Dafür werde ich dich jetzt bestrafen müssen." Die Bestrafung sah so aus, dass er mich hart von hinten nahm und mich noch einmal kommen ließ, bis auch er schließlich mit einem Schrei über mir zusammenbrach. Heftig atmend blieb er auf mir liegen und ich brauchte einen Moment, um meine Sinne zusammen zu bekommen.

„Bitte sprich mit mir", bat er mich. „Geht es dir gut?"

„Ja", antwortete ich matt und sah über meine Schulter zu ihm. „Das war richtig gut."

„Das hatte ich gehofft." Er küsste mein Schulterblatt.

„Hat es dir denn auch gefallen?", fragte ich, obwohl ich an seiner Reaktion gemerkt hatte, dass er es genossen hatte. Er hüstelte. „Ja, hat es. Es ist… interessant. Sehr eng, das ist scharf. Aber deine Pussy gefällt mir immer noch sehr viel besser." Behutsam griff er nach dem Stoff meines Outfits und drückte ihn gegen uns, jetzt zog er sich aus mir zurück. Ich hielt ihn fest, während er die Fußfesseln löste, dann rappelte ich mich auf.

„Ich werde mich jetzt dem Schwamm widmen." Ich winkte ihm, ging hinüber ins Badezimmer und duschte mich. Als ich ins Wohnzimmer kam, um meine Sachen aufzuheben, hatte Ben das schon erledigt und reichte mir ein Glas Rotwein. Auf dem Tisch dampfte ein Teller Spaghetti. „Damit du zu Kräften kommst", sagte er schmunzelnd. Ich küsste ihn und nahm Platz. Beim Essen erzählte ich ihm von meiner temporären Beförderung und er sah mich überrascht an.

„Bedeutet das, dass du mehr arbeiten musst?", fragte er vorsichtig. Ich warf ihm einen scharfen Blick zu.

„Bisher noch nicht, aber ich werde sehen müssen, welche Aufgaben die Partner mir übertragen. Schließlich bekommt die Drachenfrau ihre vierzig Stunden auch irgendwie voll. Hast du mit Curt telefoniert?"

„Mit seiner Sekretärin. Wir haben am Freitag einen Termin." Ich nickte erleichtert und hoffte, dass Ems Freund meinem bald zu einem neuen Job verhelfen würde.

20. Kapitel

Leider erwies sich meine Annahme, dass sich die Überstunden in Grenzen halten würden, als Fehleinschätzung und bereits am Dienstag saß ich bis neun Uhr im Büro. Dr. Bitter hatte mich in unserem Meeting derart mit Aufgaben überschüttet, dass ich allein den halben Nachmittag brauchte, um sie zu priorisieren.

Ben war wenig begeistert darüber gewesen, hatte sich aber zurückgehalten. Der Mittwoch wurde noch schlimmer und ich hatte ein schlechtes Gewissen, als ich um halb zehn meine Bürotür hinter mir schloss.

Ich fühlte mich wie erschossen nach diesem vierzehn-Stunden-Tag und mir graute schon vor morgen, weil weitere Termine mit den Partnern anstanden. Morgen würde ich aber pünktlich gehen, koste es, was es wolle, denn Em hatte eine Party organisiert und wir vier würden zusammen ausgehen. Auf dem Weg in die Tiefgarage schrieb ich Ben, dass ich mich jetzt auf den Weg machte. Bis ich den Motor startete, antwortete er nicht.

Zuhause erwartete er mich nicht im Flur, sondern saß mit finsterer Miene auf der Couch. „Ist das jetzt jeden Abend so?", fragte er, unsere Vereinbarung missachtend. Ich hasste es, wenn er das tat.

„Ich weiß es nicht", antwortete ich wahrheitsgemäß. „Wenn alles gut geht, ist das jetzt nur die Anfangsphase, in der ich mich einarbeite. Außerdem kommt sie ja auch irgendwann zurück."

„Ja, aber wann weiß keiner und bis dahin sitzt du wahrscheinlich bis spät in die Nacht am Schreibtisch und musst dich mit dieser Scheiße rumärgern." „Diese Scheiße ist zufällig mein Job und sie haben mich gebeten, die Stellvertretung zu übernehmen, weil sie der Meinung sind, dass ich es von den zwölf Abteilungsleitern am besten hinbekomme", fuhr ich ihn an. Er zuckte kurz zurück, sah mich aber trotzig an. „Es kann doch aber nicht sein, dass du so viel Zeit dafür brauchst."

„Ben, ich habe wirklich keine Lust, das jetzt zu diskutieren. Die Situation ist, wie sie ist, und ich werde diese Chance nicht vertun, um abends zwei Stunden eher hier zu sein. Du weißt, dass ich es hasse, mit dir zu streiten, also komm schon. Es waren jetzt zwei Abende."

„Weißt du, der Unterschied zwischen uns ist, dass für mich ein Job nur ein Teil meines Lebens ist. Für dich ist der Job dein Leben." Seine Stimme war schneidend und in seinem Gesicht spiegelte sich eine Wut wider, die ich nicht verstand.

„Das ist so nicht richtig und ich finde, du bist unfair. Ich habe sehr hart dafür gearbeitet, in dieser Position zu sein und gutes Geld zu verdienen, wovon du momentan ja auch profitierst. Vielleicht hast du irgendwann auch einen Job, bei dem es dir genauso geht." Ich ballte die Hände zu Fäusten und fühlte mich frustriert. Wenn ich eins nicht wollte, dann nach so einem Marathon-Tag nach Hause kommen und mich streiten.

Ich sah Ben an und sein verstocktes Gesicht und fühlte mich mindestens genauso unzufrieden wie er. Zweifel kamen in mir hoch, die ich die letzten Wochen erfolgreich verdrängt hatte. Seitdem er seinen Job verloren hatte und ständig zuhause war, es sei denn er traf sich mit Freunden, war er unausgeglichen und ging mir mit seiner Anhänglichkeit auf die Nerven.

Ich wollte das nicht.

Ich wollte einen selbstbewussten Partner, der mich unterstützte und mir keine Szene machte wie eine gelangweilte Hausfrau, wenn ich von der Arbeit nach Hause kam. Jetzt im Moment, wie er da mit seinem wütenden Gesicht auf meiner Couch saß, erinnerte Ben mich nur zu deutlich daran, dass mehr als ein Jahrzehnt zwischen uns lag und er orientierungslos in den Tag hineinlebte.

Ich fühlte mich ohnmächtig, weil er mich seiner Unzufriedenheit so aussetzte und das machte mich wütend. Meine Wohnung war ein Ort der Ruhe und des Friedens, hier sollte nicht gestritten werden, hier wollte ich mich von meinem Alltag erholen und ihn mit Sex verschönern. Keines von beiden gab Ben mir gerade und am liebsten hätte ich ihn vor die Tür gesetzt.

Stattdessen setzte ich mich auf einen der Esszimmerstühle und starrte an die Wand. Atmete tief durch und versuchte, meine Wut und meine Enttäuschung zu zügeln. Ich würde mich nicht auf das Niveau herablassen, mir einen lautstarken Streit mit ihm zu liefern, nichts hasste ich mehr als das.

Es war eine lange Weile still, dann hörte ich, wie Ben aufstand und zu mir herüberkam. Ich sah ihn nicht an, auch nicht, als er sich direkt vor mich stellte. „Es tut mir leid", sagte er leise. Seine Hand legte sich auf meine Schulter und ich widerstand dem Drang, sie abzuschütteln. Ich war noch viel zu wütend auf ihn, um ihm einfach so zu verzeihen.

„Hey, wirklich. Es tut mir leid. Ich war unfair, das hast du nicht verdient. Du hast so viel zu tun und ich hänge hier nur rum. Ich bin ein Vollidiot, bitte verzeih mir, Claire." Ich atmete noch einmal tief ein und sah ihn an. Sein Gesicht war ehrlich zerknirscht, er hatte seinen Fehler eingesehen und ich war froh, dass der Streit vorüber war. Er küsste mich auf den Mund und zog mich in seine Arme. „Ich hoffe, dass ich bald nicht mehr so viel arbeiten muss", sagte ich an seinen Hals. Und ich hoffte inständig, dass er bald einen Job fand.

Tatsächlich machte Curt Ben ein Angebot, nachdem sie sich zweimal zum Gespräch getroffen hatten und Ben auch den zuständigen

Projektleiter kennengelernt hatte. In der Bauabteilung der Firma, für die er im Aufsichtsrat saß, brauchten sie einen Projektassistenten, der sich um die Koordination der Baustellen kümmerte und den Projektleiter bei den Besichtigungen unterstützte. Ich war sehr angetan, denn die Firma war groß und baute Wohnhäuser in vielen deutschen Städten.

Ben hätte trotz seiner fehlenden Ausbildung Chancen, sich in der Hierarchie nach oben zu arbeiten, doch er war nicht besonders begeistert und starrte ewig auf den Vertrag, der ihm zugeschickt worden war. „Was ist los?", fragte ich ihn irgendwann, nachdem er die Unterlagen das dritte Mal in den Umschlag gepackt hatte, ohne sie zu unterschreiben.

„Ich weiß nicht, ob das das richtige für mich ist", erwiderte er. „Diese Sache, jeden Tag acht Stunden zu arbeiten, immer um die gleiche Uhrzeit, immer die gleichen Leute… das habe ich nie gewollt. Beim Kellnern hat man wenigstens Abwechslung, Locations, Leute, Anlässe… aber hier? Nur Projektpläne und Bauabnahmen."

„Also erst mal bist du ja nicht jeden Tag auf der gleichen Baustelle", sagte ich, um einen ruhigen Tonfall bemüht, obwohl ich mittlerweile sehr gereizt war. „Außerdem klang das, was er dir erzählt hat, doch wirklich interessant und dein zukünftiger Vorgesetzter war auch sympathisch, das hast du zumindest gesagt. Warum sperrst du dich jetzt so? Einen solchen Job hättest du ohne Curt doch nie bekommen."

„Ja, vielleicht wollte ich so einen Job auch nie", maulte Ben und erinnerte mich an ein ungezogenes Kind. Ich spürte, wie mir vor Wut Tränen in die Augen stiegen und blinzelte sie entschlossen weg. Sein Verhalten frustrierte mich mehr als jedes Meeting mit einem Partneranwalt, denn ich hatte das Gefühl, dass er einfach nicht verstehen *wollte*, dass er hier gratis die Chance bekam, Karriere zu machen.

Ich wusste, dass er viel mehr aus sich machen konnte und Potenzial hatte, er musste sich nur endlich einmal überwinden und es selbst einsehen. Er gab mir das Gefühl, ihn zu etwas zu zwingen, was er nicht wollte und dieser Schuh passte mir nicht.

„Okay, weißt du was: Mach, was du meinst. Ich bin nicht deine Mutter, außerdem habe ich es satt, mir darüber Gedanken zu machen und mich über dich zu ärgern, weil du dich wie ein Vierjähriger verhältst. Du kommst schon klar." Ich stand vom Tisch auf und ging ins Schlafzimmer.

„Danke für deine Unterstützung!", rief er mir hinterher.

„Du willst doch keine. Außerdem bist du ja auch gut ohne mich klargekommen. Ich rede dir da nicht rein." Wütend biss ich mir auf die Zunge. Waren wir jetzt doch so weit, dass wir uns über mehrere Räume stritten?

Ben kam hinter mir her und blieb direkt vor mir stehen. „Sag nicht, dass ich mich wie ein Kind verhalte." Seine Augen funkelten und sein Atem ging schnell.

Überrascht stellte ich fest, dass ihn der Streit erregt hatte und sobald mir das klar wurde, setzte das Ziehen in meinem Unterleib ein. Egal, ob wir uns stritten oder nicht, der Sex war immer gut und ich konnte ihn jetzt gut gebrauchen, um von diesem Tag runter zu kommen. „Du verhältst dich wie ein Kind", zischte ich. Er packte mich an der Hüfte und schob seine Hand unter meinen Rock. Heute trug ich ein Höschen, das im Schritt offen war und ihm keinen Widerstand leistete. Ich stöhnte, als er gegen meine Klit schnippte und sie zwischen Daumen und Zeigefinger rieb. Dann ging er in die Knie und hob den Stoff an. Ich beobachtete, wie er mit der Zunge seine Finger ablöste.

Die Kleidung, die er mir morgens herauslegte, wurde immer gewagter und ich war schon mehr als einmal ohne Slip oder mit einem Ouvert ins Büro gegangen.

Er leckte mich hart und ich rieb mich an ihm, um das Gefühl noch zu intensivieren. Wenn doch zwischen uns alles so einfach wäre wie Sex. Bevor ich kommen konnte, hörte er auf und legte sich auf die Matratze. Ich öffnete seine Hose und zog sie ihm mitsamt den Pants aus. Mit meiner Zunge glitt ich über seine Hoden und seinen Schaft hinauf bis zu seiner Eichel, die in meinem Mund pochte. Ich ließ von ihm ab und kniete mich mit dem Rücken zu ihm über ihn, den Rock hob ich an. „Würdest du bitte?"

Er umfasste gehorsam seinen Penis und ich senkte mich auf ihn herab. Ich liebte das Gefühl, wenn er das erste Mal in mich eindrang, wie sich meine Muskeln dehnten und sich fest um ihn schlossen. Die umgedrehte Reiterin mochte Ben ganz besonders, er liebte die Show, die ihm durch die Rückansicht geboten wurde und ich zeigte sie ihm zu gern.

Langsam drückte ich mich hoch und achtete darauf, dass er nicht aus mir gleiten konnte, senkte mich ab, wieder und wieder. Über meine Schulter beobachtete ich sein Gesicht, seine Hände hatte er auf meine Hüften gelegt und hielt mich fest. Ich ritt ihn immer schneller, stimulierte mich selbst mit den Fingern und spürte, dass ich bald kommen würde, als er schon mit einem Schrei unter mir zuckte.

Noch ein, zwei Stöße und ich kam ebenfalls und sank vorn über. Seine Finger glitten zwischen meinen Pobacken entlang bis zu der Stelle, wo wir noch vereint waren und streichelte uns beide dort. Ich wimmerte leise und genoss den Moment. „Was für eine wunderschöne Aussicht", murmelte er träge und streichelte mich weiter. Dann seufzte er. „Ich werde den Vertrag unterschreiben."

Ein Lächeln breitete sich über meinem Gesicht aus.

Ben fing am fünfzehnten in Curts Firma an, nur wenige Tage nach seinem Gespräch mit ihm und kam recht zufrieden nach Hause. Ich hatte immer noch viel zu tun, jedoch den Eindruck, dass ich allmählich alles geordnet und mich eingefunden hatte.

Die Drachenfrau arbeitete nach einem System, das ich weder verstand noch übernehmen wollte und die Partner, allen voran Dr. Bitter, machten mich mit ihren vielen Anfragen zu Zahlen und Statistiken ganz verrückt. Nachdem ich ihm aber mehrmals Reportings vorgelegt hatte und er sich nicht mehr erinnern konnte, mich darum gebeten zu haben, nahm ich mir hier selbst den Stress und ließ es ruhiger angehen.

Jetzt hatte ich auch Zeit für regelmäßige Mittagspausen mit Sam, Sonja und Em, die mich schon mehrmals damit aufgezogen hatten, dass ich mich in einen Workaholic verwandelte.

„Du machst dir viel zu viel Stress", sagte Em und wedelte mit ihren Essstäbchen. Heute waren wir im Sushi-Restaurant.

Ich nickte geschlagen. „Weiß ich, aber es hat jetzt über zwei Wochen gedauert, mich in ihrem Chaos halbwegs zurecht zu finden. Sie legt keine Mails ab, hat kein Ordnungssystem auf ihrem Laufwerk, die Speicherplätze ergeben keinen Sinn und ihr Postfach, das Roland mir gespiegelt hat, ist ein Desaster. Sie hatte über zweitausend Mails in ihrem Posteingang."

„Ich hasse solche Mail-Messies", sagte Sam und dekorierte seinen eingelegten Ingwer auf einem Maki. „Ich gehe erst nach Hause, wenn ich nicht mehr scrollen muss, sonst macht mich das wahnsinnig." Er war mit Abstand der pedantischste von uns, wenn es um digitale Ordnung ging und sortierte akribisch jede Mail in die dafür vorgesehenen Ordner. Dadurch war er in der Lage, jede Nachricht innerhalb von zwei Minuten zu finden.

Ganz so schlimm war es bei mir nicht, aber ich hatte mir viel von ihm abgeschaut und das kam mir gerade jetzt sehr zugute.

„Wir werden übrigens umziehen", sagte er in diesem Moment und verspeiste seine Dekoration. Wir sahen ihn irritiert an.

„Und wohin?", fragte Em. „Davon höre ich heute zum ersten Mal." Sam kaute sein Maki und lächelte uns dabei spitzbübisch an.

„Wissen wir noch nicht, aber wir haben gestern darüber gesprochen und sind beide der Meinung, dass unsere Wohnung zu klein ist, jetzt, wo wir Dionne haben. Ein Haus wäre natürlich am besten und am liebsten würde Tim es selbst entwerfen, aber wir müssen uns erst mal Gedanken machen, wo es hingehen soll. Bauland ist ja nicht gerade üppig in Hamburg."

„Mit dem richtigen Geldbeutel ist das kein Problem", warf Sonja ein. „Aber es dauert ja sicher noch eine Weile, vor allem, wenn Tim sich selbst darum kümmern will. Ich dachte schon, ihr hättet die Kisten bereits gepackt."

„So weit ist es noch nicht, aber ich wollte euch in Kenntnis setzen, damit ihr euch melden könnt, falls ihr was Interessantes seht."

„Wir halten die Augen offen", versprach ich. „So können wir wenigstens sichergehen, dass ihr nicht zu weit rauszieht."

„Wie läuft es eigentlich bei dir und Kenichi, Sonja?", fragte Em. „Immer noch alles bestens?"

Sonja lächelte angestrengt. „Er gibt sich wirklich große Mühe und ja, es läuft besser seit Silvester. Aber ich merke, dass es ihm schwerfällt, sich so sehr zurückzunehmen."

„Denkst du, da kommt noch mal was?", fragte ich. Sonja zuckte mit den Schultern.

„Ich kann es dir nicht sagen. Vielleicht ist es jetzt nur am Anfang schwer für ihn, vielleicht bricht es auch irgendwann wieder aus ihm heraus. Ich habe ihm vorgeschlagen, dass wir zur Eheberatung gehen, aber davon will er nichts wissen."

„Autsch, das hat ihm sicher nicht gefallen", meinte Em und verzog das Gesicht. Sie hielt generell nicht viel von Psychologen und fand, dass es niemandem half, sich in seinen Problemen zu suhlen.

Ich fand durchaus, dass es gut sein konnte, sich von jemand Unvoreingenommenem Hilfe zu holen, wenn man sie brauchte, aber das musste jeder selbst wissen.

„Nein, hat es nicht. Er ist da ähnlich begeistert wie du und meint, dass er selbst ganz genau weiß, was mit ihm los ist und da müsse er sich nicht von einem Fremden reinreden lassen." Sonja trank mit bekümmerter Miene noch einen Schluck Tee. „Wahrscheinlich ist es besser, das Thema ruhen zu lassen, bevor er sich noch mehr da reinsteigert."

„Wie geht es JP? Bekommt er was mit?", fragte Em.

„Du ahnst gar nicht, wie viel ein Sechsjähriger mitbekommt. Natürlich hat er bemerkt, dass Kenichi nach Weihnachten ein paar Tage bei Aiko war. Er hat mich gefragt, warum er einfach zu ihr gefahren ist, ohne ihn mitzunehmen. Jan-Philipp liebt seine Kusinen und hätte die beiden gern gesehen."

Es tat mir leid, dass Em mit dem Thema angefangen hatte, denn Sonja war anzusehen, wie sehr es ihr noch immer zusetzte. Natürlich war ihr Sohn mittlerweile alt genug, um solche Dinge zu bemerken und sicher machte er sich seine Gedanken darüber, warum seine Eltern sich in den letzten Monaten so anders verhielten als er es gewohnt war.

„Was hast du ihm gesagt?", fragte Sam.

„Dass Kenichi ein paar Tage bei Aiko war, weil sie Hilfe brauchte. Was sollte ich ihm auch anderes sagen? ,Papa kommt nicht mit mir klar und ist deswegen abgehauen wie ein Feigling'?" Sonja atmete tief durch, ihr Gesicht war rot angelaufen und sie hatte sichtlich Mühe, sich zu beruhigen.

Es dauerte einige Zeit, bis die Stimmung beim Mittagessen etwas besser war, hauptsächlich getragen durch Ems Geschichten von Curt, der es sich jetzt in den Kopf gesetzt hatte, dass sie unbedingt seine Töchter richtig kennenlernen sollte.

„Ich meine, die heißen Clementine und Fernandine und sind wirklich kleines Bitches. Was soll ich mit denen?", meinte sie, als wir unsere Mäntel nahmen und zurück zum Büro liefen.

„Am besten nichts, wenn du sie Bitches nennst", sagte Sam schmunzelnd und nahm einen Zug von ihrer Zigarette.

„Hey, du hast aufgehört", sagte ich, obwohl ich manchmal selbst einen gebrauchen könnte. Vor allem jetzt.

„Hast ja recht", er reichte den Glimmstängel zurück und küsste mich auf die Wange. „Und mach nicht so lange heute."

„Ich versuche es", versprach ich und hoffte, dass ich mein Versprechen einhalten konnte.

Ich hielt es weder an diesem noch an den nächsten Tagen. Nachdem ich gehofft hatte, alles in den Griff bekommen zu haben, kam das Neujahrsmeeting in New York, zu dem die Partneranwälte so unendlich viele Informationen, Statistiken und Präsentationen haben wollten, dass Anne und ich kaum hinterherkamen.

Am Wochenende war mit mir nicht viel anzufangen und zum ersten Mal seit Jahren musste ich den anderen absagen, obwohl ich nicht krank war; ich kam einfach nicht mehr hoch. Ben beobachtete das Ganze mit zunehmender Unzufriedenheit und ich wusste, dass wir uns am Rande eines Streits bewegten, aber mir fehlte sogar die Kraft, ihm diese Bedenken aus dem Kopf zu vögeln.

„Claire, es kann so nicht weitergehen. Du musst den Typen sagen, dass du das nicht schaffen kannst. Du kannst doch nicht zwei Vollzeitjobs gleichzeitig machen, das müssen die auch verstehen."

„Tun sie aber leider nicht", hielt ich müde dagegen. „Empathie und Rücksichtnahme sind nicht gerade die Kernkompetenzen von Rechtsanwälten."

„Dann kündige doch!", rief er wütend. „Wenn die so scheiße zu dir sind, lass den Job doch einfach sausen."

„Ben, wirklich, das hat doch keinen Sinn. Ich werde nicht kündigen und das renkt sich wieder ein. Die Konferenz ist in zwei Wochen. Danach wird alles entspannter."

Er erwiderte nichts mehr, ich sah ihm aber deutlich an, dass er noch einiges dazu zu sagen hätte, wenn ich ihn ließe. „Ich lasse dir ein Bad ein", meinte er mit rauer Stimme und stand auf.

„Das ist lieb von dir. Kommst du mit rein?"

„Nein, du gehst allein und versuchst, dich ein bisschen zu entspannen. Ich laufe so lange eine Runde." Ich nickte mit einem komischen Gefühl im Bauch und hörte ihn im Badezimmer den Wasserhahn aufdrehen. Anschließend ging er ins Schlafzimmer und zog seine Laufsachen an. „Bis gleich", sagte er und küsste mich, dann war er durch die Tür verschwunden.

Ich zog mich aus und stieg in das heiße Wasser. Das Licht ließ ich aus und nur die Lampe im Flur brennen, sodass ich in einem angenehmen Halbdunkel lag. In der Wohnung war es totenstill, so wie früher, als ich noch allein lebte. Als noch niemand hier war, der mir permanent vorhielt, was ich seiner Meinung nach alles falsch machte.

Ich schloss die Augen und tauchte so tief unter, dass nur noch mein Gesicht über der Wasseroberfläche war. Ben war nicht als einziger unzufrieden mit der aktuellen Situation. Obwohl mich der Job so stresste, hatte ich das Gefühl, meinem Ziel, der Beförderung, näher gekommen zu sein und dass die Anstrengung sich lohnte.

Leider verhielt es sich bei meinem Freund genau gegenteilig. Ich wusste, dass sein neuer Job ihm keinen Spaß brachte. Er hatte es nicht formuliert, aber er erzählte nie etwas von seinem Arbeitstag und wirkte sehr angespannt. Er war jetzt knapp anderthalb Wochen dabei und ich hatte das Gefühl, dass er am liebsten hinwerfen würde und es nur meinetwegen nicht tat. Mir tat es leid, dass es ihm nicht gefiel, aber diese Entscheidung konnte und wollte ich ihm nicht abnehmen. Er musste selbst wissen, was er tat und darauf vertrauen, dass ich für mich selbst den passenden Weg aussuchte.

Ohne mein eigenes Zutun seufzte ich schwer. Ich hatte so gehofft, dass die Regeln, die ich aufgestellt hatte, helfen würden, uns auf Kurs zu halten, unsere Beziehung auf dem Level zu bewahren, auf dem sie anfangs so gut funktioniert hatte. Aber wir waren über den bloßen Sex mittlerweile so weit hinaus, dass ich mich selbst nicht mehr verstand.

Ich hatte das Gefühl, in Bens Emotionen zu ersticken und ihn zu enttäuschen, wenn ich sie nicht in der gleichen Intensität erwiderte. Ich wollte, dass es wieder einfach wurde. Dass ich mich freute, abends nach Hause zu kommen und ein Kribbeln im Bauch zu haben, weil er sich etwas ausgedacht haben könnte. Zwar hatten wir weiterhin guten Sex, aber der war jetzt nur noch Standard, weil keiner von uns die Zeit hatte, sich etwas Ausgefallenes auszudenken.

Ich wünschte mir, er könnte seine Frustration im Bett auslassen, mir die Last von den Schultern nehmen, indem er hier zuhause den dominanten (nicht den nervtötenden) Part übernahm. Gerade jetzt hätte ich es gut gebrauchen können, Anweisungen zu erhalten und mich dabei selbst abzuschalten, doch er war längst noch nicht so weit. Und manchmal fragte ich mich, ob wir es noch schaffen würden, so weit zu kommen. Dass diese Zweifel immer häufiger kamen, machte mir Angst.

Em konnte mir in dieser Sache nicht helfen. Sie mochte Ben zwar, hatte mir aber recht früh gesagt, dass sie sein Alter und seine Art, sein Leben zu führen, problematisch fand. „Irgendwann wird ihm aufgehen, dass er mit dir nicht mithalten kann und es wird in Tränen enden", hatte sie mir an einem Abend gesagt, als er mit Freunden verabredet war. Sam hatte mir geraten, mich mehr auf ihn einzulassen, aber ich sah den Ansatzpunkt nicht, denn das Problem, das Ben hatte, lag in mir und ich war nicht bereit, mein Leben zu ändern, damit er sich besser fühlte. Ich hatte zu hart für meine Karriere gearbeitet, um sie jetzt über Bord zu werfen und für ihn kürzer zu treten.

Dieser Ansatz erinnerte mich zu sehr an Sonjas Lappalie. Sie wollte ich mit dem Thema nicht belästigen, ihr war deutlich anzumerken, dass die scheinbare Ruhe, die sich nach der Krise kurz vor Silvester eingestellt hatte, bereits wieder zu schwinden begann: Am Freitag war sie verweint zur Arbeit gekommen und Em hatte prophezeit, dass es bald mit den beiden aus sein würde. Das schlimme war, dass Sam und ich das gleiche dachten und wir drei uns darin einig waren, dass es wahrscheinlich das Beste für Sonja und auch Kenichi wäre, wenn sie sich trennten. Es war traurig und beklemmend zugleich zu sehen, wie eine meiner besten Freundinnen so litt und ich ihr nicht helfen konnte.

Gleichzeitig wuchs meine Angst, dass Ben und ich irgendwann, und dazu bräuchten wir wahrscheinlich nicht einmal sieben Jahre, in einen ähnlichen Zerstörungsmodus wechseln würden. Wir waren jetzt zweieinhalb Monate zusammen und ich meinte bereits die ersten Anzeichen des Zerfalls zu sehen.

Erschrocken stellte ich fest, dass mir bei diesem Gedanken die Tränen in die Augen stiegen und ich tauchte schnell mit dem Gesicht unter Wasser, um sie abzuspülen. Wenn ich so an die Sache heranging, würde ich den Prozess nur noch weiter beschleunigen.

Als ich ihm gesagt hatte, dass ich ihn liebte, hatte ich das ernst gemeint, doch mittlerweile ängstigten mich auch diese Gefühle, denn sie machten mich verletzlich.

Wenn ich mich nicht vorsah, würde ich mit Ben irgendwann am gleichen Punkt stehen, wie damals mit Robert. Und am Ende würden wir beide verletzt sein und von unserer Zuneigung wäre nichts mehr übrig.

Aber was konnte ich tun, um das scheinbar Unvermeidliche aufzuhalten, ohne mich dabei selbst aufzugeben?

‚Halte dich an die Regeln‘, sagte ich mir selbst. ‚Du hast sie aufgestellt, damit genau das nicht passiert. Und erinnere ihn daran, dass er sich ebenfalls daran zu halten hat. Noch war nicht alles zu spät, wir haben noch eine Chance. Vielleicht würden uns ein paar weitere Regeln helfen, uns in den Griff zu bekommen, uns in die Spur zu bringen.‘

Denn ich wollte, dass es funktionierte. Mittlerweile hatte ich selbst schon so viel investiert, dass ich es nicht zulassen konnte, diese Beziehung scheitern zu lassen.

Ich wusch mich und verließ die Badewanne. Mir war jegliches Zeitgefühl abhandengekommen und ich konnte nicht einschätzen, wie lange Ben noch brauchen würde, um zurückzukommen.

Entschlossen ging ich in die Küche und entkorkte eine Flasche Rotwein, aus der ich mir ein Glas einschenkte und ein zweites für ihn bereitstellte.

Ich ging ins Schlafzimmer, zog mir einen Minislip an und legte das Lederhalsband und die Kette mit dem Schlüssel um, anschließend schlüpfte ich in meine Lackpumps. Wenn er zurückkam, würde er keine Ausweichmöglichkeit haben, ich wollte ihn sofort.

Es dauerte noch etwa eine halbe Stunde, die ich aufgeregt in der Küche zubrachte, da hörte ich Schritte im Treppenhaus. Ich stellte mich in den Flur und ging nach kurzer Überlegung in die Knie. Kurz darauf öffnete sich die Tür und Ben kam erhitzt und verschwitzt von seinem Lauf in die Wohnung. Als er mich sah, stutzte er und schloss die Tür, ohne mich aus den Augen zu lassen. „Was machst du denn da?“, fragte er mit sanfter Stimme, während er zu mir kam. „Ich habe dich vermisst“, erwiderte ich und sah ihn bittend an. Er schien kurz zu überlegen, dann stellte er sich neben mich, streichelte meinen Kopf und ich lehnte mich gegen sein Bein.

Erschöpft schloss ich die Augen und genoss seine Berührung. Er war warm durch den Stoff der Laufhose und roch nach frischem Schweiß und Erregung. „Ich will nicht, dass wir uns streiten", flüsterte ich, während ich meine Arme um seinen Unterschenkel schlang. „Ich möchte, dass wir zufrieden sind. Glücklich."

Ich verstummte und sah zu Boden. ‚Zu viel', sagte ich mir selbst. ‚Du verlangst zu viel von ihm. Viel mehr, als er dir geben kann. Und vielleicht auch will.'

Eine Hand schob sich unter mein Kinn und hob es an. Gleichzeitig spürte ich, wie er sich neben mich hockte und gab sein Bein frei. Er brachte sein Gesicht auf Höhe von meinem und sah mir in die Augen. „Claire, das möchte ich doch auch. Bitte verzeih mir. Ich mache es dir nicht leicht im Moment, das hast du nicht verdient. Wir haben in einigen Dingen unterschiedliche Meinungen, aber das ist kein Grund, sich zu streiten, da hast du vollkommen recht."

Er küsste mich und es fühlte sich ein wenig so an wie damals auf der Party, als ich ihn einfach hinter der Säule geküsst hatte. Nur mühsam konnte ich verhindern, dass sich eine Träne über meine Wange stahl. Er nahm meine Hände, gemeinsam standen wir auf und küssten uns erneut. Seine Finger strichen über meinen nackten Rücken und meinen Po, während er sich an mich schmiegte.

An meinem Bauch spürte ich, dass ihm meine Aufmachung gefiel und es ihm nicht einfallen würde, duschen zu gehen, bevor er sich ihr und mir ausführlich gewidmet hatte.

„Wie sieht dein Plan aus, Liebste?" Er strich mir eine blonde Strähne hinters Ohr und fuhr mit dem Daumen die Kontur meines Kiefers nach. „Ich hatte nichts beantragt, also bist du am Zug." Das stimmte, denn so gern ich ihm die Führung abgetreten hatte, wäre das ein Verstoß gegen die Regeln, auf die wir beide uns verlassen können mussten. Ich durfte das Fundament unserer Beziehung nicht erschüttern. „Zieh deine Sachen aus", wies ich ihn mit sanfter

Stimme an und er leistete unverzüglich Folge. Ich beobachtete ihn dabei, wie er die Kleidung abstreifte und in der Hand behielt. Auch er hielt sich heute fest an die Regeln. „Ins Schlafzimmer." Er öffnete die Schlafzimmertür, warf die verschwitzten Sachen in den Wäschekorb und stellte sich mit dem Gesicht zur Wand und wartete. Ich zögerte nur kurz, öffnete das Halsband und legte es ihm um, anschließend griff ich mir den Stoff, den er für unsere Badewannensession besorgt hatte und drapierte ihn über meiner Schulter, so, wie er es sich ausgedacht hatte.

Bevor ich mich ins Bett begab, legte ich noch Bänder und Ketten zurecht und die kleine Gerte in Griffweite. „Dreh dich um", forderte ich ihn auf und er wandte mir gehorsam sein Gesicht zu. Als er mich erblickte, verdunkelten sich seine Augen.

„Das Blau steht dir wirklich sehr gut", sagte er leise. Ich lächelte und winkte ihn heran. Er kam hinüber zum Bett und blieb davor stehen, wartete auf weitere Anweisungen.

Ich ließ ihn einen Moment dort stehen, weidete mich an seinem Anblick, sog seinen Geruch ein, überlegte, was ich als Nächstes mit ihm machen sollte. Was er als Nächstes mit mir machen sollte.

Wie ich ihm zeigen konnte, dass ich an uns glaubte und bereit war, in diese Beziehung zu investieren. Mein Herzschlag beschleunigte sich und ich musste mir eingestehen, dass ich Angst vor der Möglichkeit des Scheiterns hatte. Dass meine Bemühungen nicht ausreichen würden.

Ich streckte die Hand nach ihm aus und er ergriff sie, kniete sich vor mir aufs Bett, wartete weiter, seine Erregung war ihm bereits deutlich anzusehen. „Du darfst mich berühren."

Vorsichtig ließ er die Finger über den Stoff gleiten, berührte meine Brüste und strich über meine Nippel, die sich zusammenzogen. Ich schloss die Augen und seufzte, als er sich vorbeugte und sie mit dem Mund bearbeitete. Er schloss die Zähne darum und zwickte mich, gab ein leises Stöhnen von sich, das sich mit meinem vermischte.

Er liebte meine Brüste so sehr wie ich es liebte, wenn er sie berührte. Ausschließlich stimuliert, konnte er mich so an den Rand eines Orgasmus bringen – was sein Ziel zu sein schien, denn er konzentrierte sich auf diesen Bereich und berührte mich nirgendwo sonst, auch wenn mein Verlangen zwischen meinen Beinen fast schon schmerzhaft pulsierte. „Ben, bitte", flüsterte ich, doch er schob meine Hände weg und machte einfach weiter.

„Du musst schon etwas bestimmter werden, wenn du es wirklich willst." Er sah mich herausfordernd an, erwartete von mir, dass ich die Führung übernahm. Auch er war auf mich angewiesen, erkannte ich. Er wünschte sich meine Dominanz, brauchte sie genauso, wie ich sie jetzt hätte brauchen können. Mir fiel diese Rolle zu, weil ich sie von Anfang an für mich beansprucht hatte.

Ich griff nach seinem Handgelenk und hielt ihn auf. Wenn ich ihn so weit hatte, würden wir uns besser aufeinander einlassen können. Er würde verstehen, wann ich ihn wie brauchte. Und ich würde wissen, wieviel Anleitung er wirklich brauchte, denn ich hatte das Gefühl, dass es weniger war, als er dachte.

Fürs erste und bis es so weit war, würde ich es sein, die uns lenkte und den Ton angab. Ich wunderte mich über mich selbst, warum ich mich gerade damit schwertat, normalerweise war ich lieber der dominante Part, vor allem, weil ich schon einmal eine schlechte Erfahrung mit meiner unterwürfigen Seite gemacht hatte.

‚Jetzt sei nicht albern und hol dir, was du haben willst', schalt ich mich selbst. ‚Er ist noch nicht so weit, er kann nicht ahnen, was du brauchst.'

„Zieh mir den Slip aus", befahl ich mit fester Stimme. Er entfernte den zarten Stoff mit konzentrierten Händen und behielt mich dabei im Blick. Und ich ihn. Er wollte, dass ich ihn dominierte, also würde ich es ihm geben. Es waren keine weiteren Widerworte zu erwarten, es sei denn, ich erfüllte meine Rolle nicht.

„Knie dich vors Bett."

Er gehorchte und senkte den Blick. Ich setzte mich auf die Bettkante, direkt vor ihn, und spreizte die Beine. Der transparente Stoff fiel zwischen sie.

„Schieb den Stoff beiseite und sieh mich an."

Er leistete Folge und richtete seinen Blick konzentriert auf meine Scham. Langsam ließ ich meine Finger über meinen Bauch streichen und erreichte schließlich die Stelle, die er mit seinen Blicken geradezu durchbohrte.

„Sieh genau hin und leg deine Hände auf meine Knie", befahl ich ihm, dann fuhr ich fort, mich selbst zu streicheln. Unter seinem Blick wurde mir immer heißer und es war ein unglaublich erregendes Gefühl, dass er jede Berührung mit seinen Augen aufsaugte, sie sich einprägte, um selbst noch geschickter zu werden.

Ich stöhnte und wölbte meinen Rücken, während ich immer weitermachte, meine Finger in mich schob und die Feuchtigkeit auf meiner Klit verteilte, um die Intensität zu steigern.

Sein Atem klang zittrig und ich glaube, er versuchte das Blinzeln komplett einzustellen. „Wie gefällt dir, was du siehst?", fragte ich.

„Es ist unendlich geil", flüsterte er. Ich warf einen Blick auf seine Erektion und sah, wie sehr es ihn erregte. Die Spitze glänzte bereits feucht. Das machte mich so scharf, dass es nicht mehr lange dauerte, bis ich unter meinen eigenen Fingern kam und schluchzend zurück in die Kissen sank. Sein Griff um meine Knie wurde immer fester, je länger ich mich in meinem Orgasmus wand und stöhnte.

„Steh auf und vögel mich", befahl ich ihm mit erstickter Stimme. Er kam auf die Füße und spreizte meine Schenkel noch weiter, fasste mich an den Hüften und drang mit einem harten Stoß in mich ein. Ein zweiter Orgasmus erschütterte mich und ich stieß einen Schrei aus, als er sein Becken bewegte.

Ben war bereits so scharf gewesen, dass es nicht lange dauerte bis er kam und seine verschwitzte Stirn auf meine Brüste legte. Ich schlang meine Arme um seinen Oberkörper und wartete, bis er wieder zu Atem kam. Sanft zog ich ihn an mich und küsste ihn. Ich genoss sein Gewicht auf mir und das Gefühl ihn in mir zu spüren. Sein Atem strich über meine erhitzte Haut und verursachte eine Gänsehaut.

Als wäre er aus Glas drückte ich ihm einen vorsichtigen Kuss auf die Nasenspitze und schwor mir, dass ich mich überwinden würde, um uns zu retten.

Irgendwie würde es mir gelingen.

Irgendwie musste es mir gelingen.

21. Kapitel

Die nächsten zwei Wochen waren unfassbar stressig, die Vorbereitung des Kick-off-Meetings drohte mir über den Kopf zu wachsen, egal, wie sehr ich die anderen Abteilungsleiter miteinspannte. Jeden Tag kamen Bitter und Konsorten mit neuen Anfragen, die keinen Aufschub duldeten, unbedingt bis abends erledigt werden mussten und mich oft bis spät in die Nacht am Schreibtisch festhielten. Ben sagte nichts mehr zu dem Thema, doch ich wusste, dass er seinen Ärger nur mühsam zurückhalten konnte.

„In gewisser Weise kann ich ihn sogar verstehen", sagte Sam, der an meinem Schreibtisch saß und mir gerade noch einige Reportings vorbeigebracht hatte, die die Partner angefordert hatten. „Mir ging es damals ähnlich, als Tim an diesem Projekt in der HafenCity gearbeitet hat, erinnerst du dich? Er saß manchmal ganze Nächte im Büro und hat die Projektpläne überarbeitet, weil sie so in Verzug waren."

„Ja, das weiß ich noch. Wir waren sehr viel in Bars zu dieser Zeit", erwiderte ich nickend.

„Allerdings. Gut, damals waren wir noch nicht mono, aber du weißt selbst, dass ich diese Möglichkeit für meine Verhältnisse sehr selten genutzt habe." Sam war das sehr wichtig und ich nickte erneut. „Siehst du denn eine Chance, dass es nach dem Kick-off wirklich besser wird? Ich meine, mit diesen Arbeitszeiten wäre es besser gewesen, wenn er sich wieder etwas als Kellner gesucht hätte. Wie gefällt es ihm eigentlich in Curts Firma?"

„Hoffentlich ja", beantwortete ich seine erste Frage. „Bitte sag es nicht Em, aber ich glaube, er hasst es. Er hasst diesen 9-to-5-Trott und er findet die Leute furchtbar spießig. Zwar formuliert er es nicht aus, aber ich merke es ihm deutlich an."

„Will er denn nichts mit sich anfangen? Er wird schließlich in ein paar Wochen siebenundzwanzig."

„Das ist es ja: Ich fand, dass er wesentlich zufriedener war, als er einfach seinen Kellnerjob gemacht hat. Klar war er manchmal genervt, wenn er das Wochenende durcharbeiten musste, aber beschwert hat er sich nie." Ich sah bekümmert auf den Berg Papier, der sich auf meinem Schreibtisch stapelte. „In letzter Zeit kann ich das nicht behaupten."

„Vielleicht muss er sich noch daran gewöhnen, er ist schließlich gerade einmal ein paar Wochen da. Wenn er den Büroalltag davor nicht so kannte, muss er sich erst mal einfinden. Aber ich denke, dass der Job eine großartige Chance für ihn ist, was aus sich zu machen." Sam hatte recht, aber ich wusste nicht, ob Ben das überhaupt wollte. Manchmal erschien es mir so, als wäre er mit seinem Leben sehr zufrieden gewesen, bis er mich getroffen hatte und ich alles auf den Kopf gestellt hatte. Der Gedanke, dass er sich meinetwegen in diesem Job quälen könnte, weil er meinte, es mir rechtmachen zu müssen, bedrückte mich.

„Hast du Sonni eigentlich schon gesehen?", fragte ich das Thema wechselnd. „Ich warte eigentlich auf sie, habe sie aber noch nicht in ihrem Büro angetroffen und in ihrem Kalender stehen keine Termine." „Nein, auch noch nicht. Warte kurz." Sam stand auf und ging über den Flur ins Büro von Sonjas Team. Ich hörte, wie er mit Canan sprach und sich nach Sonja erkundigte. Sie sagte ihm einigermaßen erstaunt, dass unsere Freundin sich krankgemeldet hatte.

Ich war verwirrt. Sich nicht bei uns zu melden sah ihr gar nicht ähnlich, aber sie hatte weder geschrieben noch angerufen. Einer Eingebung folgend rief ich Em in ihrem Büro an und fragte sie danach, doch auch sie hatte nichts von ihr gehört. Sam versuchte sie auf dem Handy zu erreichen, doch sie nahm nicht ab. Schulterzuckend sah er mich an. „Sie wird sich sicherlich melden. Vielleicht hat sie sich eine Grippe eingefangen."

Oder sie hatte Streit mit Kenichi, dachte ich und konnte an seinem Gesichtsausdruck sehen, dass er den gleichen Gedanken hatte.

Ich erledigte an diesem Tag alle meine Aufgaben in Windeseile und schickte Bitter die Reportings per Mail. Dann stellte ich mein Handy aus und fuhr zu meinem Yoga-Kurs. Der Sport half mir gerade mehr denn je, mich auszugleichen und den Stress der Arbeit abzubauen, wenn ich es denn schaffte, rechtzeitig zum Kurs zu erscheinen. Es tat mir gut, meine Muskeln zu dehnen und meinen Kreislauf in Wallung zu bringen. Jede Schweißperle auf meiner Stirn fühlte sich wie eine Sorge weniger an und als ich mit dem Kurs fertig war, ging es mir besser.

Ben traf sich heute Abend mit seinen Freunden und ich würde Zeit haben, um mich zu erholen. Ich freute mich auf ein paar ruhige Stunden auf der Couch und beschloss, früh zu Bett zu gehen.

Sonja meldete sich auch am Mittwoch und Donnerstag nicht, doch am Freitagmittag gelang es Em endlich, sie ans Telefon zu bekommen. Wir standen gerade draußen vor der Kanzlei am Wasser und warteten darauf, dass Em ihre Zigarette aufgeraucht hatte, als sie es noch einmal versuchte: „Süße, endlich! Wir haben uns schon Sorgen gemacht. Was ist los?", fragte sie und hörte Sonjas Antwort mit gerunzelten Augenbrauen an. Je länger sie zuhörte, desto fassungsloser wurde ihre Miene.

„Das sieht nicht gut aus", sagte Sam leise zu mir und vergrub seine Hände in den Taschen seines Wollmantels. Mir wurde kalt und das hatte nichts mit dem ungemütlichen Januarwetter zu tun.

Beschwörend sah ich Em an, versuchte, anhand ihrer Miene herauszufinden, was Sonja ihr gerade sagte, doch sie war zu vertieft in ihr Gespräch, um sich auf mich konzentrieren zu können.

„Können wir uns sehen? Wir sollten in Ruhe darüber sprechen", sagte Em schließlich. „So schnell wie möglich, wir sind für dich da. Heute Abend? Ja, ist gut. Wir sind um sieben dort. Bis nachher, halte durch." Sie legte auf und schob das Gerät mit finsterer Miene in ihre Manteltasche. „Wir sehen sie heute Abend. Kenichi hat gesagt, dass er sie verlassen will."

„Fuck", murmelte Sam und zückte sein Handy. Er rief Tim an und teilte ihm mit, dass er Sonja heute Abend besuchen musste. Ich beeilte mich, Ben anzurufen, doch er ging nicht ans Telefon. Schnell schickte ich ihm eine Sprachnachricht und schilderte ihm den Sachverhalt. Ich war mir sicher, dass er mich verstehen würde.

Gegen fünf war ich zuhause und verwirrt, Ben noch nicht anzutreffen. Wieder versuchte ich, ihn telefonisch zu erreichen, doch erneut ging er nicht ans Telefon. In der Messenger-App konnte ich sehen, dass er meine Sprachnachricht noch nicht abgehört hatte.

Ratlos hinterließ ich ihm eine Nachricht auf der Mailbox und eine weitere Sprachnachricht, dann machte ich mich fertig. Da wir uns in einem kleinen Bistro bei Sonja um die Ecke trafen, holte ich Em um viertel nach sechs ab, wir würden im Feierabendverkehr eine Weile dorthin brauchen.

Jeans und Strickpullover reichten als Outfit für heute Abend vollkommen aus und ich band meine Haare zum Pferdeschwanz zusammen. Am Nachmittag hatte es geschneit und ich warf meine dicke Jacke über und zog meine gefütterten Stiefel an, bevor ich das Haus um kurz nach sechs verließ.

Em stand bereits vor ihrem Wohnhaus und wartete auf mich. In ihrem dicken Mantel mit dem großen Schal, den sie über die Hälfte ihres Gesichts gezogen hatte, war sie nur an ihrem hellblonden Haarschopf zu erkennen. „Was für ein Scheißwetter", murmelte sie, als sie auf den Beifahrersitz kletterte und die Tür zuzog. Mit zitternden Fingern stellte sie die Sitzheizung an, die bei diesen Temperaturen Gold wert war.

Wir machten uns auf den Weg, Sam würde mit seinem eigenen Wagen kommen. Ich hatte Glück und ergatterte einen Parkplatz in der Nähe des Bistros und wir stapften durch den Neuschnee bis zum Restaurant, das wir dankbar über die dort herrschende Wärme betraten. Sonja war bereits da, ungeschminkt und die Haare zu einem unordentlichen Knoten eingedreht. Ihr Gesicht war blass und ihr Teint fahl. Sie sah wirklich krank aus.

Wir beeilten uns, an ihren Tisch zu kommen und nahmen sie nacheinander in den Arm. Die Tür ging auf und Sam betrat das Restaurant, die Wangen gerötet und mit einer Strickmütze auf dem Kopf. Er umarmte Sonja wortlos und drückte sie ganz fest an sich.

Dann setzten wir uns und ich konnte nicht fassen, wie schlecht meine Freundin aussah. Sonja hatte noch lange nach JPs Geburt mit ihren Schwangerschaftskilos zu kämpfen gehabt, erst im letzten Jahr hatte sie nach eiserner Diät und viel Sport endlich ihr Wunschgewicht erreicht, obwohl ihr die Kurven auch gut gestanden hatten, aber jetzt wirkte sie dünn und hager.

„Ich weiß gar nicht, was ich sagen soll." Ihre Stimme war schleppend, als sei sie unendlich müde. „Danke, dass ihr da seid. Ich bin fertig. Meine Ehe ist am Ende."

„Sag doch sowas nicht", meinte Sam tröstend und legte den Arm um sie. Sonja schüttelte den Kopf und drückte seine Finger.

„Das ist lieb, aber es ist wirklich vorbei und mittlerweile glaube ich, dass es so besser ist. Wir haben so hart gekämpft…" „*Du* hast hart gekämpft und *er* hat alles gegeben, um es dir so schwer wie möglich zu machen", warf ich ein, unfähig, meine Wut länger zurückzuhalten.

Sonja nickte geschlagen. „Wahrscheinlich hast du Recht. Aber es nützt doch alles nichts. Er ist nicht in der Lage, sich mit unserer Situation abzufinden, er hat einen völlig falschen Eindruck davon und tut so, als hätten wir tiefgreifende Probleme. Ich habe ihm gesagt, dass wir versuchen müssen, seine Wahrnehmung zu ändern und uns einen Termin bei einem Paar-Therapeuten besorgt, da hat er gesagt, dass er nicht mehr will, den Glauben an uns beide verloren hat und nicht denkt, wir könnten wieder glücklich werden."

„Und wie soll es jetzt weitergehen? Willst du das einfach so akzeptieren?", fragte Sam.

„Es bleibt mir nichts Anderes übrig. Ich kann ihn nicht zwingen." Sonja sah aus, als hätte sie sich bereits leergeweint, ihr Gesicht und ihre Stimme waren erschreckend teilnahmslos. „Ich habe einfach keine Kraft mehr, die immer gleiche Diskussion zu führen. Er wird es niemals einsehen und ich kann das nicht akzeptieren. Wir müssen versuchen, das Ganze ordentlich zu regeln. Für Jan-Philipp."

Ich wollte gerade etwas sagen, da klingelte Sonjas Handy. Sie runzelte die Stirn und sah auf das Display, bevor sie das Gespräch annahm. „Mama? Ist alles in Ordnung?" Sie lauschte stumm, dann weiteten sich ihre Augen und wurden glasig. Langsam ließ sie die Hand sinken und beendete das Telefonat. Bang sahen wir sie an. „Kenichi ist weg." Ihre Stimme war nur noch ein Flüstern.

„Wie bitte?", fragte Em ungläubig. „Was soll das heißen, weg?"

„Meine Mutter wollte gerade JP nach Hause bringen und er hat nicht geöffnet, also hat sie sich selbst mit ihrem Schlüssel reingelassen. Auf dem Küchentisch liegt ein Zettel. Kenichi ist zu seinen Eltern nach Japan gereist, um einen sauberen Schlussstrich zu ziehen." Während wir schockstarr dasaßen, kicherte Sonja plötzlich.

Erschrocken sahen wir sie an, während sie leise in sich hinein-lachte. „Das ist doch irre, er kann dich doch nicht einfach allein lassen. Wie geht denn das? Er kann doch nicht einfach nach Japan fliegen und sich auf Nimmerwiedersehen verpissen." Em ballte ihre Hände zu Fäusten. „Deine Mutter muss sich irren."

„Das glaube ich nicht." Sonja stand auf und lächelte entschuldi-gend. „Tut mir leid, dass ihr extra hergekommen seid, aber ich muss jetzt nach Hause. Ich melde mich bei euch, sobald ich den Kopf klarkriege." Sie küsste jeden von uns auf die Wange und wankte zur Tür hinaus.

Sam sah mich hilfesuchend an. „Sollen wir hinterher?", fragte er. Ich schüttelte den Kopf.

„Wir sollten sie in Ruhe lassen, sonst hätte sie uns gebeten, mit-zukommen. Außerdem ist Linda da und kann ihr helfen."

„Was für eine Scheiße", stöhnte Em und lehnte sich schwer gegen ihre Stuhllehne. „Das darf doch alles nicht wahr sein! Wie kann er nur?"

Diese Frage beschäftigte mich die ganze Rückfahrt über und auch noch später zuhause. Ben kam gegen zehn gestresst zur Tür herein. „Wo warst du denn bloß?", fragte ich besorgt. „Ich habe dir meh-rere Nachrichten geschickt!"

„Wir hatten heute ein Problem auf der Baustelle in Cuxhaven, von dort komme ich gerade", antwortete er müde. „Ein Bauteil hatte sich gelöst und ist runtergefallen; zwei verletzte Arbeiter und ein Riesenschaden. Hast du ein Bier für mich?"

Ich holte ihm eins aus der Küche und brachte mir einen Gin Tonic mit. Erschlagen ließ ich mich neben ihm aufs Sofa fallen und konnte mich nicht einmal darüber ärgern, dass er die Regel nicht eingehalten hatte, sich erst hinzuknien. Er bemerkte es in diesem Moment und rutschte hinunter auf den Teppich. Gedankenverloren reichte ich ihm die Bierflasche und streichelte seine Schläfe, sein Kopf ruhte auf meinem Oberschenkel.

„Was war denn bei Sonja los, dass ihr hingefahren seid?", fragte er mit geschlossenen Augen und trank den ersten Schluck. Ich berichtete es ihm und er war fast genauso schockiert wie ich. Keiner konnte seinen feigen Abgang nachvollziehen. Ratlos sahen wir einander an und einmal mehr hoffte ich, dass wir es schaffen würden, niemals in eine solche Situation zu kommen.

Sonja fehlte in der folgenden Woche auf der Arbeit. Die Vorbereitungen für das Meeting lagen in den letzten Zügen und ich war froh, als endlich Freitag war und ich mich etwas entspannen konnte. Nur noch Montag, dann reisten alle Mann nach New York ab und ließen mich endlich in Ruhe.

Ben fieberte darauf hin, die letzten Tage waren für uns beide sehr anstrengend gewesen, weil er mehrmals nach Cuxhaven fahren und dort sogar zwei Nächte bleiben musste.

Wenigstens hielt sich so sein Unmut über meine langen Arbeitstage in Grenzen. Em und Sam unterstützten mich so gut es ging, auch Em war einige Abende sehr lange bei mir geblieben und hatte mit mir am Feinschliff für die Präsentation gearbeitet, von der Bitter unbedingt wollte, dass ich sie erstellte, obwohl das wirklich nicht zu meinen Stärken gehörte und wir Sekretärinnen und Marketingpersonal hatten, die auf sowas spezialisiert waren.

Dennoch fühlte ich mich, als wäre schon jetzt eine tonnenschwere Last von mir abgefallen, es konnte jetzt eigentlich nichts Dramatisches mehr passieren.

Ben war schon zuhause, als ich gegen sechzehn Uhr eintraf, und begrüßte mich schweigend im Flur mit einem Kuss. Wohlgefällig betrachtete er mein Outfit, das er mir schon vorgestern herausgelegt hatte: Ein schwarzes Minikleid mit einem auffälligen floralen Muster in blau, pink und grün auf der rechten Hälfte der Vorderseite. Dazu trug ich schwarze Langschaftstiefel mit hohem Absatz und eine schwarze Strumpfhose, deren Ouvertschnitt ihm den Schweiß auf die Stirn treiben würde, wenn er sah, wie zart der Slip war, den ich darunter trug.

Seine Fingerspitzen strichen über den Schlüssel, der an seiner Kette um meinen Hals hing und über meinen Hals hoch zu meinem Mund. Er schob seinen Daumen zwischen meine Lippen und ich saugte sacht an ihm. Er sah sehr gut aus, anscheinend war er auch gerade erst nach Hause gekommen und trug noch sein Hemd und seine Anzughose. „Na meine Süße, wie war dein Tag?", fragte er mit rauer Stimme, während er den Saum des Kleides betastete. „Lang und hart", stöhnte ich und saugte stärker an seinem Daumen. „Und deiner?"

„Feucht, es hat den ganzen Tag geregnet." Seine Finger befühlten den Ausschnitt der Strumpfhose. „Manchmal konnte ich mich nur mit dem Gedanken an dich retten, sonst hätte er mir gar nicht gefallen."

„Hattest du um diesen Abend gebeten?", fragte ich ihn herausfordernd, als er mich gegen die Flurwand lehnte und sich an die Ränder meines Slips vorwagte. „Ist es zu spät für einen Eilantrag?"

„Nein", seufzte ich. Er rieb über den Stoff und ich spürte, dass ich dem Wetter in nichts nachstand. Seine Lippen legten sich auf meine Augenlider, dann zog er mir den Daumen aus dem Mund und trat einen Schritt zurück. „Darüber bin ich sehr froh, ich hatte nämlich schon etwas vorbereitet." Er nahm meine Hand und zog mich ins Schlafzimmer. Von der Öse in der Decke hing ein Seil, an dessen Ende er bereits lederne Manschetten angebracht hatte.

Er stellte sich hinter mich und öffnete den Reißverschluss meines Kleides, streifte es mir sanft über die Schultern und freute sich über meine Unterwäsche, die komplett aus durchsichtigem schwarzen Meshstoff bestand. Sie war gestern erst angekommen und ich hatte sie eigenmächtig dem Outfit hinzugefügt.

„Das habe ich dir nicht herausgelegt", sagte er, während er mir die Strumpfhose auszog. Er befestigte meine Hände in den Manschetten und griff nach dem Flogger, dessen Ende mit etwa fünfzig Zentimeter langen Lederstreifen versehen war. Dann ließ er sie auf meinen Hintern klatschen.

Ich stöhnte auf, diese Bestrafung turnte mich an und das sanfte Brennen, das der nicht allzu feste Schlag hinterlassen hatte, fühlte sich gut an. Schon konnte ich spüren, wie mich die Anspannung des Tages verließ und zusammen mit dem Schmerz abklang. Genau das brauchte ich jetzt, um den Stress abbauen und mich entspannen zu können.

Er ließ das Leder noch zwei Mal auf meine Haut treffen, zog es noch einmal wesentlich sanfter über meine Brüste und freute sich daran, wie ich stöhnte und mir auf die Lippe biss.

„Du bist so unartig, Claire, dass ich dich werde bestrafen müssen", raunte er in mein Ohr. Die Lederriemen strichen erneut über meine Brüste, dann versetzte er sie mit dem Handgelenk in Bewegung und ließ sie über meine Haut tanzen.

Ich wand mich vor lustvoller Qual und genoss jede einzelne Berührung, fieberte jedem neuen Schlag entgegen. Die Sekunde, bevor er mich traf, war immer die aufregendste, die erregendste und das, was mich am meisten anmachte. Meine Haut fühlte sich warm an, kribbelte, brannte an manchen Stellen etwas, doch das gehörte einfach dazu, gehörte zu der Lust, die er mir bereitete. Meine Nippel waren hart und mein Höschen bereits durchnässt, als er die Peitsche weglegte und mich wohlwollend betrachtete.

„Du siehst wunderschön aus, weißt du das?", fragte er und sah mir tief in die Augen. Ich liebte es, wenn er den dominanten Part spielte, er machte das sehr gut und fand sich immer besser in diese Rolle ein. Ich konnte mich fallen lassen und mein Denken ausschalten, wenn er die Führung übernahm, mich einfach darauf konzentrieren, was er als Nächstes mit mir tun wollte und mich über jede Berührung freuen, die er mir zuteilwerden ließ.

Ich wusste, dass es für ihn genauso war und er liebte es, wenn ich ihn dominierte, doch er drehte den Spieß nur zu gern um und bewies uns beiden, wie gut er es mittlerweile, zumindest zeitweise, konnte.

Er griff nach einer der Kerzen, die er auf dem Nachttisch und der Fensterbank angezündet hatte und betrachtete zufrieden, wie das heiße Wachs unter der Flamme hin und her schwappte.

Mein Herz klopfte, das Wachs war eine heikle Angelegenheit, damit er mich nicht verbrannte. Er musste eine gewisse Höhe erreichen, aus der es abkühlen konnte, bevor es meine Haut traf.

Mit geübten Fingern schnipste er den Verschluss meines BHs auf und ließ ihn zu Boden fallen, senkte die Kerze und ließ etwas Wachs auf meine Brüste tropfen. Ich stöhnte, als die heiße Flüssigkeit meine Haut erreichte und dort erstarrte. Mit der Zungenspitze strich er über meine Nippel, dann senkte er die Kerze das zweite Mal. „Gefällt dir das, meine Süße?"

„Ja, sehr."

„Macht dich das an?"

„Oh ja."

Er legte die Finger unter mein Kinn, hob es an und küsste mich. Dann stellte er die Kerze weg und strich sanft mit seinem Daumen über die Wachsflecken. „Du bist so heiß, dass es mich wundert, wie es erstarren konnte." Seine Finger glitten tiefer und berührten den Stoff meines Slips. Er atmete tief ein, als er sanft darüberfuhr und schloss die Augen. „Gott Claire, wie kannst du so scharf sein?"

„Zeig mir, wie scharf du bist", flüsterte ich und mein Blick saugte sich an seiner Hose fest. Er lächelte und öffnete sie, schob sie herunter und zeigte mir, dass er sich analog zu meinem bisherigen Tag verhielt. Wieder einmal konnte ich nicht anders, als ihn verzückt zu betrachten. Er war nicht nur schön, Ben wusste auch noch sehr gut mit ihm umzugehen.

„Was hast du jetzt mit mir vor?", fragte ich. Er lächelte und stellte sich direkt vor mich, griff nach oben und verlängerte die Kette.

„Knie dich hin."

Ich leistete Folge und war jetzt beinahe auf Augenhöhe mit seiner wunderschönen Erektion, die sich mir stolz entgegenreckte. Doch meine Hände waren noch immer über den Kopf gestreckt, sodass ich ihn nicht berühren konnte.

Stattdessen umfasste er ihn selbst, ging leicht in die Knie und strich mit ihm über meine Brüste, meinen Hals und die Kontur meines Kiefers entlang. Ich öffnete den Mund, doch er schüttelte den Kopf. Überrascht sah ich ihn an, dann begriff ich.

„Möchtest du heute außerhalb meines Mundes kommen?", fragte ich mit klopfendem Herzen. Das war etwas Neues, etwas Besonderes, denn das würde bedeuten, dass er es sich zum ersten Mal vor mir selbst machen würde, was er bisher immer vermieden hatte. Seine blauen Augen verdunkelten sich und er nickte.

„Ist das für dich in Ordnung?" Ich nickte nachdrücklich und beobachtete ihn dabei, wie er seine Hand seinen Schaft hinauf und hinunter gleiten ließ. Er strich erneut über meine Brüste, ließ die Eichel über meinen Hals gleiten, auf und ab, während ich ihm gebannt zu sah und mich nicht bewegen konnte.

„Wo willst du kommen?", fragte ich ihn, als seine Bewegungen schneller und unkontrollierter und sein Atem heftiger wurden. Er biss sich auf die Lippen, anscheinend war er bereits zu weit, um noch sprechen zu können. „Auf meine Brüste, meinen Hals?"

„Brüste", stieß er hervor und ich reckte sie ihm entgegen. Er stöhnte dumpf auf und machte noch schneller, dann stieß er zischend Luft aus und ich spürte, wie meine Brüste warm und feucht wurden, als sich sein Sperma über sie ergoss. Es lief über meine Haut und tropfte hinunter auf den Fußboden. Ich war selten zuvor so scharf gewesen. Ben stand keuchend vor mir und streichelte mir die Wange. Er beugte sich vor und küsste mich tief und lange auf den Mund, fischte verlegen ein Taschentuch aus seiner Hosentasche und wischte mich ab.

„Ist schon gut", sagte ich sanft, ich wollte nicht, dass er sich schämte. Ohne den Erguss hätte er keinen Orgasmus haben können und es hatte mich unglaublich angemacht, ihm dabei zuzusehen.

Zwischen meinen Beinen pochte es fast schon schmerzhaft und das schien ihm auch aufzugehen, also schob er mir das Höschen herunter und griff nach einem kleinen Gegenstand, der auf dem Bett gelegen hatte und mir jetzt erst auffiel.

Ein Surren ertönte, dann schob er den Minivibrator zwischen meine Schenkel und bewegte ihn vor und zurück. Zu spät sah ich, dass er auch in der anderen Hand etwas hielt, da schob er es schon in meinen Anus und ich spürte auch hier die Vibration. Ich stöhnte laut auf und rieb mich an dem Vibrator, den er in der Hand hielt, versuchte, mehr davon zu bekommen. Er leckte meine Nippel, bis sie sauber waren und stimulierte mich immer weiter zwischen meinen Beinen. „Soll ich weitermachen?"

„Oh Gott, ja bitte!"

Er hielt ihn genau auf meine Klit und ein ungeheurer Orgasmus überrollte mich fast unmittelbar. Ich schluchzte laut auf und ergab mich den Zuckungen, die er mit sich brachte, rieb mich weiter an ihm und versuchte, dieses wunderbare Gefühl niemals enden zu lassen. Eine Träne lief über meine Wange und ich konnte nicht mehr, als er schließlich das Gerät wegnahm und mich erneut küsste.

Matt sank ich gegen ihn und bekam undeutlich mit, dass er die Fesseln löste und mich hochzog. Er legte mich aufs Bett und kuschelte mich an sich, dabeu zog er vorsichtig den Analvibrator heraus. „Hat dir das gefallen?"

„Es hätte mir fast das Licht ausgeknipst", antwortete ich benommen und bettete meinen Kopf in seine Halsbeuge. Ich genoss diesen Moment, ganz bei ihm zu sein, und stellte mir vor, es ginge immer so weiter.

22. Kapitel

Der Montag kam viel zu früh und ich fand mich im obligatorischen Meeting wieder, das ich versuchte, so kurz wie möglich zu halten. Bitter hatte noch einen letzten Auftrag für mich, den ich vor seiner Abreise am späten Nachmittag fertigkriegen musste, also fiel auch das Mittagessen mit Em und Sam aus. Sonja war noch immer krankgeschrieben und wurde von Canan vertreten.

Ich erledigte die Aufgabe und schickte sie ihm zu, da kam Alex mit einem weiteren Anliegen zu mir, um das ich mich kümmern musste. Ehe ich mich versah, war es acht Uhr abends. Ich fluchte unterdrückt. Meinen Kardiokurs hatte ich verpasst und ich war immer noch nicht ganz fertig.

Ich hörte Schritte auf dem Flur und jemand erschien in meinem Türrahmen. Es war Julian Falkner, einer der Anwälte aus Kreiß' Team, etwa Anfang vierzig und seit ein paar Jahren in der Kanzlei. Ich kannte ihn flüchtig und war verwirrt, ihn zu sehen, hier im falschen Trakt.

„Frau Sander, Sie sind ja noch da. Haben Sie einen Moment für mich?", fragte er höflich und kam auf mein Nicken herein. Eigentlich hatte ich gehen wollen, aber was hätte ich sagen sollen?

„Natürlich, kommen Sie rein." Er nahm auf meinem Besucherstuhl Platz und sah sich um. „Ich glaube, ich war noch nie in Ihrem Büro", sagte er und lächelte mich an. Er war recht gutaussehend, auf sehr norddeutsche Art: blondes Haar, grüne Augen… ich meinte, Em wäre mal mit ihm ausgegangen, aber ich war mir nicht mehr ganz sicher. „Das kann ich bestätigen. Was kann ich denn für Sie tun, Herr Falkner?"

„Wollen wir du sagen?", fragte er unvermittelt und ich nickte überrascht. Er lächelte und verschränkte die Arme vor der Brust. „Ich brauche deinen fachlichen Rat für einen meiner Mandanten. Es geht um Leftstreet, diese Amerikaner, die wir gerade bei ihrem ersten Bauunternehmen beraten. Im Moment sind sie mit ihren Raten ganz schön in Verzug und ich fürchte, dass Kreiß, der alte Spießer, mir bald Ärger deswegen machen wird."

Ich verkniff mir ein Grinsen und bot ihm an, dass mein Team eine Mahnung herausschickte. Die meisten Mandanten schätzten es nicht besonders, Mahnungen zu erhalten und zahlten recht schnell.

Mein Besucher nickte freudig. „Das klingt gut und ist wesentlich leichter, als ich gedacht habe. Besten Dank, damit rückt der Feierabend in greifbare Nähe."

„Freut mich, dass ich helfen konnte", sagte ich und sehnte mich ebenfalls danach, Schluss zu machen. Mein Handy vibrierte und ich konnte mir denken, dass es Ben war, der wissen wollte, wo ich blieb.

„Arbeitest du immer so lange?", fragte Julian, der noch keine Anstalten gemacht hatte, aufzustehen. Stattdessen sah er mir bemerkenswert tief in die Augen. „Nein, nur im Moment. Ich vertrete Frau Stechmann-Selzner", erwiderte ich. Er nickte nachdenklich.

„Stimmt, sie ist ja noch immer im Krankenhaus wegen ihres Schlaganfalls. Sie ist zwar nicht meine Lieblingskollegin, aber das wünscht man ja auch niemandem."

„Nein, bestimmt nicht", sagte ich mit meiner freundlichsten ‚Hau ab'-Stimme. Er lächelte mich an.

„Aber ich finde es gut, dass sie dich gebeten haben, zu übernehmen. Die Kollegen sprechen alle sehr positiv von dir und ich muss sagen, sie haben nicht übertrieben. Mein Problem hattest du ja auch im Handumdrehen gelöst."

„Gelöst ist es noch nicht, außerdem ist das ja mein Job", wehrte ich ab und fragte mich, was er bezweckte.

„Ja, wahrscheinlich", erwiderte er freundlich und stand endlich auf. Ich beeilte mich, meinen PC herunterzufahren. „Hab einen schönen Feierabend, Claire. Ich nehme an, dein Mann wartet schon auf dich."

„Ich bin nicht verheiratet", stellte ich klar, auch wenn ich nicht ganz wusste, warum. Natürlich war Ben nicht mein Ehemann, aber immerhin mein Partner. Ich fand, dass das alles Julian nichts anging und gab deswegen keine weiteren Erklärungen. Er reichte mir die Hand, sein Händedruck war angenehm, warm und fest, und nickte mir noch einmal verbindlich zu.

„Darf ich wieder vorbeikommen, wenn ich ein Problem habe?"

„Natürlich, jederzeit", erwiderte ich und entzog ihm meine Hand. Er verließ mein Büro und ich machte, dass ich raus und nach Hause kam.

Ben wartete schon auf mich, ich hatte ihm im Fahrstuhl geschrieben, dass ich mich auf den Weg machte, und hatte bereits ein Glas Wein auf den Couchtisch gestellt. Er saß brav davor und sah mich an. „Hallo Süßer", sagte ich matt und küsste ihn auf die Lippen. „Ich bin gleich bei dir." Mich noch groß umzuziehen schaffte ich nicht mehr, ich zog einfach nur Pumps und Strümpfe aus und warf den Blazer auf einen der Esszimmerstühle, bevor ich mich in Rock und Bluse auf die Couch fallen ließ.

„Harter Tag?", fragte er und ich winkte ihm, zu mir zu kommen. Er legte sich neben mich und drückte mir das Weinglas in die Hand. Ich nahm einen großen Schluck und schloss die Augen, Ben legte seine Arme um mich und ich döste innerhalb weniger Minuten ein.

Am nächsten Morgen wachte ich im Bett auf, Ben musste mich ins Schlafzimmer getragen und ausgezogen haben. Ich schälte mich aus dem Bettzeug und tapste hinüber ins Bad, wo ich einige Zeit brauchte, um mich vorzeigbar zu machen. Während ich mir schließlich die Zähne putzte, kam Ben zu mir und stellte eine Tasse Kaffee aufs Waschbecken.

„Claire, so kann das doch nicht weitergehen", sagte er kopfschüttelnd. „Wenn du nach Hause kommst, bist du so erschöpft, dass du kaum die Augen offenhalten kannst. Du musst denen sagen, dass du das nicht mehr länger schaffst." Ich ließ die Zahnbürste sinken und spuckte aus. „Bitte fang nicht schon wieder mit diesem Thema an", seufzte ich.

„Aber ich muss doch, du merkst es selbst ja nicht", widersprach er heftig. „Ich mache mir doch nur Sorgen um dich. Ich habe Angst, dass du vor lauter Stress krank wirst."

Meine Nackenhaare stellten sich auf und ich funkelte ihn wütend an. „Der einzige, der mir Stress macht, bist du. Du und deine ständigen Beschwerden, dass ich nicht genug zuhause bin. Das gleiche Problem hatten Sonja und Kenichi auch. Ich will das nicht!"

Ben wich zurück und sah mich verletzt an. „Wie gesagt, ich meine es nur gut mit dir", sagte er dumpf und schien nicht zu wissen, was er machen sollte. Meine Kehle fühlte sich eng an und alle meine Sinne drängten darauf, sofort die Wohnung zu verlassen und mich der Situation zu entziehen. Ich hasste jede Form der Bevormundung und musste hier raus, bevor ich noch etwas sagte, was ich später bereuen würde.

„Das hilft mir aber kein Bisschen" erwiderte ich und schaffte es, meine Stimme ruhig zu halten. Ich durfte jetzt nicht ausflippen.

„Doch, wenn du auf mich hören würdest, würde es dir helfen", beharrte Ben, heute war er besonders halsstarrig. Wütend griff ich nach meiner Bürste und kämmte meine Haare, trug Lidstrich und Mascara auf und drängte mich an ihm vorbei ins Schlafzimmer, wo ich finster das schwarze Wickelkleid anzog, das er mir herausgelegt hatte. Am liebsten hätte ich es ihm an den Kopf geworfen, aber die Situation war schon schlimm genug, auch ohne dass ich sie eskalieren ließ.

„Ich habe Kaffee für dich gekocht", sagte er mit zusammengebissenen Zähnen und hielt mir den Becher erneut hin. Obwohl ich überhaupt nichts von ihm in diesem Moment annehmen wollte, nahm ich ihn und trank den Kaffee mit Todesverachtung. Ben wusste offensichtlich auch nicht mehr, was er sagen sollte und verschwand im Bad.

Ich hockte mich unglücklich aufs Bett und wusste nicht, was ich machen sollte. Meine Brust fühlte sich zu eng an und ich bekam schlecht Luft. Immer die gleiche Leier, immer dieselbe Unzufriedenheit, mit der ich mich auseinandersetzen musste. Ich wollte das einfach nicht mehr, er musste endlich verstehen, dass mein Job nicht zur Diskussion stand. Ich rollte die halterlosen Strümpfe über meine Beine und zog meine Stiefel dazu an, warf meinen Wollmantel über und verließ die Wohnung, ohne mich von ihm zu verabschieden.

Erst im Fahrstuhl konnte ich durchatmen und lehnte mich schwer an die Wand, das kalte Metall kühlte mein erhitztes Gesicht. Schon fühlte ich mich schlecht, weil ich einfach so gegangen war, aber der Streit saß mir noch in den Knochen und so schnell kam ich nicht darüber hinweg, dass er schon wieder mit dem Thema angefangen hatte.

Panik stieg in mir hoch, die ich nur mühsam niederkämpfen konnte, Angst, dass das jetzt das Ende zwischen uns gewesen war oder, wenn nicht, es noch schlimmer werden würde.

Ich erreichte das Büro und traf Em in ihrer Raucherecke an. Neben ihr stand zu meiner Überraschung Sonja, die mir zuwinkte und mir sogar ein schmales Lächeln schenkte. Ich nahm sie in den Arm.

„Hey, mit dir hatte ich ja gar nicht gerechnet. Wie geht es dir?" Wir hatten in der letzten Woche ein paar Mal kurz telefoniert, uns aber nicht gesehen, weil Sonja darum gebeten hatte, dass wir ihr ein wenig Zeit ließen und sie sich melden würde, wenn sie uns brauchte.

„Ich lebe noch", erwiderte sie müde und strich sich eine brünette Strähne hinters Ohr. Aber sie sah besser aus als vor anderthalb Wochen, ihr Gesicht hatte wieder etwas Farbe bekommen. Sonja war eine Kämpferin und sie würde alles hinbekommen, was sie sich vornahm.

„Hast du Kenichi mittlerweile erreicht?", fragte Em und schnippte Asche auf den Gehweg.

„Nicht wirklich, sein Handy ist aus und er reagiert auch nicht auf Mails. Mit Aiko hat er allerdings Kontakt und sie versorgt mich mit Informationen. Sie ist fast genauso wütend auf ihn wie ich und hat mir ihre Unterstützung angeboten."

Ich nickte. Aiko konnte ich gut leiden, sie war unheimlich witzig und etwas speziell. Sie war Designerin bei einer Firma, die Vibratoren herstellte und wir hatten diesen Job mehr als einmal gefeiert. Seit anderthalb Jahren war sie geschieden und alleinerziehend mit ihren beiden Töchtern. Außerdem war sie sehr reell und verlässlich und hatte Kenichis Macken nicht geerbt.

„Kenichi ist bei seinen Eltern in Osaka, seinem Vater geht es gesundheitlich nicht sehr gut. Er schiebt das als Ausrede vor, warum er einfach so gegangen ist. Aiko hat ihm gesagt, dass er das Letzte ist, seitdem spricht er auch nicht mehr mit ihr. Sie kommuniziert jetzt nur noch mit Ina." Kenichis Mutter war eine liebe Frau mit null Durchsetzungsvermögen und ich konnte mir gut vorstellen, dass sie zu seiner Aktion keinen Mucks gesagt hatte.

„Wie stellt er sich das denn eigentlich vor? Ich meine, er lässt dich einfach mit dem Kind zurück und verschwindet, ohne ein Wort zu sagen. Wie soll das funktionieren?", fragte ich, Fassungslosigkeit machte sich in mir breit. Sonja nickte bedächtig und winkte Sam, der gerade auf das Gebäude zukam. Er blieb stehen und sah sie sehr sorgfältig an. „Wie geht es dir?"

„Ich erzähle Claire und Em gerade, wie es aussieht, aber mir geht es besser, lieb, dass du fragst. Ich habe die komplette letzte Woche damit zugebracht, mir einen Plan zurechtzulegen, denn es kann nicht so bleiben, wie es jetzt ist. Ich habe JP erzählt, dass sein Groß-vater krank ist und sein Vater deswegen nach Japan fliegen musste. Er ist zwar traurig, hat aber Verständnis und mit ihm redet Kenichi ja auch über Skype. Wenn ich dazu komme, ignoriert er mich und ich will vor dem Kind auch keine Szene machen."

„Schöne Erpressung", knurrte Em. „Ich finde es bewundernswert, dass du das so mitträgst."

„Mir bleibt doch nichts Anderes übrig, sonst mache ich noch mein Kind krank. Jedenfalls werde ich das Haus verkaufen und über-gangsweise zu meinen Eltern ziehen, bis ich etwas Kleineres für uns zwei gefunden habe."

„Es ist dir also Ernst?", fragte ich noch einmal, obwohl Sonja sehr entschlossen aussah. Sie nickte knapp.

„Mein vollkommener Ernst. In diesem Fall ist es gut, dass ich auf meine Eltern gehört habe, und allein im Grundbuch stehe, also kann ich das Haus auch allein verkaufen. Meine Eltern hatten uns damals ja das Geld für das Eigenkapital geliehen und darauf bestanden. Anschließend gebe ich das Auto ab, ist schon alles mit dem Händler geregelt, und bekomme einen Wagen aus dem Fuhrpark meiner El-tern, bis ich ein anderes gefunden habe."

„Süße, du bist wirklich sehr fleißig und perfekt organisiert", sagte Sam vorsichtig. „Aber wie geht es dir denn eigentlich bei der gan-zen Sache?" Sonja warf ihm einen so emotionslosen Blick zu, dass es mir kalt den Rücken hinunterlief. „Ich funktioniere gerade, um mein Leben auf die Reihe zu bekommen. Etwas Anderes kann ich momentan von mir selbst nicht erwarten. Wusstet ihr, dass Kenichi seine Beurlaubung bei der Arbeit schon vor einem knappen Monat eingereicht hat? Ich habe dort angerufen und mich erkundigt, wie er es geregelt hat und sein Wehrführer meinte nur, es sei doch alles längst erledigt. Das erklärt auch, warum er so einfach einen Flug nehmen konnte: er hatte das Ticket schon vor Wochen gekauft. Diese ganze Scheiße war geplant und er hat mich eiskalt im Regen stehen lassen." Sonja ballte die Hände zu Fäusten und atmete tief durch. „Ich muss jetzt zu meinem ersten Termin. Ihr würdet mir wirklich helfen, wenn ihr mich jetzt bei allem was ich tue unterstützt. Bitte behandelt mich nicht wie ein rohes Ei, das bin ich so leid." Wir nickten stumm und sie ging durch das Hauptportal.

„Unsere Sonni ist krasser, als ich dachte", meinte Sam mit unbewegter Miene. „Wenn ich daran denke, wie ausführlich ich wegen der Sache mit Tim gelitten habe oder du damals wegen Robert, Claire, alle Achtung, sie ist Iron Girl."

„Ich denke, sie hat seinetwegen schon so viel geweint, dass es ihr jetzt einfach reicht", meinte Em. „Und den Rest wird Linda erledigt haben, der wahrscheinlich innerlich einer abgegangen ist, als sich ihr Verdacht, dass ihr Schwiegersohn sei ein dummes Arschloch, bewahrheitet hat." Vermutlich lag sie damit richtig.

„Curt hat mir übrigens gestern eröffnet, dass er gern möchte, dass ich dauerhaft bei ihm einziehe", sagte sie beiläufig, als wir schon im Fahrstuhl standen und nach oben fuhren. Sam und mir fielen die Kinnladen herunter.

„Der Tag ist zu krass für mich", stöhnte Sam und rieb sich den Nacken. „Als nächstes erzählst du uns noch, du seist schwanger." Em lächelte sphinxenhaft und ich bekam fast einen Herzinfarkt, da lachte sie schon gemein und feixte.

„Dieser Tag wird nie kommen", sagte sie gehässig. „Eher lasse ich eine Totaloperation machen. Aber ich habe ihm gesagt, dass es noch zu früh ist und wir in einem halben Jahr noch mal übers Zusammenziehen sprechen können. Das war okay für ihn."

Ich hatte nie ganz verstanden, warum Em eigenen Kindern so ablehnend gegenüberstand, es aber einfach akzeptiert, als sie mir den Grund nicht nennen wollte. Ich wusste, dass sie die drei Kinder ihres Bruders einigermaßen mochte, aber die vierhundert Kilometer Distanz waren ihr auch sehr recht.

Ich selbst hatte immer Kinder haben wollen, als ich noch mit Robert zusammen gewesen war und war nach unserer Trennung frohgewesen, dass es dazu nicht gekommen war. Mittlerweile konnte ich es mir nicht mehr vorstellen, andererseits musste ich mich jetzt auch noch nicht endgültig entscheiden, etwas Zeit blieb mir ja noch.

Die Vorstellung von Ben, mir und einem Baby hatte allerdings so gar nichts für sich und ich war mir zu achtundneunzig Prozent sicher, dass es dabei bleiben würde. Vor allem jetzt nicht, wenn er sich selbst wie ein Kind verhielt.

Am Samstag hatte mein unfreiwilliges Kind Geburtstag und wurde siebenundzwanzig. Wir feierten auf dem Kiez in einem angesagten Club und ich war froh, Em bequatscht zu haben, mich zu begleiten. Bens Freunde waren nett, aber das Streben nach Trinkspielen und Selfies war bei mir deutlich schneller gedeckt als bei ihnen. Ich schenkte ihm eine gravierte Armbanduhr, die er einmal lange im Schaufenster betrachtet hatte und von der ich wusste, dass er sie sehr gern gekauft hätte. Inzwischen hatten wir uns vertragen und er hatte sich für den Streit am Dienstag entschuldigt und ich mich für mein Verhalten danach und wir hatten eine Art Waffenstillstand geschlossen. Ich hoffte, dass sich die Ruhe ausdehnen würde und wir endlich wieder wir selbst wurden.

Tatsächlich musste ich kaum noch Überstunden machen und war pünktlich zuhause, doch am Montag zog sich eine Sache hin, sodass es bereits sieben war, als ich meine Sachen zusammenpackte. „Oh, willst du schon nach Hause gehen?" Ich sah auf und erblickte Julian, der in meinem Türrahmen stand, ein Blatt Papier in der Hand. Er hatte sein Sakko ausgezogen und die Krawatte abgelegt, die obersten Knöpfe seines hellblauen Hemdes waren offen. Anscheinend hatte er sich schon auf einen langen Abend im Büro eingerichtet.

„Eigentlich ja, aber wenn es etwas Dringendes ist, kann ich auch noch bleiben", erwiderte ich und stellte meine Tasche hin. Er lächelte und kam rein.

„Tut mir leid dich aufzuhalten, aber ja, es ist leider etwas dringend: Es geht noch mal um Leftstreet, wie letzte Woche schon. Sie stellen sich quer, was die eine Rechnung angeht, irgendwas mit Steuern und der Rechnungsnummer, sie wollen da was korrigiert haben." Er hielt mir den Zettel hin, bei dem es sich um eine ausgedruckte Rechnung handelte, auf die er etwas geschrieben hatte. „Sie sagten, wenn sie heute noch das korrigierte Exemplar bekommen, überweisen sie sofort."

Ich nickte und nahm den Zettel an mich, fuhr den PC erneut hoch und machte mich daran, die Rechnung zu korrigieren. Svenja hatte einen falschen Umsatzsteuersatz eingetragen und bei der Rechnungsnummer einen Zahlendreher eingebaut, den ich jetzt behob. Julian blieb die ganze Zeit an meinem Schreibtisch stehen und sah mir über die Schulter, was mich nervös machte. Jetzt beugte er sich vor und stützte sich auf meinem Schreibtisch ab, sein Aftershave stieg mir in die Nase und noch etwas anderes, Wohlriechendes. Mein Unterleib zog sich erwartungsvoll zusammen und ich erkannte, dass ich ihn durchaus attraktiv fand. Entschlossen wandte ich mich dem Bildschirm zu und konzentrierte mich auf meine Arbeit. Dann druckte ich die neue Rechnung aus und reichte sie ihm. „Einmal Express, wie bestellt."

„Vielen Dank, Claire, das hat mir wirklich sehr geholfen." Er zögerte einen kurzen Moment, dann beugte er sich vor und küsste mich. Ich erstarrte kurz, dann schloss ich die Augen und genoss das Gefühl seiner Lippen auf meinen, bevor ich zurückwich.

„Das ist keine gute Idee", sagte ich zerstreut und rückte von ihm ab. Mein Herz klopfte schnell und ich spürte, wie meine Wangen heiß wurden.

Julian lächelte reuig. „*Never fuck the company.*" Ich nickte, unfähig, eine andere Erklärung abzugeben. Mein schlechtes Gewissen meldete sich. Ich musste schleunigst hier raus.

„Hab noch einen schönen Abend", sagte ich betont freundlich und griff nach meinem Mantel. Er wünschte mir dasselbe und verschwand aus meinem Büro. Ich machte, dass ich rauskam, und schrieb Ben, dass ich auf dem Weg war.

Wird auch Zeit, antwortete er und ich konnte nicht anders, als mit den Augen zu rollen. Kaum wurde es an einem Tag etwas später, ging alles wieder von vorne los.

Zuhause angekommen, wartete er im Flur auf mich und nickte mir knapp zu. Wenigstens schwieg er und ich hatte nicht die geringste Lust, mit ihm zu sprechen. Dafür war mein Unterleib mittlerweile sehr unzufrieden mit der Situation und ich hatte mir während der Autofahrt ausgemalt, es mit Julian auf meinem Schreibtisch zu treiben, sodass ich scharf genug war, um Ben sofort ins Schlafzimmer zu schicken. Auf jeden Fall deutlich besser als Streit, also deutete ich auf die Schlafzimmertür. Ben zögerte kurz mit überraschtem Gesicht, nickte und ging hinein, stellte sich mit dem Gesicht zur Wand und wartete.

Mir war heute aber nicht danach, mir etwas Ausgefallenes auszudenken, ich wollte einfach, dass er mich auf der Stelle vögelte und das möglichst hart. Ich berührte ihn an der Schulter und drehte ihn herum, ging hinüber zum Bett, kniete mich darauf und zog meinen

Rock hoch. Heute trug ich einen cremefarbenen wadenlangen Bleistiftrock aus einem stretchigen Baumwollstoff, eine hochgeschlossene weiße Bluse und nudefarbene Lackpumps.

Das Outfit hatte mich heute Morgen überrascht, weil es fast bieder wirkte, aber der Rock war sehr figurbetont und öffnete ich ein paar Knöpfe der Bluse, kam mein raffinierter BH zum Vorschein, der einige Schnürungen besaß. Den dazu passenden, ebenfalls nudefarbenen String bekam Ben jetzt zu Gesicht, als ich ihn herunterschob und mich auf alle Viere sinken ließ.

Über die Schulter sah ich, wie Ben seine Hose auszog, zusammenfaltete und auf den Hocker legte, sein Hemd und seine Shorts wanderten dazu. Er legte seine Hände auf meine Hüfte und rieb seinen Schwanz an mir, tauchte ihn in meine Feuchtigkeit und strich mit ihm über meine Klit. Ich stöhnte und reckte ihm meinen Hintern entgegen. Ohne großes Vorspiel stieß er in mich und legte ein gutes Tempo vor. Ich genoss jede einzelne Berührung, das Klatschen, wenn sich unsere Körper berührten und er ganz in mir war und seine Hände auf meiner Haut. „Fester!", keuchte ich. „Härter!"

Er griff meinen Pferdeschwanz und zog daran, während er das Tempo weiter erhöhte und mich härter vögelte. Ich liebte es, wenn er das tat und versuchte, seinen Stößen noch mehr entgegenzukommen. Ich schloss meine Augen, als sich mein Orgasmus ankündigte und stellte mir vor, es wäre Julian, der es mir gerade besorgte.

Mit einem Schrei entlud sich mein Höhepunkt und ich presste mein Gesicht in meine Bettdecke, um nicht die Nachbarn aufzuscheuchen. Er machte weiter, war noch nicht so weit und verlängerte so meinem Orgasmus. Die Hand immer noch in meinen Haaren zog er mich hoch, ohne eine Sekunde aufzuhören und nahm die Finger der anderen zur Hilfe, um meine Klit zwischen ihnen zu reiben. Ich schluchzte auf, unfähig, dem Druck, dem er mich aussetzte, noch weiter standzuhalten und kam noch einmal, Tränen rannen über mein Gesicht und mein ganzer Körper war schweißgebadet. Er ließ meinen Zopf los und schob mir zwei seiner Finger tief in den Mund, damit ich an ihnen saugen konnte. Er spreizte sie, sodass ich meinen Mund öffnen musste und rieb meine Zunge, mein Speichel tropfte mir übers Kinn und auf meine Brüste.

„Willst du es?", fragte er mit rauer Stimme an meinem Ohr und ich brachte es gerade so fertig, zu nicken, die Auswirkungen meines Orgasmus' waren so heftig, dass mir fast die Luft wegblieb.

Und er machte immer noch weiter, legte seine Hand an meine Kehle und drückte leicht zu, während seine Finger meine Klit noch immer bearbeiteten. Erneut hatte ich Julians Gesicht vor Augen, stellte mir vor, er könnte mich so sehen, stellte ihn mir nackt vor, mit einer harten Erektion, die ich am liebsten sofort geblasen hätte.

Die Vorstellung, dass er uns beobachtete und auf seinen eigenen Einsatz wartete, machte mich noch schärfer.

Ein dritter Orgasmus kündigte sich an und jetzt war auch Ben so weit. Seine Hand an meiner Kehle spannte sich an und er riss mich nach hinten, spreizte meine Beine noch weiter, als er in mich hineinpumpte und endlich mit einem unterdrückten Schrei kam.

Ich fiel vornüber, als er mich losließ und mir einen harten Schlag auf den Hintern verpasste. Der dritte Höhepunkt überrollte mich und ich sah Sterne. Zittrig Luft holend lag ich mit dem Gesicht auf meiner Bettdecke und versuchte, Herrin über meine Sinne und meinen Körper zu werden. Ben kniete hinter mir, war noch immer in mir und keuchte genauso schwer wie ich. Jetzt zog er sich zurück, ein Taschentuch hatte keiner von uns und sein Sperma lief warm zwischen meinen Schenkeln hinunter.

Ich genoss dieses Gefühl und blieb noch eine Weile auf den Knien liegen, bevor ich es endlich schaffte, aufzustehen und ins Bad zu gehen, um mich zu säubern. Dort sah ich in den Spiegel und erneut meldete sich mein schlechtes Gewissen.

23. Kapitel

„Süße, das klingt gar nicht gut", sagte Sam am nächsten Morgen, als wir in meinem Büro saßen und ich ihm und Em die Ereignisse des letzten Tages berichtete. Die Geschichte, dass Julian mich geküsst hatte, hatten sie schon mit gemischten Gefühlen aufgenommen, dass ich beim Sex an ihn gedacht hatte und deswegen dreimal gekommen war, beunruhigte die beiden sichtlich.

„Also, grundsätzlich finde ich es nicht schlimm, während des Sex mal an jemand anderen zu denken, als an denjenigen, der einen gerade vögelt. Das mache ich auch manchmal, ist ganz aufregend", sagte Em bedächtig.

„Denkst du an mich?", fragte Sam süffisant grinsend. Em warf ihm einen langen Blick zu. „Du würdest die ehrliche Antwort auf diese Frage nicht ertragen, Samuel." Sie wandte sich mir zu. „Aber eingedenk der Tatsache, dass es bei euch beiden in letzter Zeit nicht so gut läuft und Julian offenbar Interesse an dir hat, finde ich die Situation bedenklich. Claire, vielleicht solltest du mit Ben Schluss machen. Du erzählst schon seit Wochen von ständigem Streit und deiner Unzufriedenheit und ich mache mir Sorgen, dass es eher schlechter als besser wird. Das einzige, was zwischen euch wirklich funktioniert, ist, wenn wir ehrlich sind, der Sex. Für eine richtige Beziehung ist das auf Dauer einfach zu wenig."

„Es wird nur eine Phase sein", verteidigte ich meine Beziehung, obwohl Em etwas aussprach, das mir auch schon durch den Kopf gegangen war. Und nicht nur einmal.

Sam schüttelte den Kopf. „Aber ihr seid gerade einmal drei Monate zusammen. Solche Phasen sollte es nach so kurzer Zeit nicht geben. Ich mag Ben sehr gern, das weißt du, Liebste, aber ich bin mir nicht sicher, ob er gut für dich ist, wenn ihr euch so oft streitet. Du weißt doch: *The right girl makes your dick hard, not your life and the right man makes your pussy wet, not your eyes.*"

„Das ist echt ein Scheißspruch, Sam", sagte Em mit angewiderter Miene. „Wo hast du sowas bloß her?"

„Ist er wahr oder nicht?", hielt Sam dagegen und sie nickte geschlagen. „Sag ich doch. Ihr habt euch anscheinend vorgenommen, jeweils beide Varianten zu spielen, aber ich vermute, dass irgendwann nur die feuchten Augen bleiben werden. Und das möchte ich nicht für dich, Claire." Ich presste meine Lippen aufeinander und schwieg. Weder Sams noch Ems Argumente waren von der Hand zu weisen, aber es fiel mir schwer, sie zu akzeptieren.

„Denk einfach in Ruhe darüber nach. Du wirst dich richtig entscheiden", sagte Em sanft und stand auf. Eine neue Email blinkte in meinem Posteingang, sie war von Julian. Unter Sams bohrenden Blick rief ich sie auf:

Claire,

nochmals vielen Dank für deine Hilfe am gestrigen Abend. Der Mandant hat lt. deiner Mitarbeiterin überwiesen und du hast mich vor einem sehr unangenehmen Gespräch mit Dr. Kreiß bewahrt. Ich weiß, dass du Vorbehalte hast, aber ich würde mich trotzdem gern bedanken. Überleg es dir bitte und gib mir Bescheid.

-J.

„Bedanken, soso, unterstrichen sogar. Der möchte dir seine Dankbarkeit sehr gern in Form seines Schwanzes zeigen", sagte Sam, der sich neben mich gestellt hatte, mit hochgezogenen Augenbrauen und auch der Wahrheitsgehalt dieser Aussage war nicht von der

Hand zu weisen. Mein Blick saugte sich an dem unterstrichenen Wort fest und das Kribbeln kehrte zurück. Meine Hand verharrte auf der Maus und ich wusste nicht, was ich machen sollte. „Soll ich dich kurz mit dem Rechner allein lassen?", fragte Sam schief grinsend. „Ich kann quasi riechen, wie dein Höschen feucht wird."

„Du bist ein Ferkel, Sam", erwiderte ich ohne Schärfe in der Stimme. Er lachte.

„Mein Höschen ist es nicht, das beim Lesen einer Email feucht wird, also bin ich wohl kaum das Ferkel hier." Er fasste mich am Kinn und drehte mein Gesicht zu sich herum, sein Blick war ernst. „Ich kann dabei nicht zusehen, wie du dich unglücklich machst, Liebste. Bitte überlege dir genau, was du möchtest und was du bereit bist, zu investieren und aufzugeben für etwas, das vielleicht nicht mehr zu retten ist." Er küsste mich auf die Nasenspitze und ließ mich allein.

Gedankenverloren starrte ich auf meinen Bildschirm, auf dem die Mail von Julian noch immer geöffnet war. Der Monitor meines Tablet-PCs, der daneben in einer Halterung befestigt war, sodass ich ihn als zweiten Schirm benutzen konnte, spiegelte mein Gesicht wider und ich betrachtete es, versuchte zu ergründen, was ich wollte.

Die Antwort war niederschmetternd: Ich wusste es nicht.

Tiefe Zweifel kamen in mir auf, als ich darüber nachdachte, wie es jetzt weitergehen sollte. Was mit Ben und mir werden sollte und ob ich bereit war, zu investieren, wie Sam es ausgedrückt hatte.

War ich das? Oder waren wir wirklich schon am Ende unserer gemeinsamen Geschichte angekommen?

Ich konnte das gar nicht glauben. Wir waren dreieinhalb Monate zusammen und ich fühlte mich, als wären es bereits Jahre. Jahre, in denen es nicht immer einfach gewesen war und eine innere Stimme sagte mir, dass es nicht leichter werden würde.

„Ihr seid zu verschieden", hatte Em mehr als einmal zu mir gesagt, doch bisher hatte ich darauf bestanden, dass die Gemeinsamkeiten die Unterschiede überwogen. Aber was, wenn meine Freundin recht hatte und der Sex wirklich das einzige war, das uns verband?

Als ich ihm gesagt hatte, dass ich ihn liebte, war das die Wahrheit gewesen, aber mittlerweile wusste ich nicht mehr, ob ich den Ben der Gegenwart oder die Version von ihm liebte, von der ich hoffte, dass er sich in der Zukunft zu ihr entwickeln würde.

„Du bist fast vierzig", hatte Sonja damals zu mir gesagt, auch das war nicht von der Hand zu weisen, aber das Alter war nicht das Problem zwischen uns.

Mein Gesicht in der Spiegelung des Surface sah mich ratlos an. Da saß ich nun, eine recht attraktive Frau Ende dreißig, die sich eingeredet hatte, keine Beziehung zu wollen und doch eine angefangen hatte. Hier war ich und kämpfte um diese Beziehung, gegen die ich mich so gesträubt hatte.

Was sollte ich machen?

Ich klickte auf *antworten*.

Ich überlege es mir.

-C.

Die restliche Woche bekam ich Julian nicht zu Gesicht und das half mir, den Kopf freizubekommen und mich auf Ben zu konzentrieren. Mein schlechtes Gewissen machte mir zu schaffen und ich beschloss, das Risiko einzugehen und weiter an unsere Beziehung zu glauben. Em und Sam hatten genickt, als ich ihnen davon erzählt hatte, doch ich wusste, dass beide diese Entscheidung für die falsche hielten. Sie sagten es nicht noch einmal, sie hatten mir ihre Meinung bereits deutlich mitgeteilt und würden mich jetzt dabei unterstützen, das Beste aus meinem Entschluss zu machen.

Da ich jetzt einigermaßen pünktlich Feierabend machen konnte, war zumindest dieser Streitpunkt ausgeschaltet und ich versuchte, eine Art Alltag zu installieren, den wir so zuvor nicht gekannt hatten.

Ben war angespannt, obwohl wir mehr Zeit füreinander hatten und ich wusste, dass es an seinem Job lag, auch wenn er sich beharrlich weigerte, das zuzugeben. Eines Abends musste er noch von Zuhause aus an einer Telefonkonferenz teilnehmen und ich beobachtete ihn dabei, wie er mit angespannter und höchst unzufriedener Miene vor dem Monitor seines Laptops saß und das Ganze über sich ergehen ließ. Es tat mir leid, ihn so zu sehen. Der Unterschied in seinem Verhalten und seiner ganzen Art im Vergleich zu unserem Kennenlernen war wie Tag und Nacht. Alles jungenhaft-unbekümmerte war von ihm abgefallen und plötzlich fragte ich mich, ob es meine Schuld war, dass er sich so verändert hatte.

Ein sehr deutliches Gefühl in meiner Brust sagte mir, dass er diese Veränderung nie gewollt hatte und dass sie sich, im schlimmsten Fall, niemals rückgängig machen ließe, selbst wenn er wollte.

Während ich sein schmales Gesicht mit den Bartstoppeln, den hohen Wangenknochen und dem vollen Mund, der mich noch vor kurzem so unverschämt-charmant angegrinst hatte, jetzt aber verkniffen wirkte, betrachtete, hatte ich das Gefühl, dass ich ihm nicht guttat. In ein paar Wochen stand das Kennenlernen mit seiner Familie an. Was, wenn sie bemerkten, was ich mit ihrem Sohn gemacht hatte? Würden sie mir deswegen Vorwürfe machen? Würde es bedeutungsvolle Blicke geben, die sie miteinander tauschten, die sagten ‚sie ist also des Übels Wurzel‘?

Ich fühlte mich mies während ich ihn beobachtete und spürte einen Kloß im Hals. Er bemerkte meinen Blick und schenkte mir ein schwaches Lächeln, gepaart mit einem Augenrollen. Es gelang mir, genauso schmal zurückzulächeln, während ich versuchte, den Kloß herunterzuschlucken. Endlich beendete er das Telefonat und kam herüber zu mir auf die Couch. Ich legte das Buch, in dem ich zuvor gelesen hatte, beiseite und sah ihn an. „Wie geht es dir?" Die Frage überraschte ihn sichtlich und er brauchte ein paar Sekunden, um zu antworten. „Gut, warum fragst du?"

„Ich habe den Eindruck, dass du in letzter Zeit unzufrieden bist und habe mir darüber Gedanken gemacht, was der Grund sein könnte." „Ich bin nicht unzufrieden", widersprach er unwirsch und schüttelte den Kopf. Sein rötliches Haar stand von den Schläfen ab, weil er es sich während der Telko gerauft hatte. Noch vor ein paar Wochen hätte ich das süß gefunden.

„Bist du glücklich?", fragte ich direkt.

„Natürlich. Ich habe dich."

„Findest du, dass es zwischen uns nicht besser laufen könnte?"

„Was soll die Frage, Claire? Natürlich bin ich glücklich mit dir. Ich liebe dich und wenn ich mit dir zusammen bin, geht es mir besser." Er hatte meine Frage nicht beantwortet. „Bist du etwa nicht glücklich mit mir?" Plötzlich wirkte er so verletzlich. Es würde ihm das Herz brechen, wenn ich ihm ehrlich antwortete, wie es war: Nein.

„Ich bin damit unglücklich, wie es in den letzten Wochen mit uns gelaufen ist. Dass wir so oft gestritten haben und damit unsere Zeit verschwendet haben. Ich weiß, dass meine Arbeitszeiten dir nicht gefallen, aber deine Reaktion darauf war sehr anstrengend und hat mir zusätzlichen Stress gemacht."

Er ließ den Kopf hängen. „Das weiß ich", gab er zu. „Und es tut mir auch wirklich leid. Das wollte ich nicht. Ich hatte einfach nur das Gefühl, dass wir uns gar nicht mehr sehen und dass du das auch nicht möchtest." Ich starrte ihn an und versuchte, seine Worte zu verarbeiten. Meine Gedanken rasten. Konnte er recht haben? „Ben, ich weiß nicht, wie wir das hinbekommen sollen", sagte ich schließlich vorsichtig. „Es ist jetzt schon so kompliziert mit uns beiden…"

„Sag sowas nicht!", fiel er mir ins Wort und griff meine Hand. „Es gibt nichts, was wir hinbekommen müssen. Es ist alles in bester Ordnung. Deine Arbeitszeiten sind jetzt normal und ich habe einen Job, der dir gefällt. Es ist alles perfekt."

Das war es nicht, erkannte ich, doch ich brachte es einfach nicht über mich, ihm das zu sagen. Wahrscheinlich waren wir von keinem anderen Wort so weit entfernt wie von *perfekt*, doch Ben ließ mich sehr deutlich spüren, dass er nicht bereit war, dies zu diskutieren. Der Kloß in meiner Kehle wurde noch etwas größer und ich merkte, wie Angst und Resignation in mir hochkamen. Ich war ratlos und hatte keine Idee, wie ich aus dieser Sache herauskommen sollte.

Am Samstagabend war ich mit meinen Freunden verabredet, wir trafen uns im *Rosenbergs*, unserem Stammrestaurant, auf ein paar Cocktails. Ben hatte außer der Reihe an diesem Samstag arbeiten müssen und war noch nicht zuhause gewesen, als Em mich abgeholt hatte. Wir hatten noch am Abend zuvor darüber gesprochen, dass ich abends nicht da sein würde und ich ging davon aus, dass er die Verabredung noch auf dem Schirm hatte.

Sonja hielt sich glänzend. JP verbrachte das Wochenende bei Aiko, die sich jetzt als ihre Retterin verstand und ihr helfen wollte, denn sie selbst hatte sich voriges Jahr scheiden lassen und wusste, wie es ihr damit ging. Sonja hatte indes einen Makler eingeschaltet, das SUV, das sie sich auf Kenichis Wunsch angeschafft hatten, bereits dem Autohändler zurückgebracht und einen Teil ihrer Möbel einlagern lassen. Gerade hatte sie sich von mir auf den neuesten Stand meiner Beziehung bringen lassen und sah mich prüfend an.

Mir fiel die Veränderung auf, die auch sie durchgemacht hatte. Noch vor einem Vierteljahr hätte sie darauf bestanden, dass ich alles in die Waagschale warf und gab, was ich geben konnte. Doch jetzt ließ sie sich zunächst alles durch den Kopf gehen und sah mich ernst an.

„Claire, das Leben ist zu kurz, um sich unglücklich zu machen. Bitte entschuldige, dass ich so eine Phrase bringe, aber da ist wirklich was dran. Ich will dir nichts vorschreiben, aber ich denke, du solltest dir Gedanken darüber machen, welche Variante dich glücklicher macht: ein Leben mit oder ohne Ben. Und du solltest dich für die glücklichere entscheiden, egal, wie hart sie auch sein mag."

Sam nickte nachdrücklich und ich wusste selbst, wie recht sie hatte. Das schlimme war, dass ich mir diese Gedanken bereits gemacht hatte und zu keinem Ergebnis gekommen war. Ich wollte Ben nicht aufgeben, wenn ich an ein Leben ohne ihn dachte, wurde mir elend zumute, aber es konnte einfach nicht so bleiben, wie es war. Em hob ihr Glas. „Auf deine weisen Worte trinke ich, Sonni. Prost!" Wir prosteten ihr zu und ich nahm einen großen Schluck von meinem Gin Tonic. Es war bereits mein zweiter und ich spürte, wie mir der Alkohol zu Kopf stieg.

„Ich habe aus genau diesem Grund übrigens beschlossen, nicht mit Curt zusammenzuziehen", verkündete Em, nachdem sie ihr Glas abgestellt hatte. „Ich dachte, das Thema wäre sowieso vom Tisch gewesen", meinte Sam stirnrunzelnd.

„Nein, war es nicht. Zumindest nicht für ihn. Er fing immer wieder davon an und ich habe ihm klargemacht, dass ich dafür nicht bereit bin und meine Wohnung als Rückzugsort behalten will. In seinem Haus ist nichts von mir und da kann er mir noch so oft versprechen, mir ein Ankleidezimmer einzurichten, das reißt es auch nicht raus. Ich hoffe, dass er es jetzt verstanden hat."

„Ich drücke dir die Daumen", sagte ich düster und bemerkte, dass mein Handy eine Nachricht empfangen hatte. Ich entsperrte den Bildschirm und sah, dass sie von Ben war.

Wo bist du?!?! Ich hasste es, wenn er mehrere Satzzeichen hintereinander setzte. *Im Rosenbergs mit Em, Sonja und Sam.* Es dauerte keine zwei Sekunden, da rief er an. Ich nahm das Gespräch an, stand auf und ging vor die Tür. Heute war der erste März und es war schon recht mild. „Hey."

„Hey, warum triffst du dich mit denen?", fragte er und klang angefasst.

„*Die* sind meine besten Freunde und ich hatte dir gestern schon gesagt, dass wir verabredet sind", erwiderte ich genauso pissig.

„Hast du nicht", sagte er patzig. „Und ich finde es auch ziemlich mies von dir, dass du nicht mal auf mich gewartet hast. Vielleicht hätte ich den Abend gern mit dir verbracht, aber daran hast du anscheinend nicht gedacht."

„Ben, ganz im Ernst, wir haben gestern darüber gesprochen und ich weiß nicht, was jetzt das Drama soll." Ich spürte, dass ich die Geduld verlor, die ganze, bisher mühsam unterdrückte Frustration kam wieder hoch.

„Naja, vielleicht hätte ich mich ja gefreut, wenn du dir ausnahmsweise mal Zeit für mich genommen hättest, anstatt ständig mit deinen Freunden, die du sowieso den ganzen Tag siehst, was trinken zu gehen." Er klang richtig wütend und frustriert, ein Spiegel meiner eigenen Gefühle. Es hatte keinen Sinn, erkannte ich. Egal, wie sehr ich mich bemühte, es würde immer ein Kampf bleiben, den keiner von uns beiden gewinnen konnte.

„Komm jetzt nach Hause!", verlangte er mit harter Stimme und mir wäre fast das Handy aus der Hand gefallen. „Wie bitte?"

„Komm jetzt nach Hause, Claire. Ich will das mit dir besprechen." Ich glaube, das war der Moment, in dem ich eine Entscheidung fällte. Mit einem Mal war ich ganz ruhig, eiskalt und plötzlich ärgerte ich mich auch nicht mehr über ihn.

„Ben, ich werde jetzt nicht nach Hause kommen." Meine Stimme war unbeteiligt und kühl, ich erkannte mich selbst kaum. „Ich schätze es nicht, wenn du so mit mir redest und ganz sicher werden wir heute Abend nichts mehr besprechen." Ohne seine Antwort abzuwarten, beendete ich das Gespräch und schaltete das Telefon aus. Dann suchte ich in meiner Handtasche nach meinem Diensttelefon und wählte eine Nummer.

Ich wusste ganz genau, was jetzt zu tun war.

Er ging nach dem zweiten Klingeln ran. „Hallo Claire."

„Hast du heute Abend schon etwas vor?", fragte ich ohne lange Vorrede und zwirbelte eine Haarsträhne.

„Ich bin gerade noch mit Freunden in Altona etwas Essen, aber in etwa anderthalb bis zwei Stunden hätte ich Zeit." Er wirkte überrascht und etwas Lauerndes lag in seiner Stimme. „Ich vermute aber, dass du sowieso nicht essen wolltest, wenn du um diese Zeit anrufst, oder?"

„Stimmt. Ich bin in Ottensen, vielleicht können wir uns treffen", erwiderte ich. Aufregung erfasste mich wie ein Jagdfieber und ich hatte das Gefühl, dass ich kurz davorstand, mich zu befreien.

„Ich hole dich ab, sobald ich fertig bin, meine Wohnung ist in Ottensen", bot er an, ich schickte ihm kurz darauf die Adresse des *Rosenbergs* und ging zurück an unseren Tisch. Die drei sahen mich fragend an. Kurz umriss ich, was sich eben ereignet hatte und war wenig verwundert, dass Sonja und Sam vehement mit dem Kopf schüttelten. „Claire, das ist keine gute Idee. Du solltest wirklich nach Hause fahren und mit ihm sprechen. Wenn du das durchziehst, wirst du es ewig bereuen", sagte Sonja eindringlich. „Das ist der Todesstoß für euch." „Liebste, sie hat Recht. Bitte überleg es dir noch mal." Sam griff meine Hand, doch ich machte mich los. „Es ist eh vorbei und anders wird er es nicht verstehen. Ihr hättet seinen Tonfall hören sollen, als er mir befohlen hat, nach Hause zu kommen. *Das* ist der Todesstoß gewesen." Ich sah Em an, die bisher geschwiegen hatte und mit sich zu ringen schien. „Was sagst du eigentlich dazu?"

Sie atmete einmal tief durch. „Du willst es schmutzig und bist auf dem besten Weg dahin. Wenn du es so enden lassen willst, zieh es durch."

„Wie kannst du sowas sagen?", fragte Sonja aufgebracht.

„Claire ist erwachsen und weiß, dass alles was sie tut, Konsequenzen nach sich zieht. Und ganz ehrlich: Ich würde es mir auch nicht gefallen lassen, dass man so mit mir spricht. Also, *go, girl* und tu, was du tun musst." Em warf mir einen langen Blick zu und ich nickte.

Mein Diensttelefon klingelte erneut. Julian. Ich nahm das Gespräch an. „Hey, ich bin schon auf dem Weg zu dir und bin in fünf Minuten da. Ich kann es nicht mehr abwarten. Ist das okay?"

„Ich warte vor der Tür auf dich", sagte ich und legte auf. Hitze schoss in meinen Unterleib und mein Puls beschleunigte sich.

Sam ergriff erneut meine Hand. „Liebste, ich bitte dich: Tu es nicht." Ich drückte ihm einen Kuss auf den Mund und stand auf. Sonja schüttelte den Kopf und sah mich wütend an, doch das war mir egal. Em hob die Hand zum Gruß und ich verließ das Lokal.

Gerade knöpfte ich meinen Trenchcoat zu, als Julian um die Straßenecke kam und mit langen Schritten auf mich zukam. Er begrüßte mich mit einem Kuss auf die Wange und wir setzten uns in Bewegung. Ich konnte es kaum noch erwarten.

„Ich habe mich gefreut, dass du angerufen hast, auch wenn ich etwas überrascht vom Setting war."

„Ich habe schon gegessen", informierte ich ihn und er lachte, blieb unvermittelt stehen und küsste mich. Ich war überrumpelt und brauchte eine Sekunde, um mich darauf einzustellen, dann erwiderte ich den Kuss und das Kribbeln zwischen meinen Schenkeln wurde heftiger.

„Ist es noch weit zu deiner Wohnung?", fragte ich atemlos und rieb meine Hüfte an ihm. Was ich fühlte, war vielversprechend und auch Julian konnte es nicht mehr abwarten.

„Zwei Querstraßen", erwiderte er und umfasste meinen Hintern, um mich näher an sich zu ziehen. Er war nicht ganz so groß wie Ben und ich musste den Kopf nicht so stark in den Nacken legen, um ihn zu küssen. Dafür war er etwas breiter gebaut und…

Ich stoppte meine Gedanken und zwang mich, mich nur auf ihn zu konzentrieren und ihn nicht mit Ben zu vergleichen.

Mit schnellen Schritten legten wir den Weg zu seinem Wohnhaus zurück und er drängte mich bereits im Fahrstuhl gegen die Wand und ließ die Finger unter meinen Rock gleiten, während ich mich am Reißverschluss seiner Hose zu schaffen machte.

‚Claire, tu es nicht!', sagte eine Stimme, die verdächtig nach Sonja klang, die ich aber mit aller Macht ignorierte. Ich war sowieso schon zu weit gegangen, jetzt musste ich es durchziehen.

Oder?

Aber wenn ich jetzt zurückging, was würde mich erwarten? Streit, zweifellos, und darauf wollte ich verzichten. Die Alternative war viel besser.

Wir erreichten sein Stockwerk und er schloss fahrig seine Wohnungstür auf, dann fing er an, sich fieberhaft die Kleidung vom Leib zu schälen und ich beeilte mich, es ihm gleichzutun. Er stieß eine Tür auf, hinter der sich das Schlafzimmer befand, und zog mich am Handgelenk hinter sich her, bis auf sein breites Bett, auf das er sich kniete und mich erneut küsste. Seine Hände fuhren über meine Brüste und führten meine Hand zu seiner Erektion, die ich umfasste. Er stöhnte auf und packte erneut meinen Hintern. Seine Berührung fühlte sich gut an und ich schüttelte alle Gewissensbisse ab, versuchte, mein Denken auszuschalten und mich nur auf das Jetzt zu konzentrieren.

Er drückte mich auf die Matratze und spreizte meine Schenkel, anscheinend wollte er keine Zeit verlieren und irgendwie war es mir ganz recht, dass er sich nicht mit einem endlosen Vorspiel aufhielt, auch, wenn ich diesen Teil für gewöhnlich sehr schätzte. Bilder stiegen in meinen Gedanken hoch von den Sessions, die ich mit Ben veranstaltet hatte, ich schob sie energisch beiseite.

All der gute Sex hatte uns nirgendwo hingeführt und ich würde heute Nacht einen Schlussstrich ziehen, bevor wir uns selbst zerstörten. Ich konzentrierte mich auf Julian, der sich gerade vor mich kniete, nachdem er ein Kondom übergestreift hatte, meine Hüfte umfasste und in mich eindrang. Dabei ließ er mich keine Sekunde aus den Augen und ich hielt seinem Blick stand, während er zu stoßen begann.

Normalerweise mochte ich die Missionarsstellung nicht besonders, weil sie mich so unbeweglich machte, aber dass er den Blickkontakt so festhielt, intensivierte den Sex und ich genoss seine kraftvollen Stöße. Er schien gut im Training zu sein, denn er verlagerte sein Gewicht kaum auf mich, als er sich vorbeugte und mich erneut küsste.

Ich kreuzte meine Knöchel hinter seinem Rücken und kam ihm entgegen. Sein heißer Atem strich über meine Brüste, dann leckte er über meinen Nippel und saugte daran, während er immer weiter pumpte. Ich wölbte den Rücken durch und biss mir auf die Lippe, als er das Tempo steigerte. Erste Zuckungen erschütterten meinen Körper und ich spürte, dass sich leise ein Orgasmus anbahnte.

„Bist du bei mir, Süße?", fragte er, Schweiß lief über seine Schläfen und meine Brust war nass von seinem Mund, was mich sehr erregte. Kurz bedauerte ich, dass wir so schnell zur Sache gekommen waren, aber wenn ich ehrlich war, wusste ich, dass das mit uns nichts Ernstes werden konnte.

Wir würden es *quick and dirty* treiben, dann musste ich mich um andere Dinge kümmern, bevor... Er brach über mir mit einem Schrei zusammen und unterbrach mich in meinem Gedankengang mit seinem Orgasmus, wie ich erschrocken feststellte.

Er schlang die Arme um mich und hielt mich fest, während er noch ein paar Mal zittrig in mich stieß. Ich erwiderte seine Umarmung und versuchte, keine Enttäuschung darüber zu empfinden, dass er so schnell gekommen war.

War es das jetzt wert gewesen?

„Sorry, meine Süße, du hast mich so angemacht, dass ich mich nicht mehr beherrschen konnte“, flüsterte er an meinem Mund. „Ich mache es wieder gut, versprochen.“ Damit löste er sich aus meiner Umarmung, legte seine Decke über mich und verschwand darunter.

Ich spürte, wie er meine Beine auseinanderdrückte und mich zu lecken begann. Verzückt verfolgte ich jede Berührung, ich hatte kurz Angst gehabt, dass es das jetzt gewesen war, aber er war im Begriff, alles vergessen zu machen.

Seine Zungenspitze glitt rau über meine Klit und er führte mir zwei Finger ein, während er das Tempo erhöhte. Ich spreizte die Beine so weit ich konnte und gab mich ihm ganz hin, leckte mir die Lippen und massierte meine Brüste.

Er machte das verdammt gut und der Funke eines Orgasmus, der eben noch verloschen war, kam jetzt mit voller Kraft zurück. Ich stieß einen schrillen Schrei aus, als ich kam und konnte meine außer Kontrolle geratenen Muskeln kaum zügeln, während er ungerührt weitermachte und mich noch ein weiteres Mal kommen ließ. Jetzt machte er langsamer, zog seine Finger aus mir und fuhr noch ein, zwei Mal mit der Zunge über meine komplette Scham, bevor er mit einem zufriedenen Grinsen auftauchte.

„Du schmeckst sehr gut, meine Süße, wusstest du das?" Er küsste mich und beobachtete mich lauernd, als erwarte er, dass ich den Zungenkuss ablehnte, aber damit erreichte er höchstens, dass ich erneut scharf wurde. „Oh, du bist ein richtiges kleines Schweinchen, nicht wahr?"

Okay, diese Art von Dirty Talk machte mich so gar nicht an, aber ich lächelte trotzdem und nickte. Langsam beruhigte sich mein Puls und ich beobachtete ihn dabei, wie er zwei Flaschen Wasser aus der Küche holte und mir eine anbot. Ich trank noch einen Schluck und schlief ein.

24. Kapitel

Am nächsten Morgen erwachte ich mit einem mulmigen Gefühl im Bauch in einem auf den ersten Blick fremden Schlafzimmer. Ich brauchte einen Moment, da holten mich die Erinnerungen an letzte Nacht ein und überrollten mich wie ein Schwerlasttransport: Neben mir im Bett lag Julian, mein Arbeitskollege, und schlief noch immer tief und fest. Ich hatte Ben wirklich betrogen und was sich letzte Nacht noch richtig und notwendig angefühlt hatte, schien jetzt, im fahlen Licht des Morgens, eine richtig beschissene Idee gewesen zu sein.

Ich biss mir auf die Lippe und setzte mich auf. Neben mir bewegte sich mein Seitensprung, schlug die grünen Augen auf und lächelte mich träge und verschlafen an. „Hey, schon wach?"

Ich nickte und kämpfte mich aus der Decke, als er nach meiner Hand griff und mich aufhielt. „Alles okay? Soll ich uns Kaffee kochen?"

„Nein danke, ich muss nach Hause", sagte ich rau. Er ließ mich überrascht los. „Ich dachte, du bist nicht verheiratet."

„Bin ich auch nicht."

„Aber du hast einen Partner."

„Jetzt wahrscheinlich nicht mehr."

Er sah mich gedankenvoll an und nickte. „Nein, wahrscheinlich nicht, wenn ihr das nicht so abgesprochen habt."

„Haben wir nicht." Ich fühlte mich beschissen und wollte am liebsten sofort gehen. Julian sah mich aufmerksam an.

„Es tut dir leid, oder?"

Ich zuckte mit den Schultern und bemühte mich um einen neutralen Gesichtsausdruck, obwohl mir zum Heulen zumute war. „Das war nur der letzte Schritt zum Schlussstrich. Es lief schon länger nicht gut und wir waren dabei, uns zu trennen." Zumindest ich mich von ihm, fügte ich in Gedanken dazu. Julian nickte, für ihn war das Thema damit erledigt. „Brauchst du ein Taxi?"

„Ja bitte. Und danke noch mal. Ich bereue nicht, mit dir geschlafen zu haben, nur, damit du das weißt." Tat ich doch.

Er grinste. „Nein, dazu war der Sex einfach zu gut."

Ich lächelte unverbindlich, er hatte es leider bei weitem nicht in meine Top-5 geschafft, aber das musste ich ihm ja nicht auf die Nase binden. Er war oral ganz passabel.

„Wir sollten das bei Gelegenheit wiederholen." Ich nickte und machte mich, mit meinen Kleidern im Arm, auf die Suche nach dem Badezimmer. Julian hatte eine schöne Neubauwohnung, die nicht recht in den Stadtteil passen wollte, aber ihm schien es recht gewesen zu sein, für die Lage wahrscheinlich zweitausend Euro warm zu bezahlen.

Ich machte mich fertig und verabschiedete mich, das Taxi wartete bereits unten. Die Fahrt dauerte keine Viertelstunde und als ich vor meinem Haus ausstieg, beschlich mich ein ungutes Gefühl. Was sollte ich Ben sagen, wenn ich ihm gleich gegenüberstand? Natürlich würde er mich als erstes fragen, wo ich gewesen war.

Kurz erwog ich, ihn anzulügen und zu sagen, dass ich bei Em war, doch darin glichen Sam und ich uns: wir konnten solche Dinge nicht für uns behalten und ich wusste jetzt schon, dass ich es ihm würde sagen müssen. Meine Eingeweide krampften sich zusammen, als ich oben aus dem Fahrstuhl trat und den Schlüssel ins Schloss schob. „Ben?" Mit angehaltenem Atem wartete ich seine Antwort ab, doch sie blieb aus. Auf dem Esstisch im Wohnzimmer lag eine handgeschriebene Nachricht von ihm:

Claire,

was ich gestern gesagt habe, tut mir unendlich leid, ich habe es voll verkackt. Dein Handy ist aus, also gehe ich davon aus, dass du zurecht sauer auf mich bist. Ich habe auf dich gewartet, aber anscheinend warst du zu wütend, um nach Hause zu kommen. Ich bin bei Steve, falls du mich suchst. Ruf mich bitte an, wenn du wieder da bist.

Ich liebe dich.

Ich schloss die Augen und zählte bis zehn, während ich mühsam die aufsteigenden Tränen niederkämpfte. Dass er sich derart für sein Verhalten entschuldigte, machte alles nur noch schwerer.

Mit zitternden Fingern startete ich mein Smartphone und wartete, dass sich die Systeme hochfuhren. Ich hatte vierzehn Anrufe in Abwesenheit, zehn von Ben, zwei von Sam, einen von Sonja und einen von Em. Dazu kamen noch unzählige Textnachrichten, Sonja hatte mir sogar eine Sprachnachricht geschickt, die ich nach wenigen Sekunden abbrechen musste, weil sie mich darin anflehte, nach Hause zu fahren und mit Ben zu sprechen.

Ich hätte auf sie hören sollen, denn mittlerweile kam ich mir einfach nur noch mies vor. So hatte ich niemals sein wollen. Ich hätte ehrlich mit ihm sprechen und sauber Schluss machen sollen, das wäre das mindeste gewesen, was ich ihm und auch mir schuldete.

Stattdessen hatte ich mich wie ein Riesenarschloch verhalten.

Mit tauben Fingern schrieb ich Ben, dass ich zuhause war, dann musste ich aus meinen Klamotten raus. Ich ging duschen und versuchte, die Erinnerungen an letzte Nacht irgendwie abzuwaschen, aber es hatte keinen Sinn. Als ich meine Haare fertig geföhnt hatte, hörte ich die Haustür und trat mit weichen Knien in den Flur. Ben stand mit blassem Gesicht dort und sah mich unsicher an. Er machte einen Schritt auf mich zu, zögerte aber. „Claire, es tut mir so leid“, begann er, brach aber ab und sah zu Boden. „Ich habe mich benommen wie das letzte Arschloch, ich…“

„Ben, wir müssen reden“, unterbrach ich ihn und wies mit dem Kinn in Richtung Wohnzimmer. Er brach ab und sah mich mit großen Augen an, dann schlich sich die Erkenntnis auf sein Gesicht und Panik machte sich breit.

„Was…“ Ich schlängelte mich an ihm vorbei ins Wohnzimmer und setzte mich an den Esstisch. Er zögerte noch einen Moment, bevor er sich mir gegenübersetzte. In seinen blauen Augen sah ich die Bitte, ihm jetzt nicht das zu sagen, was er befürchtete.

„Ich war letzte Nacht bei einem anderen Mann.“ Jetzt war es heraus, einfach und brachial und ich spürte, wie mir dabei selbst das Herz brach. Schmerz breitete sich auf Bens Gesicht aus, dann Wut, doch der Schmerz überwog.

„Warum hast du das getan?“

„Weil ich nicht mehr weiterwusste.“ Ich suchte nach Worten und kämpfte erneut mit den Tränen. In dieser Situation hatte ich nie sein wollen. Es tat mir weh, ihn so zu sehen und ich hätte mich ohrfeigen können. „Wir streiten uns so oft, dass ich nicht glücklich bin. Und du bist es doch sicher auch nicht.“

„Aber wir können doch daran arbeiten. Das ist doch kein Grund, fremdzugehen!“, rief er aufgebracht. „Warum glaubst du denn nicht an uns?“

„Weil es keinen Sinn hat!“, sagte ich brutal. „Wir passen einfach nicht zusammen, das musst du doch gemerkt haben! Seitdem du deinen neuen Job hast, funktionieren wir nicht mehr.“

„Nein, Claire, seitdem es für dich nichts Wichtigeres mehr gibt als deinen Job, funktioniert es nicht mehr“, widersprach er. „Hast du uns eigentlich jemals eine Chance gegeben oder war das alles nur ein Hobby für dich? Eine bequeme Sache, um einfach an Sex zu kommen?"

„Natürlich wollte ich dich, schließlich habe ich dich hier wohnen lassen!" Ich fühlte mich verletzt und langsam stieg Wut in mir hoch. „Ich… ich… ach, ich weiß auch nicht mehr, was ich sagen soll. Es ist alles so verdammt beschissen geworden."

Ben stand auf und drehte mir den Rücken zu. „Scheiße", murmelte er und wirkte plötzlich kraftlos. „Verdammte Scheiße. Ich war mir so sicher, dass du es bist. Und du machst sowas."

Ich schwieg, wusste einfach nicht, was ich sagen sollte. Dass er so an mir und unserer Beziehung hing, rührte mich, sagte mir aber auch, dass er seine Augen vor der Realität verschloss.

Er wollte es nicht einsehen, sondern klammerte sich daran, dass er mich liebte. Wenn es nur daran gelegen hätte, müssten wir dieses Gespräch nicht führen.

„Meinst du nicht, dass wir es irgendwie hinbekommen könnten?", fragte er und sah mich immer noch nicht an. Er hatte es immer noch nicht verstanden.

„Ich glaube nicht, dass das gut für uns wäre. Wie könntest du mir verzeihen, was ich getan habe?"

„Ich könnte es versuchen."

„Das will ich aber gar nicht, denn das habe ich nicht verdient. Ben, sieh mich bitte an." Er drehte sich zu mir um und ich sammelte mich, um es ihm noch einmal ganz deutlich zu machen. „Das mit uns hat keine Zukunft und wenn uns wirklich etwas aneinander liegt, sollten wir es jetzt beenden, bevor es nur noch schlimmer wird." Er sah mich lange an, schien in meinem Gesicht nach Anzeichen für eine Chance zu suchen, dass ich meine Meinung ändern könnte, doch er fand nichts. Schließlich nickte er wortlos und verließ den Raum, kurz darauf hörte ich ihn im Schlafzimmer den Schrank öffnen. Ich lief hinterher. „Was tust du?"

„Packen natürlich, oder wolltest du eine WG mit deinem Ex gründen?", fragte er freudlos, während er seine Sachen wild durcheinander in seine Tasche warf.

„Aber wo willst du denn hin?"

„Ich gehe zu Steve. Er hat ne Zweizimmer-Bude in Barmbek und lässt mich sicher eine Weile auf seiner Couch schlafen." Er nahm die Tasche und ging ins Badezimmer, wo er seine Seifenartikel auf die Klamotten warf. Ich beobachtete ihn stumm dabei.

Schließlich war er fertig und zog den Reißverschluss zu. „Den Rest hole ich morgen, wenn du beim Kardio bist, dann lasse ich dir den Haustürschlüssel da. Vielleicht kannst du mir meine Post aufheben, ich kümmere mich, damit nicht so viel ankommt." Er zog seine Schuhe und seine Jacke an und sah mich noch einmal lang an. „Weißt du eigentlich, wie sehr ich dich liebe? Ich habe wirklich gedacht, dass du die Frau meines Lebens bist." Damit ging er zur Tür heraus und zog sie nachdrücklich hinter sich zu.

Ich weiß nicht, wie lange ich im Flur stand und blicklos auf die Tür starrte. Seine Schritte im Treppenhaus verhallten und irgendwann hörte ich die Eingangstür schlagen, danach ein Auto starten und wegfahren. Als das Motorengeräusch verklungen war, breitete sich ein Taubheitsgefühl von meinem Magen ausgehend aus und plötzlich gaben meine Beine unter mir nach und ich brach in Tränen aus.

Em stand eine Stunde später vor meiner Tür und bekam ein trauriges Häufchen Elend zu Gesicht. Ich heulte in einer Tour und schaffte es gerade einmal, das Glas Wein zu trinken, das sie mir hinhielt. Danach gelang es mir mühsam, mich einigermaßen zusammen zu reißen.

„Ach Süße, es tut mir wirklich leid für dich", sagte sie mitfühlend. „Bereust du es jetzt?"

„Ich weiß es nicht", gab ich zu und hielt mich an meinem Glas fest. „Ich bereue die letzte Nacht und wie es zu Ende gegangen ist, aber ich weiß, dass wir es nicht geschafft hätten. Aber… als er gegangen ist… Du hättest sein Gesicht sehen sollen."

„Ich kann es mir bildlich vorstellen. Er war ziemlich geschockt, oder?" Als ich nickte seufzte sie und trank selbst einen Schluck Wein. „Aber jetzt ist das Schlimmste überstanden, weißt du? Er wird darüber hinwegkommen und du auch, vertrau mir. Ich bewundere dich übrigens sehr dafür, dass du es so durchgezogen hast und ehrlich zu ihm warst, das hätten nicht viele gemacht."

„Ich hätte ihn nicht anlügen oder die Beziehung weiterlaufen lassen können", erwiderte ich matt und fühlte mich uralt, als ich in mein Sofapolster sank.

„Nein, ich auch nicht. Aber du hast dich selbst in dieser Zeit so oft überwunden… ehrlich gesagt hätte ich am Anfang nie gedacht, dass ihr wirklich ein Paar werdet, ich dachte, du sägst ihn nach ein paar Treffen ab. Aber du hast wirklich gekämpft."

„Und verloren", gab ich zu bedenken, doch sie winkte ab.

„Zwing mich nicht, diesen Scheißspruch mit dem Kämpfen und Verlieren zu bringen. Ihr hattet eine Chance, sie war winzig klein und es hat nicht geklappt, aber hey, du hast es riskiert. Ich habe mir ein Beispiel an dir genommen."

„Und bei dir und Curt läuft es gut", erwiderte ich. Wieder zuckte sie mit den Schultern.

„Ja, sicher, aber auch, weil ich ihn auf Distanz halte. Du kennst mich und weißt, dass ich eigentlich überhaupt kein Beziehungsmensch bin und manchmal nervt er mich unglaublich. Ich bin mir sicher, dass du jemanden treffen wirst, irgendwann, wenn du es willst. Und dann wirst du dich nicht überwinden müssen. Was ist denn mit Julian?" Von dem Sex hatte ich ihr schon erzählt, tatsächlich hatten die beiden mal was gehabt, vor einigen Jahren, als er neu in der Kanzlei gewesen war. Sie hatte meinen Eindruck bestätigt, soweit sie sich zurückerinnern konnte.

„Ich denke nicht, dass es eine gute Idee wäre, mit ihm was anzufangen und ich glaube auch nicht, dass er daran interessiert ist."

„Naja, du kannst ihn immer noch vögeln, um über Ben hinwegzukommen. Vielleicht ist er ja lernfähig und kommt nicht jedes Mal nach drei Minuten. Wenigstens hat er es eingesehen."

Da war etwas dran und ich nickte. Unterm Strich hatte ich doch alles bekommen, was ich wollte. Die Beziehung war beendet und ich hatte mein altes Leben zurück. Ben würde über uns hinwegkommen und sich eine andere Frau suchen, am besten eine in seinem Alter, die nicht so arbeitswütig und fordernd war wie ich, vielleicht lief es dann besser.

Em blieb noch bei mir, bis es ziemlich spät war und brachte mich auf Spur. Zwischendurch riefen wir Sonja und Sam an und machten eine Art Telefonkonferenz, in der wir sie ins Bild setzten. Ich war froh, dass Em bei mir war, denn Sonja gab mir das Gefühl, einen Riesenfehler gemacht zu haben und Sam fühlte sich viel zu sehr in seine eigene Situation von vor drei Monaten hineinversetzt, um objektiv zu sein. Em aber unterstützte mich einfach und gab mir zu verstehen, dass ich zwar nicht richtig, aber so gehandelt hatte, wie es nicht länger zu vermeiden gewesen wäre, und das half mir tausend Mal mehr. Als sie schließlich nach Hause ging, fühlte ich mich fast gut, daran konnte auch der Weinkrampf, den ich im Bett bekam, nichts ändern.

Es war ein seltsames Gefühl, allein aufzuwachen, nachdem die letzten Monate immer jemand neben mir gelegen hatte oder ich zumindest wusste, dass er zurückkommen würde.

In der Nacht hatte ich es mir noch einreden können, doch an diesem Montagmorgen, als ich mit verquollenen Augen aufwachte und die Matratze neben mir leer vorfand, konnte ich mich nicht gegen die Erkenntnis wehren, verlassen worden zu sein.

Automatisch angelte ich nach meinem Telefon und hoffte auf eine Nachricht von ihm, doch es war nichts gekommen. Und das war auch besser, denn ich hatte es so gewollt und alles dafür getan.

Erschöpft quälte ich mich schließlich aus dem Bett und machte mich für die Arbeit fertig. Während der Autofahrt musste ich mich zusammenreißen, um nicht in Tränen auszubrechen, aber ich hatte eine eiserne Regel: Niemals auf der Arbeit heulen, egal, was passierte. Mich an diese Regel zu halten half mir dabei, den Tag irgendwie zu überstehen.

Meine Freunde warteten bereits vor dem Portal auf mich und Sam schloss mich fest in seine Arme. Ich schmiegte mich an ihn und fühlte mich für einen Moment geborgen und sorgenfrei, doch dann musste ich ihn loslassen und der Realität ins Auge sehen.

Sonja war anzusehen, dass sie mit meinem Verhalten sehr unglücklich war, doch sie sagte nichts und nahm mich einfach in den Arm. Mehr konnte sie mir im Moment nicht geben.

Oben angekommen erwartete uns die nächste Hiobsbotschaft: Die Drachenfrau war zurück und stand wie ein Empfangskomitee an der Rezeption, wo sie den beiden Kolleginnen gerade offensichtlich Anweisungen gab. Sie war etwas dünner geworden und ihre Haare länger, ihre Wangen waren eingefallen und sie hatte einige Falten dazubekommen. Dennoch hatte sie nichts von ihrer Diktatoren-Ausstrahlung eingebüßt. Als sie uns sah, nickte sie knapp und wir begrüßten sie artig und machten, dass wir zu unseren Büros kamen, während wir entsetzte Blicke tauschten.

Die Woche hätte gar nicht beschissener starten können. In fieberhafter Eile schrieb ich mir meine Notizen auf ein Blatt Papier, schaffte es gerade noch, mein Team zu begrüßen, bevor ich ins Meeting hastete.

Die Besprechung verlief erwartungsgemäß unerfreulich. Als endlich alle saßen, stand Harry auf und versicherte ihr, wie froh wir alle wären, dass sie zurück sei, was sie mit einem angewiderten Lächeln quittierte. „Nun, Frau Sander, dann wollen wir uns einmal anhören, was Sie in meiner Abwesenheit getrieben haben. Die Partner sagten mir, Sie hätten zwar Probleme mit dem Pensum gehabt, die Qualität sei aber im Großen und Ganzen mangelfrei gewesen, also kann ich wohl davon ausgehen, dass ich die letzten zwei Monate nicht nacharbeiten muss."

„Das ist korrekt", antwortete ich ihr und sie nickte mir knapp zu. Anscheinend hatte ich gerade ein Lob von ihr bekommen und sie ließ mich den Rest des Meetings in Ruhe. Dafür bekamen Stephanie, Em und Steffen wieder einmal ihr Fett weg, als hätte sie sich acht Wochen lang darauf vorbereitet, ihnen diesen verbalen Rundumschlag mitzugeben.

Entsprechend gedrückt war später die Stimmung beim Mittagessen, das wir in unserem Lieblingsitaliener zu uns nahmen und versuchten, den Schock über ihre plötzliche Rückkehr zu verdauen, als Ems Handy plötzlich klingelte. „Das ist Curt", sagte sie überrascht und nahm das Telefonat an. Sie stand auf und ging nach draußen, durch das Fenster konnte ich sehen, wie sie sich eine Zigarette anzündete, während sie ihm zuhörte und dabei auf und ab ging. Nach wenigen Minuten kam sie hinein und sah äußerst verwirrt aus.

„Ist alles in Ordnung?", fragte Sonja zaghaft, offensichtlich hatte sie Angst, dass Em jetzt ihre Trennung verkündete.

„Curt hat mir gerade gesagt, dass er seinen Job hingeschmissen hat und ein Sabbatical machen will. Eine Weltreise, um genau zu sein und zwar so schnell wie möglich", sagte Em wie betäubt. „Und er will, dass ich mitkomme." Stille senkte sich über unseren Tisch, als wir versuchten, das Gesagte sacken zu lassen. Ich setzte gerade an, etwas zu sagen, als ihr Handy erneut klingelte und Jana, ihre

Werkstudentin, anrief. Em nahm das Telefonat an, lauschte kurz und versprach, sofort ins Büro zu kommen und packte ihre Sachen. „Das dürfte dauern, um halb neun im *Rosenbergs*?", fragte sie und wir nickten stumm, dann lief sie schnellen Schrittes raus.

„Das war jetzt alles etwas schnell für mich", sagte Sam und starrte auf seinen Salatteller. „Leute, ich komme mit so vielen Veränderungen auf einmal nicht gut klar, könnt ihr euch jetzt mal ein bisschen zusammenreißen?"

„Würden wir, wenn wir irgendeine der Veränderungen beeinflussen könnten", erwiderte Sonja und schob ihre Pasta von sich. „Denkt ihr, sie geht mit ihm?"

„Noch vor ein paar Wochen hätte ich gelacht und ,ganz bestimmt nicht' gesagt, aber jetzt, wo Triple-S zurück ist und sie heute diesen Anschiss bekommen hat, würde ich es nicht mehr ausschließen", sagte Sam und ich konnte ihm da nur beipflichten.

Als ich etwas später in meinem Büro saß, kroch Angst in mir hoch, dass Em wirklich mit Curt gehen könnte und für einige Zeit nicht mehr bei mir war. Natürlich wäre es eine tolle Sache, einige Monate durch die Welt zu reisen und den Alltagsstress zu vergessen, aber ich brauchte sie gerade sehr.

Irgendwie bekam ich die Zeit bis zum Feierabend herum und fuhr zu meinem Kardiokurs, den ich endlich, seit Wochen zum ersten Mal, pünktlich besuchen konnte.

Ich versuchte, mich richtig auszupowern und merkte zwischendurch, dass ich den Tränen nahe war. Wenn ich nach Hause kam, hatte Ben seine letzten Sachen abgeholt und war wirklich weg. Dann war der Trennungsprozess abgeschlossen und nicht mehr aufzuhalten.

Nein, er war schon jetzt nicht mehr aufzuhalten. Ich legte die Hand auf meine Brust, auf die Kette, an welcher der silberne

Schlüssel hing, den Ben mir nach einem Monat geschenkt hatte. Nächste Woche wären es vier Monate gewesen.

Ich schüttelte den Gedanken ab und konzentrierte mich auf meinen Sportkurs, machte noch verbissener mit und versuchte, mich komplett zu verausgaben, bloß nicht an ihn zu denken.

Nach dem Sport fuhr ich nach Hause, um zu duschen und mich umzuziehen, bevor ich mich mit den anderen im *Rosenbergs* traf. Em würde direkt hinkommen, sie war nach der Arbeit zu Curt gefahren, um mit ihm zu sprechen, das hatte sie uns noch geschrieben, dafür würde Sonja den Umweg machen und mich abholen.

In der Wohnung war es kalt und still. Ich beeilte mich, ins Bad zu kommen und das Fehlen von Bens Sachen zu ignorieren, während ich duschte und mich abtrocknete. Das Licht nur im Flur anzumachen, half dabei.

Im Schlafzimmer vermied ich es, auf die leeren Fächer im Kleiderschrank zu achten, in denen seine Kleidung vorher gelegen hatte. Entschlossen stopfte ich Bettwäsche und ein paar meiner Pullover hinein, dann musste ich mich einen Moment aufs Bett setzen und mich wieder beruhigen. Mein Herz hämmerte und ich spürte, wie erneut Tränen in meine Augen schossen.

Sein Geruch hing noch in der Bettwäsche und kurz war ich versucht, sie abzuziehen, brachte es aber nicht über mich. Ich suchte mir eine Jeans und eine Flanellbluse heraus und zog mich an, ohne richtig hinzusehen, trocknete meine Haare und tuschte mir die Wimpern. Zu mehr fehlte mir die Kraft.

Mein Handy vibrierte, Sonja war da und wartete unten auf mich. Ich beeilte mich, die Wohnung zu verlassen.

Im *Rosenbergs* saßen Sam und Em bereits an unserem Stammtisch, als wir eintrafen und hatten eine Runde Cosmopolitans geordert. Sonja lehnte ab, weil sie fahren musste, also übernahm ich ihren und wandte Em meine ungeteilte Aufmerksamkeit zu.

„Er ist komplett verrückt geworden", sagte sie kopfschüttelnd. „Heute Morgen war noch alles in Ordnung und auf einmal kotzt es ihn an, dass er im Aufsichtsrat bei einer Sache überstimmt wurde und schmeißt hin. Sie haben sich darauf geeinigt, dass er seine Kündigungsfrist von einem Jahr bei vollen Bezügen freigestellt verbringen darf, stellt euch das vor. Also hat er beschlossen, eine Weltreise zu machen. Mit mir."

„In solchen Kreisen gehört das zum guten Ton. Ich glaube, wenn einem nicht wenigstens einmal so etwas passiert, gehört man auch nicht dazu", sagte Sonja abschätzig. „Und was hast du gesagt?"

„Ich habe ihn gefragt, ob er noch alle Latten am Zaun hat, da meinte er, dass mich mein Job schließlich noch viel mehr ankotzen würde und ich die Weltreise besser gebrauchen könnte als er. Womit er leider recht hat. Nach dem heutigen Arschtritt mit anschließendem Scheißeregen, hatte ich wirklich keine Lust mehr." Em nahm einen großen Schluck von ihrem Cosmo und kontrollierte den Sitz ihres roten Lippenstifts mithilfe ihres Handys.

„Dreihundertachtzehn Tage noch", gab Sonja zu bedenken, doch Em schüttelte nachdrücklich den Kopf.

„Das sind dreihundertachtzehn zu viele. Ich habe ihm gesagt, dass ich noch einmal drüber schlafen werde, aber ehrlich, Leute, ich glaube, dass ich es machen werde."

„Und wie?", fragte ich während ich mein Glas ansetzte. Diese Information ließ sich nur mit Alkohol ertragen.

„Ich denke, dass ich Bitter überreden werde, mir unbezahlten Urlaub zu geben. Ich werde sicher auch kein ganzes Jahr wegbleiben, vielleicht ein halbes. Jana und Verena sind gut, sie können Steffen zuarbeiten und er kann seine Janina verlängern, die die Drachenfrau ihm streichen wollte. Zu viert sollten sie es hinbekommen." Sie sah Sonja an. „Arbeitsrechtlich ist das kaum ein Problem, wenn Bitter mitzieht", räumte diese ein. „Ich stelle dich auf unbezahlten Urlaub um und setzt deine Bezahlung bis zu deiner Rückkehr aus. Du musst das nur mit deiner Krankenversicherung regeln."

„Um sowas kümmert sich Curts Sekretärin", winkte Em ab. „Wahrscheinlich hat er jetzt schon alles in die Wege geleitet, ohne meine Antwort abzuwarten."

„Und was ist mit deiner Wohnung und deinem Auto?", fragte Sam, der gerade die Kellnerin herangewinkt hatte. Wir orderten eine weitere Runde Cosmopolitans.

„Die Wohnung und mein Auto zahlt Curt", beantwortete Em Sams letzte Frage. „Das war das zweite, was er nach seiner Ankündigung gesagt hat: ‚Ich bezahle alles, mach dir keinen Kopf'. Ausnahmsweise wäre ich sogar bereit, ihm das durchgehen zu lassen."

„Ich werde dich sehr vermissen", sagte ich dumpf und sie legte den Arm um mich.

„Ich weiß, der Zeitpunkt ist suboptimal." Sie sah uns nacheinander an. „Einer muss schließlich vernünftig sein und euch regelmäßig in den Arsch treten."

„Darüber musst du dir keine Sorgen machen, wir kommen schon klar. Hauptsache, du kommst danach zurück und meldest dich währenddessen regelmäßig", sagte ich und versuchte, tapfer zu sein.

Em versprach es und wir redeten den Rest des Abends über die Route, die Curt bereits ausgearbeitet hatte und wirklich traumhafte Ziele wie Mauritius, die Seychellen, Sri Lanka, Bali, Neuseeland, Tahiti, Hawaii und Chile beinhaltete, dann brachte Sonja uns beide nach Hause und ich war allein in meiner leeren Wohnung.

Ich wankte, benebelt von den vier Cosmopolitans, die es geworden waren, ins Bett und sog Bens Geruch ein, der noch immer an den Kissen haftete.

25. Kapitel

Ems Gespräch mit Dr. Bitter verlief wie erwartet. Erst hatte er einen halben Nervenzusammenbruch, weil sie so kurzfristig gehen wollte, dann ergab er sich seinem Schicksal und setzte die Drachenfrau, Steffen und Ems Werkstudentinnen in Kenntnis, dass viel Arbeit auf sie zukam.

„Noch nie hat jemand so dumm aus der Wäsche geguckt, wie die Drachenfrau", berichtete Em hochzufrieden, als sie nach dem Gespräch in meinem Büro saß und uns brühwarm davon erzählte. „Das war so herrlich, am liebsten hätte ich ein Bild davon gemacht, ihr sind richtig die Gesichtszüge entgleist. Sie hat Bitter gefragt, ob es denn notwendig sei, mich zurückzunehmen nach der Sache. Da hat er zu ihr gesagt: ‚also Sabine, das steht außer Frage. Frau Rotdorn ist deine beste Mitarbeiterin.' Und dann hat er ganz verstört Steffen angesehen und wusste nicht mehr, was er sagen sollte. Es war zum Schießen. Ehrlich gesagt glaube ich aber, dass meine Beziehung mit Curt auch mit reinspielt. Ich habe ihnen nicht gesagt, dass er gekündigt hat und sie haben wahrscheinlich Angst, es sich mit dem Konsortium zu verscherzen."

„Gut gemacht", sagte ich und lehnte mich in meinem Bürostuhl zurück. Das Gespräch hatte mich erschöpft und ich kämpfte mit der Angst, auch noch Em zu verlieren – nicht für immer natürlich, aber zumindest für einige Zeit.

Sam bemerkte es und legte seine Hand auf meine. Gott sei Dank blieb er bei mir, ohne ihn würde ich durchdrehen, jetzt und auf der Stelle. Sonja und ich würden versuchen, gemeinsam über unsere Trennungen hinwegzukommen.

„Wie lange wirst du jetzt wegbleiben?", fragte er und Em feixte erneut.

„Ich habe mit einem Jahr angefangen und sie sind fast in Ohnmacht gefallen. Der Drachenfrau war richtig anzusehen, dass sie mir am liebsten aufs Maul gehauen hätte. In meiner grenzenlosen Großzügigkeit habe ich mich auf sechs Monate herunterhandeln lassen und melde mich, sollte ich eher zurückkommen. Nächsten Samstag geht es los, bis dahin muss meine Übergabe stehen, sonst schlagen sie mich doch noch zusammen."

„Du hast Riesenglück, dass sie das Ganze geschluckt haben. Vor allem so kurzfristig, das hätten nicht viele gemacht", sagte Sonja.

„Auch da vermute ich, dass das ein Curt-Bonus ist. Er hat schon gedroht, bei Bitter anzurufen und das Ganze mit ihm persönlich durchzusprechen", erwiderte Em maliziös grinsend.

„Schön, wenn der Vati einem hilft, oder?", fragte Sam scheinheilig. „Ich hoffe nur, er verträgt die Reiseimpfungen. Und denk an sein Medikamentenköfferchen."

„Sam, du bist so ein dummes Arschloch", sagte Em und lachte sich tot. Ich konnte nicht anders, ich fiel mit ein. Wie sollte ich sechs Monate ohne die Kabbeleien auskommen?

Ich machte an diesem Tag pünktlich Feierabend und fuhr zu meinem Yoga-Kurs. Die Konzentration wollte sich heute aber einfach nicht einstellen und ich fühlte, wie unruhig und unausgeglichen ich war. „Claire, was hast du denn bloß?", fragte Bea, meine Trainerin, besorgt und half mir in die Krieger-Position, die mir sonst keine Schwierigkeiten bereitete. Meine Beine zitterten und es gelang mir kaum, ins Zwerchfell zu atmen.

„Viel los, momentan", sagte ich mit einem schwachen Lächeln. „Ich kriege nur schwer den Kopf frei."

„Okay, konzentriere dich auf deine Atmung", ordnete sie an und blieb neben mir, sodass sie mich unterstützen konnte. Es fiel mir schwer, aber irgendwie kam ich durch den Kurs und schaffte es, zumindest eine Winzigkeit Entspannung zu erlangen, doch während des Shavasanas am Ende wirbelten meine Gedanken wieder durcheinander und waren nicht zu stoppen.

An diesem Abend stand nichts an, auch wenn ich am liebsten etwas vorgehabt hätte. Meine leere Wohnung ängstigte mich und erinnerte mich permanent daran, dass Ben nicht mehr zurückkommen würde.

Daran war nichts mehr zu ändern und in meinem tiefsten Inneren wusste ich, dass ich richtig gehandelt hatte, als ich die Beziehung beendet hatte, doch wie sie zu Ende gegangen war, bereute ich mittlerweile zutiefst.

Mit Julian zu schlafen war ein Fehler gewesen, der Ben tief verletzt hatte und das hatte er einfach nicht verdient. Und niemals hätte ich gedacht, dass ich ihn so vermissen würde. In Gedanken spielte ich immer wieder alternative Szenarien durch, in denen wir noch zusammen waren und es hinbekommen hatten, aber wenn ich ganz ehrlich war, wusste ich, dass sie wenig mit der Realität zu tun hatten. Ich legte mich aufs Bett und schloss die Augen, versuchte, einen klaren Gedanken zu fassen. Was ich getan hatte, war in der Konsequenz richtig gewesen, jetzt musste ich loslassen.

Vielleicht hatte Em mit ihrem Rat recht gehabt, Julian zu benutzen, um über Ben hinwegzukommen. Er würde mich auf andere Gedanken bringen. Mit dem Diensthandy schrieb ich ihm eine kurze Mail:

Hast du irgendwann diese Woche Zeit, um unseren letzten Termin fortzusetzen? - C.

Es dauerte nicht lange, bis er mir antwortete:

Freitag am späten Nachmittag habe ich keine Termine. Ich denke, der Zeitslot sollte reichen, um alles <u>ausführlich</u> zu besprechen. Freue mich darauf. - J.

Ich mochte die Art und Weise, wie er bestimmte Wörter unterstrich und hoffte, dass keine Sekretärin Verdacht schöpfen würde, falls sie die Korrespondenz zufällig zu Gesicht bekam. Den „Termin" bestätigte ich ihm noch, dann gelang es mir irgendwie, einzuschlafen.

Mittwochabend war ich bei Sam und Tim zum Essen eingeladen und verbrachte ihn entspannt, Donnerstag gingen wir vier in einer angesagten neuen Bar Cocktails trinken. Ich war dankbar für jede Ablenkung, die ich kriegen konnte, außerdem stieg die Vorfreude auf Freitagabend. Julian hatte ich während der Woche nicht gesehen, ihn aber auch nicht gesucht.

Auf jede Art von Klatsch konnte ich im Büro gut verzichten, obwohl es in der Kanzlei die einen oder anderen gab, über die zumindest das Gerücht kursierte, dass sie miteinander ins Bett (oder unter den Schreibtisch) gingen, nicht nur Dr. Schwartz und seine Sekretärin Anita, deren Verhältnis fast zum Alltag gehörte.

Nichtsdestotrotz konnte ich auf diesen zweifelhaften Ruf sehr gut verzichten, wenn man von dem hartnäckigen Gerücht absah, dass Sam und ich etwas miteinander hatten, dass er schwul war interessierte manche Leute nicht.

Langsam setzte sich die Erkenntnis, dass sie für ein halbes Jahr gehen würde, auch bei Em ab und ich merkte, dass sie zwischen Angst und Aufregung schwankte. Manchmal war sie geradezu euphorisch und sehr viel ausgeglichener als sonst, egal wie ätzend die Drachenfrau drauf war, dann war sie plötzlich ganz still und in sich gekehrt. Die Aussicht, sie nicht zu sehen, machte mir auch Angst, und von Sam und Sonja wusste ich, dass sie dem Sabbatical ebenfalls mit gemischten Gefühlen gegenüberstanden.

Sonja hielt sich noch immer mit der eisernen Würde einer Grand Dame aufrecht, keine einzige Träne hatte sie seit Kenichis Abgang mehr vergossen und es war ihr anzusehen, wie viel Kraft es sie kostete, diese Fassade aufrecht zu halten. Wir alle hatten ihr unsere Hilfe angeboten, doch sie versicherte uns, dass sie wunderbar zurechtkam. Ihr Haus war mittlerweile so gut wie verkauft, was bei der Ausstattung und Lage kaum verwunderlich war, und sie suchte bereits nach einer neuen Wohnung für sich und JP. Von ihrem Mann hatte sie weiterhin kein Sterbenswort gehört, ich wusste aber, dass ihre Eltern einen Scheidungsanwalt kontaktiert hatten.

Ich fand, dass das zu schnell ging und zumindest ein Gespräch hätte stattfinden sollen, aber es war kein Geschäft mit Kenichi zu machen. Sonja tat mir wegen dieser Scheißsituation leid, mehr noch aber ihr Sohn, der sicher nicht verstand, warum sein Vater einfach so abgehauen war. Offiziell schob Sonja es auf den kranken Großvater, aber wir wussten alle, dass sie damit nicht ewig durchkommen würde. Außerdem fiel es Linda, ihrer Mutter, sehr schwer, sich zurückzuhalten und ihre Meinung nicht in der Welt herum zu posaunen. Andererseits wollte sie natürlich auch nicht, dass ihre kostbare Tochter wie eine verschmähte Ehefrau wirkte.

Der Freitag kam und eine fiebrige Vorfreude erfasste mich bereits am Vormittag. Em und Sam hielten es für eine gute Idee, noch einmal mit Julian ins Bett zu gehen, Sonja hielt sich hier bedeckt, aber ich wusste, dass sie es riskant fand, innerhalb des Büros eine Affäre zu haben. Wahrscheinlich hatte sie damit recht, aber ich hatte nicht vor, auf meine Vernunft zu hören. Ich wollte einfach diese Chance ergreifen, meine Trennung zu verarbeiten.

Gegen siebzehn Uhr stand Julian in meiner Tür und lächelte mich an. Um diese Zeit war unser Flur bereits lange leer und wenn wir nacheinander in die Tiefgarage fuhren, würde auch niemand am Empfang Verdacht schöpfen. „Wir hatten noch gar keinen Ort für unser Meeting ausgemacht", erinnerte er mich. Ich überlegte, ihn mit zu mir zu nehmen, doch irgendwas hielt mich zurück, es ihm anzubieten. „Vielleicht nehmen wir einfach den gleichen wie beim letzten", schlug ich vor und er nickte.

„Dort sind wir zumindest ungestört." Ich verstand sofort, worauf er hinauswollte und schüttelte den Kopf.

„Das ist nicht der Grund, aber es wäre mir einfach lieber."

Er nickte und lächelte mich wölfisch an, unter seinem Blick wurde mir heiß und ich fragte mich, ob wir es dieses Mal länger treiben würden. Welche Ideen er hatte und worauf er stand. Hoffentlich war die schnelle Aktion in der Missionarsstellung nur der Dringlichkeit geschuldet gewesen.

„Ich gehe vor", sagte er. Ich nickte und lauschte seinen Schritten, als er den Flur hinunterging. In aller Ruhe fuhr ich meinen PC herunter und zog ohne Eile meinen Mantel an.

Den Kollegen am Empfang wünschte ich ein schönes Wochenende und rief den Fahrstuhl. Die Anzeige sagte mir, dass Julian bereits in der Tiefgarage angekommen war. Wir würden uns bei ihm treffen, andernfalls müsste einer von uns sein Auto stehen lassen.

Es war vom Büro nicht weit nach Ottensen zu seiner Wohnung und ich bekam sogar einen Parkplatz in der Nähe des Hauses. Nachdem ich den Motor abgestellt hatte, hielt ich kurz inne und betrachtete mein Gesicht im Rückspiegel.

Viel zu viel war in der letzten Woche geschehen, Dinge, die ich nicht mehr rückgängig machen konnte. Jetzt war es Zeit, nach vorn zu sehen. Bevor ich ausstieg, nahm ich die silberne Kette, die Ben mir geschenkt hatte, ab und verstaute sie im Kleingeldfach meines Portemonnaies.

Hätte ich sie ihm zurückgeben sollen?

Nein, entschied ich, sie war ein Geschenk gewesen, doch jetzt musste ich aufhören, sie zu tragen. Sie erinnerte mich daran, dass er mir gesagt hatte, der Anhänger sei symbolisch der Schlüssel zu seinem Herzen. Ich hatte es nie verdient und war es deswegen nicht würdig, das Schmuckstück noch länger zu tragen. Die kurze Strecke legte ich schnell zurück und stand kurz darauf vor Julians Wohnungstür. Er öffnete lächelnd, ein Weinglas in der Hand, das er mir reichte. Seine Krawatte hatte er bereits abgenommen und die obersten Knöpfe seines weißen Hemdes geöffnet. Seine grünen Augen funkelten mich an und sein blondes Haar war leicht zerzaust. So gefiel er mir noch besser als in seiner strengen Juristen-Aufmachung.

Wir gingen ins Wohnzimmer und nahmen auf dem Sofa Platz. Er prostete mir mit seinem Weinglas zu und ich genoss den guten Cabernet Sauvignon, den er eingeschenkt hatte. „Du siehst heute übrigens besonders bezaubernd aus", sagte er über den Rand seines Glases hinweg.

„Vielen Dank." Auch wenn ich jetzt selbst für die Auswahl meiner Kleidung verantwortlich war, hatte ich es beibehalten, nicht mehr ganz so förmlich gekleidet ins Büro zu gehen. Heute trug ich ein knielanges schwarzes Spitzenkleid mit einem kürzeren nudefarbenen Unterkleid, V-Ausschnitt und langen Ärmeln, das an der Vorderseite komplett mit kleinen Haken zu schließen war.

Julian griff herüber und öffnete die obersten Haken, bis mein schwarzer Spitzen-BH zum Vorschein kam. „Sehr hübsch. Ich mag schwarze Unterwäsche", sagte er und strich mit dem Daumen über den Stoff. Mein Nippel richtete sich auf und er schmunzelte. „Das gefällt dir, oder, Süße?"

„Oh ja, mach bitte weiter." Ich ließ ihn nicht aus den Augen, während er weitere Haken öffnete und meine Brüste streichelte, versuchte, ihn einzuschätzen und herauszufinden, was er vorhatte.

Schließlich hatte er alle Haken geöffnet und meinen String und die halterlosen Strümpfe freigelegt, bei deren Anblick er große Augen machte. „Claire, du bist ja eine richtige Sexbombe." Ich lächelte, auch wenn ich die Bezeichnung nicht mochte. Langsam ließ ich meine Finger über seine Hemdbrust und hinunter zu seinem Gürtel wandern, unter dem sich seine Erektion bereits abzeichnete, doch er hielt meine Hand auf. „Erst du."

Überrascht zog ich meine Hand zurück und ließ ihn gewähren, als er mich hochzog und ins Schlafzimmer hinüberführte. Er bat mich, mich hinzulegen und meine Beine hochzuhalten. Ich umschlang meine Kniekehlen mit den Armen und wartete ab, was er tun würde, kurz darauf spürte ich, wie er meinen Slip beiseiteschob und sich seine Lippen auf mich senkten.

Er fuhr also darauf ab, mich zu lecken. Damit konnte ich leben, denn er machte es sehr gut und stieß dabei wohlige Laute aus, die mich noch feuchter machten. Seine Zunge glitt über jeden Zentimeter meiner empfindlichen Haut und er nahm sich viel Zeit, bevor er sich ausschließlich auf meine Klit konzentrierte und zeitgleich seine Finger benutzte.

Ein Stöhnen entschlüpfte mir und ich trieb ihn an, weiterzumachen, mich weiter zu lecken und mich kommen zu lassen, was ihn veranlasste, das Tempo zu erhöhen. Ein Höhepunkt ballte sich in mir zusammen und ließ mich mit einem erstickten Schrei kommen, den ich mit meiner Hand zu dämpfen versuchte.

Er machte weiter und dehnte meinen Orgasmus aus, richtete sich mit einem Mal auf, umfasste meine Knöchel und ich bekam verschwommen mit, dass er seine Hose öffnete, ein Kondom überstreifte und sich in mir versenkte.

„Oh ja, mach weiter!", stöhnte ich und genoss das Gefühl seines Schwanzes in mir. Er hielt meine Beine weiter fest und vögelte mich mit tiefen kraftvollen Stößen. Wieder hielt er intensiven Blickkontakt mit mir und ich zeigte ihm gern, wie sehr mir gefiel, was er mit mir machte.

Er wurde schneller und kam mit einem unterdrückten Schrei. Schwer atmend lehnte er seine schweißnasse Stirn gegen meine

Waden und streichelte meine Oberschenkel, bevor er sich aus mir zurückzog. Er küsste mich auf den Mund und stand auf.

Ich war noch nicht in der Lage gewesen, das alles zu erfassen, gedanklich hatte er mich mitten aus dem Sex gerissen und dass er sich jetzt schon anschickte, sich anzuziehen, überforderte mich in diesem Moment.

Er rückte meinen Slip zurecht und hielt mir seine Hand hin, die ich stumm ergriff und mich hochziehen ließ. War es das jetzt?

Erneut küsste er mich auf den Mund und umarmte mich dabei. Der Sex war deutlich an uns beiden zu riechen und wirkte dadurch intensiver, als ich ihn wahrgenommen hatte.

„Danke, Süße, das war phantastisch", flüsterte er in mein Ohr. „Genauso hatte ich mir den Anfang dieses Abends vorgestellt." Er strich mir eine Haarsträhne aus dem Gesicht und zog mich zurück ins Wohnzimmer. Verwirrt schloss ich die Häkchen meines Kleides und ließ mir mein Weinglas reichen. Ich wusste gar nicht, was ich sagen sollte und schaffte es gerade einmal, mir ein schwaches Lächeln abzuringen.

Ich hatte eben ausgetrunken, da sah er mit einem entschuldigenden Lächeln auf seine Armbanduhr. „Es tut mir sehr leid, aber ich habe noch ein Geschäftsessen um acht." Er küsste mich. „Ich bin froh, dass wir es noch mal getan haben, Claire, ich genieße den Sex mit dir sehr. Vielleicht ergibt sich ja bald die Gelegenheit."

Er komplimentierte mich aus der Wohnung. Charmant, aber sehr deutlich und ich fühlte Scham in mir hochsteigen, die ich nur mühsam niedergekämpft bekam. ‚Jetzt nur keine Szene machen', sagte ich mir. ‚Bleib erwachsen und kühl, er verdient keinen Gefühlsausbruch.' Ich lächelte unverbindlich und stellte mein Glas auf den Tisch, während ich sein Gesicht betrachtete, nach Anzeichen einer Provokation suchte. Ich fand keine, anscheinend meinte er es genauso wie er es gesagt hatte. „Bestimmt. Danke dir auch." Betont gelassen stand ich auf und suchte nach meinen Schuhen und meinem Mantel. „Viel Spaß bei deinem Essen. Hoffentlich wird es nicht allzu anstrengend."

„Falls doch, denke ich einfach an eben, das wird meine Laune retten", erwiderte er charmant. Ich lächelte noch einmal und rief den Fahrstuhl. Er hatte den Anstand, an der Tür zu warten, bis ich eingestiegen war und die Türen sich schlossen. Während ich runter fuhr und zu meinem Auto ging, versuchte ich das Gefühl abzuschütteln, wie eine unbezahlte Hure behandelt worden zu sein.

„Ich habe mich selten so beschissen gefühlt", gab ich eine halbe Stunde später zu Protokoll, nachdem ich Em und Sonja zusammengetrommelt und ins *Rosenbergs* bestellt hatte. Sam hatte heute Abend keine Zeit, er und Tim hatten ihren speziellen Abend, von dem ich mehr Einzelheiten kannte, als jeder andere sich vorstellen konnte. Beide waren sofort dagewesen, Sonjas Sohn war bei ihrer Schwägerin Aiko und Em hatte sich eigentlich den Abend mit Packen vertreiben wollen, war aber dankbar für die Ablenkung.

Jetzt starrten mich beide mit unbewegten Mienen an, auch ihnen schienen die passenden Worte für diese Situation zu fehlen.

„Was für ein Arschloch", zischte Sonja, als sie sie gefunden hatte. „Er hätte dir wenigstens sagen können, dass er im Anschluss noch was vorhat, dieser Idiot." Mit hochroten Wangen nahm sie einen Schluck von ihrem Bellini. Sie hatte sich heute ein Taxi gegönnt und ich war geneigt, mein Auto stehen zu lassen.

„Unverschämt", pflichtete Em ihr bei. „Anscheinend ist das seine Art, seine mangelnde Standfestigkeit zu legitimieren. Er ist also immer noch ein Schnellschießer." „Maximal drei Minuten", bestätigte ich und trank einen großen Schluck Gin Tonic. Em kicherte gemein. „So lange braucht man auch, um Essen in der Mikrowelle warm zu machen. Hast du was klingeln hören?"

„Nicht, dass ich wüsste."

„Aber Claire, das war doch wohl das letzte Mal, dass du dich mit ihm getroffen hast, oder? Das hast du doch wirklich nicht nötig." Sonja ergriff meine Hand und sah mich bittend an. „Du bist viel zu gut für ihn!"

„Mach dir keine Sorgen", sagte ich und tätschelte ihre Hand. „Ich wusste von vornherein, dass es nur Sex ist. Kein besonders guter, aber immerhin hat er mir ein bisschen Ablenkung gebracht."

„Vermisst du Ben?", fragte sie und ich konnte nicht verhindern, zusammenzuzucken.

„Vermisst du Kenichi?", stellte ich die Gegenfrage. Sonja sah bekümmert auf ihr Glas.

„Jeden Tag. Natürlich vermisse ich nur seine guten Seiten, aber wir waren immerhin fast acht Jahre zusammen und lange Zeit war ja auch alles gut. Andererseits hasse ich ihn dafür, wie er sich in den letzten Monaten verhalten hat und dass er einfach abgehauen ist wie ein Feigling. Dann tut es mir wieder leid, dass ich jetzt einfach so einen Schlussstrich unter unser Leben gezogen habe. Wenn er irgendwann zurückkommt, ist nichts mehr davon übrig als seine restlichen Klamotten und ein paar Möbel, die ich habe einlagern lassen."

„Was hättest du denn tun sollen?", fragte Em angriffslustig. „Ihm hinterher reisen und ihn auf Knien anflehen sollen, zu dir zurückzukommen?"

„Das hätte ihm sicher gefallen", warf ich ein, während Sonja den Kopf schüttelte.

„Das hätte ich aber niemals getan. Ich habe schließlich noch einen Funken Selbstachtung. Auch, wenn es mir so für Jan-Philipp leidtut und ich mich deswegen schuldig fühle, denn er versteht die Welt nicht mehr."

„Verständlicherweise", warf ich ein.

„Jedenfalls hoffe ich, dass ich bald eine Wohnung bekomme und in den Alltag finde. Bei meinen Eltern zu wohnen ist kein Dauerzustand."

„Bevor du durchdrehst, geh in meine Wohnung", sagte Em. „Ich bringe dir am Montag den Ersatzschlüssel mit. So brauche ich auch Claire nicht bitten, sich um die Post zu kümmern. Geh einfach so oft hin, wie du möchtest."

„Danke, Em, das ist sehr lieb von dir", sagte Sonja gerührt, doch diese winkte ab.

„Wenn es so weit ist und du endlich mal Sex hast, nimm den Typen gern mit in die Wohnung, bei dir Zuhause geht es ja schlecht. Du brauchst dringend ein bisschen Spaß."

„Aber bitte nicht solchen wie Julian und ich. Du brauchst jemanden, der etwas länger durchhält, als eine Viertelstunde", warf ich ein und war froh, dass ich schon darüber lachen konnte.

„Was hat er denn die anderen zwölf Minuten getan?", fragte Em kichernd.

„Naja, den Wein aufgemacht und eingeschenkt, etwas Smalltalk, Oralverkehr, was man halt so macht", japste ich und sogar Sonja fiel in unser Lachen ein.

Der Rest des Wochenendes verlief ruhig und ich besuchte Sam am Sonntag, während Tim zum Golfen ging. Dionne war ein ganzes Stück gewachsen seitdem ich sie zuletzt gesehen hatte und strahlte mich an. In ein paar Tagen wurde sie zwei Jahre alt und ihre Väter planten für sie eine kleine Feier mit ihren Freunden aus der KiTa, die sie stundenweise besuchte. Tims Mutter Dagmar leitete diese KiTa in der HafenCity und hatte dazu beigetragen, dass Sam und Tim vor kurzem die Bestätigung erhalten hatten, dass die Adoptionsagentur und alle Ämter sehr zufrieden mit Dionnes Entwicklung waren und die Adoption in absehbarer Zeit abgeschlossen werden würde.

„Dionne Walker", begrüßte ich sie feierlich und nahm sie auf den Arm. Sie griente mich an und tätschelte meine Wange mit ihrer kleinen Hand. Ich liebte mein Patenkind wirklich, sie war so süß und ihre großen dunklen Augen strahlten mich an.

Sie hatten sich für Tims Nachnamen entschieden, weil Sam nicht wollte, dass seine Tochter wie seine engstirnigen Eltern hieß. Momentan überlegte er sogar, seinen Nachnamen abzulegen und ebenfalls Walker anzunehmen, um den Bruch noch deutlicher zu machen. Irgendwann, als das Thema zum ersten Mal aufkam, hatte ich mir unwillkürlich Gedanken darüber gemacht, ob ich meinen Nachnamen zugunsten von Bens abgegeben hätte, wenn wir uns entschlossen hätten, zu heiraten und ob mir Claire Magnussen besser gefiel als Esben Henning Sander, wenn man Bens kompletten Namen berücksichtigte.

Albern.

Und völlig abwegig, wie sich jetzt gezeigt hatte, mal ganz davon abgesehen, dass ich sowieso nicht vorgehabt hatte, zu heiraten.

Sonja war ja auch – auf Drängen ihrer Eltern – bei ihrem Geburtsnamen geblieben und hatte Nakama nicht als Familiennamen angenommen, auch Jan-Philipp hieß Lippmann mit Nachnamen.

Sam kannte die Katastrophengeschichte mit Julian mittlerweile auch und wir machten uns den halben Nachmittag darüber lustig.

26. Kapitel

Der Montag kam und Ems letzte Woche brach an. Das Bereichsleitermeeting verbrachte sie mit einem engelsgleichen Lächeln und ließ alle Spitzen der Drachenfrau an sich abprallen, bevor sie uns alle am Freitag zum Abschiedsumtrunk einlud. Mein Herz wurde schwer, als ich daran dachte, dass sie am Samstagmorgen bereits im Flieger nach Mahé auf den Seychellen sitzen würde. Ich vermisste sie jetzt schon, obwohl sie noch gar nicht weg war.

Nach dem Meeting hatte ich noch ein weiteres mit Dr. Kreiß, der wieder einige Wünsche bezüglich der Zahlungserinnerungen seiner Mandanten hatte. In Gedanken verabschiedete ich mich schon mal von meinem Kardiokurs am Abend und saß tatsächlich ziemlich lange an der Liste, die wir besprochen hatten.

Es war schon nach fünf und die meisten Büros leerten sich bereits, als Julian plötzlich in meinem Türrahmen stand. „Hey, hast du einen Moment Zeit?"

Eigentlich nicht, dachte ich, denn ich hatte immer noch die Hoffnung, pünktlich zum Sport zu kommen, dennoch nickte ich und er schloss die Tür beim Reinkommen. „Ich wollte mich für Freitagabend entschuldigen, ich habe mich wirklich wie ein Arschloch verhalten", setzte er reuig an. „Es war unfair, dir vorher nichts von dem Essen zu sagen, das ist mir erst hinterher aufgegangen. Kannst du mir verzeihen?"

Ich zögerte einen Moment, bevor ich antwortete, gab vor, ich müsste in meinen Erinnerungen kramen. „Ach so, ja, nett von dir. Ich hatte das schon ganz vergessen." Das war gelogen, aber das musste er nicht wissen.

„Ich habe es übrigens ernst gemeint, als ich sagte, dass wir das gern wiederholen können." Er sah mir tief in die Augen und gegen meinen Willen spürte ich die Wirkung. Es war so einfach, er lief mir ja quasi hinterher und die Versuchung war groß. Natürlich war der Sex nicht im Geringsten mit dem vergleichbar, was Ben und ich gehabt hatten, aber auch nicht schlecht genug, um ihn abzulehnen. Sowieso würde es schwer werden, jemanden zu finden, bei dem ich mich so fallen lassen konnte, wie es bei Ben möglich gewesen war.

Julian kam näher und lehnte sich an die Kante meines Schreibtisches. „Wie kann ich dir beweisen, dass es mir ernst ist?"

„Es geht um Sex, oder?", fragte ich spröde. „Um nichts Anderes." Er zog kurz die Augenbrauen hoch und nickte. „Das mag ich an dir: du bist sehr straight."

Mal abgesehen davon hatten wir gar nichts gemeinsam und schon die Idee eines Beziehungsversuches war lächerlich, viel lächerlicher, als es damals bei Ben gewesen war, zumindest das hatte ich mittlerweile gelernt. Ich drehte mich auf meinem Schreibtischstuhl zu ihm herum und sah ihn auffordernd an.

„Hast du eine Idee, wie du es beweisen kannst?" Es war riskant, aber zu dieser Zeit dürfte auf dem Flur niemand mehr da sein. Wenn wir leise waren, konnte dies mein erster Sex im Büro werden.

Ihm schien diese Idee ausnehmend gut zu gefallen, er rutschte näher und fuhr mit der Hand unter meinen Rock. Ich ließ ihn gewähren und spreizte die Beine etwas weiter. Heute war es recht mild gewesen und zum ersten Mal in diesem Jahr trug ich eine hautfarbene Strumpfhose, die, da sie aus meiner Zeit mit Ben stammte, im Schritt offen war. Heute Morgen hatte ich mir nichts dabei gedacht, doch Julian stellte diese Tatsache jetzt mit hochgezogenen Augenbrauen fest. „Unglaublich, du bist allzeit bereit, oder?", fragte er und ich konnte deutlich sehen, wie sich etwas in seiner Anzughose regte.

„Zufall", gab ich zurück, das Schlampenimage passte mir nicht und auf diesen Gedanken brauchte er gar nicht erst zu kommen. Er beugte sich vor und küsste mich, dabei tastete er sich mit den Fingern bis zu meinem zarten Slip vor und streichelte mich dort.

Ich stöhnte an seinem Mund und ahmte mit meiner Zunge die Bewegungen seiner Finger nach, während er immer näher rutschte. Blind tastete ich nach seiner Gürtelschnalle, öffnete sie und befreite seinen Schwanz, den ich mit meiner Hand bearbeitete.

Der Druck seiner Finger erhöhte sich und er holte tief Luft, als ich meine Lippen um seine Eichel legte. Seine Hand fuhr in mein Haar und krallte sich dort fest, versuchte, mir einen Rhythmus vorzugeben, der ihm besonders gut gefiel.

Gleichzeitig löste ich seine Finger mit meinen eigenen ab und genoss das verbotene Spiel, das wir beide trieben.

Plötzlich hörte ich, wie die Tür aufging, ohne, dass es vorher geklopft hatte und fuhr hoch, als jemand meinen Namen sagte. Sam stand im Türrahmen und sah uns fassungslos an. Julian sprang auf wie von der Tarantel gestochen und verstaute sein bestes Stück eilig in seiner Hose, während ich mir betreten übers Gesicht wischte.

Mein bester Freund kümmerte sich nicht um den Anwalt, der ihm jetzt mit hochrotem Kopf gegenüberstand und abwehrend die Hände gehoben hatte, sondern funkelte mich wütend an. „Bist du von allen guten Geistern verlassen? Claire! Was denkst du dir dabei?", zischte er und trat Julian aus dem Weg, der sich eiligst aus dem Staub machte. Wütend schlug Sam die Tür hinter ihm zu und kam kopfschüttelnd auf mich zu. „Ganz ehrlich, Liebste, das kann doch nicht dein Ernst sein!" Er ließ sich schwer in meinen Besucherstuhl fallen und raufte sich die Haare. „Bläst hier diesem Spacken den Schwanz wie irgendeine dumme Schlampe, ehrlich… dazu fällt mir gar nichts mehr ein." „Sam, jetzt reg dich ab", sagte ich, doch er unterbrach mich. „Nein, ich rege mich nicht ab! Du weißt genau, wie ich über die Sache denke! Es hätte sonst wer reinkommen und euch erwischen können, du kannst von Glück sagen, dass ich es war. Warum machst du sowas bloß? Das verstößt gegen den Kodex!"

Der Kodex verbot jegliches Anbandeln mit Kollegen am Arbeitsplatz und natürlich hatte Sam recht, aber ich wurde wütend auf ihn und sein selbstgerechtes Auftreten. „Ich bin durchaus in der Lage, selbst zu entscheiden, was ich mache", schoss ich. „Und ich hatte gerade entschieden, ihm einen zu blasen, na und?"

Sam blies die Backen auf und sah mich an, als hätte ich den Verstand verloren. „Du stehst wirklich neben dir, vielleicht solltest du ein paar Tage Urlaub nehmen und erst mal deine Trennung verarbeiten, bevor du weiterhin solche Scheiße baust."

„Ich *habe* meine Trennung bereits verarbeitet, vielen Dank für deine Anteilnahme." Ich musste mich zügeln, um meine Lautstärke in den Griff zu bekommen, aber die Wut stieg immer weiter in mir hoch. Sam bedachte mich mit einem herablassenden Lächeln, das mich noch weiter auf die Palme brachte. „Was?"

„Liebste, du bist noch meilenweit davon entfernt, über Ben hinwegzukommen, das weißt du selbst. Ist ja auch kein Wunder, ich sehe doch, wie du dich wegen der Art und Weise quälst, in der du es beendet hast. Mir kannst du nichts vormachen."

Ich raffte meine Sachen zusammen und warf meinen Mantel über. „Du kannst mich mal!", zischte ich, dann stürmte ich aus meinem Büro und rannte den Flur hinunter. Sam rief nach mir, doch ich ignorierte es und rettete mich in den Fahrstuhl. Die Türen schlossen sich und ich blinzelte wütend die aufsteigenden Tränen weg. Was fiel ihm ein? Er hatte kein Recht, mich zu kritisieren und niederzumachen. Ich konnte selbst entscheiden, was ich tat und ich war absolut in der Lage, das Risiko richtig einzuschätzen. Ich lehnte mich schwer an die Fahrstuhlwand und schlug wütend mit der Faust dagegen.

Nichts hasste ich so sehr, wie mich mit Sam zu streiten, aber er war einfach zu weit gegangen. Wie konnte er so mit mir reden, so herablassend und gönnerhaft, als wäre ich nur… wie hatte er mich genannt?... eine dumme Schlampe, die richtig von falsch nicht unterscheiden konnte.

Mein Handy klingelte, es war Sam. Wütend wies ich den Anruf ab und stellte das Handy aus. In der Tiefgarage setzte ich mich hinters Steuer und atmete einige Male ein und aus, bis sich das Zittern meiner Hände so weit gelegt hatte, dass ich den Motor starten und den Gang einlegen konnte.

Betont vorsichtig und beherrscht fuhr ich zum Sport und machte so verbissen mit, dass keine der anderen aus dem Kurs es wagte, mich anzusprechen.

Verschwitzt, aber immer noch wütend und geladen, ging ich danach noch aufs Laufband und legte einige Kilometer zurück, bis sich der Druck in meinem Inneren schließlich abbaute und meine Sicht nicht mehr vor Wut rotgerändert war. Mittlerweile hatte sich das Fitnessstudio weitestgehend geleert, nur noch ein paar Pumper waren da und ich hatte die Dusche ganz für mich allein.

Als das Wasser auf mich niederprasselte, spürte ich, wie ein Damm in meinem Inneren brach und die Tränen, die ich so krampfhaft unterdrückt hatte, sich ihren Weg unaufhaltsam an die Oberfläche bahnten.

Ich konnte es nicht mehr zurückhalten und sackte schluchzend gegen die Wand, barg mein Gesicht in meinen Händen und gestattete mir zum ersten Mal, wirklich um meine gescheiterte Beziehung zu trauern.

Einmal begonnen verstand ich erst, wie viel Ben mir bedeutete, wie sehr ich an ihm gehangen und welche Hoffnungen ich an unsere

Beziehung geknüpft hatte. Und wie sehr ich uns selbst mit meiner Angst, verletzt zu werden, sabotiert hatte.

Letzten Endes war ich es selbst gewesen, die mir den ganzen Schmerz zugefügt hatte, denn Ben hatte mir alles von sich gegeben, war über sich hinausgewachsen und hatte versucht, es mir recht zu machen – was ich ihm mit abweisendem Verhalten gedankt hatte.

Wie hatte ich nur so sein können?

Wie konnte ich es so zu Ende gehen lassen, um mit einem Mann wie Julian ins Bett zu gehen? Zugegeben, er war nur Mittel zum Zweck gewesen, doch noch viel schlimmer war, wie selbstgerecht ich mich dabei gefühlt hatte. Ich hatte gewollt, dass die Trennung vonstattenging, ohne dass einer von uns verletzt wurde – mit dem Ergebnis, dass ich uns beiden wehgetan hatte.

Erneut tauchte Bens tiefverletztes Gesicht vor meinem geistigen Auge auf und meine Tränen flossen nur noch heftiger.

Ich war so dämlich gewesen!

Er hatte mich gefragt, ob ich uns jemals eine Chance gegeben hatte, aber wenn ich ehrlich war, hatte ich mir selbst dazu viel zu sehr im Weg gestanden. Ich hatte uns keine Erfolgsaussicht eingeräumt, obwohl wir vielleicht eine gehabt hätten. Jetzt war es zu spät und ich weinte um die Zukunft, die ich selbst zerstört hatte, mit einem Mann, der mich aufrichtig liebte und dessen Liebe ich hätte erwidern können, wenn ich nicht so ein dummer Feigling wäre.

Ich konnte es nicht rückgängig machen und ich war mir ganz sicher, dass Ben nie wieder auch nur mit mir reden würde, wenn wir uns noch einmal begegneten. Und ich hatte es auch nicht anders verdient. Anscheinend war ich für nichts Anderes gut als für belanglose One-Night-Stands, wenn ich nicht in der Lage war, mich wirklich auf einen Partner einzulassen. Vielleicht war es das, was ich endlich akzeptieren sollte, damit ich mir und auch niemandem sonst je wieder wehtat.

Es dauerte einige Zeit, bis ich mich in den Griff bekam, die krampfartigen Schluchzer abflachten und schließlich ganz aufhörten. Dennoch fühlte ich mich nach wie vor mies.

Es gab nur eine Sache, die ich jetzt tun konnte und musste, wenigstens eine. Ich musste den Streit zwischen Sam und mir aus der Welt räumen, denn sonst würde ich wirklich durchdrehen.

Wie in Trance trocknete ich mich ab, band meine tropfnassen Haare zusammen, schlüpfte in meine Bürokleidung und setzte mich ins Auto, um zu Sam zu fahren. Ich parkte im Halteverbot vor dem Wohnhaus und klingelte mit einem nervösen Gefühl im Bauch.

„Ja?", meldete sich Tims Stimme. Natürlich rechnete um diese Zeit, um fast zehn Uhr abends, keiner mehr mit Besuch.

„Hey Tim, hier ist Claire. Darf ich raufkommen? Ich muss mit Sam sprechen", sagte ich mit dünner Stimme.

„Hey Claire", Tims Stimme war weich, anscheinend hatte Sam sich schon bei ihm ausgekotzt und er wusste sofort, warum ich hier war. „Natürlich, komm hoch." Der Türsummer ging und ich flog die Stufen zum zweiten Stock förmlich hinauf. Tim stand an der Tür und lächelte mich an, während er mich drückte und auf die Wange küsste. „Du bist ja klatschnass."

„Es gibt Wichtigeres als Haareföhnen", erwiderte ich kurzatmig und er lächelte noch breiter. Ich ging durch den Flur ins Wohnzimmer, wo Sam auf dem Sofa saß und mich finster anfunkelte. Als er meinen Aufzug sah, fiel diese Fassade in sich zusammen und er stand auf. „Es tut mir so leid", begann ich. „Ich bin so ein Idiot und du hattest vollkommen Recht."

Er nahm mich in den Arm und hielt mich ganz fest, als ich erneut in Tränen ausbrach, streichelte meinen Rücken und wiegte mich sanft hin und her, während ich den ganzen Rest meines Schmerzes in sein Sweatshirt heulte. Er hielt dabei ganz still und auch Tim, dessen Anwesenheit ich im Raum spürte, sagte nichts. Sie warteten einfach ab. Ich hatte solches Glück, Freunde wie sie zu haben.

Irgendwann, als ich mich etwas beruhigt hatte und mich zögerlich von ihm löste, drückte Tim mir ein Whiskeyglas in die Hand. „Für die Nerven." Ich nahm es dankbar an und trank den Single Malt in einem Zug leer, dann setzte ich mich zu den beiden aufs Sofa. Tim schenkte mir noch einmal nach und tätschelte mein Knie.

„Sam hat erzählt, was passiert ist. Du bist sehr tapfer, Claire, aber ich glaube, du musst dir mal eine Auszeit gönnen und zu dir kommen. All der Stress kann nicht gut für dich sein und du musst dir selbst etwas Zeit geben." Sein Mann nickte bestätigend.

„Ich dachte, wenn ich mich ablenke, regelt sich das alles von allein", flüsterte ich.

„Wir alle wissen, dass diese Strategie nur in die Hose gehen kann, oder?", erwiderte Sam. „Sie funktioniert bei mir nicht, bei dir nicht und auch bei Sonja hat es nicht geklappt. Man muss da einfach durch, okay? Und dann geht es dir besser."

„Es tut mir leid, dass es mit Ben nicht geklappt hat", sagte Tim sanft. „Ich mochte ihn sehr, schade, dass es mit euch nicht funktioniert hat."

„Danke", sagte ich und nippte erneut an meinem Whiskey. Er wärmte mich von innen und ich spürte, dass ich etwas ruhiger wurde. „Ich wünschte, es hätte besser mit uns beiden geklappt. Ich…", es fiel mir schwer, die passenden Worte zu finden. „Es lag an mir, wisst ihr? Es war nicht Bens Schuld, sondern meine, weil ich so ein Loser bin, was Beziehungen angeht. Ich konnte ihm einfach nicht alles geben, weil ich Angst hatte. Scheiße, es hätte wirklich was werden können, aber jetzt ist es zu spät. Ich habe es komplett versaut." „Vielleicht ist er der richtige Mann für dich, aber es war der falsche Zeitpunkt", erwiderte Tim tröstend. Mein Herz setzte einen Schlag aus und meine Hand zitterte. Stumm biss ich mir auf die Unterlippe, erneut stiegen Tränen auf, die sich kaum unterdrücken ließen.

„Auf jeden Fall ist Julian Falkner kein adäquater Ersatz", mischte Sam sich ein. „Er ist zwar nicht schlecht ausgestattet, aber ein ziemliches Arschloch."

„War ja klar, dass dir auch zwei Sekunden ausreichen, um das abzuchecken", presste ich hervor und musste schon wieder lächeln. Tim grinste nur.

„Liebste, jeder hätte das abgecheckt, egal ob Mann oder Frau, homo oder hetero. Ein Schwanz hat immer einen gewissen Schauwert", belehrte er mich und sah zu seinem Mann herüber, der bestätigend nickte.

Ich lachte und wischte mir die Tränen aus den Augenwinkeln. „Das hat sich jetzt sowieso erledigt, ich kann mir nicht vorstellen, dass er sich nach dieser Geschichte noch mal in meiner Nähe blicken lässt. Oder in deiner."

„Und das wäre genau richtig so." Sam verschränkte die Arme vor der Brust. „Allein, dass er einfach so rausgerannt ist und dich hängen gelassen hat."

„Jeder weiß, dass wir befreundet sind", gab ich zu bedenken, aber Sam schüttelte den Kopf. „Er hätte wenigstens versuchen müssen, deine Ehre zu retten, das ist das mindeste, was ein Mann für eine Frau tun kann, die dabei erwischt wird, ihm einen zu blasen."

„Sehr plastisch, Darling", bemerkte Tim trocken, was Sam mit einem Kuss quittierte. Ich sah die beiden an und wünschte mir, es wäre mit Ben auch so einfach gewesen. Obwohl das natürlich nicht stimmte. Die beiden hatten es nicht leicht gehabt, sich aber nie beirren lassen.

„Ich habe zu schnell aufgegeben, oder?", fragte ich. Tim sah mich unschlüssig an und legte den blonden Kopf schief.

„Das ist schwer zu sagen, weil jeder eine andere Belastungsgrenze hat. Wahrscheinlich hast du die für den Moment richtige Entscheidung getroffen, aber natürlich standet ihr noch sehr am Anfang. Nach drei Monaten ist man weit davon entfernt, ein eingespieltes Team zu sein.“ Sams Meinung zu meiner Frage konnte ich ihm vom Gesicht ablesen: *Ja*. Und wir beide wussten, dass er recht hatte.

„Jetzt ist es eh zu spät. Ich denke nicht, dass er je wieder ein Wort mit mir sprechen würde.“

„Aber fürs nächste Mal weißt du es besser“, tröstete Tim mich. Ich lächelte traurig, stellte mein Whiskeyglas auf den Sofatisch und erhob mich. „Ich mache mich mal auf den Weg. Danke für alles.“

„Kannst du noch fahren?“, fragte Sam besorgt. „Du kannst auch hier übernachten.“ Ich lehnte dankend ab, es waren nur zwei Schlucke gewesen und die relativ kurze Strecke konnte ich noch problemlos fahren.

„Bleib morgen bitte zuhause und schlaf dich aus“, war Sams letzte Bitte, dann machte ich mich auf den Nachhauseweg und legte die fünf Kilometer sicher zurück. Ich legte mich direkt ins Bett und schlief traumlos bis zum nächsten Morgen durch, meldete mich auf der Arbeit krank und schlief weiter bis zum Nachmittag.

Als ich gegen vier die Augen öffnete, war ich überrascht, wie erschöpft ich offensichtlich war. Hatte ich mich selbst so sehr verloren, dass ich die Zeichen meines Körpers komplett ignorierte?

Mit schweren Gliedern steuerte ich übers Handy meine Kaffeemaschine an und hörte zufrieden, wie sie in der Küche ansprang und den Espresso aufbrühte. Ich schleppte mich hinüber an den Küchentisch, angelte nach der Tasse und schloss beim ersten Schluck die Augen. Langsam gelang es mir, die Unveränderlichkeit der Situation zu akzeptieren, auch, wenn das noch immer sehr schwer war. Die ganze Sache mit Julian war eine beschissene Idee gewesen, aber das ließ sich nicht mehr ändern. Was hatte Tim gesagt? Ben war vielleicht der richtige Mann zum falschen Zeitpunkt?

Ich sollte nicht mehr darüber nachdenken, sondern endlich damit abschließen, dann würde es mir bald bessergehen.

Die leere Kaffeetasse räumte ich in die Geschirrspülmaschine, zog meine Sportsachen an und fuhr ins Studio. Vor meinem Yoga-Kurs fand noch Pilates statt, an dem ich heute teilnahm und es genoss, meinen Körper mit kontrollierten Bewegungen zu dehnen und zu fühlen.

Ich musste zu mir selbst finden, dann konnte ich überprüfen, ob ich zu jemand anderem passte. Und irgendwann, wenn die Wunden verheilt waren, konnte ich vielleicht auch jemanden an mich heranlassen.

27. Kapitel

Ich blieb auch am Mittwoch zuhause und gönnte mir selbst die dringend benötigte Ruhe, am Donnerstag erschien ich wieder im Büro und arbeitete die vergangenen zwei Tage auf. Mein Team hatte hervorragend gearbeitet und es war kaum etwas liegen geblieben, die anstehenden Termine verschob ich auf die kommende Woche und kümmerte mich hauptsächlich um Organisatorisches, führte ein Feedbackgespräch mit Svenja und genoss den vorletzten Tag mit Em.

Dann war der Freitag gekommen.

Sonja hatte im Büro Geld gesammelt und ein Abschiedspräsent für Em gekauft, einen Rucksack für Survival-Trips, den sie bei Curts Reiseplanung wahrscheinlich kaum brauchen würde, ihr aber die passende Optik verlieh. Sie bekam ihn feierlich zu ihrem Abschiedsumtrunk am Mittag überreicht, zu dem sogar die meisten Rechtsanwälte erschienen waren, weswegen Marina vom Empfang die Alkoholvorräte der Kanzlei geplündert hatte und wir jetzt mit Crémant anstoßen konnten.

Julian war ebenfalls da, vermied aber strikt den Blickkontakt mit mir, was Sam dazu brachte, ihn missbilligend anzusehen und mir zuzuraunen, dass er ein Schlappschwanz war.

Ich konnte das nur bestätigen.

Die Drachenfrau rang sich ein paar halbwegs freundliche Worte ab, gefolgt von Dr. Bitter, der einen viertelstündigen, völlig konfusen Vortrag darüber hielt, was Em alles geleistet hatte, wie sehr sie fehlen würde und wie jetzt die Vertretung geregelt war, bis sie endlich zurückkehrte.

„Ja, Frau Rotdorn, genießen Sie Ihre Zeit in vollen Zügen, grüßen Sie Herrn von Wittgenstein… Wer weiß, wer weiß… vielleicht entscheiden Sie beide sich ja auch zu einer spontanen Hochzeit auf Hawaii, wer weiß, wer weiß? Sabine… du…. Frau Rotdorn… nun… lassen wir uns überraschen. In diesem Sinne… Prost!"

Endlich konnten wir anstoßen und ich schaffte es, Em ehrlich anzulächeln. Wir würden am Nachmittag noch zusammen essen gehen und ihr unser persönliches Abschiedsgeschenk überreichen.

Nachdem jetzt die Reden vorüber waren und Em sich noch einmal kurz bedankt hatte, kamen die meisten zu ihr, um ihr persönlich eine tolle Zeit zu wünschen, während der Rest sich in Grüppchen unterhielt. Plötzlich stieß Sonja mich an und zeigte auf die Ecke des Raumes, in der Julian eng mit Jennifer, unserer Recruiterin, zusammenstand, und sie offensichtlich anflirtete.

Wir informierten Sam und behielten sie unauffällig im Auge, bis Jennifer schließlich den Raum verließ und Julian ihr kurz darauf folgte. „Soll ich hinterhergehen?", fragte Sam angriffslustig und holte vorsorglich sein Smartphone aus der Tasche, doch ich winkte ab. „Lass gut sein, sie findet schon selbst heraus, was er für einer ist. Das muss nicht festgehalten werden." Sam zuckte mit den Schultern und schob das Gerät in die Tasche seiner Anzughose.

„Ich bin froh, dass du es so locker siehst", sagte Sonja und lächelte mich an. „Kurz hatte ich Angst, dass du wegen der ganzen Sache leidest."

„Nicht seinetwegen", beruhigte ich sie und lächelte zurück. „Und alles andere kommt auch ins Lot, wenn die Zeit gekommen ist. Hey, was haltet ihr davon, wenn wir morgen tanzen gehen?"

Sam nickte eifrig. „Sehr gern, das haben wir ja schon ewig nicht mehr gemacht. Ist Tim miteingeladen? Dann bringe ich Dionne bei Dagmar und James unter."

„Na klar." Ich drehte mich zu Sonja um. „Und du? Bist du auch dabei?"

Sonja wiegte den Kopf. „Ich bin für morgen mit Aiko verabredet, aber vielleicht kann sie ja auch mitkommen", sagte sie bedächtig. Sam und ich nickten, je mehr, desto besser.

Endlich war Em mit ihrer Abschiedstournee durch und kam zu uns. „Die tun alle, als würden sie mich nie wiedersehen", brummte sie. „Und dank Bitter gratulieren mir jetzt ständig Leute zur Verlobung."

Wir lachten und zogen uns zurück, um unsere Reservierung nicht verfallen zu lassen. Zur Feier des Tages hatte Sam uns einen Tisch im *Au Quai* besorgt, einem Fischrestaurant am Altonaer Hafen, das für seine Austern bekannt war. Wir hatten beschlossen, dass dies das richtige Ambiente war, um Ems vorläufigen Abschied zu feiern.

Ich schickte mein Team ins Wochenende, wartete, dass Sam und Sonja mit ihren Mitarbeitern dasselbe machten und Em ihren beiden Werkstudentinnen kleine Geschenke überreichte. Aller Wahrscheinlichkeit nach wären die beiden nicht mehr da, wenn sie zurückkam.

Wir holten unsere Jacken und fuhren in die Tiefgarage. Außer Sam waren wir heute alle mit den Öffentlichen oder dem Taxi hier, sodass wir nur einen Parkplatz benötigen würden. Vom Restaurant aus war es ein Katzensprung zu mir nach Hause, kaum zehn Minuten zu Fuß, sodass Sam bei mir parkte und wir zum Restaurant liefen.

Wir bezogen unseren Tisch direkt an der großzügigen Fensterfront und orderten Champagner.

„Wie fühlst du dich jetzt?", fragte Sonja, als die Gläser vor uns standen. Em zupfte an ihren Ponysträhnen und lächelte verschmitzt. „Komisch. Wahrscheinlich werde ich es erst richtig realisieren, wenn ich morgen im Flieger sitze. Momentan fühlt es sich eher nach Wochenende oder Urlaub an." Ich nickte, das konnte ich gut verstehen. Wir prosteten uns zu und nahmen den ersten Schluck Champagner, dann holte ich das Geschenk aus der Tasche. Es war klein, passte in eine winzige Schachtel.

Ihre Augen wurden größer, als ich es zu ihr herüberschob und sie öffnete als erstes den Briefumschlag, in dem sich eine Karte befand, die Sam beschriftet hatte. „*Liebste Madita*", las sie vor und funkelte uns an. „Ich hasse euch, ihr Arschgeigen."

„Tust du nicht, kleines Schwedenmädchen", erwiderte er, der sich diebisch über ihren Ärger freute. Em hasste es, bei ihrem Vornamen genannt zu werden, entsprungen aus der Astrid-Lindgren-Liebe ihrer Mutter, weil sie sicher war, dass niemand sie ernst nahm, wenn er diesen Namen kannte. „Genauso gut hätte sie mich auch *Pippilotta* nennen können", war ihre feste Überzeugung.

„Lies weiter", bat Sonja sie.

„*Liebste Madita, wir haben uns etwas überlegt, das du unserer Meinung nach unbedingt brauchen wirst und wir möchten unseren Beitrag zu deinem fabelhaften Aussehen leisten*", las Em weiter. „*Bitte öffne das Kästchen.*" Sie griff danach, klappte den Deckel hoch und faltete das kleine Stoffbündel auseinander. „*What the fuck?*" Sie hielt das String-Bikini-Höschen hoch und brach in schallendes Gelächter aus.

„Du musst schließlich auf Reisen gut angezogen sein!", prustete Sam. Em zeigte uns den ausgestreckten Mittelfinger, dann entdeckte sie das kleine Kettchen, das sich unter dem Bikini verborgen hatte. Es war ein zartes Armband aus Gold, an dem ein winziger Anhänger in Form eines „+" hing. Als ich es gesehen hatte, wusste ich gleich, dass dies das perfekte Geschenk für Em war und sie die Geste verstehen würde.

„Damit du dich immer erinnerst, dass wir zu dir gehören", sagte ich und legte es ihr ums Handgelenk.

„Ihr seid die größten Arschgeigen der Welt", presste Em hervor und ich konnte die Tränen in ihren Augen sehen als sie mich umarmte. „Ich liebe euch."

Wir saßen noch lange im Restaurant, aßen, tranken und konnten trotz unserer guten Laune nicht verhindern, dass sich eine gewisse Wehmut breitmachte. Schon allein während wir das letzte Jahr Revue passieren ließen, wurde uns klar, dass es ein besonderes gewesen war, in dem sich die Ereignisse nahezu überschlagen hatten.

„Ich verlasse mich darauf, dass ihr mir zwischendurch einiges berichtet", sagte Em. „Ich werde regelmäßig WLAN-Hotspots suchen und euch Fotos, Videos und diese bescheuerten Sprachnachrichten schicken, das gleiche erwarte ich von euch."

„Das kannst du haben", versprachen wir und das Herz wurde uns schwer, als wir uns schließlich auf den Weg zu mir machten und sie sich verabschiedete.

„Wir sehen uns ja trotzdem, nur eben digital", versuchten wir uns zu trösten, doch der Abschied fühlte sich trotzdem schlimm an und ich musste einen Tränenkloß herunterschlucken, als ich meine Haustür aufschloss. Sams und Sonjas Taxen waren bereits angekommen und Em stand plötzlich ein wenig verloren da, als sie abfuhren und Sonja noch einmal winkte.

„Willst du noch mit hochkommen?", fragte ich, doch sie schüttelte den Kopf. „Ich muss noch fertig packen und ins Bett, Curt holt mich morgen früh um fünf ab", sagte sie tapfer und wischte sich übers Gesicht. Ich ließ die Tür ins Schloss fallen und ging noch einmal zu ihr herüber, um sie in den Arm zu nehmen. Sie schmiegte sich an mich und bettete ihren Kopf auf meine Schulter, während sie tief durchatmete. „Es war einfacher, darüber zu sprechen und es zu planen", sagte sie leise. „Es wird auch einfach es durchzuziehen", meinte ich. „Du musst nur den ersten Schritt machen. Wenn du morgen am Flughafen bist, wirst du es kaum noch erwarten können."

Sie ließ mich los und lächelte. „Klar. Schließlich braucht ihr jede Menge Fotos von mir in dem knappen Höschen." Sie küsste mich auf die Wange. „So, ich gehe jetzt, bevor ich zu flennen anfange. Bis bald, Claire."

„Bis bald." Ich winkte ihr und sah ihr nach, bis sie um die Straßenecke verschwand, dann ging ich ins Haus.

Am Samstagmorgen erreichten uns die ersten Fotos von Em und Curt in der Business Class mit einem Glas Frühstücks-Champagner in der Hand. Wir versicherten die beiden unseres Neides und wünschten noch einmal einen guten Flug auf die Seychellen. Danach kümmerte ich mich ein wenig um meine Wohnung, machte einen Bummel durch Altona und kaufte ein, nahm ein Bad und verkroch mich mit einem Roman auf der Couch, bis es Zeit wurde, mich für den Abend fertig zu machen.

Vor dem Tanzen würden wir uns in einer Cocktailbar treffen und noch etwas trinken. Ich freute mich schon sehr auf den Abend, Tim war eine Tanzgranate und auch Aiko konnte ich gut leiden.

Ich zog ein schwarzes Minikleid und meine schwarzen Lackpumps an und griff wie von selbst nach der Kette mit dem Schlüssel und legte sie um meinen Hals. Jetzt konnte ich an das positive zurückdenken, das Ben und ich aneinander gehabt hatten. Die Bitterkeit war verschwunden, nur noch das Bedauern war da, dass es nicht funktioniert hatte und ich den Großteil der Schuld daran trug.

Ich stieg vor dem Haus in das wartende Taxi und fuhr zur Bar, in der wir verabredet waren. Aiko war schon da und winkte mir, als sie mich entdeckte.

„Hey, lange nicht gesehen. Schön, dass du dabei bist", begrüßte ich sie und nahm neben ihr Platz. Sie grinste mich an und strich sich über den schwarzen Pony.

„Danke, dass ich dabei sein darf und ihr mich nicht mit meinem bescheuerten Bruder über einen Kamm schert," sagte sie. Aiko war einen halben Kopf kleiner als ich und hatte, genau wie Kenichi, ausgeprägte asiatische Gesichtszüge, die jedoch von ihren blauen Augen interessant unterbrochen wurden. Sie war recht zart, als hätte es ihre beiden Schwangerschaften nie gegeben und ich wusste, dass sie mindestens so frech war, wie es ihr Job als Dildodesignerin vermuten ließ.

„Sowas machen wir generell nicht", erklang Sams Stimme hinter mir, er und Tim hatten die Bar gerade betreten und setzten sich jetzt zu uns an den Tisch. Beide trugen weiße Oberhemden und dunkle Hosen. „Hey, schön dich zu sehen."

„Gleichfalls." Wir orderten Drinks beim Kellner. „Sonja müsste auch bald da sein", sie beugte sich vertraulich vor. „Aber da sie noch nicht hier ist: Ich finde, es wird Zeit, dass sie sich mal auf was einlässt. Die ganze Geschichte mit Kenichi war echt Scheiße vom anderen Stern und sie bräuchte mal eine Ablenkung davon. Ich dachte, vielleicht können wir ihr dabei helfen, sich heute jemanden klar zu machen."

Sam nickte eifrig, doch Tim hatte Bedenken. „Will sie das denn?" Aiko zuckte mit den Schultern. „Sie sollte es wollen, aber ihr fehlt dazu der Mut, wenn ihr mich fragt. Da kommen wir ins Spiel und ich glaube, wenn sie die Chance bekommt, wird sie sie auch ergreifen. Ihre Eltern passen auf den Kurzen auf und sie hat die Schlüssel zu Ems Wohnung. Es wird Zeit, dass sie sich mal den Kopf freivögelt."

„Eine herrliche Formulierung", stimmte Sam zu. „Halten wir die Augen heute Abend offen. Sie ist hübsch, das kann also kaum eine

Schwierigkeit sein. Claire kann ihr helfen, du weißt schließlich, wie es geht." Ich nickte und dachte, dass Aiko sicher Recht hatte: es wäre gut, wenn Sonja sich mal etwas gönnte und wenn es nur für eine Nacht war. Das wäre, wenn ich mich recht erinnerte, ihr erster One-Night-Stand, aber auch mit neununddreißig war sie dafür nicht zu alt. Es wurde Zeit, dass sie ihr Leben genoss.

Kurz darauf traf unsere Freundin ein und machte sich über den Gin Tonic her, den wir ihr bereits bestellt hatten. Sie war heute sehr gut drauf und freute sich, genauso wie wir alle, aufs Tanzen.

„Das haben wir schon lange nicht mehr gemacht", sagte sie mit glänzenden Augen. „Eine super Idee, Claire!"

Wir blieben auf drei Runden in der Bar und machten uns auf den Weg in den Club, den Sam ausgesucht hatte und von dem er schwor, dass dort auch Heteromänner sein würden. Wir betraten ihn und es sah tatsächlich recht vielversprechend aus.

Es dauerte kaum drei Minuten bis wir bereits von den ersten männlichen Gästen abgescannt wurden und nur weitere zehn, in denen wir unsere Jacken abgaben und einen Tisch suchten, bis der erste Aiko zum Tanzen aufforderte.

Kurz darauf wirbelte ich mit Tim und Sonja mit Sam über die Tanzfläche, danach übten wir uns im Freestyle, als die beiden Männer zusammen tanzten. Damit war unseren Beobachtern auch klar, dass sie nicht zu uns, sondern zusammengehörten.

„Der Typ dahinten schmachtet dich die ganze Zeit an", machte ich Sonja auf einen gutaussehenden Mittdreißiger aufmerksam, der uns zuprostete, als er unsere Blicke sah und jetzt herüberkam.

„Willst du tanzen?", fragte er und entblößte zwei Reihen gerader weißer Zähne. Sonja schickte sich gerade an, freundlich abzulehnen, als ich ihr einen kleinen Schubs in seine Richtung gab und er ihre Hand nahm und mit ihr tanzte.

Ich beobachtete die beiden noch ein wenig und Aiko gesellte sich zu mir, mit der ich gutgelaunt zu den Hits der Achtziger tanzte, als ich plötzlich ein Gesicht am Rande der Tanzfläche sah, das mir einen Blitz durch die Brust schießen ließ. Ich blieb stehen, blinzelte und konnte es nicht mehr entdecken.

Hatte ich mich geirrt, oder hatte Ben mich gesehen und die Flucht ergriffen? Aiko griff nach meiner Hand und führte mich in eine Drehung.

Ich versuchte, das enge Gefühl in der Brust abzuschütteln und erhaschte einen Blick auf Sonja, die mit ihrem Tanzpartner gerade wild herumknutschte. Anscheinend war mein kleiner Schubs schon Unterstützung genug gewesen, den Rest würde sie allein schaffen, das begriff auch Aiko, die mit mir abklatschte und mir einen Klaps auf den Hintern gab.

„Gut gemacht!", schrie sie gegen die Musik an. Ich grinste zurück und setzte meinen Tanz fort. Wieder ließ ich dabei meinen Blick über die Leute im Club schweifen, entdeckte Sam und Tim, die gerade zu uns herüberkamen, und natürlich die Sexgöttin, in die Sonja sich gerade verwandelt hatte.

Da meinte ich erneut, Bens strahlendblaue Augen gesehen zu haben, doch als ich nach ihnen suchte, waren sie verschwunden.

Sam legte von hinten die Arme um mich und tanzte so eng mit mir, dass ich jeden anderen Mann empört weggestoßen hätte. Auch seine Hand auf meinem Oberschenkel hätte ich niemand anderem durchgehen lassen, aber so lachte ich einfach nur befreit und beschloss, den Abend komplett zu genießen.

Ich schob den Schlüsselanhänger in mein Dekolleté, wo das kühle Metall von meiner Haut aufgewärmt wurde und versuchte, nicht mehr an ihn zu denken.

Irgendwann würde mich Bens Gesicht auch nicht mehr verfolgen und ich konnte da weitermachen, wo ich vor ihm aufgehört hatte.

Mit mir selbst im Einklang.

Schlusswort

Lieber Leser, wahrscheinlicher aber liebe Leserin,

ich möchte dir für deine Aufmerksamkeit danken und, dass du Claires Geschichte bis zum Ende dieses Romans gefolgt bist. Ich hoffe, ich konnte dir ein paar schöne Stunden beim Lesen bescheren und du hast ihre Geschichte genossen.

Wenn es so war, lade ich dich herzlich ein, sie bald wieder zu begleiten, wenn ihre Geschichte weitergeht, der zweite Teil wird in Kürze erscheinen und den Titel „Darker – Hör auf mich" tragen.

Ich würde mich freuen, wenn du uns die Treue hieltest und gern erfahren möchtest, wie es mit Claire, Sonja, Sam und Em weitergeht. Sicher interessiert es dich auch, ob dies wirklich schon das Ende von Claire und Bens Geschichte war.

Lass dich überraschen.

Bis dahin alles Gute

Deine

K.I.M. SOMMAR